JOSEPH FINDER

BEDROG

UITGEVERIJ LUITINGH

Uitgeverij Luitingh en Drukkerij HooibergHaasbeek vinden het belangrijk om op milieuvriendelijke en verantwoorde wijze met natuurlijke bronnen om te gaan.

Oorspronkelijke titel: *Buried Secrets*
Vertaling: Hugo Kuipers
Omslagontwerp: Edd
Omslagfotografie: Image Select

ISBN 978 90 245 2806 6
E-BOOK 978 90 245 3372 5
NUR 332

www.boekenwereld.com
www.uitgeverijluitingh.nl
www.watleesjij.nu

DEEL EEN

Er zijn geheimen die niet verteld willen worden. Mensen sterven 's nachts in hun bed, klampen zich vast aan de handen van spookachtige biechtvaders en kijken hen erbarmelijk in de ogen vanwege de afschuwelijkheid van mysteries die niet onthuld willen worden. Helaas neemt nu en dan het geweten van de mens zo'n zware, gruwelijke last op zich dat die alleen maar in het graf kan worden afgeworpen. En dus komt de essentie van alle misdaad nooit aan het licht.

– EDGAR ALLAN POE, 'The Man of the Crowd' (1840)

1

Als een gevangenis zoiets is als dit, dacht Alexa Marcus, zou ik daar best willen zitten. Desnoods voorgoed.

Ze stond met Taylor Armstrong, haar beste vriendin, in een lange rij voor de populairste bar in Boston. De bar heette de Slammer en maakte deel uit van een luxe hotel dat vroeger een gevangenis was geweest. Ze hadden zelfs de tralies voor de ramen laten zitten, en ook de gigantische centrale ronde ruimte was er nog, met loopbruggen eromheen, zodat het idee van een cellenblok behouden was gebleven.

Ze keek naar een stel jongens achter zich. Het leken corpsballen van het MIT die te veel hun best deden om er cool uit te zien: overhemd over de broek heen, goedkope blazer, al die troep in hun haar, de gifdampen van Axe-bodyspray. Als ze om twee uur 's nachts naar huis strompelden, zouden ze kotsen op de brug naar Cambridge en klagen over de meisjes in de Slammer, hoe lelijk die waren.

'Mooi, die rokerige ogen,' zei Taylor, die naar Alexa's oogmake-up keek. 'Zie je wel? Het staat je fantastisch!'

'Het kostte me bijna een uur,' zei Alexa. De valse wimpers, de eyeliner van zwarte gel en de donkergrijze oogschaduw: ze leek net een hoer die door haar pooier in elkaar was geslagen, vond ze.

'Ik doe het in een halve minuut,' zei Taylor. 'En moet je nou eens zien. Je bent opeens een bloedmooie meid in plaats van een provinciaal kakmeisje.'

'Zo provinciaal ben ik nou ook weer niet,' protesteerde Alexa. Ze keek naar twee magere, Europees uitziende jongens die rookten en in hun telefoontjes praatten. Leuk, maar misschien gay? 'Pa woont in Manchester.' Ze had bijna gezegd: 'Ik woon in Manchester,' maar ze beschouwde de grote villa waarin ze was opgegroeid niet meer als haar thuis, niet sinds pa met die Belinda was getrouwd, die gelukzoekster van een stewardess. Alexa woonde al bijna vier jaar niet meer thuis, niet sinds ze naar Exeter was gegaan.

'Ja, oké,' zei Taylor. Alexa hoorde hoe ze dat zei. Taylor moest haar altijd onder de neus wrijven dat ze een meisje uit de betere kringen was. Taylor was zelf opgegroeid in een groot huis aan Louisburg Square in de wijk Beacon Hill – haar vader was senator – en vond zichzelf een meisje uit de stad, en dus cooler en gewiekster dan alle anderen. Daar kwam nog bij dat ze de afgelopen drie jaar op de Marston-Lee Academy had gezeten, het therapeutische internaat in Colorado, 'streng voor je eigen bestwil', waar de senator haar heen had gestuurd om haar op het goede spoor te brengen.

Nou, dat was dan mooi niet gelukt.

Telkens wanneer Taylor in een vakantie naar Boston kwam, had ze weer een ander uitdagend uiterlijk. Het jaar daarvoor had ze haar haar gitzwart geverfd, met een pony. Deze avond had ze gekozen voor nauwsluitende zwarte, gladde leggings, een oversized doorschijnend grijs T-shirt, een zwarte kanten beha en korte laarsjes met studs. Alexa, minder avontuurlijk ingesteld, droeg haar inktzwarte strakke jeans met haar geelbruine leren jasje van Tory Burch over een tanktopje. Oké, ze liep niet zo ver op de mode vooruit als Taylor, maar een provinciaaltje kon je haar toch echt niet noemen.

'O god,' mompelde Alexa toen de rij opschoof en ze dichter bij de uitsmijter kwamen.

'Rustig nou maar, Lucia,' zei Taylor.

'Lucia...?' begon Alexa, en toen wist ze weer dat 'Lucia' de naam op haar valse identiteitsbewijs was. Eigenlijk was het een echt identiteitsbewijs, alleen niet van haar – ze was zeventien, en Taylor was net achttien geworden, en je mocht niet drinken onder de eenentwintig, wat trouwens oerstom was. Taylor had Alexa's valse identiteitsbewijs van een ouder meisje gekocht.

'Gewoon die portier aankijken en doen of er niks aan de hand is,' zei Taylor. 'Het komt wel goed.'

Natuurlijk had Taylor gelijk.

De portier wilde niet eens hun papieren zien. Toen ze in de hal van het hotel kwamen, volgde Alexa haar vriendin naar de ouderwetse lift, zo'n geval met een pijltje voor de verdieping waar hij was. De liftdeuren gingen open, gevolgd door het metalen harmonicahek erachter. Taylor stapte tegelijk met een stel anderen in. Alexa aarzelde, glipte naar binnen, huiverde – god, wat had ze de pest aan liften! –, en net op het moment dat het harmonicahek zich sloot, zei ze vlug: 'Ik neem de trap.'

Ze kwamen op de tweede verdieping bij elkaar en bemachtigden een paar grote zachte stoelen. Een serveerster met zo'n minuscuul haltertopje dat je de bloemtatoeage onder haar oksel kon zien, nam hun bestelling op: ieder een wodka-soda van Ketel One.

'Moet je die meiden op de bar zien,' schreeuwde Taylor. Modellen in strakke zwarte leren shorts en zwarte leren vestjes paradeerden over de bar alsof het een catwalk was.

Een van de corpsballen van het MIT probeerde op een nogal intimiderende manier met hen aan te pappen, maar Taylor poeierde hem af: 'Ja, ik zal je bellen – als ik weer bijles in differentiaalrekening nodig heb.'

Alexa voelde dat Taylor naar haar keek.

'Hé, wat is er, meid? Je gedraagt je al depressief sinds je hier bent.'

'Ik voel me goed.'

'Heb je misschien andere medicijnen nodig of zo?'

Alexa schudde haar hoofd. 'Pa doet, eh, zo vreemd.'

'Dat is niks nieuws.'

'Alsof hij ineens paranoïde is geworden. Hij heeft nu ook bewakingscamera's laten installeren. In en om het huis.'

'Nou, hij is ook zo ongeveer de rijkste kerel van Boston. Of een van de rijksten...'

'Weet ik, weet ik,' onderbrak Alexa haar. Ze wilde dat niet horen. Haar hele leven had ze er last van gehad dat ze een rijk kind was. Ze moest altijd doen alsof ze niet zo rijk was, want anders werden haar vriendinnen jaloers. 'Hij was altijd al een controlfreak, maar dit ligt anders. Ik denk dat hij bang is dat er iets te gebeuren staat.'

'Probeer maar eens te leven met een vader die senator is!'

Taylor keek wat ongemakkelijk. Ze rolde met haar ogen, schudde afkerig haar hoofd en keek naar de bar, waar het nu erg druk was. 'Ik moet weer iets te drinken hebben,' zei ze. Ze riep de serveerster naar zich toe en vroeg om een *dirty* martini. 'Jij ook?' vroeg ze Alexa.

'Nee, ik heb nog.' Eigenlijk had ze een hekel aan sterkedrank, vooral aan wodka. En gin was nog het ergst. Hoe kon iemand dat spul vrijwillig drinken? Het was net of je Listerine inslikte.

Alexa's iPhone trilde. Ze haalde hem tevoorschijn en las het smsje. Een vriendin op een groot studentenfeest in Allston: het was geweldig, en of ze ook kwam. Alexa typte 'sorry, kan niet' in. Toen zei ze abrupt: 'Hé, heb ik je dit ooit laten zien?' Ze zocht in haar iPhone tot ze de app. vond die ze net had gedownload, zette hem aan en hield de iPhone bij haar mond. Als ze erin praatte, kwamen de woorden er schel en vreemd uit, als de stem van Knabbel of Babbel: 'Hé, schat, wil je mee naar mijn kamer, dan trekken we onze kleren uit en doen we een beetje algebra.'

Taylor slaakte een gilletje. 'Wat ís dat?' Ze probeerde het telefoontje te pakken, maar Alexa trok het weg, maakte het scherm leeg en sprak met de griezelige stem van Gollem uit *Lord of the Rings*. '*Must have precioussss!*' zei ze.

Taylor piepte van plezier, en ze lachten allebei zo hard dat de tranen in hun ogen sprongen. 'Zie je wel – nou voel je je al beter,' zei Taylor.

'Mag ik bij jullie komen zitten?' Een mannenstem.

Alexa keek op en zag een man staan. Maar het was niet een van de corpsballen. Beslist niet. Deze had donker haar en bruine ogen, baardstoppels van een dag, en hij zag er fantastisch goed uit. Zwart overhemd met dunne witte streepjes, smalle taille, brede schouders.

Alexa glimlachte, bloosde – ze kon het niet helpen – en keek Taylor aan.

'Kennen we jou?' vroeg Taylor.

'Nog niet,' zei de man met een oogverblindende glimlach. Achter in de twintig, begin dertig? Dat was moeilijk te zeggen. 'Mijn vrienden hebben me gedumpt. Ze gingen naar een feest in het South End waar ik niet heen wilde.' Hij had een licht Spaans accent.

'Er zijn maar twee stoelen,' zei Taylor.

Hij zei iets tegen een stel dat naast hen zat en schoof een lege stoel naar hen toe. Toen stak hij zijn hand uit om die van Taylor en daarna die van Alexa te schudden.

'Ik ben Lorenzo,' zei hij.

2

In de toiletten hadden ze Molton Brown-zeep (Thai Vert) en echte handdoeken die perfect vierkant waren gevouwen. Alexa werkte haar lipgloss bij, terwijl Taylor haar ogen opknapte.

'Hij is gek op je,' zei Taylor.

'Waar heb je het over?'

'Alsof je dat zelf niet weet.' Taylor streek met een kohlpotlood langs haar ogen.

'Hoe oud schat je hem?'

'Weet ik niet. In de dertig?'

'Dértig? Ik dacht dat hij misschien dertig was, op z'n hoogst. Zou hij weten dat wij nog maar...' Maar er kwamen twee andere meisjes de toiletten in, en ze liet haar woorden in de lucht hangen.

'Doe het maar,' zei Taylor. 'Het is cool. Echt waar.'

Toen ze zich eindelijk een weg terug naar hun stoelen hadden gebaand, met de Black Eyed Peas zo hard uit de speakers dat haar oren er pijn van deden, verwachtte Alexa min of meer dat Lorenzo weg zou zijn.

Maar hij was er nog. Hij zat een beetje onderuitgezakt in zijn stoel en nam slokjes van zijn wodka. Alexa pakte haar drankje – een peartini, op aanraden van Lorenzo – en zag tot haar verbazing dat het half leeg was. Jezus, dacht ze. Ik ben echt dronken.

Lorenzo liet weer die schitterende glimlach zien. Zijn ogen waren niet zomaar bruin, zag ze. Ze waren lichtbruin. Als die mooie stenen, dacht ze: tijgeroog. Ze had een sjaaltje met tijgerogen dat haar moeder haar een paar maanden voor haar dood had gegeven. Ze kon het niet over haar hart verkrijgen om dat sjaaltje te dragen, maar keek wel graag naar de stenen.

'Als jullie het niet erg vinden,' zei Taylor, 'moet ik nu echt gaan.'

'Taylor!' zei Alexa.

'Waarom?' zei Lorenzo. 'Blijf toch.'

'Ik kan niet,' zei Taylor. 'Mijn vader blijft voor me op.' Met een veelbetekenende fonkeling in haar ogen wuifde Taylor nog even en verdween toen in de menigte.

Lorenzo ging op Taylors stoel zitten, naast die van Alexa. 'Het geeft niet. Vertel me eens over jou, Lucia. Waarom heb ik je hier nooit eerder gezien?'

Een ogenblik vergat ze wie 'Lucia' was.

Nu was ze echt dronken.

Ze had een gevoel alsof ze boven de wolken zweefde. Ze zong met Rihanna mee en grijnsde als een idioot, terwijl Lorenzo iets tegen haar zei. Alles om haar heen zweefde. Het kostte haar moeite om haar stem te scheiden van die van alle andere mensen. Het was een kakofonie van duizend afzonderlijke gesprekken, flarden van zinnen, dat alles over elkaar heen, zonder ook maar enige betekenis. Ze had een droge mond. Ze wilde haar glas Pellegrino pakken, maar gooide het om. Glimlachte schaapachtig. Ze staarde met open mond naar het gemorste water, verbaasd omdat het glas niet was gebroken, en keek Lorenzo met een gekke glimlach aan. Hij beantwoordde haar blik met die spectaculaire glimlach van hem, zijn bruine ogen zacht en sexy. Hij pakte zijn servet en liet het over de plas vallen om het water op te zuigen.

'Ik geloof dat ik naar huis moet,' zei ze.

'Ik breng je,' zei hij.

Hij gooide een stel twintigjes op de tafel, stond op en pakte haar hand vast. Ze probeerde ook op te staan, maar het was of haar knieën gescharnierd waren en de scharnieren niet werkten. Hij pakte haar hand opnieuw vast, legde zijn andere hand om haar middel en trok haar min of meer overeind.

'Mijn auto...'

'Je kunt beter niet gaan rijden,' zei hij. 'Ik breng je wel thuis. Je kunt morgen je auto ophalen.'

'Maar...'

'Het is geen probleem. Kom, Lucia.' Hij leidde haar met zijn sterke armen door de menigte. Mensen die spottend naar haar keken, hun lach galmend in haar oren, de lichten als streperige, glinsterende regenbogen, alsof ze onder water was en opkeek naar de lucht, alles zo ver weg.

Nu voelde ze de aangename, frisse koelte van de late avondlucht op haar gezicht.

Verkeerslawaai, autoclaxons, geluiden die als stroop voorbijgleden.

Ze lag op de achterbank van een auto die ze niet kende, haar wang tegen het koude, harde, gebarsten leer gedrukt. De auto rook naar verschaalde sigarettenrook en bier. Er rolden een paar bierflesjes over de vloer. Een Porsche, daar was ze vrij zeker van, maar oud en vies vanbinnen. Heel anders dan wat ze van iemand als Lorenzo zou verwachten.

'Weet je de weg?' probeerde ze te zeggen. Maar de woorden kwamen er brabbelend uit.

Ze voelde zich zeeziek en hoopte dat ze niet op de achterbank van Lorenzo's Porsche zou overgeven. Dat zou erg zijn.

Ze vroeg zich af: hoe wist hij waar hij heen moest rijden?

Nu hoorde ze het autoportier open- en dichtgaan. De motor was uitgezet. Waarom stopte hij zo gauw?

Toen ze haar ogen opendeed, zag ze dat het donker was. Geen straatverlichting. Ook geen verkeersgeluiden. In haar trage hersenen ging een vaag alarmsignaal af. Liet hij haar hier achter? Waar waren ze? Wat deed hij?

Er liep iemand naar de Porsche toe. Het was te donker om zijn gezicht te kunnen zien. Hij was slank en gespierd; meer kon ze niet zien.

Het portier ging open, en het binnenlicht ging aan en viel op het gezicht van de man. Kaalgeschoren hoofd, felle blauwe ogen, spitse kin, ongeschoren. Knap, totdat hij glimlachte en zijn bruine knaagdiertanden liet zien.

'Kom maar met me mee,' zei de nieuwe man.

Ze werd wakker op de achterbank van een grote nieuwe SUV. Misschien een Escalade, of een Navigator.

Het was daar heel warm, bijna heet. Er hing een geur als van goedkope luchtverfrisser.

Ze keek naar het achterhoofd van de bestuurder. Hij had gemillimeterd zwart haar. Op zijn nek kroop een vreemde tatoeage onder zijn sweatshirt vandaan. Haar eerste gedachte was: boze ogen. Een vogel?

'Waar is Lorenzo gebleven?' probeerde ze te zeggen, maar ze wist niet precies wat eruit kwam.

'Blijf nou maar liggen en rust lekker uit, Alexa,' zei de man. Hij had ook een accent, maar scherper, met meer keelklanken.

Het klonk als een goed idee. Ze zakte weg, maar toen bonkte opeens haar hart, alsof haar lichaam eerder tot een besef kwam dan haar geest.

Hij wist haar echte naam.

3

'Eerst even dit,' zei de kleine man. 'Ik mag altijd graag weten met wie ik zaken doe.'

Ik knikte en glimlachte.

Wat een lul.

Als kleinemannenziekte door de moderne geneeskunde zou worden beschouwd als het ernstige syndroom dat het is, zouden alle leerboeken een foto van Philip Curtis gebruiken, samen met die van Mussolini, Attila de Hun en natuurlijk de patroonheilige van alle miniatuurtirannen: Napoleon Bonaparte. Toegegeven, ik ben boven de een meter tachtig, maar ik ken ook veel lange mannen met kleinemannenziekte.

Philip Curtis, zoals hij zich noemde, was zo klein en compact dat ik het gevoel had dat ik hem in één hand kon oppakken om hem uit het raam van mijn kantoor te gooien, en zo langzamerhand kwam ik sterk in de verleiding. Hij was hooguit een meter vijfenvijftig, glimmend kaal, en droeg een bril met een enorm zwart montuur. Hij zou wel denken dat hij door die bril imposant overkwam, maar in plaats daarvan leek hij net een schildpad die zijn schaal kwijt was en zich daar heel kwaad om maakte.

Het Patek Philippe-horloge aan zijn pols moest wel zestig jaar oud zijn. Daar kon ik veel uit afleiden. Het was het enige dure voorwerp dat hij droeg, en het wees op geërfd geld. Zijn Patek Philippe moest van een vorige generatie zijn geweest, waarschijnlijk van zijn vader.

'Ik heb research naar u gedaan.' Hij trok veelbetekenend zijn wenkbrauwen op. 'Ik heb grondig onderzoek verricht. Ik moet zeggen dat u niet veel sporen achterlaat.'

'Dat heb ik gehoord.'

'U hebt geen website.'

'Die heb ik niet nodig.'

'U staat niet op Facebook.'

'Mijn tienerneefje staat er wel op. Telt dat ook?'

'Google leverde bijna niets op. En dus heb ik hier en daar geïnformeerd. U schijnt een nogal ongewone achtergrond te hebben. U hebt aan Yale gestudeerd, maar uw studie niet afgemaakt. U hebt een paar zomerstages bij McKinsey gedaan, nietwaar?'

'Ik was jong. Ik wist niet beter.'

Hij keek me aan met de glimlach van een reptiel. Een klein reptiel. Een gekko of zoiets. 'Ik heb daar zelf gewerkt.'

'En ik begon bijna respect voor u te krijgen,' zei ik.

'Wat ik niet begrijp, is dat u met uw studie aan Yale stopte om in het leger te gaan. Waarom deed u dát? Mannen als wij doen dat niet.'

'Naar Yale gaan?'

Hij schudde geërgerd zijn hoofd. 'Weet u, de naam Heller kwam me bekend voor. Uw vader is Victor Heller, nietwaar?'

Ik haalde mijn schouders op alsof ik me betrapt voelde.

'Uw vader was een ware legende.'

'Is,' zei ik.

'Pardon?'

'Is,' herhaalde ik. 'Hij leeft nog. Hij zit een gevangenisstraf uit van meer dan twintig jaar.'

'Ja, ja. Nou, hij heeft een lelijke douw gehad.'

'Dat zegt hij tegen iedereen.' Mijn vader, Victor Heller, de zogeheten Vorst der Duisternis van Wall Street, moest achtentwintig jaar zitten voor effectenfraude. Als je hem een 'legende' noemde, deed je hem veel eer aan.

'Ik ben altijd een groot bewonderaar van uw vader geweest. Hij was een echte pionier. Aan de andere kant durf ik te wedden dat als sommige potentiële cliënten horen dat u de zoon van Victor Heller bent, ze zich wel twee keer bedenken voor ze u inhuren.'

'Denkt u dat?'

'U weet wat ik bedoel, de hele...' Hij wist even niet hoe hij verder moest gaan en kwam toen waarschijnlijk tot de conclusie dat hij dat niet hoefde. Het was wel duidelijk wat hij bedoelde.

Maar zo gemakkelijk liet ik hem er niet mee wegkomen. 'U bedoelt: de appel valt niet ver van de boom? Zo vader, zo zoon?'

'Eh, ja, min of meer. Dat zal sommige mensen dwarszitten, maar mij niet. O nee. Zie ik het goed, dan maakt u zich waarschijnlijk niet zo druk om de grijze zones.'

'De grijze zones.'

'Al die lastige juridische finesses. Weet u wat ik bedoel?'

'Ja, ik snap het,' zei ik. Daarna keek ik een hele tijd uit het raam. Dat deed ik de laatste tijd vaak. Ik hield van het uitzicht. Je kon door de lengte van High Street naar de oceaan kijken, naar de waterkant van Rowes Wharf, omlijst door een grootse marmeren boogpoort in Italiaanse stijl.

Ik was een paar maanden eerder van Washington naar Boston verhuisd en had het geluk gehad een kantoor te vinden in een oud bakstenen gebouw in de financiële wijk, een verbouwde fabriek van loden pijpen uit de negentiende eeuw. Aan de buitenkant leek het net een victoriaans armenhuis uit een boek van Dickens. Maar als je de binnenkant zag, met zijn kale bakstenen muren, hoge gewelfde ramen, vrij liggende buizen en open ruimten als in een fabriek, besefte je steeds weer dat ze daar vroeger echt dingen maakten. Dat stond me wel aan. De andere huurders in het gebouw waren *consulting*-firma's, een accountantsfirma en een paar kleine makelaardijen. Op de begane grond was een 'exotisch sushi- en tapasrestaurant' dat ermee opgehouden was. Daar was ook de showroom van Derderian Fine Oriental Rugs.

Mijn kantoor was van een ambitieus IT-bedrijf geweest dat niets produceerde, ook geen geld. Ze waren opeens failliet gegaan en moesten een eind maken aan het huurcontract, zodat ik een leuke korting kon bedingen. Ze waren er zo snel vandoor gegaan dat ze al hun dure hanglampen van metaal en glas en ook een paar heel dure kantoorstoelen hadden achtergelaten.

'Dus u zegt dat iemand uit uw directie negatieve informatie over uw bedrijf laat uitlekken,' zei ik, terwijl ik me langzaam omdraaide. 'En u wilt dat wij – hoe zegt u dat? – "het lek dichten". Zeg ik het goed?'

'Ja.'

Ik keek hem aan met mijn beste samenzweerdersgrijns. 'U bedoelt dat ik hun telefoons moet afluisteren en me toegang moet verschaffen tot hun e-mails.'

'Hé, u bent een professional,' zei hij met een snelle, kleffe glimlach. 'Ik zou u nooit vertellen hoe u uw werk moet doen.'

'U wilt de bijzonderheden liever niet weten, hè? De trucs die wij uithalen?'

Hij knikte. Zijn hoofd ging een paar keer snel op en neer. 'Ik wil in staat zijn alles te ontkennen. U begrijpt het wel.'

'Natuurlijk. U zult wel weten dat het in feite illegaal is wat u van me vraagt.'

'We zijn allebei volwassen,' zei hij.

Ik moest op mijn lip bijten. Een van ons was dat.

Op dat moment zoemde mijn telefoon – een interne lijn – en ik nam op. 'Ja?'

'Oké, je had gelijk.' De rokerige stem van mijn forensisch deskundige, Dorothy Duval. 'Hij heet niet Philip Curtis.'

'Uiteraard,' zei ik.

'Wrijf het hem niet in.'

'Absoluut niet,' zei ik. 'Het is een leermoment. Je zou inmiddels moeten weten dat je mij niet in twijfel moet trekken.'

'Ja, ja. Nou, ik kom niet verder. Als je ideeën hebt, stuur je maar een IM-bericht, en dan ga ik ze na.'

'Dank je,' zei ik, en ik hing op.

De man die niet Philip Curtis was, sprak met een duidelijk accent uit Chicago. Waar hij nu ook mocht wonen, hij was opgegroeid in Chicago. Hij had een rijke vader: dat bleek uit de geërfde Patek Philippe.

En dan was er ook nog het zwarte bagagelabel op zijn aktetas van Louis Vuitton. Een kaartje van een jet in gezamenlijk eigendom. Hij kon een beperkt aantal uren per jaar over een privéjet beschikken. Dat betekende dat hij een privéjet zou willen hebben, maar zich er geen kon permitteren.

Ik kon me vaag een artikel in BizWire herinneren over moeilijkheden in een familiebedrijf in Chicago. 'Wilt u me even excuseren?' zei ik. 'Ik moet een brandje blussen.' Toen typte ik een IM-bericht en stuurde het naar Dorothy.

Het antwoord kwam binnen een minuut: een artikel uit de *Wall*

Street Journal dat ze bij ProQuest had opgevraagd. Ik keek het vlug door en wist dat ik goed had geraden. Dat onverkwikkelijke verhaal had ik niet zo lang geleden gehoord.

Toen leunde ik in mijn stoel achterover. 'We hebben een probleem,' zei ik.

'Probleem?'

'Ik ben niet geïnteresseerd in uw zaken.'

Verbaasd keek hij me aan. 'Wat zei u daar?'

'Als u echt uw huiswerk goed had gedaan, zou u weten dat ik inlichtingenwerk voor particuliere cliënten doe. Ik ben geen privédetective, ik tap geen telefoons af en ik doe geen echtscheidingen. En ik ben ook echt geen familietherapeut.'

'Familie...'

'Dit is duidelijk een familieruzie, Sam.'

Er kwamen ronde roze vlekjes hoog op zijn wangen. 'Ik heb u gezegd dat mijn naam...'

'Laat maar,' zei ik vermoeid. 'Dit heeft niets met het dichten van een lek te maken. Je familieproblemen zijn niet bepaald geheim. Het was de bedoeling dat je pa's bedrijf overnam, maar toen hoorde hij dat je met een stel *private equity*-jongens praatte om Richter op de beurs te brengen. Je wilde cashen.'

'Ik weet echt niet waar u het over hebt.'

Zijn vader, Jacob Richter, was begonnen als eigenaar van een parkeerterrein in Chicago, maar had vervolgens de grootste keten van luxe hotels ter wereld opgebouwd. Meer dan honderd vijfsterrenhotels in veertig landen, plus een stuk of wat cruiselijnen, winkelcentra, kantoorgebouwen en nog een heleboel ander vastgoed. De waarde van de hele onderneming werd op tien miljard dollar geschat.

'Dus pa werd kwaad,' ging ik verder. 'Hij gooide jou eruit en benoemde je grote zus tot president-directeur en erfgename, in plaats van jou. Dat had je niet verwacht, hè? Je had gedacht dat je gebeiteld zat. Maar je neemt hier geen genoegen mee. Omdat je alles van pa's vuile was weet, wil je een bandopname laten maken van een van zijn louche vastgoedtransacties, dus terwijl hij iemand omkoopt.

Dan kun je hem chanteren en weer in de top van de onderneming komen. Het is gemeen spel, maar je zou wel winnen, nietwaar?'

Sam Richters gezicht liep donkerrood, bijna paars aan. Twee uitpuilende adertjes boven op zijn hoofd pulseerden zo hevig dat ik dacht dat hij ter plekke een hartaanval zou krijgen. 'Met wie heb je gepraat?' wilde hij weten.

'Met niemand. Ik heb alleen een grondig onderzoek ingesteld. Ik mag altijd graag weten met wie ik zaken doe. En ik hou er helemaal niet van als er tegen me wordt gelogen.'

Toen Richter wankelend opstond, duwde hij de stoel – een van de dure Humanscale-kantoorstoelen die door het IT-bedrijf waren achtergelaten – ondersteboven. De stoel dreunde tegen de vloer en maakte een zichtbaar deukje in het oude hout. Vanuit de deuropening zei hij: 'Weet je, voor iemand wiens vader in de gevangenis zit wegens fraude, blaas jij nogal hoog van de toren.'

'Daar zit wat in,' gaf ik toe. 'Sorry dat ik je tijd heb verspild. Je komt er zelf wel uit, hè?' Achter hem stond Dorothy met haar armen over elkaar.

'Victor Heller was... het schuim der aarde!' sputterde hij.

'Is,' verbeterde ik hem.

4

'Je tapt geen telefoons af,' zei Dorothy, die met haar armen over elkaar mijn kantoor binnenkwam.

Ik glimlachte en haalde mijn schouders op. 'Ik vergeet altijd dat je meeluistert. Op een dag kom ik daardoor in de problemen.' We hadden de afspraak dat ze alle besprekingen met cliënten volgde via de IP-videocamera die in de gigantische desktopmonitor op mijn bureau was ingebouwd.

'Je tapt geen telefoons af,' zei ze opnieuw. Haar lippen vormden een strakke grijns. 'Mm hmm.'

'In het algemeen,' zei ik.

'Kom nou,' zei ze. 'Je huurt mensen in om het te doen.'

'Precies.'

'Wat was daar nou de bedoeling van?' snauwde ze met een felle blik.

Dorothy en ik hadden samengewerkt bij Stoddard Associates in D.C., voordat ik naar Boston verhuisde en haar meenam. Ze was geen groot computergenie – er liepen beslist mensen rond die er meer van wisten –, maar ze wist alles van digitaal forensisch onderzoek. Ze had negen jaar voor de National Security Agency gewerkt, en daar nemen ze bepaald niet iedereen aan. Ze had er de pest aan gehad om daar te werken, maar ze hadden haar goed opgeleid. En wat nog belangrijker was: niemand was zo hardnekkig als Dorothy. Ze gaf het gewoon nooit op. En niemand was loyaler.

Ze was bot en opvliegend en kon niet goed met anderen samenwerken. Daarom pasten zij en de NSA niet goed bij elkaar, maar het was een van de dingen die mij aan haar bevielen. Ze hield zich nooit in. Ze mocht me graag op mijn nummer zetten, de les lezen en bewijzen dat ik ongelijk had, en daar genoot ik ook van. Je kon beter geen ruzie met haar maken.

'Je hebt me gehoord. Ik hou niet van leugenaars.'

'Ach, kom nou. We hebben het werk nodig, en je hebt meer werk afgewezen dan aangenomen.'

'Ik stel je goede zorgen op prijs,' zei ik, 'maar jij hoeft je niet druk te maken om de inkomsten van de firma. Jouw salaris is gegarandeerd.'

'Totdat Heller Associates failliet gaat omdat de kosten te hoog zijn en er geen geld binnenkomt. Ik heb geen zin om met hangende pootjes naar Jay Stoddard terug te gaan, en ik ga ook niet naar Washington terug.'

'Maak je nou maar geen zorgen.'

Ik werkte al jaren heel nauw met Dorothy samen, maar ik wist bijna niets van haar privéleven. Ze praatte nooit over haar liefdesleven, en ik vroeg er nooit naar. Ik wist niet eens of ze van mannen of van vrouwen hield. Iedereen heeft recht op privacy.

Ze was een aantrekkelijke, opvallende vrouw met een lichtbruine huid, glanzende bruine ogen en een stralende glimlach. Ze kleedde zich altijd elegant, al hoefde ze dat eigenlijk niet te doen, want ze kwam bijna nooit met cliënten in contact. Vandaag droeg ze een glinsterende blouse van lila zijde, een strakke zwarte rok en schoenen met riempjes op de hakken. Ze had extreem kort haar – je kon bijna zeggen dat ze kaal was. Met dat haar zouden de meeste vrouwen er bizar uitzien, maar bij haar werkte het. Aan haar oorlellen hingen turkooizen schijven van geëmailleerd koper ter grootte van frisbees.

Dorothy was een vat vol tegenstrijdigheden, en dat beviel me ook zo goed aan haar. Ze was bijzonder kerkelijk – al voordat ze een woning had gevonden, was ze lid geworden van een A.M.E. Zion-kerk in het South End –, maar ze was geen kerkdame. Integendeel: wat haar geloof betrof, had ze een bijna godslasterlijke humor. Aan de wand van haar kantoorkamer had ze een plaat hangen met: JEZUS HOUDT VAN JOU – ALLE ANDEREN VINDEN JE EEN KLOOTZAK, naast een plaat met IK HOU VAN DE PAPA VAN MARIA'S BABY.

'Ik vind dat we regelmatig bij elkaar moeten komen om bij te praten, zoals we bij Stoddard deden,' zei ze. 'Ik wil de Entronics-zaak en de Garrison-zaak doornemen.'

'Ik moet eerst koffie hebben,' zei ik. 'En niet dat slootwater dat Jillian maakt.'

Jillian Alperin, ons kantoormeisje, was streng veganistisch. (Het veganisme schijnt de paramilitaire vleugel van het vegetarisme te zijn.) Ze had een heleboel piercings, ook in haar lip, en verscheidene tatoeages. Er was er een van een vlinder bij, op haar rechterschouder. Op een dag had ik een glimp opgevangen van een andere tattoo, die ergens onder op haar rug zat.

Ze was ook fanatiek 'groen' en had alle piepschuimen en kartonnen bekers uit ons kantoor verbannen. Alles moest organisch, ethisch, scharrel en fair trade zijn. De koffie die ze voor het koffiezetapparaat bestelde, bestond uit organische, in de schaduw gekweekte, ethische bonen die aan de normen van fair trade voldeden en met duurzame methoden verbouwd waren door een kleine cooperatie van inheemse boeren die zich bij een verzetsbeweging hadden aangesloten in Chiapas in Mexico. Die koffie kostte evenveel als Boliviaanse cocaïne en zou waarschijnlijk zijn geweigerd door iemand die in de dodencellen zat.

'Wat ben je toch kieskeurig,' zei Dorothy. 'Er is een Starbucks aan de overkant.'

'Er is een Dunkin' Donuts in de straat,' zei ik.

'Dat is hopelijk geen hint. Ik haal geen koffie.'

'Ik laat het wel uit mijn hoofd om dat te vragen,' zei ik, terwijl ik opstond.

De telefoon ging: het gedempte interne signaal. Jillians stem kwam uit de intercom: 'Ene Marshall Marcus voor u.'

'*De* Marshall Marcus,' zei Dorothy. 'De rijkste man van Boston?'

Ik knikte.

'Als je die zaak ook afwijst, Nick, geef ik je een pak slaag.'

'Ik denk niet dat het een zaak is,' zei ik. 'Eerder iets persoonlijks.' Ik nam op en zei: 'Marshall. Lang geleden.'

'Nick,' zei hij. 'Ik heb je hulp nodig. Alexa is weg.'

5

Marshall Marcus woonde aan de North Shore, ongeveer veertig minuten rijden van Boston, in het onmogelijk schilderachtige plaatsje Manchester-by-the-Sea, ooit een badplaats voor rijke inwoners van Boston. Zijn huis was gigantisch groot en mooi om te zien, een villa van natuursteen en shingles op een kaap boven de ruige kust. Het had een veranda aan alle kanten en meer kamers dan je kon tellen. Waarschijnlijk waren er kamers waar nooit iemand anders geweest was dan een dienstmeisje. Marcus woonde daar met zijn vierde vrouw, Belinda. Zijn enige kind, een dochter die Alexa heette, zat op een internaat, zou binnenkort ergens gaan studeren en zou – als ik mocht afgaan op wat ze me ooit over haar leven thuis had verteld – daarna ook niet veel meer thuis zijn.

Zelfs wanneer je de grote weg had verlaten en Marcus' huis in de verte kon zien, deed je er nog minstens tien minuten over om er te komen. Je volgde een bochtige smalle kustweg langs immense 'cottages' en bescheiden herenhuizen die in de afgelopen halve eeuw op kleine percelen waren gebouwd en verkocht waren aan mensen uit oude, vooraanstaande families die hun rijkdom hadden verloren. Enkele van de imposante oude huizen waren nog in bezit van de sjofele landadel, de afstammelingen van de echte oude Bostonners, maar het grootste deel daarvan verkeerde in staat van verwaarlozing. De meeste grote huizen waren opgekocht door de hedgefondsbazen en titanen van de technologie.

Marshall Marcus was het meest riche van de nouveau riche, al was hij niet het meest nouveau. Hij was als arm kind opgegroeid aan Blue Hill Avenue in Mattapan, in de oude Joodse arbeiderswijk. Het schijnt dat zijn oom een casino in het westen had en dat Marshall daar als kind blackjack had leren spelen. Hij kwam er algauw achter dat het huis altijd in het voordeel was en bedacht dus allerlei systemen om kaarten te tellen. Hij kreeg een volledige studiebeurs voor het MIT, waar hij zichzelf Fortran leerde op die grote oude IBM 704-mainframes ter grootte van een huis. Hij ontdekte een handige manier om met behulp van Big Iron, zoals ze die vroege computers noemden, zijn kansen in het blackjackspel te vergroten.

Ze zeiden dat hij in één weekend tienduizend dollar had gewonnen in Reno. Algauw zag hij in dat hij nog veel meer geld kon binnenhalen als hij hetzelfde systeem op de financiële markten toepaste. En dus opende hij met het geld van zijn beurs een effectenrekening en was hij al miljonair toen hij afstudeerde, dankzij een enorm gecompliceerde formule die hij had uitgedacht en die met optiearbitrage en derivaten werkte. Uiteindelijk perfectioneerde hij zijn persoonlijke algoritme. Hij zette een hedgefonds op en werd vele malen miljardair.

Mijn moeder, die jarenlang zijn secretaresse was geweest, heeft eens geprobeerd het me uit te leggen, maar ik kon het niet helemaal bevatten. Ik ben nooit goed in wiskunde geweest. Het enige wat ik over Marshall Marcus moest weten, was dat hij goed voor mijn moeder was toen er slechte tijden aanbraken.

Toen we na de verdwijning van mijn vader – pa was op de vlucht geslagen toen hij een tip kreeg dat hij zou worden gearresteerd – naar Boston waren verhuisd, hadden we geen geld, geen huis, niets. We moesten bij mijn oma, de moeder van mijn moeder, in Malden buiten Boston intrekken. Mijn moeder, die dringend behoefte had aan geld, nam een baan op kantoor bij Marshall Marcus, die een vriend van mijn vader was. Uiteindelijk werkte ze jarenlang voor hem en werd ze zijn secretaresse. Ze vond het geweldig om voor hem te werken, en hij behandelde haar altijd goed. Hij betaalde haar veel. Zelfs toen ze met pensioen was, bleef hij haar buitengewone royale kerstcadeaus sturen.

Ondanks het feit dat hij een vriend van mijn vader was geweest mocht ik hem graag. Dat ging bijna vanzelf. Hij was hartelijk, prettig in de omgang en grappig, een man met grote verlangens – hij hield van eten, wijn, sigaren en vrouwen, dat alles in overdaad. Er ging een magnetische aantrekkingskracht van de man uit.

Bijna alles aan Marcus' huis was hetzelfde als de vorige keer dat ik er was geweest: de Har-tru-tennisbaan, het zwembad van olympisch formaat met uitzicht op de oceaan, het koetshuis beneden aan de helling. Het enige nieuwe was het bewakingshokje, dat er gloednieuw uitzag, met een slagboom die de smalle weg versperde. Een bewaker kwam uit het hokje en vroeg mijn naam. Hij wilde zelfs mijn rijbewijs zien.

Dat verbaasde me. Ondanks zijn enorme rijkdom had Marcus nooit als een gevangene geleefd, zoals heel rijke mensen vaak doen, achter muren en omheiningen, met lijfwachten. Er was duidelijk iets veranderd.

Zodra de bewaker me doorliet, nam ik de halfronde oprijlaan en parkeerde recht voor het huis. Toen ik uitstapte, keek ik om me heen en zag ik bewakingscamera's, discreet aangebracht bij het huis en op het terrein.

Ik liep over de brede veranda en belde aan. Even later ging de deur open en kwam Marshall Marcus naar buiten, zijn korte armen uitgestoken, zijn gezicht stralend.

'Nickeleh!' zei hij, zijn gebruikelijke naam voor mij. Hij duwde de hordeur opzij en sloeg zijn armen om me heen. Marcus was nog dikker geworden, en zijn haar was anders. De vorige keer dat ik hem had gezien, was hij grotendeels kaal op zijn kruin geweest en had zijn grijze haar tot op de boord van zijn overhemd gehangen. Nu verfde hij het bruin met een oranje tint en was het op de kruin van zijn hoofd wonder boven wonder teruggegroeid. Ik kon niet zien of het een toupet of een erg goed implantaat was.

Hij droeg een marineblauwe ochtendjas over een pyjama en had diepe wallen onder zijn ogen. Hij zag er doodmoe uit.

Hij liet me los, porde tegen mijn borst en boog achterover om naar mijn gezicht te kijken. 'Moet je jou toch eens zien – elke keer dat ik je ontmoet, zie je er weer beter uit. En het kan niet nog beter! Het lijkt wel of de tijd geen vat op je heeft. Heb je een pact met de duivel gesloten, Nick? Heb je een portret op zolder waarop je eruitziet als een *alter kaker*?'

'Ik woon in de stad,' zei ik. 'Ik heb geen zolder.'

Hij lachte. 'Je bent niet getrouwd, hè?'

'Dat heb ik tot nu toe kunnen vermijden.'

Hij legde zijn handpalm op mijn wang en gaf er een tikje op. 'Zo *punim* als je bent, moet je je de meisjes vast met een stok van het lijf slaan.' Hij probeerde zich dapper voor te doen, net zo opgewekt als altijd, maar ik was niet overtuigd. Hij legde zijn dikke arm om het onderste deel van mijn rug. Zo hoog als mijn schouders kon hij niet komen. 'Bedankt voor je komst, Nickeleh, mijn vriend. Dank je.'

'Natuurlijk,' zei ik.

'Is die nieuw?' Hij wees met zijn hoofd naar mijn auto.

'Ik heb hem al een tijdje.'

Ik rijd in een Land Rover Defender 110, een vierkant jeepachtig ding dat nagenoeg onverwoestbaar is. Ruiten die je met de hand moet opendraaien. Keiharde stoelen. Het is geen comfortabele auto, en hij maakt ook veel lawaai als je harder dan vijftig kilometer per uur rijdt. Toch is het de beste auto die ik ooit heb gehad.

'Ik vind hem prachtig. Práchtig. Ik heb eens een safari met zo'n ding gemaakt in de Serengeti. Tien dagen. Annelise, Alexa en ik. Natuurlijk hadden de meisjes een hekel aan Afrika. Ze klaagden aan een stuk door over de insecten, en hoe de dieren stonken, en...' Zijn glimlach verdween abrupt en zijn gezicht betrok alsof het moe was van zijn pogingen om zich goed te houden. 'Ach, Nick,' fluisterde hij met een gekwelde blik in zijn ogen. 'Ik ben doodsbang.'

6

'Wanneer heb je voor het laatst van haar gehoord?' vroeg ik.

We zaten in de enige benedenkamer die eruitzag alsof hij werd gebruikt, een grote L-vormige zitkamer met open keuken. De gecapitonneerde fauteuils waren slordig bedekt met hoezen die net niet helemaal wit waren. Het uitzicht was spectaculair: staalgrijze golven die tegen de rotsige kust van Cape Ann sloegen.

'Gisteravond is ze naar Boston gereden. Ze zei tegen Belinda dat ze wat later terug zou komen, en Belinda nam aan dat ze een uur of twaalf bedoelde. Een of twee uur 's nachts, als ze zich goed amuseerde.'

'Wanneer was dat? Hoe laat ging ze van huis?'

'In het begin van de avond, denk ik. Ik was op de terugweg van mijn werk.' Marcus Investments had een hele verdieping in een van de nieuwe gebouwen op Rowes Wharf. Ik kon het vanuit een hoek van mijn eigen kantoor zien. Toen mijn moeder voor hem werkte, maakte hij altijd lange uren, en waarschijnlijk deed hij dat nog steeds. Elke ochtend werd hij met een auto naar Boston gebracht, en diezelfde auto bracht hem elke avond naar Manchester terug. 'Toen ik thuiskwam, was ze al weg.'

'Wat deed ze in Boston?'

Hij slaakte een diepe zucht; het leek wel kreunen. 'O, je weet wel, ze mag graag uitgaan. Altijd naar disco's en weet ik veel.'

Disco: ik kon me niet herinneren wanneer ik dat woord voor het laatst had gehoord. 'Reed ze zelf? Of kreeg ze een lift van iemand?'

'Ze reed zelf. Ze mag graag rijden. Ze heeft haar rijbewijs gehaald op de dag dat ze zestien werd. Omdat ze toen in Exeter zat, moest ik de aanvraag ondertekenen.'

'Had ze met vriendinnen afgesproken? Of was het een date? Wat was het?'

'Met een vriendin afgesproken, geloof ik. Alexa heeft gelukkig nooit dates. Nog niet. Ik bedoel, niet voor zover ik weet.'

Ik vroeg me af hoeveel Alexa haar vader over haar leven vertelde. Niet veel, dacht ik. 'Zei ze waar ze heen ging?'

'Ze zei alleen tegen Belinda dat ze met iemand had afgesproken.'

'Maar geen man.'

'Nee, geen man.' Hij klonk geërgerd. 'Vriendinnen. Of een vriendin. Ze zei tegen Belinda...' Marcus schudde zijn hoofd. Zijn wangen trilden. Toen legde hij zijn hand over zijn ogen, kneep hard en slaakte weer een diepe zucht.

Na een paar seconden vroeg ik zacht: 'Waar is Belinda?'

'Ze is boven. Ze is gaan liggen,' zei Marcus met zijn dikke hand nog over zijn ogen. 'Ze is er ziek van. Dit is een zware slag voor haar, Nick. Ze heeft de hele nacht niet geslapen. Ze is een wrak. Ze geeft zichzelf de schuld.'

'Waarvan?'

'Dat ze Alexa heeft laten gaan, dat ze niet genoeg vragen heeft gesteld, weet ik veel. Het is niet Belinda's schuld. Het valt niet mee om stiefmoeder te zijn. Elke keer dat ze, eh, haar gezag laat gelden, geeft Alexa haar ervanlangs. Alexa noemt haar "stiefmonster" en dat soort dingen – het is niet eerlijk. Ze geeft om Alexa alsof het haar eigen kind was, echt waar. Ze houdt van dat meisje.'

Ik knikte. Wachtte ongeveer een halve minuut. Toen zei ik: 'Natuurlijk heb je naar haar mobieltje gebeld.'

'Duizend keer. Ik heb zelfs je moeder gebeld – ik dacht dat het misschien laat was geworden en ze niet wilde rijden en geen zin had om ons te bellen, en dus misschien naar Frankie was gegaan om daar te blijven slapen. Ze is gek op Francine.' Mijn moeder had een flat in Newton, dat veel dichter bij de binnenstad van Boston lag dan Manchester-by-the-Sea.

'Heb je reden om te geloven dat haar iets is overkomen?'

'Natúúrlijk is haar iets overkomen. Ze zou nooit gewoon weglopen zonder het iemand te zeggen!'

'Marshall,' zei ik, 'ik kan het je niet kwalijk nemen dat je bang bent omdat je niets van haar hebt gehoord. Maar vergeet niet: het zou niet de eerste keer zijn dat ze zich vreemd gedraagt.'

'Dat heeft ze allemaal achter zich gelaten,' zei hij. 'Ze is nu een verstandig meisje. Dat was vroeger.'

'Misschien wel,' zei ik, 'maar misschien ook niet.'

7

Jaren geleden, toen Alexa nog een kind was, was ze ontvoerd op het parkeerterrein van het winkelcentrum Chestnut Hill. Dat was gebeurd in het bijzijn van haar moeder, Annelise, Marcus' derde vrouw.

Ze was ongedeerd gebleven. De ontvoerders hadden haar meegenomen in een auto, met haar rondgereden en haar een paar uur later afgezet op een ander parkeerterrein aan de andere kant van de stad. Ze hield vol dat ze niet seksueel misbruikt was, en dat was bevestigd door medisch onderzoek. Ze was niet bedreigd. Ze hadden niet eens tegen haar gepraat, zei ze.

De hele zaak was dus een raadsel gebleven. Waren haar ontvoerders bang geworden? Waren ze van gedachten veranderd? Zulke dingen gebeurden. Het was bekend dat Marcus heel rijk was; misschien was het een poging geweest haar te ontvoeren om losgeld te eisen, en hadden ze niet doorgezet. Dat was mijn veronderstelling. Toen ging Annelise bij Marcus weg. Ze zei tegen hem dat ze niet meer met hem kon leven. Misschien had dat te maken met de ontvoering van haar dochter. Misschien had ze beseft hoe kwetsbaar ze was zolang ze met een steenrijke man als Marcus getrouwd was.

Wie kon zeggen wat haar echte reden was geweest? Een jaar geleden was ze aan borstkanker gestorven, dus je kon het haar niet meer vragen. Maar Alexa was daarna nooit meer de oude geworden, en dat terwijl ze toch al geen gemakkelijk, goed aangepast kind was geweest. Ze werd nog opstandiger. Ze rookte op school, kwam later thuis dan was afgesproken, deed alles wat ze maar kon om in de problemen te komen.

Een paar maanden na die ontvoering belde mijn moeder me – ik werkte toen in Washington op het ministerie van Defensie – en vroeg me naar New Hampshire te rijden om in Exeter met Alexa te gaan praten.

Ik vond haar op het sportveld en keek een tijdje naar haar terwijl ze hockey speelde. Hoewel ze zelf vond dat ze niet goed in sport was, bewoog ze zich met pezige gratie. Ze speelde ook met enorm veel concentratie. Ze kon helemaal opgaan in de wedstrijd, iets wat maar weinig mensen kunnen.

Het was niet gemakkelijk om met haar te praten, maar omdat ik de zoon van Frankie Heller was en ze zielsveel van mijn moeder hield, en omdat ik niet haar vader was, kon ik uiteindelijk tot haar doordringen. Ze had de ontvoering nog steeds niet verwerkt. Ik zei tegen haar dat het normaal was en dat ik me juist zorgen over haar zou maken als ze die dag niet verschrikkelijk bang was geweest. Ik zei dat het geweldig was dat ze zich zo uitdagend opstelde.

Ze keek me eerst met ongeloof en toen met achterdocht aan. Wat voor spelletje speelde ik?

Ik zei dat ik het echt meende. Een uitdagende houding was geweldig. Op die manier leerde je weerstand te bieden. Ik zei tegen haar dat angst een ontzaglijk nuttig instinct was, omdat het een waarschuwingssignaal was. De angst vertelt ons dat er gevaar dreigt. We moeten ernaar luisteren, er gebruik van maken. Ik gaf haar zelfs een boek over 'de gave van de angst', al betwijfelde ik of ze het ooit zou lezen.

Ik zei tegen haar dat ze niet zomaar een meisje was, maar een beeldschoon meisje én een rijk meisje, en dat ze dus drie keer in het nadeel was. Ik leerde haar bedacht te zijn op tekenen van gevaar, en ik leerde haar ook enkele eenvoudige zelfverdedigingstechnieken, een paar elementaire vechtsportmanoeuvres. Niets bijzonders, maar genoeg. Ik zou het verschrikkelijk vinden als een dronken jongen in Exeter te ver met haar probeerde te gaan.

Ik ging met haar naar een dojo ergens buiten Boston en leerde haar Bujinkan-technieken om zich te verdedigen. Ik wist dat het echt iets voor haar was. Het zou haar zelfvertrouwen geven en haar in staat stellen op een gezonde manier de agressie kwijt te raken die zich in haar opbouwde. Elke keer dat ik naar Boston kwam en ze thuis was van het internaat, kwamen we bij elkaar om te oefenen. En na een tijdje zelfs om te praten.

Toch had dat niet het gewenste resultaat. Ze bleef dingen doen waarvan ze eigenlijk zelf wel wist dat ze haar in moeilijkheden zouden brengen – roken, drinken, noem maar op – en daarom stuurde Marcus haar een jaar naar een soort verbeteringsgesticht. Wie weet waarom ze het in die tijd zo moeilijk had? Het kon nog steeds het trauma van de ontvoering zijn, maar het kon net zo goed een reactie op het vertrek van haar moeder zijn.

Of misschien kwam het alleen maar doordat ze een tiener was.

'Waarom heb je zoveel beveiliging?' vroeg ik. 'Die had je de vorige keer niet.'

Marcus zweeg even. 'Het zijn andere tijden. Er lopen meer gekken rond. Ik heb meer geld. In *Newsweek* heeft een verhaal over me gestaan. *Forbes*, *Fortune*, de kabelstations – ik ben nou niet bepaald een muurbloempje.'

'Ben je bedreigd?'

'Bedreigd? Je bedoelt of er iemand met een pistool in State Street naar me toe is gekomen die heeft gedreigd mijn hersens uit mijn kop te schieten of zoiets? Nee. Maar daar ga ik niet op wachten.'

'Dus het is alleen maar een voorzorgsmaatregel.'

'Wat, vind je dat ik geen voorzorgsmaatregelen moet nemen?'

'Natuurlijk moet je dat doen. Ik wil alleen weten of je een specifieke waarschuwing hebt gehad, of er is ingebroken of zo – iets wat aanleiding voor je was om extra beveiliging te nemen.'

'Ik heb het hem laten doen,' zei een vrouwenstem.

Belinda Marcus was de keuken binnengekomen. Ze was lang, slank, blond en buitengewoon mooi. Maar ijskoud. Misschien veertig, maar dan wel goed geconserveerd. Een vrouw van veertig die zich regelmatig met botox en collageen liet bewerken en een minifacelift op zijn tijd ook niet uit de weg ging. Een vrouw die dacht dat 'werk' iets was wat je bij de plastisch chirurg liet doen.

Ze was helemaal in het wit: strakke witte broek met een split aan het eind van elke pijp, een wit zijden topje met brede schouderbandjes die eruitzagen alsof ze van origami waren gemaakt, een lage halslijn met geribbelde cups die je oog op haar kleine, maar stevige borsten vestigden. Ze was op blote voeten. Haar teennagels waren koraalrood geverfd.

'Ik vond het absoluut krankzínnig dat Marshall geen bewakers had. Iemand die zoveel waard is als Marcus? Die zo prominent is? We zaten hier als schietschijven op de kaap. En na wat er met Alexa is gebeurd?'

'Toen waren ze aan het winkelen, Belinda. Of ze gingen naar een film of zoiets. Dat had zelfs kunnen gebeuren als we een... een gewapend bataljon om het huis heen hadden gehad. Ze waren bij winkelcentrum Chestnut Hill, jezusnogaantoe!'

'Je hebt me niet aan meneer Heller voorgesteld,' zei Belinda. Ze kwam dichterbij en stak me haar hand toe. Die was benig en koud. Haar vingernagels waren ook koraalrood geverfd. Ze had de inhoudsloze schoonheid van de klassieke trofee-bimbo, en ze sprak met een suikerzoet Georgia-accent, een en al muntcocktails en zoete ijsthee.

Ik stond op. 'Nick,' zei ik. Ik wist alleen van haar wat ik van mijn moeder had gehoord. Belinda Jackson Marcus was stewardess bij Delta geweest en had Marcus in de bar van het Ritz-Carlton Buckhead in Atlanta ontmoet.

'Neem me mijn slechte manieren niet kwalijk,' zei Marcus, maar hij bleef onderuitgezakt in zijn stoel zitten. 'Nick, Belinda. Belinda, Nick,' voegde hij er plichtmatig aan toe. 'Ziet ze er niet schitterend uit, dit meisje?' Een brede, tevreden glimlach: hij had ook kronen op zijn tanden laten zetten. Dat en het nieuwe haar: Marcus was nooit ijdel geweest, en dus nam ik aan dat hij zich onzeker voelde omdat hij zo'n mooie vrouw had die ook nog veel jonger was dan hij. Of misschien had ze hem onder druk gezet om zijn uiterlijk op te knappen.

Belinda hield haar hoofd schuin en rolde met haar ogen, een koket gebaar. 'Heb je meneer Heller al een lunch aangeboden?'

'Dat hoeft niet,' zei ik.

'Wat is er toch met jou aan de hand, schat?' zei Belinda.

'Wat ben ik toch een beroerde gastheer,' zei hij. 'Zie je wel? Wat zou ik zonder Belinda moeten beginnen? Ik ben een beest. Een onbeschaafd beest. Heb je trek in een sandwich, Nickeleh?'

'Nee, dank je,' zei ik.

'Niets?'

'Nee, dat hoeft niet.'

Belinda zei: 'Zal ik koffie voor jullie zetten?'

'Goed.'

Ze liep naar het lange, zwarte keukeneiland met spekstenen blad en zette de waterkoker aan. Haar strakke witte broek accentueerde de curven van haar strakke achterste. Blijkbaar was ze het grootste deel van haar tijd aan het trainen, waarschijnlijk met een persoonlijke trainer en met veel nadruk op gluten. 'Ik kan eigenlijk niet zo goed koffiezetten,' zei ze, 'maar we hebben instant. Die is zelfs vrij goed.' Ze hield een foliepakje omhoog.

'Weet je, ik ben van gedachten veranderd,' zei ik. 'Ik heb vanmorgen al te veel koffie gehad.'

Belinda draaide zich plotseling om. 'Nick,' zei ze. 'Je moet haar vinden.' Ze kwam langzaam dichterbij. 'Alsjeblieft. Je moet haar vinden.'

Ze was pas opgemaakt, zag ik. Ze zag er niet uit alsof ze de hele nacht wakker had gelegen. In tegenstelling tot haar man maakte ze een fitte indruk, alsof ze net uit een lange, verkwikkende slaap was ontwaakt. Ze had haar lippen perfect omlijnd en roze lipgloss aangebracht. Ik wist genoeg van vrouwen en hun make-up om te weten dat je er niet zo uitzag als je net uit je bed kwam rollen.

'Heeft Alexa je verteld met wie ze had afgesproken?' vroeg ik.

'Ik heb niet... Ze vertelt me niet alles. Omdat ik haar stiefmoeder ben en zo.'

'Ze houdt van je,' zei Marcus. 'Alleen beseft ze het zelf nog niet.'

'Maar je hebt het haar toch gevraagd?' zei ik.

Belinda's glanzende roze lippen kwamen een centimeter van elkaar. 'Natuurlijk heb ik het gevraagd!' zei ze verontwaardigd.

'Ze heeft je niet verteld hoe laat ze terug zou zijn?'

'Nou, ik dacht om een uur of twaalf, misschien een beetje later, maar weet je, ze wordt kwaad als ik haar zulke dingen vraag. Ze houdt er niet van om als een kind te worden behandeld, zegt ze.'

'Evengoed is dat nogal laat.'

'Voor die tieners? Dan begint de avond pas.'

'Dat bedoelde ik niet,' zei ik. 'Ik dacht dat jongeren onder de achttien niet na middernacht – of misschien halfeen – mochten rijden als er geen ouder of voogd bij ze in de auto zat. Als ze worden betrapt, kan hun rijbewijs zestig dagen worden ingetrokken.'

'O ja?' zei Belinda. 'Daar heeft ze me niets over verteld.'

Dat vond ik vreemd. Alexa zou nooit iets doen wat haar rijbewijs – en alle zelfstandigheid die ze daaraan dankte – in gevaar bracht. Bovendien zou ik van Belinda verwachten dat ze precies op de hoogte was van de regels – een vrouw als zij, met aandacht voor alle details, een vrouw die haar lippen bijwerkte voordat ze mij ontmoette, terwijl ze een geestelijk wrak zou moeten zijn vanwege de verdwijning van haar stiefdochter.

'Nou, wat denk je dat er met haar kan zijn gebeurd?' vroeg ik.

Haar handen vlogen omhoog, met de palmen naar voren. 'Ik weet het niet.' Ze keek verbijsterd naar Marcus. 'We weten het niet. We willen alleen dat je haar vindt!'

'Hebben jullie de politie gebeld?' zei ik.

'Natuurlijk niet,' zei Marcus.

'Natuurlijk niet?' vroeg ik.

Belinda zei: 'De politie doet niets. Als je ze belt, komen ze de gegevens opnemen en zeggen ze dat we vierentwintig uur moeten wachten, en daarna stoppen ze het dossier diep weg en denken er niet meer aan.'

'Alexa is onder de achttien,' zei ik. 'Ze nemen verdwijningen van tieners erg serieus. Ik stel voor dat jullie ze meteen bellen.'

'Nick,' zei Marcus. 'Ik wil dat jíj naar haar zoekt. Niet de politie. Heb ik je ooit eerder om hulp gevraagd?'

'Alsjeblieft,' zei Belinda. 'Ik hou zoveel van dat meisje. Ik weet niet wat ik zou doen als haar iets overkwam.'

Marcus maakte een wuifgebaar en zei iets in de trant van 'poeh poeh poeh'. Ik denk dat hij daarmee het boze oog wilde afweren. 'Zo moet je niet praten, schatje,' zei hij.

'Hebben jullie de ziekenhuizen gebeld?' vroeg ik.

Ze wisselden een snelle, gespannen blik, en toen schudde Belinda haar hoofd en antwoordde: 'Als haar iets was overkomen, hadden we dat toch al gehoord?'

'Dat hoeft niet,' zei ik. 'Dat is het eerste wat je moet doen. Laten we daarmee beginnen.'

'Ik denk dat het iets anders is,' zei Marcus. 'Ik denk niet dat mijn meisje in het ziekenhuis ligt. Ik denk...'

'We weten niet wat er is gebeurd,' onderbrak Belinda hem.

'Iets ergs,' zei Marcus. 'O god.'

'Nou, laten we eerst de ziekenhuizen bellen,' zei ik. 'Al is het alleen maar om dat uit te sluiten. Ik wil ook haar mobiele nummer. Misschien kan mijn technisch medewerker haar op die manier vinden.'

'Natuurlijk,' zei Marcus.

'En ik wil dat jullie de politie bellen. Oké?'

Belinda knikte en Marcus haalde zijn schouders op. 'Die doen niks,' zei hij, 'maar als je erop staat...'

Geen van de ziekenhuizen tussen Manchester en Boston had iemand toegelaten die aan Alexa's signalement voldeed. Toch reageerden Marcus en zijn vrouw niet met de opluchting die je zou verwachten.

In plaats daarvan leek het wel of zij tweeën een diepe angst koesterden waarover ze mij niets wilden vertellen. Blijkbaar hielden ze iets belangrijks achter, iets ergs. Het was, denk ik, vooral een kwestie van instinct dat ik Marcus' verzoek serieus nam. Er was iets helemaal niet in de haak. Ik had een slecht voorgevoel, en dat zou nog erger worden.

Noem het maar de gave van de angst.

8

Alexa bewoog in haar bed.

Het pulserende gevoel in haar voorhoofd had haar wakker gemaakt, een ritmisch pulseren dat steeds krachtiger was geworden en haar uiteindelijk bij bewustzijn had gebracht.

Messteken van pijn prikten achter haar ogen.

Het voelde aan alsof iemand hardnekkig met een ijshaak in de bovenkant van haar schedel sloeg en die fragiele schaal net open had gekregen, zodat de barsten zich door de lobben van haar hersenen tot vlak achter haar voorhoofd verspreidden.

Haar mond was vreselijk droog. Haar tong plakte aan haar gehemelte. Ze probeerde te slikken.

Waar was ze?

Ze kon niets zien.

Er heerste een absolute duisternis. Ze vroeg zich af of ze blind was geworden.

Maar misschien droomde ze.

Toch voelde het niet aan als een droom. Ze herinnerde zich... dat ze met Taylor Armstrong in de Slammer zat te drinken. Er was iets met haar iPhone. Ze lachte om iets. Al het andere was een waas.

Ze herinnerde zich niet hoe ze thuis was gekomen, in het huis van haar vader, hoe ze in haar bed was gekomen met de gordijnen dicht.

Ze ademde een sterke muffe lucht in. Een onbekende lucht. Lág ze wel thuis in bed? Er hing een andere lucht dan in haar kamer in Manchester. De lakens hadden niet de geur van wasverzachter, waar ze zoveel van hield.

Was ze bij iemand anders gaan slapen? Niet bij Taylor, dacht ze. Taylors huis rook naar meubelboenwas met citroengeur, en haar lakens waren altijd te hard. Maar waar zou ze dan kunnen zijn? Ze herinnerde zich... eigenlijk niets, nadat ze met Taylor om iets op haar iPhone had gelachen...

Ze wist alleen dat ze op een bed lag. Geen lakens over haar heen. Die moesten in de loop van de nacht zijn afgegleden. Ze lag liever onder een laken, zelfs wanneer ze op de warmste dagen ergens was waar ze geen airconditioning hadden. Zoals in dat afschuwelijke jaar in Marston-Lee in Colorado, waar ze geen airconditioning hadden en ze je in stapelbedden lieten slapen. Ze had dat kreng van haar kamergenote moeten omkopen om het bovenste bed te krijgen. In het onderste bed had ze zich gevangen, bedreigd gevoeld.

Haar handen lagen langs haar zij. Ze bewoog haar vingers, tastte naar de rand van een laken, en toen streek de rug van haar rechterhand over iets wat glad en toch stevig was. Met haar vingertoppen voelde ze een satijnzacht materiaal over iets hards, als de houten veiligheidslatten langs de zijkanten van haar stapelbed in Marston-Lee, de latten die voorkwamen dat je uit je bed rolde en op de vloer viel.

Was ze in Marston-Lee terug of droomde ze dat alleen maar?

Maar als ze droomde, zou ze dan zo'n barstende hoofdpijn hebben?

Ze wist dat ze wakker was. Ze wist het gewoon.

Maar ze kon nog steeds niets zien. Het was totale duisternis, zonder zelfs maar een sprankje licht.

Ze rook de muffe lucht en voelde het zachte meegevende matras onder zich, en ze voelde de zachte pyjama op haar benen... Haar vingertoppen gleden over het zachte weefsel op haar dijen. Het voelde niet aan als de trainingsbroek die ze anders altijd in bed droeg. Ze had iets anders aan. Geen trainingsbroek, geen pyjama. Ziekenhuiskleding?

Lag ze in een ziekenhuis?

Was ze gewond geraakt, misschien door een ongeluk?

De ijshaak werd dieper en dieper in de grijze materie van haar hersenen gedreven, en de pijn was onbeschrijflijk. Ze wilde niets anders dan zich omrollen en een kussen over haar hoofd trekken. Ze bracht haar knieën omhoog om haar lichaam voorzichtig te laten draaien en op haar zij te gaan liggen, langzaam en geleidelijk, zodat haar hoofd niet uit elkaar zou springen...

En haar knieën kwamen tegen iets aan.

Iets hards.

Geschrokken bracht ze haar hoofd omhoog. Het was bijna een reflex, en haar voorhoofd en de rug van haar neus kwamen ook tegen iets hards aan.

Beide handen vlogen naar buiten en kwamen tegen wanden. Er was maar een paar centimeter ruimte aan weerskanten. Haar knieën kwamen weer omhoog, misschien tien centimeter, en stootten ook tegen een wand.

Nee.

Haar vingers gleden langs de zijden omhoog en naar de bovenkant. Overal was ze omringd door met satijn bedekte wanden, nog geen tien centimeter bij haar vandaan.

Nog eerder dan haar hersenen besefte een dierlijk instinct in haar wat er aan de hand was. Een diep afgrijzen verspreidde zich door haar hele wezen en maakte haar ijskoud en verdoofd.

Ze lag in een kist.

Ze kon het eind van de kist met haar tenen aanraken.

Ze haalde snel adem. Korte, paniekerige stootjes. De lucht kon niet tot haar longen doordringen.

Haar hart ging wild tekeer.

Ze huiverde, en daar kwam geen eind aan.

Ze hapte naar lucht en kon maar een heel klein beetje lucht boven in haar longen krijgen.

Ze probeerde rechtop te gaan zitten, maar haar voorhoofd kwam weer tegen de bovenkant. Ze kon niet bewegen. Kon niet van houding veranderen.

Ze hijgde sneller en sneller, met fladderend hart. Het zweet brak uit over haar hele lichaam, tegelijk warm en koud.

Dit kon niet echt zijn. Dit móést een nachtmerrie zijn, de ergste nachtmerrie die ze ooit had gehad. Gevangen in een kist. Als een...

Satijnen bekleding. Wanden van hout, misschien staal.

Alsof ze in een doodkist lag.

Haar handen trilden, kwamen steeds weer tegen de harde wanden, en intussen hijgde ze keer op keer: '*Nee... nee... nee...*'

Ze dacht al helemaal niet meer aan haar hoofdpijn.

Dat lichte gevoel in haar hoofd, in combinatie met de hardheid in haar buik en de kilte in haar lichaam, het gevoel dat ze altijd had voordat ze het bewustzijn verloor.

En ze was weg.

9

Toen ik weer in de Defender zat en over de 128 South in de richting van Boston reed, was het al twaalf uur geweest. Ik kon het gevoel niet van me afzetten dat Marshall Marcus een ernstige reden had om bang te zijn dat zijn dochter iets was overkomen. Niet zomaar iets wat hij me om de een of andere reden niet wilde vertellen, maar iets wat hij had verwacht.

Met andere woorden: het was geen ongeluk. Zelfs als het niets te maken had met de kortstondige ontvoering van een paar jaar geleden. Misschien was het niets meer geweest dan een ruzie tussen Alexa en haar stiefmoeder, waarna Alexa een dreigement had uitgesproken – *Ik ga weg en kom nooit terug!* – en was vertrokken.

Dan was het trouwens wel volstrekt onbegrijpelijk waarom Marcus me zoiets niet vertelde. Het kon wel zijn dat hij ridderlijk was en het zijn vrouw wilde besparen dat de vuile was van het gezin buiten kwam te hangen, maar het was niets voor Marcus om discreet te zijn. Hij was iemand die met het grootste genoegen over zijn constipatie praatte, over zijn problemen met urineren, en hoe viagra zijn seksleven nog meer had verbeterd dan JDate, het online netwerk voor Joodse singles. Hij was de koning van 'T.V.I.', zoals mijn neefje Gabe zou zeggen: Te Veel Informatie.

Ik stond op het punt Dorothy te bellen en haar te vragen hoe we konden nagaan waar Alexa's telefoontje zich bevond, toen mijn BlackBerry ging. Het was Jillian Alperin, ons kantoormeisje.

'Uw zoon is er,' zei ze.

'Eh, ik heb geen zoon,' zei ik.

'Hij zegt dat jullie twee zouden lunchen.' Op de achtergrond hoorde ik verschrikkelijke muziek die veel te hard werd afgespeeld. Ze had mijn kantoor veranderd in een studentenhuis.

'Oeps. Ja. Hij is mijn neefje. Niet mijn zoon.' Ik had Gabe beloofd dat ik met hem zou lunchen, maar was vergeten het in mijn agenda te zetten.

'Dat is dan gek,' zei ze. 'We hebben net een hele tijd gepraat, Gabe en ik. Ik ging ervan uit dat hij uw zoon was, en hij heeft me niet verbeterd.'

'Ja, nou...' Hij zou het wel willen, dacht ik, maar dat zei ik niet. 'Bedankt. Zeg tegen hem dat ik eraan kom.'

'Die jongen is cool.'

'Ja. Is dat jouw muziek?'

Er volgde een klikgeluid, en de muziek hield op. 'Muziek?'

'Kun je me doorverbinden met Dorothy?' vroeg ik.

10

Gabe Heller was de stiefzoon van mijn broer Roger. Hij was zestien, een erg slimme jongen, maar duidelijk een buitenbeentje. Hij had bijna geen vrienden op de particuliere jongensschool in Washington waar hij heen ging. Hij droeg alleen zwarte kleren: zwarte jeans, zwarte capuchontrui, zwarte Chuck Taylor-sportschoenen. Sinds kort verfde hij zelfs zijn haar zwart. Het is niet gemakkelijk om zestien te zijn, maar voor Gabe Heller moet het extra moeilijk zijn geweest.

Roger, met wie ik geen contact meer had, was een klootzak – om er maar niet omheen te draaien. Hij zat ook in de gevangenis, net als onze vader. Gelukkig had Gabe geen genetische band met zijn vader, anders zou hij nu misschien in een jeugdgevangenis zitten. Blijkbaar was ik de enige volwassene met wie hij kon praten. Ik weet niet wat ik met problematische tieners heb. Misschien voelen ze aan, zoals honden angst ruiken, dat ik nooit iemands ouder zal zijn en dat ik dus veilig ben. Ik weet het niet.

Gabe bracht de zomer in de flat van mijn moeder in Newton door. Hij volgde een cursus kunstgeschiedenis in het kader van een zomerproject voor middelbare scholieren in de Museum School. Hij hield van zijn oma en wilde graag bij zijn moeder Lauren vandaan zijn – die ongetwijfeld blij was dat ze hem in de schoolvakantie niet om zich heen had. Mijn moeder was niet erg streng, en als hij geen les had, kon hij de metro naar de stad nemen en op Harvard Square rondhangen. Hij zal het vast wel prettig hebben gevonden zich een volwassene te voelen.

Toch denk ik dat hij vooral in Boston wilde zijn om mij te kunnen opzoeken, al zou hij dat nooit toegeven. Ik was gek op die jongen en ging graag met hem om. Niet dat het gemakkelijk was. Maar niet alles wat de moeite waard is, is gemakkelijk.

Hij zat op mijn bureaustoel in zijn schetsboek te tekenen. Gabe was een griezelig getalenteerde striptekenaar.

'Werk je aan je stripboek?' zei ik toen ik binnenkwam.

'Het is een grafische roman,' zei hij stijfjes.

'O ja, sorry. Dat was ik vergeten.'

'En hé, goed dat je had onthouden dat we zouden lunchen.' Hij droeg een zwarte capuchontrui, die dichtgeritst was, met riempjes, D-ringen en oogjes eraan. Ik zag een heel klein gouden knopje in zijn linkeroor, maar besloot daar niet de aandacht op te vestigen. Nog niet.

'Sorry, Gabe. Hoe bevalt je zomervakantie je?'

'Saai.'

Daarmee bedoelde Gabe dat het hartstikke spannend was. 'Zullen we ergens gaan lunchen?' zei ik.

'Ik val zowat flauw van de honger.'

'Ik vat dat op als "ja".'

Ik zag Dorothy in de deuropening staan. 'Hoor eens, Nick,' zei ze. 'Dat nummer dat je me gaf? Ik kan de locatie van haar telefoon niet nagaan.'

'Dat is niets voor jou. Dat klinkt... defaitistisch,' zei ik.

'Het heeft niks met defaitisme te maken,' zei ze. 'En ook niets met wat ik kan en niet kan. Het is een kwestie van wetten.'

'Alsof jij je daardoor ooit hebt laten tegenhouden.'

'Het is niet... O, hallo, Gabriel.' Ze klonk opeens ijzig.

Gabe kreunde. Dorothy en hij hadden nooit goed met elkaar kunnen opschieten. Gabe dacht dat hij slimmer was dan zij, wat waarschijnlijk ook zo was, want hij was een schrikbarend intelligente jongen – en ook dat hij beter met computers was, wat niet waar was. Tenminste nog niet. Evengoed was hij zestien, en dat betekende dat hij dácht dat hij beter in alles was. Dat maakte Dorothy zo kwaad.

'Het zit als volgt,' zei ze. 'De telefoon waarvan ik moet uitzoeken waar hij is, behoort toe aan...' Ze keek Gabe geërgerd aan. Ze ging altijd al discreet om met het werk dat ze voor me deed, maar nu was ze extra voorzichtig. Ze besefte dat ik niet wilde dat Gabe wist dat Alexa Marcus was verdwenen. Tenminste, nog niet. 'Kunnen we elkaar onder vier ogen spreken, Nick?'

'Gabe, geef me twee minuten,' zei ik.

'Goed,' snauwde hij, en hij liep mijn kamer uit.

'Zo te horen neem je de zaak echt aan,' zei Dorothy. 'De wonderen zijn de wereld niet uit.'

Ik knikte.

'Kon je het geld niet missen?'

Ik antwoordde sarcastisch: 'Ja, het gaat om geld.'

'Heb je iets tegen geld?'

'Nee, het is... het is ingewikkeld. Het gaat niet om Marshall Marcus. Ik mag zijn dochter graag. Ik maak me zorgen om haar.'

'Waar maakt hij zich zo druk om? Ik bedoel, ze is toch zeventien? Ze gaat een avondje uit, waarschijnlijk naar een club, en gaat met een jongen mee. Dat doen die tieners.'

'Dook jij veel van het ene in het andere bed toen je zo oud was als zij, Dorothy?'

Ze keek me streng aan en hield me een waarschuwende vinger met een lange lila nagel voor. Ik begreep niet hoe ze met zulke lange nagels kon typen.

Ik glimlachte. Hoe weinig ik ook van haar seksleven wist, ik wist in elk geval dat ze bepaald niet het promiscue type was.

'Ik begrijp het ook niet,' gaf ik toe.

'Ik bedoel, als dit kort na die ontvoering op dat parkeerterrein was gebeurd, zou ik me kunnen voorstellen dat hij in alle staten was. Maar dat is toch alweer een paar jaar geleden?'

'Ja. Ik denk dat hij meer weet dan hij me vertelt.'

'Wat bijvoorbeeld?'

'Dat weet ik niet.'

'Misschien moet je hem een paar directe vragen stellen.'

'Dat zal ik doen. Nou, vertel me eens over Facebook.'

'Jou over Facebook vertellen? Het enige wat jij moet weten, Nick, is dat het niets voor jou is.'

'Ik bedoel Alexa. Ze zal toch wel op Facebook staan?'

'Ik geloof dat het een wettelijk vereiste voor tieners is,' zei ze. 'Net als vroeger de dienstplicht.'

'Misschien staat er iets op Facebook. Die kinderen melden toch elke seconde wat ze aan het doen zijn?'

'Hoe kom je erbij dat ik iets van tieners weet?'

'Wil je kijken wat ze op Facebook heeft staan?'

'Dat kan niet, tenzij je een van haar "vrienden" bent.'

'Kun je niet gewoon haar wachtwoord hacken?'

Ze haalde haar schouders op. 'Ik zal eens kijken.'

'Nou, waarom kun je niet nagaan waar Alexa's iPhone is?'

‘Dat is zo ongeveer onmogelijk, tenzij je van de politie bent.’

‘Ik dacht dat iPhone-eigenaren op een bepaalde manier een zoekgeraakte telefoon konden terugvinden.’

‘Dan zouden we haar Mac-gebruikersnaam en wachtwoord moeten hebben. En ik denk niet dat ze haar wachtwoorden aan haar vader vertelt.’

‘Kun je het niet kraken of hacken of wat je ook maar doet?’

‘Ja, ik hoef maar met mijn vingers te knippen en ik zit erin, alsof het tovenarij is. Nee, Nick, daar gaat tijd in zitten. Ik zou een lijst moeten maken van haar huisdieren en van allerlei andere belangrijke gegevens, en dan de tien meest voorkomende wachtwoorden proberen, en dan is de kans nog steeds klein. En zelfs als ik slaag, zit het er dik in dat we niets ontdekken, want het lukt alleen als ze MobileMe op haar telefoon heeft geactiveerd, en het is sterk de vraag of ze dat heeft gedaan. Ze is zeventien en waarschijnlijk niet zover met technologie.’

‘Waarschijnlijk niet.’

‘Je komt er het snelst achter als je AT&T vraagt de telefoon via hun netwerk te *pingen*.’

‘Dat doen ze alleen voor politie en justitie,’ zei ik. ‘Er moet een andere manier zijn om het telefoontje van dat meisje te vinden.’

‘Niet dat ik weet.’

‘Geef je het op?’

‘Ik zei: niet dat ik weet. Ik zei niet dat ik het opgeef. Ik geef het nooit op.’ Ze keek op en zag Gabe bij de deur van mijn kamer staan. ‘Hoe dan ook, ik denk dat je zoon honger krijgt,’ zei ze met een knipoog.

11

Ik ging met Gabe naar Mojo, een bar bij mij in de straat waar je kunt lunchen. Het was echt zo’n Bostonse bar – vijf flatscreens die allemaal sportwedstrijden of sportnieuws lieten zien, veel souvenirs van de Red Sox en Celtics, een voetbalspel achterin, cafévoedsel zoals kippenvleugels, nacho's en hamburgers, een plakkerige vloer van houten planken. Je kon er goed koud bier krijgen, en ook het beruchte plaatselijke brouwsel, Brubaker, waarvan zelfs ik moet toegeven dat het niet te drinken is. De bezoekers waren een tamelijk democratische mix van effectenmakelaars en taxichauffeurs. Een hatelijke recensent had de vaste klanten van Mojo eens vergeleken met de kantinescène in *Star Wars*: die grote verzameling bizarre intergalactische wezens. Herb, de eigenaar, had dat zo mooi gevonden dat hij het artikel liet vergroten en ingelijst aan de muur hing.

'Ik mag dat nieuwe meisje wel dat je in dienst hebt genomen,' zei Gabe.

'Jillian?'

'Ja, ze is cool.'

'Ze is anders; dat is een feit. Nou, vertel eens: mishandelt oma je?'

'Nee, ze is cool.'

'En Lilly? Hoe behandelt Lilly je?'

Lilly was een hond die mijn moeder uit een vijver had gered, een kruising van een Shar-Pei en een buldog. Lilly was niet alleen de lelijkste, maar ook de slechtst gehumeurde, hond ter wereld. Ze was vaak door mensen weggedaan en ik kon me daar wel iets bij voorstellen.

'Ik doe echt mijn best om haar aardig te vinden,' zei Gabe, 'maar ze is... Nou, ik heb de pest aan die hond. En ze stinkt ook nog.'

'Ze is de hellehond. Je moet nooit in haar ogen kijken.'

'Waarom niet?'

'De laatste die dat deed, is ter plekke dood neergevallen. Ze zeggen dat het een hartaanval was, maar...' Ik haalde mijn schouders op.

'Ja, oké.'

'Mis je je eigen huis?'

'Of ik het mis? Meen je dat nou?'

'Is het thuis tegenwoordig niet zo goed?'

'Het is klote.'

'Mag ik je iets vragen?'

'Wat?'

'Dat knopje in je oor?'

In het defensief gedrongen zei hij: 'Wat is daarmee?'

'Weet je moeder dat je een piercing in je oor hebt?'

Hij haalde zijn schouders op. Het antwoord op mijn vraag.

'Dat vergeet ik steeds,' zei ik. 'Het zit aan de linkerkant. Wil dat zeggen dat je homo bent?'

Hij kreeg een kleur, waardoor zijn puistjes vuurrood werden. 'Nee. Links is recht en rechts is link, weet je wel.'

'Aha,' zei ik. 'Dus het is link om homo te zijn?'

'Dat bedoelde ik niet.'

Ik glimlachte. Gabe kon onuitstaanbaar zijn met zijn betweterige tienerhouding. Ik beschouwde het dan ook als mijn burgerplicht hem uit zijn evenwicht te brengen.

Herb nam onze bestelling op. Normaal gesproken stond hij achter de bar, maar tussen de middag waren er nooit veel drinkers. Hij was een zwaargebouwde man met een dikke buik en een zwaar Southie-accent. 'Yo, Nicky,' zei hij. 'Hoe gaat het met de accountantsbusiness? Heb je nog tips voor me, bijvoorbeeld hoe ik kan stoppen met belasting betalen?'

'Dat is makkelijk.'

'O ja?'

'Doe wat ik doe. Gewoon niet betalen.'

Hij zweeg even en barstte toen in lachen uit. Er was niet veel voor nodig om hem aan het lachen te maken.

'Weet je, ik ben eigenlijk actuaris.' Op het bord van ons kantoor stond: 'HELLER & CO – ACTUARIËLE ADVIEZEN.' Dat was een prima dekmantel. Zodra ik tegen mensen zei dat ik actuaris was, stelden ze geen vragen meer.

'Oké, oké,' zei hij. 'Wat is een actuaris ook weer?'

'Verdomd als ik het weet.'

Hij lachte opnieuw. 'Dat moet ik je nageven, man,' zei hij vriendelijk. 'Je weet het goed te brengen. De hele dag cijferen? Ik zou er gek van worden.'

Gabe keek me met een snel, begrijpend glimlachje aan. Ik bestelde een hamburger met frites en vroeg hem ervoor te zorgen dat het geen 'curryfrites' waren, want die waren walgelijk en oneetbaar. Gabe keek op van het menu. 'Hebt u ook vegetarische burgers?' vroeg hij.

'We hebben kalkoenburgers, jongeman,' zei Herb.

Er kwamen rimpels in Gabes voorhoofd en hij hield zijn hoofd schuin. Ik herkende die blik. Het was de hooghartige blik die op school regelmatig tot gevolg had dat hij in elkaar werd geslagen of uit de klas werd gezet. 'O,' zei hij. 'Ik wist niet dat kalkoen een groente was.'

Herb stelde dat niet op prijs. Hij wierp me een snelle zijdelingse blik toe: *wie is dat joch?* Maar hij mocht me te graag om mijn gast op zijn nummer te zetten. 'Wat zou je zeggen van een maaltijdsalade?' zei hij op neutrale toon.

'Jakkes,' zei Gabe. 'Doe mij maar een bord frites met ketchup. En een cola.'

Toen Herb weg was, zei ik: 'Blijkbaar heeft Jillian een nieuwe bekeerling.'

'Jillian zegt dat je agressief wordt van rood vlees,' zei Gabe.

'En is dat erg?'

Hij hapte niet toe. 'Wie weet,' zei hij. 'Hé, oom Nick, weet je, dat was een goed idee van je. Over Alexa's Facebook.'

Ik verstijfde. 'Waar heb je het over?'

'Alexa Marcus? Haar vader die doodsbang is dat haar misschien iets is overkomen?'

Ik keek hem even aan en glimlachte toen. 'Rotzak. Stond je te luisteren?'

'Nee.'

'Kom nou.'

'Wist je dat Dorothy een audiofeed op haar computer heeft, zodat ze alles kan horen wat jij in je kamer zegt?' zei hij opgewonden.

'Ja, Gabe. Dat hebben we zo geregeld. De echte vraag is: weet

Dorothy dat je op haar computer aan het snuffelen was?'

'Alsjeblieft, zeg het niet tegen haar. Alsjeblieft, oom Nick.'

'Nou, wat wou je zeggen over haar Facebook-pagina?'

'Je gaat het haar niet vertellen, hè?'

'Natuurlijk niet.'

'Oké. Ik denk dat ik wel weet waar Alexa gisteravond heen was.'

'Hoe dan?'

'Het stond op haar Facebook-wall.'

'Hoe kon je dat zien?'

'We zijn Facebook-vrienden.'

'O ja?'

'Nou, ik bedoel, eh...' stamelde hij, en hij kreeg een kleur. 'Ze heeft ongeveer elfhonderd Facebook-vrienden, maar ik mocht ook haar vriend worden.' Onwillekeurig klonk hij trots.

'Heel cool,' zei ik, alleen omdat hij zo trots klonk.

'Ze is een paar keer bij oma geweest sinds ik daar ben, en ik heb haar een beetje leren kennen. Ik mag haar graag. Ze is cool. En ze hoeft echt niet aardig voor me te zijn, weet je.'

Ik knikte. Mooie, rijke meisjes als Alexa Marcus waren meestal niet aardig voor irritante nerds als Gabe Heller.

'Nou, waar ging ze heen?'

'Ze ging met Taylor naar de Slammer.'

'Wat is dat?'

'Een dure bar in dat hotel dat vroeger een gevangenis was. Het heet het Graybar Hotel, geloof ik.'

'Taylor – is dat een jongen of een meisje?'

'Een meisje. Taylor Armstrong. Ze is de dochter van senator Richard Armstrong, een van de twee senatoren uit Massachusetts. Taylor en Alexa hebben met elkaar op school gezeten.'

Ik keek op mijn horloge en legde mijn hand op zijn schouder. 'Zullen we het voor ons laten inpakken?' vroeg ik.

'Ga je met Taylor praten?'

Ik knikte.

'Ze is vandaag thuis,' zei Gabe. 'Ze zal wel uitslapen. Ik durf te wedden dat je Alexa daar ook tegenkomt. Oom Nick?'

'Wat?'

'Zeg niet tegen Alexa dat ik het je heb verteld. Dan denkt ze dat ik een stalker ben of zoiets.'

12

Ik vond de senator uit Massachusetts toen hij zijn hondenpoep aan het oprapen was.

Senator Richard Armstrongs grote witte poedel was getrimd met een zogeheten continentaal toilet: geschoren lijf, witte bosjes haar op zijn voeten en staart, een groot wit afrokapsel op zijn kop. De senator droeg een krakend helder blauw overhemd met onberispelijk geknoopte das en zag er even keurig verzorgd uit als zijn hond. Zijn zilvergrijze haar was perfect gekapt, met een scherpe scheiding aan de zijkant. Hij boog met zijn hand in een plastic hondenpoepzakje naar voren, pakte de uitwerpselen van de hond vast en keerde het zakje handig binnenstebuiten. Hij kwam met een rood gezicht overeind en zag me daar staan.

'Senator,' zei ik.

'Ja?' Een behoedzame blik. Als bekende persoonlijkheid moest hij zich zorgen maken over gekken. Zelfs in deze chique buurt.

We stonden in een lang ovaal plantsoen, omgeven door een smeedijzeren hek, midden op Louisburg Square in Beacon Hill. Louisburg Square is een particuliere enclave van grote, tegen elkaar aan gebouwde huizen uit de negentiende eeuw en wordt als een van de stijlvolste buurten van Boston beschouwd.

'Nick Heller,' zei ik.

'O ja,' zei hij met een brede, opgeluchte glimlach. 'Goh, ik dacht even dat u van de buurtvereniging was. Eigenlijk mag je je hond hier niet uitlaten, en sommigen van mijn buren maken zich daar heel druk om.'

'Ik zal het niet vertellen,' zei ik. 'Trouwens, ik heb altijd gevonden dat ze honden moeten leren ónze poep op te ruimen.'

'Ja, nou... Ik zou u een hand geven, maar...'

'Doet u geen moeite,' zei ik. 'Is dit een goed moment?' Ik had contact met hem opgenomen via een wederzijdse vriend, hem verteld wat er aan de hand was en gevraagd of ik bij hem mocht komen.

'Loopt u maar met me mee,' zei hij. Ik volgde hem naar een antiek lijkende afvalbak, waarin hij zijn zakje met inhoud deponeerde. 'Zeg, ik vind het heel erg van dat meisje Marcus. Is er al nieuws? Het is vast alleen maar een ruzie binnen het gezin. Ze is van die leeftijd, weet u.'

Armstrong sprak met het accent van de oude elite van Boston. Dat is heel anders dan wat de meeste mensen zich bij een Boston-accent voorstellen. Het klinkt erg bekakt en het is aan het uitsterven. Bijna niemand praat meer zo, behalve misschien een paar oude walrussen in de Somerset Club. Hij klonk als een kruising van William F. Buckley en Thurston Howell III uit *Gilligan's Island*, die comedyserie. Iemand heeft me eens verteld dat wanneer je naar bandopnamen van Armstrong als jonge man luisterde hij heel anders klonk. In de loop van de jaren had hij dat accent verworven. Toch stamde hij werkelijk uit een oude Bostonse familie. 'Mijn familie is niet met de *Mayflower* in Amerika aangekomen,' had hij eens gezegd. 'We stuurden de bedienden met de *Mayflower* mee.'

We stonden voor zijn huis – geronde voorkant, pas geverfde zwarte luiken, glanzende zwarte deur, grote Amerikaanse vlag – en hij beklom de grijs geverfde betonnen traptreden. 'Nou, als ik ook maar iets kan doen om te helpen, moet u het maar vragen,' zei hij. 'Ik heb vrienden.'

Hij keek me met zijn beroemde glimlach aan, waaraan hij het als gematigde Republikein te danken had dat hij al vier keer in de Senaat was gekozen. Een journalist had de Armstrong-glimlach eens met een warm vuur vergeleken. Maar van dichtbij leek die glimlach meer op een kunstmatige haard, met nagemaakte aardewerken 'houtblokken' die rood waren geverfd om de schijn te wekken dat ze gloeiden.

'Prima,' zei ik. 'Ik wil graag met uw dochter praten.'

'Mijn dochter? Dan verspilt u uw tijd. Volgens mij heeft Taylor dat meisje van Marcus in geen maanden gezien.'

'Ze hebben elkaar gisteravond gezien.'

De senator verplaatste zijn gewicht van de ene naar de andere voet. Zijn poedel jengelde, en Armstrong gaf een ruk aan de riem. 'Dat wist ik niet,' zei hij ten slotte. 'Hoe dan ook, Taylor is aan het winkelen. Dat meisje mag graag winkelen.' Hij keek me aan met de gekwelde glimlach waarmee mannen andere mannen aankijken en die meestal zoiets betekent als: vrouwen – eigenlijk jammer dat je ze niet kunt missen.

'Misschien kunt u dat nog eens nagaan,' zei ik. 'Ze is op dit moment in haar kamer.'

Gabe volgde haar constante stroom Facebook-postings voor me en sms'te me telkens het nieuws. Ik wist niet hoe, want hij was geen Facebook-'vriend' van Taylor, maar hij had een manier gevonden.

Een paar minuten geleden had Gabe me gemaild dat Taylor Armstrong haar 1372 'vrienden' had verteld dat ze naar een oude aflevering van *Gilmore Girls* keek en zich doodverveelde.

'Ik denk dat zij en haar moeder...'

'Senator,' zei ik, 'wilt u haar voor me halen? Dit is belangrijk. Of moet ik gewoon naar haar mobiele nummer bellen?'

Natuurlijk had ik Taylor Armstrongs mobiele nummer niet, maar dat bleek ik ook niet nodig te hebben. Armstrong nodigde me uit om binnen te komen, al deed hij niet meer zijn best om zijn ergernis te verbergen. De poedel jengelde weer, en Armstrong rukte aan de riem. Verdwenen was de glimlach waarmee hij verkiezingen won. De elektrische haard was uitgezet.

13

Taylor Armstrong kwam de werkkamer van haar vader in als een kind dat bij de schooldirecteur moest komen. Ze probeerde haar angst te camoufleren met norsheid. Ze ging in een grote gecapitonneerde stoel zitten waar een kelim overheen was gehangen en sloeg haar benen over elkaar, het ene bovenbeen stevig onder het andere onderbeen. Haar armen had ze ook over elkaar, en haar schouders had ze ingetrokken. Als ze een schildpad was, zou ze diep in haar schaal zitten.

Ik zat in een stoel tegenover haar, terwijl senator Armstrong, die een bril met halve glazen droeg, papieren doornam aan zijn eenvoudige mahoniehouten bureau. Hij deed alsof hij ons negeerde.

Het meisje was aantrekkelijk, zelfs erg aantrekkelijk. Haar haar was zwart, duidelijk geverfd, en ze had haar ogen zwaar opgemaakt. Ze kleedde zich als een rijk meisje dat niet spoorde, en blijkbaar was dat ook het geval; ze ging naar hetzelfde verbeteringsgesticht voor rijke meisjes waar Alexa ook een jaar was geweest. Ze droeg een tanktopje van bruine suède met een grof turkooizen halssnoer, een strakke spijkerbroek en korte bruine leren laarsjes.

Ze hield haar blik op het oude Perzische tapijt gericht en zei niets. Ik stelde me voor en zei: 'Ik wil je graag een paar vragen stellen over Alexa.'

Het leek wel of ze gefascineerd werd door de patronen in het kleed.

'Alexa wordt vermist,' zei ik. 'Haar ouders maken zich de grootste zorgen.'

Ze keek kribbig op. Een ogenblik leek het of ze iets wilde zeggen, maar blijkbaar veranderde ze van gedachten.

'Heb je van haar gehoord?' vroeg ik.

Ze schudde haar hoofd. 'Nee.'

'Wanneer heb je haar voor het laatst gezien?'

'Gisteravond. We zijn uit geweest.'

Ik was blij dat ze er niet over probeerde te liegen. Of misschien had haar vader haar ingeseind toen hij naar boven ging om haar te halen.

'Zullen we een eindje gaan wandelen?' vroeg ik.

'Wandelen?' Ze zei het met walging, alsof ik haar had uitgenodigd de kop van een levende vleermuis af te bijten.

'Ja. Even de frisse lucht in.'

Ze aarzelde, en haar vader zei zonder zelfs maar van zijn papieren op te kijken: 'Jullie kunnen hier praten.'

Even leek het erop dat ze in de val zat. Toen zei ze tot mijn verbazing: 'Ja, ik wil best even het huis uit.'

Vanaf Louisburg Square staken we Mount Vernon Street over en liepen de steile helling van Willow Street af. 'Ik dacht dat je wel een sigaret kon gebruiken.'

'Ik rook niet.'

Maar ik had het aan haar geroken toen ze de trap af kwam. 'Ga gerust je gang. Ik vertel het niet aan je vader.'

Het was bijna niet te zien, maar haar gezicht werd milder. Ze haalde haar schouders op en haalde een pakje Marlboro en een gouden Dupont-aansteker uit haar zwarte handtasje.

'Ik zal je vader niet eens over de valse identiteitsbewijzen vertellen,' zei ik.

Ze wierp me een snelle zijdelingse blik toe, terwijl ze de aansteker met dat typische pinggeluid liet openklappen. Ze klikte met een kordate beweging het vlammetje aan, stak een sigaret aan en zoog de rook in haar longen.

'Je mag in deze staat pas drinken op je eenentwintigste,' zei ik. 'Hoe kun je hier anders iets te drinken krijgen?'

Als een filmster van vroeger blies ze twee straaltjes rook uit haar neusgaten. Ze zei niets.

Ik ging verder. 'Toen ik nog jong was, vervalste ik identiteitsbewijzen voor mijn vrienden en mij. Ik gebruikte de donkere kamer op school. Sommige vrienden van me vroegen een "internationale studentenkaart" aan.'

'Dat is niet gek.'

'Tegenwoordig moet het gemakkelijker zijn, met scanners en Photoshop en zo.'

'Moeilijker,' zei ze. 'Veel moeilijker. Er staan hologrammen en dat soort dingen op rijbewijzen. Het is veel gemakkelijker gewoon een identiteitsbewijs van iemand anders te kopen.'

We liepen naar West Cedar Street door een smal straatje dat Acorn Street heette en waarvan de keistenen lang geleden uit de rivier de Charles waren gebaggerd. Het was een echte straat, en hij was charmant om te zien, maar ik geloofde niet dat de Defender erin zou passen. Bovendien zouden die ronde keistenen desastreus zijn geweest voor de ophanging.

'Waarom wilde je vader niet dat je met me praatte?'

Ze haalde haar schouders op.

'Geen idee?'

'Waarom denkt u?' zei ze fel. 'Omdat hij senátor is. Het draait allemaal om zijn carrière.'

'Mogen dochters van senators zich niet amuseren?'

Ze lachte schamper. 'Als ik mag afgaan op wat ik heb gehoord, heeft hij zich enórm geamuseerd voordat hij mijn moeder leerde kennen.' Ze zweeg even om haar volgende woorden meer effect mee te geven. 'En daarna ook.'

Ik ging daar niet op in. De geruchten waren vast wel waar. Richard Armstrong had een reputatie, en niet zozeer vanwege zijn werk als volksvertegenwoordiger. 'Jullie zijn samen naar de Slammer geweest,' zei ik. Ik wachtte een hele tijd op haar antwoord – vijf, tien seconden.

'We hebben alleen een paar glazen gedronken,' zei ze ten slotte.

'Had je het gevoel dat ze van streek was? Dat ze zich kwaad maakte op haar ouders?'

'Niet meer dan anders.'

'Zei ze dat ze het huis uit wilde, dat ze wilde weglopen?'

'Nee.'

'Heeft ze een vriendje?'

'Nee.' Ze klonk vijandig, alsof dat alles mij niet aanging.

'Zei ze dat ze bang voor iets was? Of voor iemand? Ze is een keer ontvoerd op een parkeerterrein...'

'Dat weet ik,' zei ze smalend. 'Ik ben haar beste vriendin.'

'Nou, was ze bang dat er opnieuw zoiets met haar zou gebeuren?'

Ze schudde haar hoofd. 'Ze zei wel dat haar vader zich vreemd gedroeg.'

'Hoe bedoel je, vreemd?'

'Misschien zat hij in de problemen. Ik weet het echt niet meer. Ik was op dat moment een beetje kachel.'

'Waar ging ze na de Slammer naartoe?'

'Hoe moet ik dat nou weten? Ik neem aan dat ze naar huis ging.'

'Zijn jullie samen uit de bar vertrokken?'

Ze aarzelde. 'Ja.'

Dat was zo'n overduidelijke leugen dat ik haar er niet meteen op wilde aanspreken, want dan was de kans dat ze meewerkte misschien voorgoed verkeken.

Plotseling gooide ze eruit: 'Is er iets met Lexie gebeurd? Wéét u iets? Heeft iemand haar iets aangedaan?'

We waren op de hoek van Mount Vernon Street blijven staan en wachtten tot een stel dat voorbijkwam buiten gehoorsafstand was. 'Misschien,' zei ik.

'Misschien? Wat betekent dat nou weer?'

'Het betekent dat je me alles moet vertellen.'

Ze gooide haar sigaret op het trottoir van klinkers, drukte hem met haar hak uit en haalde er nog een uit haar handtasje. 'Oké, ze heeft een man ontmoet.'

'Weet je zijn naam nog?'

Ze schudde haar hoofd en stak de sigaret aan. Blijkbaar wilde ze me niet aankijken. 'Een Spaans type, geloof ik. Ik weet het niet meer. Hun namen klinken voor mij allemaal hetzelfde. Marco. Alfredo. Zoiets.'

'Was je bij haar toen ze die man ontmoette?'

Ik zag dat ze allerlei berekeningen uitvoerde. Als dit, dan dat. Als ze zei dat ze niet bij Alexa was geweest, waarom dan niet? Waar was ze dan geweest? Als twee meisjes naar een bar gaan, blijven ze bijna altijd bij elkaar. Ze gaan niet afzonderlijk op mannenjacht. Ze beschermen elkaar, geven elkaar tekens, beoordelen kandidaten voor elkaar. En soms wedijveren ze natuurlijk om een man. Maar meestal werken ze als team.

'Ja,' zei ze, 'maar de muziek was hard en ik kon zijn naam niet goed verstaan. En ik was toen ook al flink aangeschoten en wilde naar huis.'

'De man heeft niet geprobeerd jou te versieren?'

Ze kneep haar oogleden enigszins samen. Nu was het een kwestie van trots. 'Die kerel was zo stom,' zei ze. 'Ik heb hem afgepoeierd.'

'Gingen ze samen weg?' vroeg ik.

Ze wachtte zo lang dat ik dacht dat ze me misschien niet had gehoord. Net toen ik de vraag wilde herhalen, zei ze: 'Dat zou kunnen. Ik weet het echt niet.'

'Waarom weet je het niet?'

'Omdat ik als eerste wegging.'

Ik wees haar niet op de tegenstrijdigheid. 'Ben je meteen naar huis gegaan?'

Ze knikte.

'Heb je gelopen?' Vanuit het centrum hoefde je alleen maar de helling op te lopen om bij Louisburg Square te komen. Het was maar een klein eind, tenzij je dronken was en naaldhakken droeg.

'Taxi.'

'Heb je in de loop van de nacht iets van Alexa gehoord?'

'Waarom zou ik?'

'Kom nou, Taylor. Jullie meiden brengen verslag uit van elke minuut van jullie leven, met sms'jes of op Facebook of weet ik veel. Jullie geven het al door als jullie je tanden poetsen. Wou je zeggen dat ze je niet heeft gesms't met "oei, ik ben bij hem thuis" of zoiets?'

Ze keek minachtend en rolde weer met haar ogen.

'Je hebt niets meer van haar gehoord vanaf het moment dat je gisteravond uit de Slammer vertrok?'

'Zo is het.'

'Het je geprobeerd haar te bellen?'

Ze schudde haar hoofd.

'Of haar een sms'je te sturen?'

Ze schudde opnieuw haar hoofd.

'Je hebt dus geen contact met haar opgenomen om te vragen hoe het de rest van de avond was gegaan. Ik dacht dat jullie BFF's waren.' Op de een of andere manier kende ik die chatterm voor *best friends forever*, hartsvriendinnen.

Ze haalde haar schouders op.

'Begrijp je wel dat als je tegen me liegt, als je iets verborgen houdt, je misschien het leven van je beste vriendin in gevaar brengt?'

Ze schudde haar hoofd en liep de straat door, bij mij vandaan. 'Ik heb niets gehoord,' zei ze zonder zich om te draaien.

Mijn instinct gaf me in dat ze inderdaad niets van Alexa had gehoord. Maar natuurlijk loog ze wel over iets. Haar schuldgevoel lichtte op als een neonbord. Misschien wilde ze geen slechte vriendin lijken. Misschien had ze Alexa in de steek gelaten omdat ze zelf een leuke jongen had ontmoet.

Ik belde Dorothy en zei: 'Heb je al ontdekt waar Alexa's telefoontje is?'

'Nee. We moeten de hulp inroepen van iemand bij de politie, Nick. Daar kunnen we niet omheen.'

'Ik heb een idee,' zei ik.

14

Als je voor je werk clandestiene dingen moet doen, zoals ik, leer je hoeveel kracht er van geheimen uitgaat. Een geheim kan je overwicht op iemand geven, zelfs macht, of het nu in de gangen van het Capitool is of in de gangen van een middelbare school, in een directiekamer, een lerarenkamer of op de paardenrenbaan.

De meeste geheimen worden bewaard om criminaliteit, misbruik of mislukkingen te verbergen. Ze kunnen een carrière vernietigen of een vijand ondermijnen, en ze hebben al menige wereldleider ten val gebracht. In Washington, waar je zo belangrijk bent als de geheimen die je kent, draait alles om geheimen.

Het was tijd dat ik er gebruik van maakte.

Toen ik bij Stoddard Associates in Washington werkte, deed ik een karwei voor een afgevaardigde uit Florida die er één termijn op had zitten en een felle herverkiezingsstrijd moest leveren. Zijn tegenstander had een exemplaar in handen gekregen van het contract van een appartement in Sarasota dat hij voor zijn vriendin, een serveerster in een Hooters-restaurant, had gehuurd. Dat was nieuws voor zijn vrouw, de moeder van zijn zes kinderen, en het kwam de afgevaardigde, die altijd op gezinswaarden hamerde, bijzonder ongelegen. Ik deed wat opruimwerk en het hele papieren spoor verdween. De serveerster vond een baan in Pensacola. Haar huisbaas kon zich niet herinneren dat hij het appartement aan de afgevaardigde had verhuurd en zei dat het huurcontract een vervalsing moest zijn. De afgevaardigde won de verkiezingen op het nippertje.

Het was geen karwei waar ik trots op was, maar inmiddels was de afgevaardigde een vooraanstaand lid van de commissie voor justitie van het Huis van Afgevaardigden geworden, de commissie die toezicht hield op onder andere de FBI. Hij stond niet bij me in het krijt, want hij had goed betaald voor de 'researchwerkzaamheden' die de firma Stoddard voor hem had verricht, maar ik wist bepaalde dingen over hem, en dat was nog veel erger. Ik belde hem op zijn privélijn en vroeg hem voor me naar het kantoor Boston van de FBI te bellen.

Ik zei dat ik met een hogere functionaris moest praten. Nu meteen.

Ik zag dat er een parkeerplek zou vrijkomen in Cambridge Street, recht tegenover het FBI-gebouw, iets wat ongeveer zo vaak voorkomt als een zonsverduistering. Ik parkeerde even dubbel en wachtte tot de vrouw in de Buick, die net haar motor had aangezet, zou wegrijden.

Maar ze nam de tijd. Eerst moest ze haar lipstick bijwerken; toen moest ze iemand bellen. Ik wachtte nog tien seconden en gaf het toen op.

Intussen belde ik Marcus. 'Marshall, wat heeft de politie tegen je gezegd?'

'De politie? O, je weet wel, de gebruikelijke onzin. Als ze vanavond nog niet terug is, kan ik aangifte van vermissing doen.'

'Nou, daar wachten we niet op.'

'Weet je iets?'

'Nee,' zei ik zonder omhaal. 'Zodra ik iets weet, geef ik het aan je door.'

Ik besloot niet langer op de vrouw in de auto te wachten en reed verder.

15

Het kantoor Boston van de FBI is gevestigd op 1 Center Plaza en maakt deel uit van het afschuwelijke Government Center-complex, dat door sommige architecten als 'imposant' wordt geprezen maar de meeste Bostonners een doorn in het oog is, een betonnen litteken op het gezicht van onze mooie stad. Het enige positieve dat ik over Government Center kan zeggen, is dat het ooit de inspiratie vormde voor een goed nummer van de protopunkband The Modern Lovers.

Toen ik op de vijfde verdieping uit de lift stapte, zag ik een kolossaal gouden FBI-zegel aan de wand, en ook een poster met de tien meest gezochte personen. In een kleine wachtruimte stonden een metaaldetectorpoortje en een draagbaar röntgenapparaat voor bagage, geen van beide in gebruik. Twee receptionistes zaten achter een ruit van kogelvrij glas.

Ik schoof mijn rijbewijs in een vakje als bij het loket van een bank, en ze liet me mijn BlackBerry inleveren. In ruil daarvoor kreeg ik een badge met BEGELEIDING VEREIST in rode letters.

Een van de vrouwen achter de ruit sprak in een telefoon en zei tegen me dat iemand me over een paar minuten zou komen halen.

Ik wachtte. Er was niets om naar te kijken, behalve een foto van de president in een lijst die scheef aan de muur hing, en een verzameling folders waarin reclame werd gemaakt voor een carrière bij de FBI. Geen kranten of tijdschriften. Omdat ik mijn BlackBerry niet meer had, kon ik mijn mail niet bekijken en kon ik ook niemand bellen.

Ik wachtte nog wat langer.

Na een halfuur ging ik naar de vrouw achter de ruit terug en vroeg haar of ze me vergeten waren. Ze verontschuldigde zich, verzekerde me van niet, maar gaf geen verklaring.

Als ze je tien of vijftien minuten laten wachten, is er waarschijnlijk een bespreking uitgelopen. Als het meer dan drie kwartier is, willen ze je daarmee een signaal geven.

Ik zat daar al bijna een uur toen de FBI-man verscheen.

Hij zag er niet uit zoals ik had verwacht. Hij was een lompe kerel die eruitzag alsof hij aan gewichtheffen deed. Hij was helemaal kaal, het soort glimmend kaal waar veel werk voor nodig is: je moet je hoofd vaak scheren en in de was zetten en weet ik veel. Hij droeg een horloge dat op een Rolex moest lijken, een grijs pak met te korte mouwen, een wit overhemd dat te strak om zijn hals zat en een gestreepte regimentsdas.

'Meneer Heller?' zei hij met een diepe, rommelende stem. 'Gordon Snyder.'

Hij stak me een hand toe die zo groot en gelooid was als een oude honkbalhandschoen en schudde de mijne veel te hard. 'Assistent Special Agent in Charge,' voegde hij eraan toe.

Dat betekende dat hij een van de hoge jongens in het kantoor Boston van de FBI was, met alleen de Special Agent in Charge boven hem. Dat moest ik mijn schuinsmarcherende afgevaardigde uit Sarasota nageven.

Snyder duwde de deur open en leidde me door een lege witte gang naar zijn kantoor, waar een vermoeide secretaresse niet eens van haar computer opkeek toen we voorbijkwamen. Zijn eigen kamer was groot en keek uit op Cambridge Street. Een lang bureau, twee computermonitors, een grote flatscreen-tv met het geluid uit, afgestemd op CNN. Een ronde vergadertafel met glazen blad en een rode bank van imitatieleer. Achter zijn bureau aan elke kant een vlag, de Amerikaanse vlag en de lichtblauwe vlag van de FBI. Voor overheidsbegrippen was dit een toonbeeld van binnenhuisarchitectuur.

Hij ging achter zijn smetteloos schone bureau met glazen blad zitten en trok zijn schouders in. 'Ik begrijp dat u tegenwoordig in de privésector werkt, meneer Heller.'

'Ja.' Dat was blijkbaar zijn niet al te subtiele manier om me te laten weten dat hij een dossier over me had gelezen en wist wat ik vroeger had gedaan.

'Wel, wat kan ik voor u doen?'

'Ik help een vriend met het zoeken naar zijn dochter,' zei ik.

Hij trok meelevend zijn wenkbrauwen samen. 'Hoe heet het meisje?'

'Alexa Marcus.'

Hij knikte. De naam zei hem blijkbaar niets.

'Haar vader is Marshall Marcus. Een hedgefondsman in Boston.'

'Hoe oud is ze?'

'Zeventien.'

Hij knikte opnieuw en haalde zijn schouders op. 'En waarom is dit een zaak voor de FBI?'

'Omdat haar vader zo rijk en prominent is...'

'Is ze ontvoerd?'

'Misschien.'

'Is er losgeld gevraagd?'

'Nog niet, maar gezien de omstandigheden en haar eigen voorgeschiedenis...'

'Dus u zegt dat de vader bang is dat zijn dochter *misschíén* is ontvoerd.'

Er was iets vreemds aan Snyders gezicht. Hij keek zo verbaasd dat het bijna komisch was. Of sarcastisch. 'Huh. Weet u wat ik zo vreemd vind, meneer Heller? Waarom heeft de politie van Boston geen contact met ons opgenomen?'

'Dat hadden ze beslist moeten doen.'

'Dat weet ik. Normaal gesproken is dat het eerste wat ze doen als ze met een zaak als deze te maken krijgen. Ontvoeringen vallen onder de FBI. Je vraagt je af waarom ze dat niet hebben gedaan.'

Ik haalde mijn schouders op. 'Nou, wat de reden ook was, als u ervoor kunt zorgen dat haar telefoon wordt *gepingd...*'

Maar Snyder was nog niet uitgesproken. 'Ik vraag me af of de réden,' zei hij met grote nadruk, 'waarom ze geen contact met ons hebben opgenomen het feit is dat niemand hen van de vermissing van het meisje op de hoogte heeft gesteld. Zou dat het misschien kunnen verklaren?' Hij vouwde zijn handen samen, sloeg zijn ogen neer en keek mij toen weer aan. 'Weet u, Marshall Marcus heeft het helemaal niet aan de politie doorgegeven. Interessant, nietwaar? Je zou toch denken dat hij de politie en de FBI met telefoontjes zou bestoken om ze naar zijn dochter te laten zoeken. Als het míjn dochter was, zou ik nog geen twee seconden wachten. U wel?' Hij keek me scherp aan, zijn bovenlip opgetrokken van walging.

'Hij heeft de politie gebeld,' zei ik opnieuw. 'Een paar uur geleden. Misschien is het nog niet geregistreerd.'

Hij schudde zijn hoofd en zei met ferme stem: 'Hij heeft niet gebeld.'

'U beschikt over verkeerde informatie.'

'Wij beschikken over uitstékende informatie wat Marcus betreft,' zei hij. 'We weten zeker dat noch hij noch zijn vrouw naar de politie heeft gebeld. Niet vanuit een van de vier vaste lijnen die hij in zijn huis heeft. En ook niet met een van zijn twee mobiele telefoons. Evenmin met de mobiele telefoon van zijn vrouw. Of via een vaste lijn bij Marcus Investments.'

Ik zei niets.

Hij keek me lang en ernstig aan. 'Zo is het. In opdracht van de rechter houden we Marshall Marcus nu al een hele tijd in de gaten. Zoals hij ongetwijfeld zelf weet. Heeft hij u hierheen gestuurd, meneer Heller?'

Gordon Snyders ogen waren klein en zaten diep in hun kassen, waardoor ze op de kraaloogjes van insecten leken. 'Alstublieft, ontkent u nu maar niet dat u Marcus vanmorgen in zijn huis in Manchester hebt gesproken, meneer Heller. Bent u daarom hier? Als zijn vertegenwoordiger? Probeert u na te gaan wat we over hem te weten zijn gekomen?'

'Ik ben hier omdat het leven van een meisje misschien in gevaar is.'

'Is dat hetzelfde meisje dat naar een speciale strenge school is gestuurd omdat ze steeds weer gedragsproblemen had op haar particuliere school?'

Ik probeerde mijn zelfbeheersing niet te verliezen, maar dat kostte me grote moeite. 'Ja. Nadat ze was ontvoerd. Zoiets gaat je niet in de kouwe kleren zitten. U snapt het blijkbaar nog niet. Wij staan aan dezelfde kant.'

'U werkt toch voor Marcus?'

'Ja, maar...'

'Dan staan we aan verschillende kanten. Is dat duidelijk?'

16

Alexa voelde dat haar hart steeds sneller bonkte. Ze hoorde het. In de verschrikkelijke stilte, waarin ze zelfs kon horen dat ze haar eigen oogleden dichtdeed, klonk haar hartslag als tromgeroffel. Ze voelde een jeukende warmte en tegelijk een door merg en been gaande kou, en ze huiverde onbedaarlijk.

'Je kunt me horen, nietwaar, Alexa?' zei de blikkerige stem.

Het zuur schroeide haar slokdarm. Ze kokhalsde en had een gevoel alsof ze haar hele maag eruit zou kotsen. Er spatte een beetje braaksel op haar vochtige shirt, maar daarna zakte het zuur weer weg.

Ze zou rechtop moeten zitten om haar mond leeg te maken, maar ze kon niet rechtop zitten. Ze kon haar hoofd maar een paar centimeter omhoogkrijgen. Ze kon zich niet eens op haar zij draaien. Ze zat gevangen.

Ze kon niet bewegen.

Nu kokhalsde ze van het braaksel dat door haar keel terugliep.

'Alsjeblieft, beheers je,' zei de stem. 'Als je iets overkomt, kunnen we je doodkist niet openmaken.'

'Doodkist...' fluisterde ze.

'Er is geen reden waarom je zou sterven. We willen niet dat je sterft. We willen alleen je vader overhalen om met ons samen te werken.'

'Hoeveel geld willen jullie?' fluisterde ze. 'Vertel me maar gewoon wat jullie willen, dan zal mijn vader het jullie geven.'

'Waarom denk je dat we geld willen, Alexa? En zelfs als we geld wilden: je vader heeft niets.'

'Mijn vader is... Hij is schandalig rijk. Hij kan jullie alles betalen wat jullie willen. Hij zal het allemaal aan jullie geven, alles wat hij heeft, als jullie me alsjeblieft alsjeblieft alsjeblieft nu vrijlaten.'

'Alexa, je moet nu heel, heel goed naar me luisteren, want daar hangt het van af of je dit overleeft.'

Ze slikte. Er zat een brok in haar keel.

'Ik luister,' fluisterde ze.

'Ik kan je niet horen.'

Ze probeerde luider te spreken. 'Ik... Ik luister.'

'Goed. Nou, Alexa, ik heb je al verteld hoe je je behoefte moet doen. Nu moeten we het over je ademhaling hebben. Oké? Luister je?'

Ze huiverde en kreunde. 'Alsjeblieft...'

'Ik wil dat je weet dat je lucht in je doodkist hebt, maar het is niet zoveel.'

'Niet... zoveel?' fluisterde ze.

'Luister goed. Als we je gewoon in de doodkist hadden gelegd en hem hadden afgesloten en in de grond gestopt, zou je het nog geen halfuur hebben uitgehouden. Maar we weten dat je meer tijd nodig hebt.'

Ze hoorde 'in de grond' en beet zo hard op haar onderlip dat ze bloed voelde opkomen. 'Onder de grond?' fluisterde ze.

'Ja. Je ligt in een stalen doodkist diep onder de grond. Je bent begraven onder drie meter aarde. Alexa, je bent levend begraven. Maar dat wist je vast al wel.'

Er explodeerde iets in haar hersenen: felle vonken van licht. Ze schreeuwde met stembanden zo rauw dat er alleen een schor gepiep uitkwam, maar in de duisternis en de absolute stilte klonk het oorverdovend hard.

17

Er zat een fluorescerende oranje parkeerbon onder de ruitenwisser van de Defender. Die verrekte Snyder. Als hij zijn machtsspelletje niet had gespeeld, me niet zo lang had laten wachten, zou de metertijd niet zijn verstreken. Ik voelde er veel voor om hem de rekening te sturen.

Ik had mijn BlackBerry al tevoorschijn gehaald om Marcus te bellen, toen ik een vrouwenstem achter me hoorde: 'Nico?'

Die bijnaam werd door bijna niemand meer gebruikt, behalve door een paar mensen die ik lang geleden in Washington had gekend.

Ik voelde al wie ze was, rook het misschien zelfs, voordat ze op mijn schouder tikte. Zonder me zelfs maar om te draaien zei ik: 'Diana?'

'Je hebt die Defender nog steeds, zie ik,' zei ze. 'Dat mag ik wel. Je bent niet veel veranderd, hè?'

'Hé,' zei ik, en ik omhelsde haar. Een ogenblik wist ik niet of ik haar op de mond moest kussen – per slot van rekening lag die tijd ver achter ons –, maar ze loste het dilemma op door me haar wang voor te houden. 'Je ziet er geweldig uit.'

Ik loog niet. Diana Madigan droeg een strakke spijkerbroek, versleten bruine cowboylaarzen en een smaragdgroen topje dat de rondingen van haar borsten accentueerde en haar verrassend lichtgroene ogen goed tot hun recht liet komen. Statistisch gezien komen groene ogen bij nog geen twee procent van de wereldbevolking voor.

Dat was trouwens niet het enige bijzondere aan haar. Een vrouw als zij had ik nog nooit ontmoet. Ze was sterk, meevoelend en stijlvol. En mooi. Ze had een strak, lenig lichaam met een kop vol wild golvend haar dat zich aan zijn eigen natuurwetten hield. Het was licht honingbruin met kastanjebruine *highlights*. Haar neus was krachtig, maar delicaat, met enigszins verwijde neusgaten. Het enige spoor dat de jaren op haar hadden achtergelaten, bestond uit de vage lachrimpeltjes bij haar ogen.

We hadden elkaar in vijf of zes jaar niet gezien, niet sinds ze van het kantoor Washington van de FBI was overgeplaatst naar Seattle en had gezegd dat ze geen relatie op afstand wilde. Onze relatie was oppervlakkig geweest – we waren meer dan zomaar vrienden geweest, maar zetten elkaar niet onder druk en koesterden geen verwachtingen. Het was geen drug geweest die onvermijdelijk tot een langdurige verslaving leidde. Zo wilde ze het, en met de lange werkuren en de vele reizen die ik maakte kwam het me goed uit. Ik genoot van haar gezelschap en zij genoot van het mijne.

Evengoed: toen Diana me belde om te zeggen dat ze naar Seattle was verhuisd, was ik eerst verbijsterd, maar algauw diep gekwetst. Ik had nooit eerder iemand als zij ontmoet en was ervan overtuigd dat ik nooit meer zo iemand zou ontmoeten, en het verbaasde me dat zij er niet hetzelfde over dacht. Ik ben het niet gewend dat vrouwen bij me weg lopen, maar in dit geval was niet alleen mijn ego gekwetst. Ik was in mezelf teleurgesteld omdat ik haar zo slecht bleek te kennen. Tot dan toe had ik het altijd een van mijn natuurtalenten gevonden dat ik anderen zo goed kon doorgronden.

Ze was niet het type dat diepe gesprekken wilde voeren, zoals veel vrouwen willen. In dat opzicht kwam haar emotionele architectuur overeen met de mijne. Daarom was mijn relatie met Diana Madigan in de archiefkast voor onopgeloste zaken in mijn hoofd verdwenen.

Aan de andere kant heb ik onopgeloste zaken altijd onweerstaanbaar gevonden.

'Ik zie eruit als een wrak, en dat weet je best,' zei ze. 'Ik kom net uit de nachtdienst en ben op weg naar huis.'

'Sinds wanneer doe je nachtdienst?'

'Ik ben de hele nacht met viezeriken aan het msn'en geweest alsof ik een meisje van veertien was.'

'O ja? Wat toevallig. Ik ook.'

'Deze specifieke griezel is eenenvijftig,' zei ze zonder op mijn reactie in te gaan. Over haar werk maakte ze nooit grappen. 'We hebben afgesproken dat we elkaar in een motel in Everett gaan ontmoeten. Zal híj even opkijken!'

'Dus je werkt nog bij CARD?'

'Ja, eigenlijk is het niet te geloven.'

CARD was de afdeling Child Abduction Rapid Deployment van de FBI, het team dat snel ingezet kon worden bij ontvoering van een kind. Het was hartverscheurend werk. De dingen die ze te zien kreeg: ik heb nooit begrepen hoe ze het volhield. Ik dacht dat ze er inmiddels wel op afgeknapt zou zijn.

Ze droeg geen trouwring, en ik kon er alleen maar van uitgaan dat ze ook geen kinderen had. Ik vroeg me af of ze die ooit zou willen, nadat ze had gezien wat er allemaal met kinderen kon gebeuren.

'Zal ik je een lift naar huis geven?' zei ik.

'Hoe weet je dat ik mijn auto hier niet heb staan?'

'Dan zou je hem in de ondergrondse parkeergarage hebben, zoals alle FBI-personeelsleden. Bovendien zou je dan je autosleutels in je linkerhand hebben. Vergeet niet: ik ken je.'

Ze wendde haar ogen af. Gegeneerd? In elk geval ondoorgrondelijk. Zoals altijd was ze het emotionele equivalent van krypton. 'Ik woon in het South End. Ik wilde de metro nemen.'

Ik maakte het portier aan de passagierskant voor haar open.

18

'Dus nu neemt de volgende ploeg het msn'en over?'

'Dat kan niet,' zei Diana. 'Daders kunnen soms aanvoelen dat ze met iemand anders te maken hebben. Zelfs in korte msn-berichtjes kunnen subtiele nuances van toon en ritme zitten.'

Onder het rijden ving ik een zweem van haar parfum op. Dat had ik nooit bij een andere vrouw geroken: rozen, viooltjes en ceder, verfijnd, nadrukkelijk aanwezig en onvergetelijk.

Neurowetenschappers zeggen dat niets het verleden zo snel en krachtig terugbrengt als een geur. Blijkbaar roepen de reukzenuwen iets wakker in het limbisch systeem van je hersenen, waar je je langetermijnherinneringen op je mentale harde schijf opslaat.

Diana's parfum riep een golf van herinneringen bij me op. Vooral mooie herinneringen.

'Hoe lang ben je al in Boston?' vroeg ik.

'Ruim een jaar. Ik hoorde via via dat je hier misschien zou zijn. Heeft Stoddard je hierheen gestuurd om een filiaal te openen?'

'Nee, ik werk nu voor mezelf.' Ik vroeg me af of ze echt naar mij had geïnformeerd, en ik bedwong een glimlach.

'Bevalt dat?'

'Het zou perfect zijn als de baas niet zo'n rotzak was.'

Ze lachte zuur. 'Nick Heller, ondernemer.'

'Je zei toch Pembroke Street?'

'Ja. Zijstraat van Columbus Avenue. Bedankt hiervoor.'

'Het is me een genoegen.'

'Zeg, sorry van Spike,' zei ze.

'Spike?'

'Gordon Snyder. Spike is zijn bijnaam uit zijn kindertijd. Hij heeft zijn hele leven geprobeerd mensen die naam te laten vergeten.'

'Spike?'

'Zeg nooit tegen hem dat je het van mij hebt gehoord. Beloof je dat?'

'Ik kan wel betere bijnamen voor hem bedenken dan Spike,' zei ik. 'Lelijke bijnamen. Hoe weet je dat ik met hem heb gepraat?'

Ze haalde haar schouders op. 'Ik zag je woedend bij hem vandaan komen. Zo te zien was het niet zo goed verlopen.'

'Heeft hij je verteld waar we het over hadden?'

'Ja.'

Ik vroeg me af of ze me ook naar buiten was gevolgd. Misschien was deze ontmoeting geen toeval. Misschien had ze gehoord dat ik in het gebouw was en wilde ze me gedag zeggen.

Misschien was dat het enige wat ze wilde.

Ik liet weer een briefje in het dossier voor onopgeloste zaken met het opschrift MADIGAN, DIANA vallen.

'Nou, waarom is hij zo gefixeerd op Marshall Marcus?'

'Marcus is zijn grote witte walvis.'

'Maar waarom?'

'Zulke mannen raken meer door iets geobsedeerd naarmate het moeilijker te krijgen is. Dat komt je misschien bekend voor, Nico.'

Vertel mij wat, dacht ik. 'Nou, hij vond het blijkbaar veel belangrijker Marcus te pakken te krijgen dan zijn dochter te vinden.'

'Misschien omdat hij over financiële misdrijven gaat.'

'Aha.'

'Ik moet zeggen dat ik niet begrijp waarom je een gesprek had met het hoofd van de afdeling Financiële Misdrijven, als je op zoek bent naar een vermist meisje.'

Dat begon ik me ook af te vragen. 'Ik had zijn naam opgekregen.'

'Is Marshall Marcus een vriend van je?' vroeg ze.

'Een vriend van de familie.'

'Een vriend van je vader?'

'Mijn moeder werkte voor hem,' zei ik. 'En ik mag zijn dochter graag.'

'Hoeveel weet je van hem?'

'Niet genoeg, denk ik. Blijkbaar doen jullie onderzoek naar hem. Wat kun jíj me over hem vertellen?'

'Niet veel.'

'Niet veel omdat je het niet weet? Of omdat de FBI een onderzoek naar hem instelt?'

'Omdat het een besloten onderzoek is. En ik sta aan de andere kant van de muur.'

Ik stopte voor haar smalle herenhuis en parkeerde dubbel voor een parkeerplek die ruimschoots groot genoeg zou zijn voor de Defender.

'Nou, nogmaals bedankt,' zei ze, terwijl ze het portier openmaakte.

'Wacht even. Ik moet je om een gunst vragen.'

'Wat dan?'

'Denk je dat je een verzoek kunt indienen om naar de locatie van Alexa Marcus' mobiele telefoon te zoeken?'

'Ik... Dat is nogal ingewikkeld. Je kunt niet zo gemakkelijk om Snyder heen. Waarom denk je dat haar iets is overkomen?'

Ik wilde net antwoord geven, toen ze om zich heen keek en zei: 'Zeg, als je wilt, kun je wel even bovenkomen. Dan kun je het me allemaal uitleggen.'

Ik haalde mijn schouders op en speelde het cool. 'Ach, het zou ook zonde zijn om zo'n mooie parkeerplek te verspillen,' zei ik.

19

Haar appartement op de eerste verdieping was niet erg groot. Het kon niet meer dan zestig of zeventig vierkante meter zijn. Toch voelde het niet klein aan, maar weelderig, luxe en diep gestructureerd. De muren waren geverfd in verschillende nuances van chocoladebruin en aardse tinten. Het appartement was ingericht met dingen die eruitzagen alsof ze van vlooienmarkten kwamen, maar elk meubelstuk, elk voorwerp, elke merkwaardige ijzeren lamp, elk kussen van tapijtwerk en elke koperen schilderijlijst waren zorgvuldig gekozen.

Ze wees me een grote gecapitonneerde bank in de hoek aan en ging koffie voor me zetten – pas gemalen bonen, filterkoffie –, en die gaf ze me in een grote mok die eruitzag alsof hij met de hand beschilderd was. De koffie was donker, sterk en perfect. Zelf nam ze geen koffie, want ze had haar slaap nodig. Ze nam een glas koolzuurhoudend water met een beetje citroensap.

Ze had zachte muziek op de achtergrond, een eenvoudige, aanstekelijke melodie, zachte gitaarmuziek, sterk gesyncopeerd. Een rokerige vrouwenstem die in het Portugees en toen in het Engels zong, een melodieus lied over een stok, een steen en een glasscherf, het einde van wanhoop, de vreugde in ons hart.

De melodieuze stem zong nu in het Portugees: *É pau, é pedra, é o fim do caminho... um pouco sozinho.* Ik wist niet wat de woorden betekenden, maar ik vond dat ze mooi klonken.

'Wie zingt daar?' vroeg ik. Ze had altijd van zangeressen gehouden – Ella Fitzgerald en Billie Holiday, Nina Simone en Judy Collins. Alle groten van het vak, allemaal verschillend.

'Susannah McCorkle: "The Waters of March". Een geweldige vertolking, nietwaar? Hoe meer je ernaar luistert, des te meer kun je erin horen. Het is een vlot, gemakkelijk nummer, maar dan wordt het dieper en dieper en krijgt het steeds meer ziel.'

Ik bromde instemmend.

Als een vrouw je bij zich thuis uitnodigt, weet je meestal wat je kunt verwachten. Maar niet in dit geval. We waren allebei doorgegaan met ons leven. We waren gewoon vrienden geworden.

Ik had vrienden genoeg, en toch was er maar één Diana.

Dat we gewoon vrienden waren, veranderde niets aan mijn gevoelens voor haar. Het maakte haar niet minder aantrekkelijk voor mij. Het weerhield me er niet van om naar haar achterkant te kijken, naar de curve van haar taille die in haar welgevormde achterste overging. Ik had nog net zoveel bewondering voor haar als vroeger en vond haar nog even fascinerend. De magnetische uitwerking die ze op me had, was nog even groot.

Die verrekte vrouw had een ingebouwde trekstraal, zoals ruimteschepen in sciencefictionboeken. Het was niet eerlijk.

Maar we waren hier om over Alexa Marcus te praten, en ik was vastbesloten binnen de grenzen te blijven die de situatie met zich meebracht. Ik vertelde haar het weinige dat ik wist van wat Alexa was overkomen, en over Taylor Armstrong, de hartsvriendin van Alexa.

'Ik vind het heel erg dat ik dit moet zeggen, maar Snyder heeft wel een beetje gelijk,' zei ze. 'Het is nog geen twaalf uur geleden. Wie weet heeft ze een man ontmoet, is ze met hem meegegaan en slaapt ze nu uit in een studentenhuis. Dat is toch heel goed mogelijk?'

'Ja, het is mogelijk. Maar niet waarschijnlijk.'

'Waarom niet?'

'Ten eerste is het niets voor een meisje van haar leeftijd om volledig te verdwijnen. Ze zou contact met haar vriendinnen hebben opgenomen. Die meisjes zijn de hele tijd naar elkaar aan het sms'en. Je weet hoe vliegensvlug hun vingers over de toetsen van hun mobieltje gaan.'

'Ze is een overdreven beschermd meisje in een problematische gezinssituatie, en ze verkent haar grenzen,' zei Diana. Ze zat in een grote gecapitonneerde stoel die haaks ten opzichte van de bijpassende bank stond, met haar benen over elkaar. Ze had haar cowboylaarzen uitgetrokken. Haar teennagels waren donkerrood geverfd en haar enige make-up was lipgloss. Haar huid was doorschijnend. Ze nam een grote slok water uit een grappig gevormd blauw glas.

'Ik denk dat je dat niet echt gelooft,' zei ik. 'Niet met het soort werk dat je doet.'

Er kwam geleidelijk verandering in de vorm van haar mond, zo subtiel dat je haar goed moest kennen om het te kunnen zien. 'Je hebt gelijk,' zei ze. 'Sorry. Ik speelde voor advocaat van de duivel. Misschien probeerde ik het te zien zoals Snyder het ziet. Na wat het meisje heeft doorgemaakt – die poging tot ontvoering een paar jaar geleden – is het niet waarschijnlijk dat ze met een vreemde man naar huis gaat, hoe dronken ze ook is. Ze zal altijd op haar hoede zijn.'

'Het was geen póging tot ontvoering,' zei ik. 'Ze is echt ontvoerd. En daarna vrijgelaten.'

'En ze zijn er nooit achter gekomen wie de daders waren?'

'Nee.'

'Is dat niet vreemd?'

'Heel vreemd.'

'Er werd geen losgeld gevraagd.'

'Nee.'

'Ze plukten haar van de straat, reden een paar uur met haar rond en lieten haar toen vrij. Dat betekent dus dat ze een heel groot risico namen zonder dat het iets opbracht.'

'Daar lijkt het op.'

'En jij gelooft dat?'

'Ik heb geen reden om het niet te geloven. Ik heb er veel met Alexa over gepraat.'

Ze leunde in haar stoel achterover en keek naar het plafond. Ze had een spitse kin en een hals als van een zwaan. 'Als haar vader in het geheim losgeld heeft betaald en het aan niemand wilde vertellen, zou zij het dan weten?'

Ze was intelligent. Ik was vergeten hoe intelligent. 'Als hij een reden had om het geheim te houden, misschien niet. Maar die indruk kreeg ik niet.'

'Misschien vertelt hij jou niet alles.'

'Misschien is er iets wat jíj me niet vertelt.'

Ze wendde haar ogen af. Er was inderdaad iets. Na een tijdje zei ze: 'Ik moet heel voorzichtig zijn.'

'Dat begrijp ik.' Ik nam weer een slokje en zette de mok op de salontafel, die oud was, met sierlijk snijwerk in het verweerde teakhout.

'Ik weet dat ik op je geheimhouding kan rekenen.'

'Altijd.'

Het leek of ze in de verte staarde. Haar ogen bewogen zich omlaag en naar rechts. Dat betekende dat ze in tweestrijd verkeerde. Ik wachtte. Als ik te veel aandrong, klapte ze dicht.

Ze keek me aan. 'Je weet dat ik nooit vertrouwelijke gegevens uit een lopend onderzoek zou vertellen, en dat ga ik nu ook niet doen. Ik laat niets uitlekken, voor niemand. Zo heb ik nooit gewerkt.'

'Dat weet ik.'

'Nou, blijkbaar wordt erover gespeculeerd dat Marshall Marcus geld witwast voor heel erge criminelen.'

'Geld witwassen? Dat is belachelijk. De man is miljardair. Hij hoeft geen geld wit te wassen. Misschien beheert hij geld voor dubieuze mensen, maar dat is niet hetzelfde als witwassen.'

Ze haalde haar schouders op. 'Ik vertel je alleen maar wat ik heb gehoord. En ik moet je ook waarschuwen: Gordon Snyder is niet iemand die je als vijand wilt hebben.'

'Dat zeggen ze ook over mij.'

'Dat is ook waar. Maar... kijk uit voor die man. Als hij denkt dat je hem tegenwerkt, dat je zijn zaak in de weg zit, krijg je hem achter je aan.'

'O ja?'

'Hij zal zich aan de wet houden, maar hij gaat wel tot het uiterste. Hij zal gebruikmaken van alle juridische middelen die hij tot zijn beschikking heeft. Niets mag hem in de weg staan.'

'Ik ben nu dus gewaarschuwd.'

'Oké. Nou, heb je een foto van Alexa?'

'Ja.' Ik haalde een van de foto's die Marcus me had gegeven uit mijn borstzakje. 'Waarom?'

'Ik moet haar gezicht zien.'

Ze kwam naar me toe en ging naast me op de bank zitten. Ik voelde dat mijn hart een beetje sneller ging slaan, en ik voelde ook de warmte van haar lichaam. Er was nu een ander nummer te horen: de aangrijpende ballad 'My Father' van Judy Collins. Ik gaf haar een foto van Alexa in haar hockeytenue. Alexa's blonde haar zat in een hoofdband; haar wangen waren rozig en gezond; haar blauwe ogen fonkelden.

'Mooi,' zei ze. 'Ze ziet eruit alsof ze pit heeft.'

'Heeft ze ook. Ze heeft een paar moeilijke jaren achter de rug.'

'Het is geen gemakkelijke leeftijd. Ik vond het verschrikkelijk om zeventien te zijn.'

Diana vertelde nooit veel over haar jeugd, behalve dat ze was opgegroeid in Scottsdale, Arizona, waar haar vader bij de U.S. Marshals Service was geweest en tijdens zijn werk was omgekomen toen zij een tiener was. Daarna was haar moeder met de kinderen naar Sedona verhuisd om daar een newagewinkel met sieraden en kristal te openen.

Ik zag dat ze een beetje dichter bij me kwam zitten. 'Weet je, ik herken dat overhemd,' zei ze. 'Heb ik je dat niet gegeven?'

'Ja. Ik heb het daarna nooit meer uitgetrokken.'

'Die goeie ouwe Nico. Jij bent het enige vaste baken in een veranderende tijd.'

'Sherlock Holmes, nietwaar?'

Ze keek me aan met die typische ondoorgrondelijke glimlach van haar. 'Oké, ik zal een verzoek indienen bij AT&T. Ik vind wel een manier om het erdoor te krijgen.'

'Dat stel ik op prijs.'

'Ik doe het niet voor jou of voor ons, maar voor dat meisje. Wat mij betreft, is Alexa Marcus formeel een minderjarige en is er een kans dat ze in moeilijkheden verkeert. Meer hoef ik niet te weten.'

'Is dit nu officieel een FBI-zaak?'

'Dat hoeft niet. Tenminste, nog niet. Maar als ik hiermee kan helpen, weet je me te vinden.'

'Dank je.' Er volgde een lange, pijnlijke stilte. We waren geen van tweeën geneigd om maar te blijven piekeren als we ons ook maar enigszins gekwetst voelden, maar we draaiden er ook nooit omheen. En daar zaten we dan in haar appartement, alleen wij tweeën, en als er ooit een gelegenheid was geweest om over datgene te praten waarover we altijd hadden gezwegen, dan was het nu.

'Waarom...' begon ik, maar ik ging niet verder. Waarom heb je me nooit verteld dat je naar Boston was overgeplaatst? wilde ik vragen. Maar ik wilde niet dat het als een verwijt klonk. In plaats daarvan zei ik tegen haar: 'Nou, dat geldt ook omgekeerd. Als je ooit iets nodig hebt, ben ik er. Dan sta ik zo voor je deur.'

Ze glimlachte en keek me aan, maar zodra ik in die groene ogen keek en haar adem op mijn gezicht voelde, had ik mijn lippen op de hare. Ze waren warm en zacht en haar mond smaakte naar citroen, en ik kon het niet laten om op verkenning uit te gaan.

Er ging een telefoon.

Omdat mijn handen bijna onwillekeurig naar haar heupen afgleden, was ik waarschijnlijk de eerste die merkte dat haar BlackBerry trilde.

Diana trok zich van me los. 'Wacht even, Nico,' zei ze, en ze haalde haar BlackBerry uit de holster aan haar riem.

Ze luisterde. 'Oké,' zei ze. 'Ik kom eraan.'

'Wat is er?'

'Mijn griezel,' zei ze. 'Hij heeft me weer gesms't. Ik denk dat hij een beetje achterdochtig wordt. Hij wil de tijd van onze ontmoeting veranderen. Ze hebben me op mijn werk nodig. Ik... ik vind het jammer.'

'Ik ook,' zei ik.

Ze stond op en zocht haar sleutelkaart en huissleutels. 'Wat deden we daarnet toch?' zei ze zonder me aan te kijken.

'Wat we daarnet deden... Ik weet het niet, maar...'

'Ik laat het je weten als ik iets over die iPhone te weten kom,' zei ze.

'Ik geef je een lift terug.'

Plotseling was ze een en al zakelijkheid. Ze schudde haar hoofd en zei op besliste toon: 'Mijn auto staat hier.'

Het was of ik uit een sauna in een meter sneeuw sprong.

20

Ik reed naar de voet van Beacon Hill en parkeerde op het ronde pad voor het Graybar Hotel, de laatste plaats waarvan ik wist dat Alexa er was geweest.

Je zou denken dat de meeste mensen het niet prettig vonden om de nacht door te brengen in een hotel dat een gevangenis was geweest, maar de projectontwikkelaars van het Graybar Hotel waren erin geslaagd de oude gevangenis een heel ander aanzien te geven. Ooit was het een grimmig, log, zwart monster geweest, vervuild en overbevolkt, met legendarische opstanden van gedetineerden. Toen Roger en ik nog kinderen waren en mama ons over Storrow Drive langs de gevangenis reed, probeerden we altijd een glimp op te vangen van de gedetineerden achter hun celraampjes.

Ik voor mij geloof niet dat er negatieve energie in gebouwen achterblijft, maar de projectontwikkelaars wilden op zeker spelen en haalden er dus een groep boeddhistische monniken bij, die salie verbrandden, gebeden zeiden en eventueel achtergebleven slecht karma verdreven.

Toch hadden de monniken blijkbaar een plekje over het hoofd gezien. De negatieve energie bij de balie was zo drukkend dat ik zin kreeg een pistool op de arrogante receptionist te richten om zijn aandacht te trekken. Hij was met een vrouwelijke collega in een gesprek verwikkeld over de tv-serie *Jersey Shore*. Bovendien was de muziek in de hal oorverdovend hard. Gelukkig had ik mijn pistool in mijn wapenkluis op kantoor laten liggen.

Ik schraapte mijn keel. 'Kan iemand meneer Naji voor me bellen? Zegt u tegen hem dat ik Nick Heller ben.' Naji was de beveiligingschef van het hotel.

De man pakte met een nors gezicht zijn telefoon op en sprak er zacht in. 'Hij komt eraan,' zei hij. Hij had haar dat kunstmatig in de war was gemaakt, met veel gel erin. Het hing tot op zijn ogen. Hij had modieuze stoppels van één dag. Verder droeg hij een zwart pak dat te strak zat en te korte mouwen had, met hoge armgaten en lapellen van ongeveer een centimeter breed, alsof hij het van Pee-Wee Herman had geleend, die komiek uit de jaren tachtig.

Ik stond voor de balie te wachten. Hij ging verder met zijn gesprek over Snooki en The Situation. Intussen keek hij vanuit zijn ooghoek naar mij, en op een gegeven moment draaide hij zich om en zei geërgerd: 'Eh, het kan wel even duren.'

En dus liep ik door de hal. Ik zag een bord van de Slammer in een geelkoperen lijst voor een oeroude lift staan. Ik nam de lift naar de derde verdieping en keek om me heen. Aan de wanden hingen flatscreen-tv's, die allemaal afgestemd waren op Fox News. Er hingen ook foto's van beroemdheden aan de muren: Jim Morrison, Michael Jackson, O.J. Simpson, Janis Joplin, Eminem, zelfs Bill Gates als tiener. Iedereen behalve mijn vader, zo leek het wel.

Kleine en grote leren banken. Een erg lange bar. Lichten in de vloer. Een zwarte ijzeren reling om een atrium dat drie verdiepingen hoog was. 's Avonds was deze hele ruimte waarschijnlijk indrukwekkend, maar in het genadeloze daglicht zag alles er naargeestig en teleurstellend uit, zoals de rekwisieten van een goochelaar wanneer je ze van dichtbij ziet.

Er waren vrij veel beveiligingscamera's, voor het merendeel de gebruikelijke onopvallende glanzende zwarte koepeltjes aan het plafond. Een paar camera's waren gecamoufleerd als spotlights – dat kon je zien omdat de 'lampen', in werkelijkheid cameralenzen, een andere kleur hadden. De camera's achter de bar hadden tot doel werknemers ervan te weerhouden geld in te pikken of flessen te stelen. De camera's in het loungegedeelte waren discreter aangebracht, vermoedelijk omdat de barbezoekers zich misschien niet op hun gemak voelden als ze wisten dat al hun gênante bewegingen werden vastgelegd. Overigens vond ik wel dat die bewakingscamera's heel goed bij het gevangenisdecor pasten.

Toen ik bij de balie terugkwam, stond daar een heel goed uitziende man met donker haar op me te wachten. Klassieke Arabische trekken: olijfbruine huid, donkere ogen, opvallende neus. Hij droeg hetzelfde Pee-Wee Herman-pak als de receptionist, maar hij was gladgeschoren en had zijn haar gekamd. Dit was de beveiligingschef van het hotel.

Hij glimlachte toen ik naar hem toe kwam. 'Meneer Heller?'

'Ik stel het op prijs dat u me te woord wilt staan, meneer Naji,' zei ik.

'Meneer Marcus is een heel goede vriend van het Graybar Hotel,' zei hij. 'Als ik iets kan doen, sta ik tot uw dienst.' Marshall Marcus was niet zomaar een 'vriend' van het hotel, maar ook een van de oorspronkelijke en grootste investeerders. Hij had naar het hotel gebeld, zoals ik hem had gevraagd.

Naji haalde een rechthoekige sleutelhanger met een BMW-logo in het midden tevoorschijn: de afstandsbediening van Marcus' vier jaar oude M3. Dat was het 'oude wagentje' dat hij aan Alexa had gegeven. Aan de sleutelhanger zat een ticket van een parkeerservice vast.

'Haar auto is in onze ondergrondse parkeergarage blijven staan.

Als u wilt, breng ik u er zelf heen.'

'Dus ze heeft de auto niet opgehaald?'

'Blijkbaar niet. Ik heb ervoor gezorgd dat niemand hem heeft aangeraakt, voor het geval u naar vingerafdrukken wilt zoeken.'

Het was duidelijk dat de man ervaring had. 'Misschien wil de politie dat,' zei ik. 'Enig idee hoe laat ze de auto hier heeft afgegeven?'

'Natuurlijk,' zei Naji, en hij haalde een ticket van een parkeerservice tevoorschijn. Het was het gebruikelijke kaartje met een gat erin. De onderste twee delen waren weg. Die waren vermoedelijk aan Alexa overhandigd toen ze de auto inleverde. Op alle overige delen stond het tijdstempel '9:37'. Dat was het tijdstip waarop Alexa bij het Graybar Hotel was aangekomen en de BMW van haar vader aan de parkeerbediende had overgedragen.

'Ik zou graag naar de bewakingsbeelden willen kijken,' zei ik.

'Uit de parkeergarage, bedoelt u? Of van de plaats waar de auto's worden ingeleverd?'

'Alle beelden,' zei ik.

Het bewakingscentrum van het Graybar Hotel was een kleine kamer in het kantoorgedeelte achterin. Er hingen ongeveer twintig monitors aan de muur, en daarop zag je beelden van de buitenkant, de hal, de keuken, de gangen bij de toiletten. Een dikke man met een sikje zat daar naar de schermen te kijken. Eigenlijk las hij de krant, maar die stopte hij vlug weg toen Naji binnenkwam.

'Leo,' zei Naji, 'kun je de beelden van gisteravond laten zien, van de camera's drie tot en met vijf?'

Naji en ik gingen achter Leo staan, die met een muis klikte en vensters op een computerscherm opende.

'Begin om ongeveer halftien,' zei ik.

Blijkbaar waren er aan de voorkant van het hotel, waar de auto's in ontvangst werden genomen, minstens drie camera's aangebracht. De videobeelden waren digitaal en scherp. Toen Leo de beelden met twee en drie keer de normale snelheid doorspoelde, kwamen de auto's steeds sneller aanrijden. Gasten sprongen uit hun auto's in een tempo dat je van oude stomme films gewend bent. Ze streken over hun haar en klopten op hun jasje. Om vijf over halftien stopte er een zwarte BMW en stapte Alexa uit.

De parkeerbediende gaf haar een ticket, en Alexa ging in een lange rij staan om in de hal te komen. Intussen bracht de parkeerbediende haar auto weg.

'Kunnen we inzoomen?' vroeg ik.

Ik vind het vaak leuk om naar bewakingsbeelden te kijken. Het is net of je in een aflevering van *CSI* terecht bent gekomen. Jammer genoeg hoor je in het echte leven geen zoevende geluiden of hoge pieptonen wanneer je een deel van een videobeeld op een computerscherm vergroot. Er wordt ook geen raster over het beeld heen gelegd.

Op tv en in films zijn de techneuten verrassend goed in staat om op een wazig beeld in te zoomen en dat beeld vervolgens als bij toverslag scherper te maken met behulp van een of andere mythisch digitaal 'algoritme', zodat ze bijvoorbeeld het etiket van een medicijnflesje kunnen zien wanneer dat in iemands oog wordt weerspiegeld.

Zo goed was Leo niet.

Hij bewoog de muis en drukte op een paar toetsen. Ik zag Alexa een ander meisje omhelzen dat al in de rij stond.

Taylor Armstrong.

Ze praatten levendig en raakten elkaars mouw aan, zoals meisjes doen. Nu en dan keken ze om zich heen, misschien op zoek naar een leuke jongen.

'Kunnen we haar het hotel in volgen?' vroeg ik.

'Natuurlijk. Leo, de nummers negen en twaalf,' zei Naji.

Vanuit een andere hoek, in de hal, zag ik de meisjes naar de lift lopen. De beelden waren vrij soepel. Waarschijnlijk de gebruikelijke dertig frames per seconde.

Toen gingen de liftdeuren open en stapten de twee meisjes in. Plotseling stapte Alexa uit. Taylor bleef in de lift.

Alexa leed aan claustrofobie. Ze kon niet tegen kleine, afgesloten ruimten, vooral niet tegen liften.

'Aha,' zei ik. 'Ik wil zien waar die ene heen gaat, die niet met de lift gaat.'

Vanuit een andere camera, waarschijnlijk in het plafond van de eerste verdieping, zag ik Alexa over de trap naar boven komen.

Een andere camera liet zien dat ze bij de bar op de derde verdieping aankwam, waar ze naar Taylor toe liep.

'Ik neem ook graag de trap,' zei Naji behulpzaam. 'Het is goede lichaamsbeweging.'

We bleven kijken en zagen dat de meisjes stoelen vonden. Een hele tijd gebeurde er niet veel. Het werd steeds drukker in de bar. Een serveerster in een minuscule outfit, met een laag uitgesneden beha die haar tieten nauwelijks binnenboord hield, nam hun bestelling op. De meisjes praatten.

Er kwam een man naar hen toe.

'Inzoomen,' zei Naji tegen Leo. Hij was ook enthousiast geworden.

De man had zijn overhemd over zijn broek heen hangen. Hij leek begin twintig. Blond, rood gezicht, naar voren staande boventanden. Hij zag er beslist niet Spaans uit. Alexa glimlachte, maar Taylor keek hem niet aan.

Even later ging hij weg. Ik had echt medelijden met die jongen.

De meisjes bleven praten. Ze lachten, en ik nam aan dat ze het over de jongen met het overhemd over zijn broek hadden.

'Je mag naar voren spoelen,' zei ik.

Leo klikte op '3x', en de beelden versnelden. Snelle, schokkerige beelden als in een oude stomme film. Lachen, drinken, lachen, drinken, glimlachen. Alexa haalde iets tevoorschijn en hield het omhoog. Een telefoon misschien? Een iPhone, besefte ik. Waarschijnlijk maakte ze een foto.

Nee: ze hield het ding bij haar mond. Taylor lachte. Ze waren ermee aan het spelen. Taylor pakte het en bracht het ook naar haar mond. Ze lachten opnieuw. Taylor gaf het telefoontje terug, en Alexa stopte het in een zak van haar leren blazer. Ik onthield dat.

Er kwam weer een man naar hen toe. Deze had donker haar. Een mediterraan type, misschien Italiaans, misschien Spaans. Ditmaal glimlachten beide meisjes. Hun lichaamstaal was open; ze keken hem aan en glimlachten. Ze waren nu ontvankelijker. Dit was een kant van Taylor die ik nog niet had gezien – geen nors pruilmondje. Levendig en geïnteresseerd.

'Kunnen we dit vanuit een andere hoek bekijken?' vroeg ik.

Leo opende weer een venster op zijn monitor, en nu zag ik de man van opzij. Leo zoomde in voor een close-up.

Spaans of Portugees. Misschien Zuid-Amerikaans. In elk geval een aantrekkelijke man. Begin tot midden dertig. Goed verzorgd, duur gekleed.

De man trok een stoel bij en ging zitten, blijkbaar nadat hij was uitgenodigd. Hij liet een serveerster bij zich komen.

'Die man komt hier vaak,' zei Naji.

Ik keek hem aan. 'O ja?'

'Ik herken hem. Ik ken de gezichten van de vaste klanten.'

'Hoe heet hij?'

Hij schudde zijn hoofd. 'Dat weet ik niet.'

Hij hield iets achter.

Ik keek weer naar de monitor. De man en de twee meisjes praatten en lachten. De serveerster kwam hun bestellingen opnemen. Ze praatten en lachten nog wat meer. Blijkbaar stelden de meisjes zijn gezelschap wel op prijs.

De man zat naast Taylor, maar schonk haar niet veel aandacht. Hij was veel meer geïnteresseerd in Alexa. Hij boog steeds naar haar toe, praatte met haar en keek Taylor nauwelijks aan.

Interessant, dacht ik. Taylor was minstens zo aantrekkelijk als Alexa, al kwam ze slettiger over. Op de een of andere manier zag Alexa er eleganter, zuiverder uit.

Maar Alexa's vader was miljardair.

Aan de andere kant: hoe kon hij dat weten – tenzij hij zijn doelwit van tevoren had uitgekozen?

De drankjes kwamen. Ze zaten in grote martiniglazen.

Ze dronken nog wat meer, en na een tijdje stonden beide meisjes op. De man bleef in zijn eentje aan de tafel zitten. Hij keek wat om zich heen.

'Kunnen we de meisjes volgen?' vroeg ik.

Leo ging over op een al geopend venster en maakte het groter. De meisjes hielden elkaar vast onder het lopen. Ze leken allebei een beetje tipsy.

'Blijf ze volgen,' zei ik.

Leo maakte het venster op het computerscherm nog groter. Ik zag ze de damestoiletten binnengaan.

'Geen camera's in de toiletten?' vroeg ik.

Naji glimlachte. 'Dat is bij de wet verboden, meneer.'

'Dat weet ik. Maar ik moest het vragen.'

Toen trok iets op het andere computervenster mijn aandacht. De beelden van de mediterrane man die in zijn eentje zat.

Hij deed iets.

Met een snelle beweging stak hij zijn hand uit en schoof Alexa's halfvolle martiniglas over de tafel naar zich toe.

'Wat krijgen we nou?' zei ik. 'Kunt u dat venster vergroten?'

Zodra Leo dat deed, konden we precies zien wat de man deed. Hij stak zijn rechterhand in zijn jasje. Hij keek om zich heen. Toen liet hij nonchalant iets in Alexa's martiniglas vallen.

Hij nam het roerstokje uit zijn eigen glas en roerde in dat van haar, blijkbaar om datgene wat hij erin had gedaan te laten oplossen. Toen schoof hij het glas naar Alexa's plaats terug.

Dat alles nam ongeveer tien seconden in beslag, misschien vijftien.

'O god,' zei ik.

21

'Hij deed iets in haar drankje,' zei Naji.

Dat lag voor de hand, maar ik denk dat iemand het moest zeggen.

'Het is vast Special K,' zei Leo. 'Of Liquid X.'

In het andere venster op de monitor kwamen de meisjes uit de toiletten. Ze liepen door de gang en keerden naar hun tafel terug.

Alexa dronk uit haar glas.

Nog meer gepraat en gelach. Een paar minuten later stond Taylor op. Ze zei iets. Alexa keek verstoord, maar de man niet. Taylor ging weg.

Alexa bleef.

Ze dronk nog wat meer, en ze lachten en praatten met zijn tweeën.

Al na een paar minuten vertoonde Alexa de eerste tekenen van zware bedwelming. Dat kwam niet alleen door de martini. Ze zakte onderuit op haar stoel, en haar hoofd bungelde met een stompzinnige grijns opzij. Ze zag eruit alsof ze misselijk was.

De man gaf weer een teken aan de serveerster, maar veranderde blijkbaar van gedachten. Hij haalde een portefeuille tevoorschijn, legde wat geld neer en hielp Alexa overeind. Ze zag eruit alsof ze amper op haar benen kon staan.

'Cash,' zei ik, bijna in mezelf.

Maar Naji begreep het. 'Hij betaalt altijd cash.'

'Weet u daarom zijn naam niet?'

Hij knikte, begon iets te zeggen, maar aarzelde.

'U weet iets.'

'Ik kan het niet met zekerheid zeggen, maar ik denk dat hij misschien een dealer is.'

'Drugs.'

Naji knikte. Hij voegde er vlug aan toe: 'Maar hij dealt hier nooit. Nooit. Als hij dat deed, kwam hij er niet meer in.'

'Uiteraard.'

Dit was niet gunstig.

De Spaanse man draaide zich weer om, pakte Alexa's handtas van de vloer en leidde haar naar de lift. Hij drukte op de knop. Ze hing aan zijn arm. Even later kwam de lift en stapten ze erin.

Ze had liftangst, maar waarschijnlijk wist ze niet waar ze was.

De camera in de hal liet zien hoe de man met Alexa naar de voordeur liep. Hij sleepte haar zo ongeveer mee. In zijn linkerhand had hij haar tasje. Ze strompelde. Mensen die het hotel binnenkwamen, zagen dat en glimlachten. Ze dachten blijkbaar dat de vriendin van de man te veel had gedronken.

Op de beelden van een van de camera's buiten het gebouw leek het of Alexa bijna slapend rechtop stond voor de ingang van het hotel. De man gaf een bonnetje aan de parkeerbediende.

Vijf minuten later kwam er een oudere zwarte Porsche; een 911, zo te zien, uit de jaren tachtig. Een klassieker, maar niet in zo'n goede conditie. Er zat een grote deuk in een achterpaneel, en verder zag je overal krassen en kleine deukjes.

De dealer hielp Alexa op de achterbank, waarop ze languit ging liggen.

Mijn maag draaide zich om. De auto reed bij de ingang vandaan en over het rondgaande pad.

'Ik wil het vanuit een andere hoek bekijken,' zei ik.

'Zoals u wilt,' zei Naji. 'Wilt u zijn gezicht zien?'

'Nee,' zei ik. 'Zijn nummerbord.'

Natuurlijk zou het kenteken ook op het parkeerticket van de man staan, maar ik wilde absolute zekerheid hebben. Een camera recht tegenover de plaats waar hij zijn auto had teruggekregen, liet zijn nummerbord haarscherp zien.

De naam op het ticket was Costa. Hij was om acht over negen aangekomen, eerder dan de meisjes.

Naji brandde een stel beelden van Alexa en Taylor met de man op een cd, waaronder close-ups van het gezicht van de man, gezien vanuit verschillende hoeken. Ik liet hem twee kopieën maken. Toen gebruikte ik zijn computer om beelden van Costa naar Dorothy te sturen.

De Defender stond op een van de plaatsen voor kort parkeren aan de voorkant van het gebouw. Ik stapte in en belde Dorothy. Toen ze opnam, vertelde ik haar in het kort wat ik had gezien en las haar toen het kenteken voor, een nummer uit Massachusetts. Ik vroeg haar de naam en het adres van de eigenaar op te vragen en verder zo veel mogelijk te weten te komen. Ik gaf haar de naam

'Costa', waarschuwde haar dat het waarschijnlijk een valse naam was, en vroeg haar om naar haar e-mail te kijken. Dat had ze al gedaan. Ik zei ook tegen haar dat hij volgens de beveiligingschef van het hotel misschien een drugsdealer was.

Ik reed bij het hotel vandaan. Toen ik op ongeveer drie blokken afstand was, schoot me opeens iets te binnen en reed ik naar het hotel terug. Ditmaal liep ik de vlotte jongen met de stoppelbaard achter de balie meteen voorbij en vond ik Naji in de hal.

'Sorry,' zei ik. 'Nog één ding.'

'Natuurlijk.'

'Die Porsche,' zei ik. 'Volgens de gegevens van de parkeerbediende kwam hij aan om acht over negen.'

'Ja?'

'Ik zou graag alle videobeelden willen bekijken waarop zijn aankomst te zien is.'

Leo had nog geen minuut nodig om de beelden op te roepen die ik wilde zien: de gedeukte Porsche die eerder op de avond voor het hotel stopte, en Costa die uitstapte.

Toen zag ik iets wat ik niet had verwacht.

Er stapte iemand uit aan de passagierskant. Een vrouw.

Taylor Armstrong.

22

'Alexa,' zei de stem. 'Alsjeblieft, ga niet schreeuwen. Niemand kan je horen. Begrijp je dat?'

Ze probeerde te slikken.

'Weet je, als je in paniek raakt of gaat schreeuwen, ga je hyperventileren, en dan raakt je voorraad lucht veel eerder op.' Hij sprak met een zwaar, grof accent, maar zijn stem klonk neutraal en zakelijk en daardoor des te angstaanjagender.

'*Nee nee nee nee nee nee,*' scandeerde ze met een klein stemmetje, een kinderstem. En ze dacht: *Dit overkomt mij niet. Ik ben hier niet. Dit is niet echt.*

'Vergiftiging door kooldioxide is niet prettig, Alexa. Je krijgt een gevoel alsof je verdrinkt. Je gaat langzaam en pijnlijk dood, en doordat je organen het een voor een laten afweten, gaan er stuiptrekkingen door je heen. Het is geen vredige dood, Alexa. Ik verzeker je dat je niet op die manier wilt sterven.'

De bovenkant van de kist bevond zich vijf of tien centimeter bij haar gezicht vandaan. Dat was nog het afschuwelijkste: hoe dichtbij de kist was.

Ze hunkerde naar lucht, maar kon alleen met kleine teugjes ademhalen. Ze stelde zich de kleine ruimte boven in haar longen voor. Ze dacht aan de lucht in haar longen alsof er water opsteeg in een afgesloten kamer in een horrorfilm: steeds minder lucht tot er alleen nog een laagje van vijf centimeter over was.

Ze voelde dat haar hele lichaam door heftige huiveringen werd geteisterd.

Ze lag drie meter onder de grond, onder duizenden kilo's aarde, in een kleine doodkist waarin ze nauwelijks kon bewegen en de lucht zou opraken.

Koortsachtig graaide ze naar de zijden bekleding recht boven haar gezicht. Haar pulserende, bebloede vingertoppen vonden het koude metaal en trokken repen zijde weg. Ze bleven omlaag hangen en kriebelden haar ogen en wangen.

Ze huiverde nu onbedaarlijk.

'Luister je naar me, Alexa?'

'Alsjeblieft,' fluisterde ze. 'Alsjeblieft, doe dit niet. Alsjeblieft.'

'Alexa?' zei de stem. 'Ik kan je zien. Er is een videocamera boven je hoofd gemonteerd. Die produceert infrarood licht dat je niet kunt zien. Ik kan je ook horen door de microfoon. Alles gaat via internet. En als je met je vader praat, kan hij je ook zien en horen.'

'Alsjeblieft, laat me met hem praten!'

'Ja, natuurlijk. Heel gauw. Maar we moeten er eerst zeker van zijn dat je weet wat je moet zeggen en hoe je het moet zeggen.'

'Waarom doen jullie dit?' riep ze. Tussen het snikken door kon ze bijna niet praten. 'Jullie hóéven dit niet te doen.'

'Als je je tekst goed opzegt en als je vader ons geeft wat we willen, ben je binnen enkele uren vrij. Dan ben je vrij, Alexa.'

'Hij zal jullie alles geven. Alsjeblieft, laat me er nu uit, o god, alsjeblieft, wat kan ik júllie nou doen?'

'Alexa, je moet luisteren.'

'Jullie kunnen me in een kamer of kast opsluiten, als jullie dat willen. Jullie hoeven dit niet te doen, alsjeblieft, o god, alsjeblieft, doe dit niet...'

'Als je precies doet wat wij zeggen, ben je daar zo uit.'

'Je bent een mónster! Weet je wat er met je gaat gebeuren als ze je te pakken krijgen? Heb je daar enig idee van, verdomde psychopaat die je bent?'

Er volgde een lange stilte. Ze hoorde haar eigen ademhaling, ondiep, moeizaam en snel.

Ze zei: 'Hóór je me, engerd? Weet je wat ze met je gaan doen?'

Opnieuw stilte.

Ze wachtte gespannen op zijn antwoord.

Had hij besloten niet meer te praten?

Pas op dat moment begreep ze dat ze volkomen afhankelijk was van de Uil.

De man met de tatoeage van een uil op zijn achterhoofd. De Uil was haar enige contact met de wereld. Hij had een absolute macht over haar.

Ze mocht de Uil nooit meer beledigen.

'Het spijt me,' zei ze.

Opnieuw stilte.

Ze zei: 'Alsjeblieft, het spijt me zo. Ik had dat niet moeten zeggen. Alsjeblieft, praat tegen me.'

Niets.

O god, nu begreep ze wat ze met de stilte van het graf bedoelden. Absolute stilte was helemaal niet vredig. Het was het ergste wat er bestond.

Het was de hel.

Ze huiverde, kreunde en riep zacht: 'Het spijt me. Kom terug.'

'Alexa,' zei de stem ten slotte, en er ging een enorme opluchting door haar heen.

'Wil je met ons meewerken?'

Ze huilde.

'O, dat wil ik, dat wil ik, alsjeblieft, zeg me wat ik moet doen.'

'Begrijp je dat ik erover kan beslissen of je doodgaat of blijft leven?'

'Ja,' zei ze. 'Ja. Dat begrijp ik. Ik wil alles doen. Als je me eruit laat, zal ik alles doen wat je wilt. Alles. Alles wat je wilt.'

Maar waarom zei hij nu 'ik' in plaats van 'wij'? Wat betekende dat?

'Alexa, ik wil dat je je hand onder je matras steekt. Kun je dat?'

'Ja.'

Gehoorzaam liet ze beide handen naar de dunne matras zakken. Ze ontdekte dat de matras op metalen banden rustte die elkaar kruisten, met tussenruimten van telkens een paar centimeter en waarschijnlijk over de hele lengte van de kist. Haar handen vonden een opening tussen de banden, en ze stak ze in een open ruimte daaronder. Hoe ver ging die ruimte omlaag? Haar linkerhand kwam tegen een voorwerp aan, een aantal voorwerpen, en ze vond de dop en smalle hals van wat blijkbaar een plastic fles was. Er waren veel van die flessen. Ze nam er een in haar linkerhand en trok hem omhoog door de opening tussen de banden. Een waterfles.

'Ja, heel goed,' zei de stem. 'Je ziet dat ik je wat water heb gegeven. Je moet wel dorst hebben.'

'Ja, o god, ja, dat heb ik.'

Nu ze erover nadacht, besefte ze dat haar mond helemaal droog was.

'Drink maar,' zei hij.

Ze draaide met haar andere hand aan de dop, en hij ging er met een bevredigend knapgeluid af, waarna ze de fles aan haar kurkdroge lippen zette en er gretig uit dronk. Ze morste iets op haar gezicht en shirt, maar dat kon haar niet schelen.

'Er is genoeg water voor een paar dagen,' zei de stem. 'Misschien een week. Er zijn ook energierepen, maar niet zoveel. Genoeg voor een paar dagen. Als het eten en water op zijn, is het gebeurd. Dan zul je verhongeren. Maar voor het zover is, zul je stikken.'

Ze bleef drinken en kreeg tegelijk met het water veel lucht binnen. Ze leste een grote dorst waarvan ze zich tot op dat moment niet bewust was geweest.

'Nu moet je naar me luisteren, Alexa.'

Ze haalde de fles bij haar mond vandaan, bang dat de Uil haar weer zou verlaten. 'Ja,' fluisterde ze.

'Als je precies zegt wat ik je vertel, en als je vader precies doet wat ik zeg, komt er een eind aan deze foltering.'

'Hij zal je alles geven wat je wilt,' zei ze.

'Maar weet je zeker dat hij genoeg van je houdt om je vrij te laten? Houdt hij genoeg van je?'

'Ja!' zei ze.

'Houdt hij eigenlijk wel van je? Een moeder doet alles voor haar kind, maar je moeder is dood. Een kind weet zoiets nooit zeker van zijn vader.'

'Hij hóúdt van me,' jammerde ze.

'Dan zul je nu ontdekken of dat waar is,' zei de stem. 'Je zult het heel gauw weten. Want als je vader niet van je houdt, zul je daar beneden een verschrikkelijke dood sterven. Je zult geen lucht meer hebben, en duizelig en verward worden, en je zult overgeven en krampen krijgen, en ik zal je zien sterven, Alexa. En ik zal daarvan genieten.'

'Alsjeblieft, niet doen, niet doen...'

'Ik zal naar de laatste minuten van je leven kijken, en weet je wat, Alexa?'

Hij zweeg een hele tijd, en ze jengelde als een baby, als een klein dier.

'Je vader zal ook naar de laatste minuten van je leven kijken. Hij zal proberen zijn ogen af te wenden of de beelden uit te zetten, maar het is nu eenmaal de menselijke aard: of hij nu van je houdt of niet, hij zal het niet kunnen laten naar de laatste minuten van zijn enige kind op deze aarde te kijken.'

23

Nadat ik naar een mooie oude sigarenzaak aan Park Square was geweest, ging ik even naar huis om een beetje te knutselen. Ik belde een vriend en vroeg hem vlug iets voor me te doen. Een tijdje later ging mijn BlackBerry.

Zonder plichtplegingen zei Dorothy: 'De Porsche staat op naam van een zekere Richard Campisi uit Dunstable Street in Charlestown.'

'Bingo,' zei ik.

'Niks bingo. Hij heeft een week geleden aangifte gedaan van de diefstal van zijn auto.'

'Ik neem aan dat je naar zijn foto hebt gekeken.'

'Natuurlijk. En hij is niet Costa. Hij lijkt er niet eens op.'

'Dus Costa heeft de auto gestolen.'

'Daar ziet het naar uit.'

'Dat deed hij om niet opgespoord te kunnen worden, neem ik aan. Dit is niet gunstig, Dorothy. Het is nu meer dan twaalf uur geleden sinds ze is verdwenen. Niemand heeft iets van haar gehoord. Niemand kan haar bereiken. Het lijkt op wat haar een paar jaar geleden is overkomen, alleen is het nu menens.'

'Een ontvoering om losgeld, denk je?'

Ik knikte.

'Ik hoop dat er niet meer achter zit.'

'Je hoopt dat het een ontvoering is?'

'Ik hoop dat het een ontvoering om losgeld is. Want dat betekent dat ze in leven is en dat haar vader alleen maar geld hoeft te betalen. De andere mogelijkheid...'

'Ja,' zei ik. 'Ik weet wat de andere mogelijkheid is.'

Ik belde Diana en vroeg haar haast te maken met haar verzoek om de locatie van Alexa Marcus' telefoon te vinden.

Ditmaal werd de deur van het herenhuis van senator Armstrong aan Louisburg Square opengemaakt door een huishoudster, een dikke Filippijnse in een zwarte jurk met witte opschik en een wit schort.

'De senator is er niet,' zei ze.

'Ik kom eigenlijk voor Taylor,' zei ik.

'Juffrouw Taylor... Verwacht ze u?'

'Wilt u tegen haar zeggen dat Nick Heller er is?'

Ze wist blijkbaar niet of ze me moest binnenlaten. Uiteindelijk deed ze de voordeur dicht en vroeg ze me buiten te wachten.

Vijf minuten later ging de deur weer open.

Het was Taylor. Ze was gekleed om naar buiten te gaan, met haar zwarte handtasje aan haar schouder.

'Wat is er?' Ze zei het zoals je tegen een kind uit de buurt praatte dat bij wijze van grap bij je had aangebeld.

'Tijd voor een wandeling,' zei ik.

'Gaat dit lang duren?' zei ze.

'Helemaal niet lang.'

Halverwege Mount Vernon Street zei ik: 'Die man met wie Alexa gisteravond uit de Slammer is meegegaan – hoe heet hij?'

'Dat heb ik al gezegd: ik weet het niet meer.'

'Hij heeft je nooit zijn naam genoemd?'

'Als hij dat deed, kon ik het niet verstaan. Trouwens, hij was niet in mij geïnteresseerd. Hij praatte steeds tegen Alexa.'

'Dus je weet echt niet hoe hij heet.'

'Hoe vaak gaat u dat nog vragen? Bent u daarvoor teruggekomen? Ik dacht dat u zei dat u iets had ontdekt.'

'Ik wilde er alleen zeker van zijn dat ik je goed had begrepen. Weet je vader dat je een lift kreeg van iemand van wie je niet eens weet hoe hij heet?'

Een fractie van een seconde zag ik de paniek in haar ogen, maar ze bedwong zich meteen en keek me ongelovig aan. 'Ik heb geen lift van hem gekregen. Ik heb een taxi naar huis genomen.'

'Ik heb het er niet over hoe je naar huis bent gekomen. Ik heb het erover hoe je bij die bar bent gekomen.'

'Met een taxi.' Toen herinnerde ze zich blijkbaar dat taxibedrijven gegevens bijhielden, want ze voegde eraan toe: 'Ik hield er een aan in Charles Street.'

'Nee,' zei ik zachtjes. 'Je bent met hem aangekomen in zijn Porsche.'

Ze keek weer ongelovig, maar voordat ze nog meer leugens kon vertellen, zei ik: 'Het is allemaal te zien op de beelden van bewakingscamera's. Weet je zeker dat je tegen me wilt blijven liegen?'

Nu probeerde ze haar wanhoop niet meer te verbergen. 'Zeg, ik...' begon ze scherp, uitdagend, maar toen schrompelde ze als het ware voor me ineen. Ze sprak opeens met een klein, hoog, klaaglijk stemmetje. 'Ik zweer het: ik wilde haar alleen maar helpen.'

24

'Ik had hem in een Starbucks ontmoet,' zei Taylor. 'Gistermiddag. Hij sprak me daar aan.'

Ze keek me afwachtend aan, maar ik trok een ondoorgrondelijk gezicht.

'We raakten aan de praat, en ik vond hem wel cool. Hij vroeg of ik met hem naar de Slammer wilde, en ik... ik durfde niet goed, want ik kende hem nog maar net. Ik zei oké, goed, maar ik wilde dat mijn vriendin ook kwam. Dan zou het niet zo gespannen zijn. Geen echte date, weet u wel?'

'Wist Alexa dat alles?'

Ze knikte.

'Hoe heet hij?'

Een korte stilte. 'Lorenzo.'

'Achternaam?'

'Misschien heeft hij me die verteld, maar ik weet hem niet meer.'

'Dus jullie gingen samen naar het Graybar Hotel. Waar ontmoette Alexa je toen? Boven in de bar? Of voor het hotel?'

'In de rij voor het hotel. Er staat daar altijd een rij van een kilometer.'

'Ja.' Ik liet haar nog een tijdje doorpraten. De bewakingsbeelden stonden me nog helder voor ogen: Alexa die bij Taylor in de rij kwam staan zonder dat er een man bij haar was. De man had hen tweeën een uur later in de bar aangesproken. Hij had zich gedragen alsof hij geen van beiden ooit eerder had ontmoet.

Het was dus doorgestoken kaart geweest. Hij had gedaan alsof hij zich aan beide meisjes voorstelde. Taylor had in het complot gezeten.

'Heb je iets te roken?' zei ik.

Ze haalde haar schouders op en pakte haar Marlboro's uit haar tasje.

'Vuur?' zei ik.

Ze schudde geërgerd haar hoofd, viste in haar handtas en haalde de gouden Dupont-aansteker eruit. Toen ik hem van haar aanpakte, gleed hij uit mijn hand en kletterde op de straatstenen.

'Jezus!' zei ze.

Ik raapte hem op, stak een sigaret aan en gaf haar de aansteker terug. 'Dank je. Nou, vertel me eens over Lorenzo.'

'Wat is er met hem?'

'Hoe oud is hij?'

'Dertig, vijfendertig.'

'Wat voor accent?'

'Spaans, zou ik zeggen.'

'Heeft hij je zijn mobiele nummer gegeven?'

'Nee,' zei ze. 'Ik hem wel het mijne.'

'Heeft hij je ooit gebeld? Om iets af te spreken?'

'Nee.'

'Hoe voelde je je toen hij niet met jou, maar met je beste vriendin naar huis ging?' zei ik.

Ze zweeg even. Misschien bedacht ze op dat moment dat er natuurlijk niet alleen buiten, maar ook binnen camera's waren geweest. Niet bepaald overtuigend zei ze: 'Hij was niet mijn type.'

Ik had haar met opzet door Mount Vernon Street naar de overkant van Charles Street geleid, en daarna linksaf River Street in. Ik wilde niet door Charles Street lopen. Nog niet.

'Hè? Toen je hem eerder op de dag in die Starbucks ontmoette, vond je hem op zijn minst interessant genoeg om een afspraakje met hem te maken.'

'Ja, nou, hij bleek nogal, eh, hoe zeg je dat, een verlopen type te zijn. Trouwens, hij viel duidelijk op Alexa, en ik dacht, neem jij hem maar, meid.'

'Heel aardig van je,' zei ik ijzig. 'Je bent een goede vriendin.'

'Ik was niet aardig. Alleen...'

'Redelijk,' opperde ik.

'Zo kunt u het noemen.'

'Dus toen je Lorenzo in die Starbucks ontmoette, zat je in een van die grote zachte stoelen bij het raam?'

Ze knikte.

'Hij kwam gewoon naar je toe en ging bij je zitten?'

Ze knikte opnieuw.

'Welke Starbucks was dat?'

'Die in Charles Street.' Ze maakte een gebaar in de richting van Charles Street, ongeveer een half blok bij ons vandaan.

'Zijn er niet twee in Charles Street?' Ik wist natuurlijk het antwoord al.

'Die op de hoek van Beacon Street.'

'En je was daar alleen?' vroeg ik. 'Je zat in je eentje in een van die grote zachte stoelen bij het raam?'

Ze kneep haar ogen enigszins samen. Ze vond het niet prettig dat ik het steeds maar over die grote zachte stoelen had. 'Ja. Ik zat daar gewoon in een tijdschrift te lezen. Waarom vraagt u dat?'

'Om na te gaan wat je nog weet,' zei ik. 'We zijn er.'

'Wat?'

We waren op de hoek van Beacon Street en Charles Street blijven staan. Aan de overkant was de Starbucks waarover ze het had. 'Kijk eens,' zei ik.

'Wat?'

'Die Starbucks heeft geen grote zachte stoelen, hè?'

'Nou, maar...'

'En zie je? Er zijn helemaal geen stoelen bij het raam. Nietwaar?'

Ze keek, maar alleen voor de show, want ze wist dat ze weer op een leugen was betrapt. 'Hoor eens, hij wilde alleen maar dat ze het leuk zou hebben,' zei ze met een doffe, emotieloze stem. Ze haalde een sigaret tevoorschijn, stak hem aan en inhaleerde. 'Ik bewees haar een dienst. Ze heeft nog nooit een serieuze relatie gehad.'

'Goh, wat een vriendin ben jij,' zei ik. 'Ik zou niet graag je vijand zijn. Je wist dat Alexa al eens eerder was ontvoerd en daar een trauma aan had overgehouden. Je kwam een man tegen, of misschien kende je hem al, en je bracht hem in contact met je zogenaamde hartsvriendin. Iemand die je zelf een verlopen type vond. Iemand die een middeltje in het drankje van je vriendin deed, waarschijnlijk met jouw medeweten. En die haar ontvoerde en haar misschien heeft vermoord.'

Een lange zwarte limousine stopte naast ons voor rood licht.

Ik zette haar onder druk en wist dat ik een reactie uit haar los zou krijgen.

Alleen werd het een andere reactie dan ik had verwacht.

Ze blies een straal rook uit en streek haar haar naar achteren. 'U kunt alleen bewijzen dat ik met een man naar het Graybar Hotel ben gegaan. Al die andere onzin – daar kunt u alleen maar naar raden.'

Het achterraam aan de passagierskant van de limousine ging soepel omlaag. Een man die ik kende, staarde me aan, een stijlvolle man in een tweedjasje met vlinderstrik. Hij droeg een bril met hoornen montuur en ronde glazen, en hij heette David Schechter. Hij was een bekende Bostonse advocaat en machtsfiguur, iemand die alle belangrijke personages kende en wist aan welke touwtjes hij moest trekken om dingen te laten gebeuren. Hij was volkomen meedogenloos. Je wilde David Schechter beslist niet als vijand hebben.

Naast hem op de achterbank zat senator Richard Armstrong.

'Taylor,' zei de senator. 'Stap in.'

'Senator,' zei ik, 'uw dochter is betrokken bij de verdwijning van Alexa Marcus.'

Armstrong gaf geen blijk van verbazing of ontsteltenis. Hij keek zijn advocaat aan om de zaak aan hem over te dragen.

Taylor Armstrong maakte het portier van de limousine open en stapte in. Ik deed nog een laatste poging om tot haar door te dringen. 'Goh, en ik maar denken dat je haar hartsvriendin was,' zei ik.

'Ja, nou, het kost me vast geen moeite om een nieuwe te vinden,' zei ze met een glimlach, en er ging een huivering door me heen.

De limousine had een royaal interieur. Taylor ging tegenover haar vader zitten. Toen boog David Schechter naar voren. Hij gaf me met een gebaar te kennen dat ik dichterbij moest komen.

'Meneer Heller,' zei Schechter zo zacht dat ik hem amper kon verstaan. Hij was een machtige man die het gewend was zijn zin te krijgen zonder dat hij ooit zijn stem hoefde te verheffen. 'De senator en zijn dochter willen niet meer met u praten.'

Toen gooide hij het portier dicht en reed de limousine het verkeer in.

Ik drukte mijn sigaret uit en gooide hem in een afvalbak. Ik was lang geleden gestopt met roken en wilde niet opnieuw beginnen.

Mijn BlackBerry ging. Ik haalde hem tevoorschijn en zag dat het Marcus was. 'Nick,' zei hij. 'O, goddank.' Er klonk paniek in zijn stem door, iets wat ik nog niet eerder bij hem had meegemaakt.

'Wat is er?' vroeg ik.

'Ze hebben haar... Ze...'

Hij zweeg. Stilte. Ik hoorde hem ademhalen.

'Marshall?'

'Het is mijn meisje. Mijn Lexie. Ze hebben haar.'

'Hebben ze losgeld geëist?'

'Nee.'

'Hoe weet je dan...'

'Het is alleen een e-mail met een link naar een... O, alsjeblieft, Nick, kom hier meteen naartoe.'

Ik keek op mijn horloge. Straks begon de avondspits. De rit naar Manchester zou nog langer duren dan anders.

'Heb je op de link geklikt?'

'Nog niet.'

'Open hem niet voordat we er zijn.'

'O jezus, Nick, kom meteen. Alsjeblieft!'

'Ik ben onderweg,' zei ik.

25

Er was geen dag of nacht. Er was geen tijd. Er was alleen het stroompje zweet op haar gezicht en hals. Haar snelle ademhaling, die folterende kortademigheid, de kille angst dat ze haar longen nooit meer helemaal met lucht zou kunnen vullen.

Het zwarte niets waarin haar geest rondrende als een hamster in een molentje.

Het verlangen om dood te gaan.

Ze had besloten zich van het leven te beroven.

Het was voor het eerst in haar zeventien jaren dat de gedachte aan zelfmoord serieus bij haar was opgekomen. Ze wist nu dat de dood de enige uitweg was.

Als je hyperventileert, neemt het kooldioxide toe.

Ze hijgde, haalde zo diep en snel mogelijk adem. Probeerde de beperkte hoeveelheid lucht in de kist te verbruiken. Hijgde. Ze voelde de lucht die ze had uitgeademd om zich heen, een warme, vochtige deken van kooldioxide. Als ze zo doorging, zou ze misschien het bewustzijn verliezen.

Ze voelde zich wazig, licht in haar hoofd. Zwak en duizelig.

Het werkte.

En toen voelde ze iets anders. Een koele rimpeling van lucht.

Frisse lucht die naar een dennenwoud rook, naar vuren in de verte, naar diesel en natte bladeren.

Die lucht kwam ergens vandaan. Haar rechterhand tastte naar de bron van de luchtstroom. De lucht kwam uit de onderkant van de kist, onder de metalen steunbanden waarop de matras lag, ergens bij de waterflessen en energierepen. Ze raakte de bodem van de kist aan. Haar vingers volgden de contouren van een ronde, geperforeerde metalen schijf met een middellijn van twee of drie centimeter.

Een luchtdoorvoer.

Ze hoorde gezoem in de verte. Nee, eigenlijk geen gezoem. Het verre geluid van een... een afvalvernietiger? Toen iets wat als een automotor klonk. Het regelmatige geluid van pompende zuigers. Erg snel. Ver weg.

Ze wist niet wat het was, maar wel dat het iets met de nieuwe toevoer van lucht te maken had. Een ventilator? Daar klonk het te mechanisch en te hobbelig voor.

Er werd lucht in omloop gebracht.

De Uil had haar erbarmelijke pogingen gadegeslagen. Hij had gezien wat ze probeerde. En hij versloeg haar.

Ze kon het niet helpen: ze haalde diep adem, zoog de koele, frisse lucht zo dankbaar in haar longen als toen ze het water uit de fles had gedronken. De frisse lucht hield haar in leven.

Ze kon zichzelf niet verstikken. Ze kon geen zelfmoord plegen.

Hij had haar beroofd van de enige macht die ze bezat.

26

Ik pikte Dorothy bij ons kantoor op. We kwamen vlugger door het verkeer dan ik had verwacht en arriveerden kort voor zes uur bij het bewakingshokje aan de grens van Marcus' domein.

'Goh,' zei ze zachtjes toen we de verandatrap op liepen. Ze keek met grote ogen naar het immense huis. 'En ik was net een beetje blij met mijn flatje.'

Marcus wachtte ons bij de deur op. Hij was asgrauw, en hij bedankte ons somber en liet ons binnen. Belinda vloog in de schemerig verlichte hal op me af en sloeg haar armen om me heen met een genegenheid die ik nooit van haar zou hebben verwacht. Haar rug was knokig. Ik stelde Dorothy voor. Belinda bedankte me overdadig, en Marcus knikte alleen maar en leidde ons naar zijn werkkamer. Zijn pantoffels sloften over de eikenhouten vloer.

Zijn werkkamer was een groot, comfortabel vertrek, helemaal niet opzichtig, en zwak verlicht. De zonwering was omlaag. Er was alleen de lichtkring van een bureaulamp met een kap van groen glas. Die stond midden op een grote refterafel van eeuwenoud eikenhout die als zijn bureau fungeerde. De enige andere voorwerpen op de tafel waren een grote flatscreenmonitor en een draadloos toetsenbord, die daar niet thuis leken te horen.

Hij ging op een stoel met een hoge rug en gecapitonneerd zwart leer zitten en drukte op een paar toetsen. Zijn handen beefden. Belinda ging achter hem staan. Wij stonden aan weerskanten en zagen hem een e-mailbericht openen.

'Zodra dit binnenkwam, zei ik tegen hem dat hij jou moest bellen,' zei Belinda tegen mij. 'Ik zei ook dat hij helemaal niets moest doen voordat jullie er waren.'

'Dit is mijn persoonlijke e-mailaccount,' zei hij zachtjes. 'Niet veel mensen weten daarvan. Dat is het vreemde – hoe zijn ze aan dit mailadres gekomen?'

Dorothy, die een leesbril met rood montuur aan een sierlijke kralenketting droeg, zag iets anders.

'Ze hebben een *nym* gebruikt,' zei ze.

'Een wie?' zei ik.

'Een *anonymizer*. Een tijdelijk anoniem e-mailadres. Niet na te trekken.'

Het onderwerp luidde 'Uw dochter'. Het bericht was kort:

Meneer Marcus,
Als u uw dochter wilt terugzien, klik dan hier:
www.CamFriendz.com
Klikken op: Private Chat Rooms
In zoekvenster invoeren: Alexa M.
Gebruikersnaam: Marcus
Wachtwoord: LevenOfDood?
Let op: hoofdlettergevoelig.
U kunt alleen inloggen vanuit uw huis of kantoor. Geen andere locatie. We letten op iedereen die zich aanmeldt. Als we andere binnenkomende IP-adressen zien, waaronder die van politiediensten, plaatselijk of landelijk, wordt de communicatie volledig verbroken en komt er een eind aan het leven van uw dochter.

Hij keek ons aan. Er zaten grote wallen onder zijn ogen. 'Belinda wilde niet dat ik op de link klikte.' Hij klonk uitgeput en gelaten.

'Wat is CamFriendz-dot-com?' vroeg Belinda.

'Het is een site voor live video's,' zei Dorothy. 'Een socialenetwerksite. Vooral voor tieners.'

'Wat moet ik doen?' vroeg Marcus.

'Blijf van het toetsenbord af,' zei Belinda.

'Wacht even,' zei Dorothy. Ze haalde haar laptop tevoorschijn en verbond hem via een ethernetkabel met de achterkant van zijn computer. 'Oké.'

'Wacht even. Wat doe je?' vroeg Belinda.

'Een paar dingen,' zei ze. '*Screencapture* software om alles vast te leggen wat ze sturen. En ook *packetsniffing* software om netwerkactiviteit op een afstand te kunnen volgen.'

'Ben je gek geworden?' riep Belinda uit. 'Ze zeggen dat ze de communicatie volledig verbreken als iemand anders probeert mee te kijken. Probeer je haar om het leven te laten komen?'

'Nee,' zei Dorothy geduldig. 'Ik maak in feite alleen maar een kloon van deze computer. Ik log niet in. Niemand zal er iets van merken.'

'Nou, je kunt gewoon naar Marshalls computer kijken,' zei Belinda. 'Ik wil niet dat je Alexa op welke manier dan ook in gevaar brengt.'

'Ze kunnen niet weten wat ik doe,' zei Dorothy. Ik merkte dat haar geduld bijna op was. 'En we moeten er ook op letten dat ze deze computer niet met een kwaadaardige code besmetten.'

'Waarom zouden ze dat doen?' vroeg Marshall.

'Om je computer te kunnen beheersen,' zei Dorothy. 'Mag ik?' Haar vingers hingen boven zijn toetsenbord. Hij knikte en liet zijn stoel achteruitrijden om haar de gelegenheid te geven.

'Raak dat niet aan!' zei Belinda geschrokken.

'Kan ik even met je praten?' zei ik tegen haar, en ik liep met haar de gang op. Met gedempte stem ging ik verder: 'Ik maak me zorgen over je man.'

'O ja?'

‘Hij zou in paniek zijn geraakt als jij er niet was geweest. Jij bent zijn rots in de branding. Het was goed van je dat je hem eerst naar mij liet bellen en hem verbood op die link te klikken.’

Ze keek tevreden.

‘En ik vind het erg dat ik in een tijd als deze nog meer van je moet verlangen,’ zei ik, ‘maar ik wil dat je naar een andere kamer gaat en een compilatie van feiten voor me maakt.’

‘Een... compilatie...?’

‘Sorry, dat is de technische term voor een volledige opsomming van alle mogelijke feiten die ons kunnen helpen haar te vinden,’ zei ik. Ik had die term ter plekke verzonnen, maar hij klonk geloofwaardig.

‘Een opsomming van wat voor feiten?’

‘Alles. Welke kleren Alexa droeg toen ze van huis ging. Het merk en de maat van de schoenen die ze droeg en alle kledingstukken, haar tasje, alles wat ze in haar tasje kan hebben gehad. Jij hebt een veel beter waarnemingsvermogen dan Marshall, en mannen letten toch al nooit op dat soort dingen. Ik weet dat het een saai karwei lijkt, maar je bent de enige die het kan doen, en het is van het grootste belang. En we hebben die opsomming zo gauw mogelijk nodig. Als het enigszins kan, binnen een uur.’

‘Wil je dat ik een computer of een schrijfmachine gebruik?’

‘Wat voor jou maar het vlugste is,’ zei ik.

Ik ging de kamer weer in. Dorothy stond voor Marshalls computer. Ze typte, bewoog de muis, en na een tijdje zei ze: ‘Oké, open de hyperlink.’

Na een paar seconden verscheen er een nieuw venster. Daarop was een smakeloos ontworpen website te zien, met een banner langs de bovenkant: CAMFRIENDZ – THE LIVE COMMUNITY!

Er waren veel bewegende videovensters. Op sommige zag je beroemdheden van de tweede garnituur, zoals Paris Hilton. Op andere namen tienermeisjes met laag uitgesneden tanktopjes en veel oogmake-up uitdagende poses aan en deden ze suggestieve dingen met hun tong. Sommigen hadden piercings in hun lippen.

‘Wat is dit?’ vroeg Marcus. ‘Een pornosite?’

'Tienermeisjes en –jongens zitten voor de camera van hun computer en praten met elkaar,' zei Dorothy. 'Soms doen ze meer dan praten.'

Dorothy werkte weer met toetsenbord en muis, voerde wat tekst in, scrolde omlaag, klikte, en klikte nog wat meer.

Toen verscheen er een stilstaand beeld van Alexa.

Een schoolportret, leek het wel, uit de tijd dat ze een jonger meisje was. Haar blonde haar was in een pony geknipt, en ze droeg een witte hoofdband en een geruite jumper. Waarschijnlijk was het een schooluniform. Ze zag er heel lief en onschuldig uit. Uit de tijd voordat de moeilijkheden begonnen.

'O mijn god,' kreunde Marcus. 'O mijn god. Hebben ze haar foto daarop gezet, zodat iedereen hem kan zien? Wat... wat willen ze daarmee doen?'

Er stonden groene letters boven Alexa's foto: ENTER CHAT.

'Chat?' zei Marcus. 'Wat is dit – met wie ga ik praten? Wat stelt dit voor?'

Dorothy klikte erop, en er verscheen een inlogvenster. Ze voerde de gebruikersnaam en het wachtwoord uit het e-mailbericht in. Een tijdje gebeurde er niets. Ze liep naar haar eigen laptop, en Marshall en ik gingen dichter naar het scherm toe.

Toen verscheen er een groot venster met weer een stilstaand beeld van Alexa.

Alleen was dit blijkbaar iets van kortgeleden.

Zo te zien sliep ze. Haar ogen waren dicht, met donkere vlekken van oogmake-up waardoor ze eruitzag als een wasbeer. Haar haar zat in de war. Ze zag er verschrikkelijk uit.

Toen besefte ik dat het helemaal geen stilstaand beeld was. Het was video.

Je kon nog net zien dat ze in haar slaap bewoog. De streaming video had alle eigenschappen van een snuffmovie: de camera te dicht bij haar gezicht, het beeld korrelig en de focus strak, en het licht was vreemd, groenig, alsof de beelden met een infraroodcamera werden gemaakt.

Dat wees erop dat ze in het donker lag.

Een harde metaalachtige stem: 'Alexa, wakker worden! Het is tijd om je vader gedag te zeggen.' Een mannenstem. Een zwaar accent, misschien Oost-Europees.

Alexa's ogen gingen wijd open. Haar mond ging ook open.

Marcus hield abrupt zijn adem in. 'Dat is ze!' zei hij, waarschijnlijk omdat hij niets anders kon bedenken. En toen: 'Ze leeft nog. Godallemachtig, ze is in leven!'

Alexa's ogen keken heen en weer.

Schichtig. Paniekerig.

Iets aan haar gezicht zag er anders uit, al zou ik niet precies kunnen zeggen wat het was.

'Pa?' zei ze.

Marcus stond op en riep: 'Lexie. Schatje! Ik ben hier!'

'Ze kan je niet horen,' zei Dorothy.

'Pa?' zei Alexa opnieuw.

De versterkte stem zei: 'Je kunt spreken, Alexa.'

Haar woorden kwamen er in een schelle stroom uit. 'Pa, o god, alsjeblieft, ze hebben me in een...'

Het geluid van haar stem werd abrupt afgekapt en de stem met het accent zei: 'Hou je precies aan het script, Alexa, of je spreekt je vader nooit meer, en ook niemand anders.'

Nu gilde ze. Haar ogen puilden uit, haar gezicht liep rood aan en haar hoofd ging heen en weer, maar er was geen geluid meer, en na nog eens tien seconden werd het venster zwart.

'Néé!' riep Marcus, en hij sprong uit zijn stoel en raakte met zijn korte, dikke vingers het scherm aan. 'Mijn meisje! Mijn meisje!'

'De link is verbroken,' zei Dorothy. In het venster was weer Alexa's schoolportret te zien. Het lieve kleine meisje met hoofdband en pony. 'Ze werkte niet mee. Ze probeerde ons iets te vertellen – misschien waar ze was.'

Marcus wankelde op zijn voeten. De angst stond op zijn gezicht te lezen.

'Dat betwijfel ik,' zei ik. 'Het komt allemaal erg professioneel over. Ze hebben haar vast niet laten zien waar ze is.' Ik keek naar Dorothy's laptop en zag een kolom van witte cijfers voorbijvliegen op een zwarte achtergrond, zo snel dat er niets te lezen was. 'Wat heb je?' vroeg ik haar. 'Kun je zeggen waar het signaal vandaan komt?'

Ze schudde haar hoofd. 'Blijkbaar is CamFriendz gevestigd op de Filippijnen. Daar komen de videobeelden vandaan. Dus dat is ook een dood spoor. Die kerels zullen wel een *free* account hebben. Ze kunnen overal op de wereld zijn.'

Marcus kon zich niet meer in evenwicht houden en ik greep hem vast voordat hij viel. Hij was niet flauwgevallen, nog net niet. Ik liet hem voorzichtig in de stoel zakken.

'Ze hebben haar vermoord,' zei hij. Hij staarde dof voor zich uit.

'Nee,' zei ik. 'Dat is niet in hun belang. Ze hebben haar nodig om losgeld te kunnen eisen.'

Hij kreunde en sloeg zijn handen voor zijn gezicht.

Dorothy stond op, excuseerde zich en zei dat ze ons wat privacy wilde geven om te praten. Ze pakte een tweede laptop uit haar Gucci-tas, ging naar het zitgedeelte naast de keuken en probeerde daar het IP-adres na te trekken.

'Je had zoiets als dit verwacht, hè?' zei ik.

'Elke dag, Nick,' zei hij verdrietig.

'Na wat er jaren geleden met Alexa in het winkelcentrum Chestnut Hill is gebeurd.'

'Ja,' zei hij zacht.

'Wat denk je dat ze willen?'

Hij gaf geen antwoord.

'Je zou alles wel willen betalen om haar terug te krijgen, nietwaar?'

Hij staarde nu alleen maar voor zich uit. Ik kon niet nagaan wat hij dacht.

Ik boog op mijn stoel naar voren en sprak hem zachtjes toe. 'Niet doen. Als ze contact met je opnemen en eisen dat er geld naar een offshorerekening wordt overgemaakt, weet ik dat je het onmiddellijk zou doen. Ik ken jou. Maar je moet me beloven dat je het niet doet. Niet voordat je met mij hebt overlegd en we het op de juiste manier kunnen doen. Als je je dochter levend terug wilt hebben.'

Hij staarde nog steeds voor zich uit. Zijn blik was gericht op iets wat niet in de kamer was.

'Marshall?' zei ik. 'Ik wil dat je het me belooft.'

'Goed,' snauwde hij.

'Je hebt de politie niet gebeld, hè?' zei ik.

'Ik...'

Ik onderbrak hem voordat hij verder kon gaan. 'Je moet iets over me weten,' zei ik. 'Ik hou er niet van dat mijn cliënten tegen me liegen. Ik heb deze opdracht aangenomen vanwege Alexa, maar als ik merk dat je liegt of iets achterhoudt, loop ik weg. Zo simpel is het. Begrepen?'

Hij keek me een hele tijd aan en knipperde snel met zijn ogen.

'Ik verleen je amnestie voor alles wat je tot nu toe hebt gedaan en gezegd,' zei ik. 'Maar vanaf dit moment hoef je maar één keer te liegen en ik ga van de zaak af. Dus laten we het nog een keer proberen: heb je de politie gebeld?'

Hij zweeg nog even. Toen deed hij zijn ogen dicht en schudde zijn hoofd. 'Nee.'

'Oké. Dat is een begin. Waarom niet?'

'Omdat ik wist dat ze de FBI zouden inschakelen.'

'En?'

'De FBI wil maar één ding: mij achter de tralies zetten. Ze willen me tot voorbeeld stellen.'

'Waarom? Hebben ze reden om onderzoek naar je te doen?'

Hij aarzelde. Toen zei hij: 'Ja.'

Ik keek hem aan. 'O ja?'

Hij keek alleen maar terug.

'Als je me nu niet alles vertelt, loop ik weg.'

'Dat zou je Alexa niet aandoen.'

'Ik heb Alexa niets aangedaan.' Ik stond op. 'En de FBI zal vast wel alles in het werk stellen om haar te vinden.'

'Nick,' zei hij. 'Dit kun je niet doen.'

'Wacht maar af.'

Ik liep naar de deur van zijn werkkamer.

'Wacht!' riep Marcus me na. 'Nick, luister.'

Ik draaide me om.

'Ja?'

'Ook als ze om losgeld vroegen, zou ik het niet kunnen betalen.'

'Wat bedoel je daarmee?'

Plotseling was zijn gezicht een en al vernedering, woede en diepe droefheid. Een vreselijk, kwetsbaar gezicht.

'Ik heb niets,' zei hij. 'Ik bezit helemaal niets meer. Ik ben geruïneerd.'

DEEL TWEE

Waarom ziet iemand dingen niet? Hij staat zichzelf in de weg: hij verbergt dingen.

– FRIEDRICH NIETZSCHE, *Morgenröthe*

27

'Het is allemaal weg,' zei Marcus. Hij sprak toonloos, alsof hij verdoofd was.

'Je beheert tien miljard dollar.'

'Beheerde. Het is allemaal weg.'

'Is er tien miljárd dollar weg?'

Hij knikte.

'Dat kan niet.' Toen kwam er een afschuwelijke gedachte bij me op. 'Allemachtig, je hebt het nooit gehad, hè? Het was nooit echt?'

Marcus verstijfde. 'Ik ben geen Bernie Madoff,' zei hij gekwetst.

Ik keek hem aan en hield mijn hoofd schuin. Hij zag er verslagen uit. 'Wat is er gebeurd?'

Hij keek me even aan. Voor het eerst zag ik de ouderdomsvlekken op zijn gezicht. Het netwerk van lijnen en rimpels leek plotseling dieper en opvallender te zijn geworden. Hij zag bleek en zijn ogen waren diep in hun kassen verzonken. 'Zes of zeven maanden geleden ontdekte mijn financieel directeur zoiets bizars dat hij dacht dat we per ongeluk de verkeerde financiële gegevens hadden gekregen. Hij zag dat ons hele effectenbezit was verkocht. Alle opbrengsten waren weggesluisd, net als al het andere geld op onze rekeningen.'

'Waarheen weggesluisd?'

'Dat weet ik niet.'

'Door wie?'

'Als ik dat wist, zou ik het terug hebben.'

'Nou, je werkt toch met een effectenmakelaar? Iemand die je transacties voor je doet?'

'Ja.'

'Als zij een fout hebben gemaakt, moeten zij het in orde maken.'

Hij schudde langzaam zijn hoofd. 'Er was toestemming gegeven voor alle transacties, met onze codes en wachtwoorden. Onze makelaarsfirma zegt dat zij niet verantwoordelijk zijn – ze kunnen er niets aan doen.'

'Is er daar niet iemand die jouw account beheert?'

'Natuurlijk. Maar toen we ontdekten wat er was gebeurd, had hij ontslag genomen. Een paar dagen later is hij in Venezuela gevonden. Dood. Hij en zijn hele gezin zijn omgekomen door een auto-ongeluk in Caracas.'

'Welke effectenmakelaardij gebruik je?' Ik verwachtte dat hij Goldman Sachs, Morgan Stanley of Credit Suisse zou noemen, de grote jongens in de effectenwereld, en ik was dan ook verbaasd toen hij antwoordde: 'Banco Transnacional de Panamá.'

'Panama?' zei ik. 'Waarom?'

Hij haalde zijn schouders op. 'De helft van onze fondsen zit in het buitenland, weet je. Arabieren en zo – dat zijn de mensen met het grote geld.'

Ik twijfelde daaraan. Panama was het Zwitserland van Latijns-Amerika: het land van het bankgeheim, een uitstekende plaats om geld weg te stoppen zonder dat er vragen werden gesteld. Het bankgeheim was daar zelfs beter dan in Zwitserland.

Als je in Panama opereerde, wilde dat zeggen dat je iets te verbergen had.

'Plotseling had Marcus Capital Management geen vermogen meer te beheren. We hadden niets. Helemaal niets.' Er klopte een adertje op zijn voorhoofd. Ik was bang dat hij ter plekke een beroerte zou krijgen.

'Ik geloof dat ik wel zie waar dit heen gaat. Je kon je beleggers niet vertellen dat ze al hun geld waren kwijtgeraakt. Nietwaar?'

'Sommigen van hen hadden honderden miljoenen bij me ondergebracht. Wat moest ik tegen hen zeggen: dat ik het had verprutst?

Dat kon ik niet aan. Weet je dat ik al die tientallen jaren nog nooit een verliesgevend kwartaal heb gehad? Niemand anders heeft zo'n staat van dienst. Allemachtig, de grote Warren Buffett heeft een paar jaar geleden bijna tien procent verloren.'

'Wat deed je toen, Marshall? Vervalste je gegevens, zoals Bernie Madoff deed?'

'Nee! Ik had geld nodig. Veel en veel geld. Een grote toevoer van geld. En geen bank ter wereld wilde me iets lenen.'

'O, ik begrijp het. Je haalde nieuw geld binnen. Op die manier kon je het doen voorkomen alsof je niets had verloren.'

Hij knikte en haalde zijn schouders op.

'Dat is nog steeds fraude,' zei ik.

'Dat was niet mijn bedoeling!'

'Nee, natuurlijk niet. Van wie kreeg je dat geld?'

'Dat wil je niet weten, Nickeleh. Geloof me: dat wil je niet weten. Hoe minder je weet, hoe beter.'

'Ik denk dat je het me nu maar beter kunt vertellen.'

'Laat ik volstaan met te zeggen dat je die kerels niet gauw op een prestigieuze herenclub zult tegenkomen. Het zijn schurken, Nicky.' Er trilde iets bij zijn linkeroog.

'Noem me een paar namen.'

'Heb je ooit van Joost van Zandt gehoord?'

'Ben je gek geworden?' Van Zandt was een Nederlandse wapenhandelaar die met zijn privémilitie Charles Taylor had gesteund, de moorddadige dictator van Liberia.

'Zeg maar liever wanhopig,' zei hij. 'En Agim Grazdani? En Juan Carlos Santiago Guzman?'

Agim Grazdani stond aan het hoofd van de Albanese maffia. Tot zijn activiteiten behoorden wapenhandel, mensensmokkel en vervalsing. Toen de hoogste aanklager van Italië een paar jaar geleden een arrestatiebevel tegen hem uitvaardigde, kwamen die aanklager en zijn hele gezin in de vriesruimte van het favoriete restaurant van de minister van Justitie in Rome terecht. Hun lichamen waren in stukken gesneden en ingevroren.

Daarna hadden Italiaanse aanklagers het te druk met andere zaken gehad om achter Grazdani aan te gaan.

Juan Carlos Santiago Guzman, de leider van het Colombiaanse Norte del Valle-kartel, was een van de gewelddadigste drugshandelaren ter wereld. Hij had zijn uiterlijk veranderd door meermalen plastische chirurgie te ondergaan. Aangenomen werd dat hij ergens in Brazilië woonde. Vergeleken met hem was Pablo Escobar een padvinder.

'En die verrekte Russen,' zei hij. 'Stanislav Loezjin, Roman Navrozov en Oleg Oespenski.'

'Allemachtig, Marshall, waarvoor deed je dat nou?' zei ik.

'Ik dacht dat ik met al dat geld mijn firma in stand kon houden. Maar het was niet genoeg om aan alle verplichtingen te voldoen. Mijn hele firma ging evengoed naar de bliksem.'

'Het nieuwe geld ging net zo goed verloren als het oude.'

Hij knikte.

'Van Zandt, Guzman, Grazdani en de Russen,' zei ik.

'Ja.'

'Je hebt al hun geld ook verloren.'

Hij huiverde.

'Weet je, toen Bernie Madoffs beleggers alles waren kwijtgeraakt, konden de meesten van hen alleen voor een rechter staan huilen. Deze kerels huilen niet. Nou, wie van hen heeft je dochter ontvoerd?'

'Ik heb geen idee.'

'Ik moet een lijst van al je beleggers hebben.'

'Dus je loopt niet weg? Dank je.' De tranen sprongen in Marcus' ogen. Hij nam mijn onderarmen in zijn grote berenpoten. 'Dank je, Nick.'

'Een complete lijst,' zei ik. 'Alle namen. Niemand weglaten.'

'Ja,' zei hij. 'Natuurlijk.'

'Ik wil ook een lijst van al je huidige en vroegere werknemers. Ook het huishoudelijk personeel. En ik wil hun personeelsdossiers.'

Er werd op de deur geklopt.

'Sorry dat ik jullie stoor,' zei Dorothy, 'maar de live feed is weer begonnen.'

‘De feed?’ zei Marcus verward.

‘Het is Alexa,’ zei ze. ‘De videostream is weer online.’

28

We verdrongen ons voor de monitor. Marcus boog op zijn stoel naar voren, terwijl Dorothy met het toetsenbord bezig was.

‘Het is net begonnen,’ zei Dorothy.

Dezelfde foto van Alexa als meisje. Daaroverheen in groene letters: LIVE en ENTER CHAT. Dorothy bewoog de muis en klikte.

Toen verscheen Alexa’s gezicht weer. Dezelfde extreme close-up. De tranen liepen over haar wangen.

‘Pa?’ zei ze. Ze keek niet recht in de camera, maar enigszins opzij, alsof ze niet zeker wist waar de lens zat. ‘Pa?’

‘Lexie?’ zei Marcus. ‘Papa is hier.’

‘Ze kan je nog steeds niet horen,’ zei Dorothy.

‘Papa, ze laten me pas gaan als je ze iets geeft.’

Het beeld was nogal onrustig, schokkerig. Niet van hoge kwaliteit. Zoals tv-ontvangst in de tijd voordat de kabel er was.

‘Eh... Ten eerste zeggen ze dat als je contact met de politie of zoiets opneemt, ze gewoon...’

Ze knipperde snel met haar ogen. De tranen liepen over haar gezicht. Ze huiverde.

‘Ik heb het zo koud en ik ben zo bang dat ik te zwak ben en niet kan veranderen,’ zei ze plotseling, bijna op één toon. ‘Ik... ik draai en kronkel in de donkerste ruimten... ik wil hier niet meer zijn, papa.’

‘O god,’ zei Dorothy.

‘Stil!’ zei Marcus. ‘Alsjeblieft!’

Er volgde een diep gerommel, en plotseling viel het beeld in pixels uiteen: het stond stil, veranderde in duizenden kleine vierkantjes die uiteenvielen, en even later was alles donker.

'Nee!' zei Marcus. 'Niet opnieuw! Waarom gebeurt dit?'

Toen waren de videobeelden terug. Alexa zei: 'Ze willen Mercury, papa. Je moet ze Mercury geven. Ik... ik weet niet wat dat betekent. Ze zeiden dat je het zult doen. Alsjeblieft, papa, ik denk dat ik het niet langer uithoud.'

En toen werd het beeld weer donker. We wachtten even, maar ditmaal kwam het niet terug.

'Is dat het?' zei Marcus. Hij keek opgewonden van mij naar Dorothy en terug. 'Is dat het eind van de videobeelden?'

'Het zijn vast niet de laatste beelden,' zei ik.

'Het moet wel een IR-camera zijn,' zei Dorothy. Infrarood, bedoelde ze. Daarom waren het monochrome, groenige beelden. Zo'n videocamera had waarschijnlijk zijn eigen ingebouwde infraroodlicht, onzichtbaar voor het menselijke oog.

'Ze houden haar vast in totale duisternis,' zei ik.

'Mijn kleine Lexie!' riep Marcus uit. 'Wat doen ze met haar? Waar is ze?'

'Ze willen nog niet dat we dat weten,' zei ik. 'Het maakt deel uit van de druk die ze uitoefenen, de... wreedheid. Het niet-weten.'

Marcus legde zijn hand over zijn ogen. Zijn onderlip trilde en zijn gezicht liep rood aan. Hij snikte geluidloos.

'Ik geloof dat ze ligt,' zei Dorothy. 'Dat is aan haar gezicht te zien, denk ik.'

'Wat gebeurde er aan het eind met de videobeelden?' vroeg ik. 'Waarom hielden ze op?'

'Misschien een storing in de verbindingen.'

'Dat weet ik nog zo net niet. Hoorde je dat lage geluid? Het klonk als een auto of vrachtwagen daar in de buurt.'

Dorothy knikte. 'Misschien een grote oude vrachtwagen. Waarschijnlijk hebben ze verkeer in de buurt. Het kan ergens naast een snelweg of andere grote weg zijn.'

'Nee,' zei ik. 'Geen grote weg. Geen drukke straat. Dat was de eerste auto die we hoorden. Het betekent dus dat ze bij een weg is, maar niet bij een drukke weg.' Ik keek Marcus aan. 'Wat is "Mercury"?'

Hij haalde zijn hand bij zijn ogen vandaan. Zijn ogen waren half dichtgeknepen, rood en betraand. 'Geen idee.'

'En wat bedoelde ze nou met "ik ben te zwak en kan niet veranderen" en "ik draai en kronkel in de donkerste ruimte"?'

'Wie weet,' zei hij met een stem vol slijm. Hij schraapte zijn keel. 'Ze is doodsbang.'

'Maar het is toch niet haar normale manier van praten?'

'Ze is vreselijk bang. Ze praatte maar wat!'

'Citeerde ze misschien een gedicht?'

Marcus keek me nietszeggend aan.

'Het klinkt als een verwijzing naar iets. Alsof ze iets aan het opzeggen was. Klinkt het je niet bekend in de oren?'

Hij schudde zijn hoofd.

'Een boek?' opperde ik. 'Misschien iets wat je haar voorlas toen ze nog klein was?'

'Ik... weet je...' Hij haperde. 'Weet je, haar moeder las haar voor. En jouw moeder. Ik... ik heb dat nooit gedaan. Ik was niet veel thuis.'

En hij legde zijn hand weer over zijn ogen.

Toen we in de duisternis van een sterrenloze avond bij Marcus' huis vandaan reden – weg van wat ik nu zag als Marcus' complex, verdedigd door gewapende bewakers – vertelde ik Dorothy hoe Marshall Marcus al dat geld was kwijtgeraakt.

Ze reageerde met hetzelfde ongeloof als ik. 'Bedoel je dat hij tien miljard dollar heeft verloren alsof het achter de bankkussens is gevallen?'

'Daar komt het wel op neer.'

'Kan dat?'

'Gemakkelijk.'

Ze schudde haar hoofd. 'Weet je, daarom ben ik zo blij dat ik nooit in geldzaken ben gegaan. Ik verlies vaak mijn sleutels en mijn bril. Als je iets kunt verliezen, verlies ik het.'

Ze was met multitasking bezig. Terwijl ze praatte, typte ze op haar BlackBerry.

'Herinner me eraan dat ik nooit geld aan jou in beheer geef,' zei ik.

'Heb je enig idee wat Mercury is?'

'Marshall weet het niet. Waarom zou ik het weten?'

'Marshall zégt dat hij het niet weet.'

'Dat is waar.'

'Misschien is het een van zijn offshorefondsen of zoiets. Geld dat hij ergens heeft weggestopt.'

'Nee.'

'Waarom niet?'

'Als de ontvoerders weten dat ze hun hele investering kwijt zijn, weten ze ook dat hij blut is. Mercury kan dus niet betrekking hebben op geld.'

'Misschien denken ze dat hij ergens iets heeft weggestopt. Al die kerels stoppen geld weg. Het zijn net eekhoorns met hun noten. Kwaadaardige eekhoorns.'

'Maar waarom zeggen ze het niet gewoon? Waarom zeggen ze niet: maak driehonderd miljoen dollar over naar die-en-die offshorerekening, of anders vermoorden we het meisje?'

'Dat weet ik niet,' gaf ze toe.

'Nou, wat is waardevoller dan geld?'

'Een deugdzame vrouw.' Dorothy perste haar lippen op elkaar.

'Misschien een algoritme voor effectenhandel dat hij alleen heeft. Een beleggingsformule die hij heeft uitgedacht.'

Ze schudde haar hoofd en bleef typen. 'Een handelsalgoritme? De man heeft geen cent meer. Als hij een toverpoeder heeft, wil ik het niet kopen.'

Ik glimlachte.

'Denk je dat hij het weet, maar het ons niet vertelt?' zei ze.

'Ja.'

'Zelfs als zijn dochter daardoor om het leven komt?'

Een hele tijd zei ik niets. 'Dat is moeilijk te geloven, hè?'

'Jij kent hem,' zei ze. 'Ik niet.'

'Nee,' zei ik. 'Ik dacht dat ik hem kende. Ik ben daar niet zo zeker meer van.'

‘Hmpf,’ zei ze. Toen zei ze het opnieuw.

‘Wat is er?’

‘O, man, dit kan niet waar zijn.’

‘Wat?’

‘O lieve god, alsjeblieft, laat dit niet waar zijn.’

‘Waar heb je het over?’

Ik keek vlug opzij om een blik op Dorothy te werpen. Ze keek strak naar haar BlackBerry. ‘Die gekke dingen die Alexa zei? “Ik draai en kronkel in de donkerste ruimte?”’

‘Ja?’

‘Ik heb het gegoogeld. Nick, het komt uit een nummer van een rockgroep die Alter Bridge heet.’

‘Oké.’

‘Dat nummer heet “Buried Alive”. Levend begraven.’

29

Toen ik Dorothy bij haar flat in Mission Hill had afgezet en een parkeerplek had gevonden in de buurt van mijn appartement in de binnenstad, was het bijna negen uur ’s avonds.

Mijn appartement was een loft in de leerwijk. Dat klinkt misschien wat vreemd, maar ik heb het over zes blokken in de binnenstad van Boston, tussen Chinatown en de financiële wijk. De oude bakstenen gebouwen waren vroeger schoenfabrieken, leerlooierijen en pakhuizen.

Ik vond een plek op enkele blokken afstand, liep door een steegje naar de naargeestige dienstingang en nam de stalen achtertrap naar de achterdeur op de vierde verdieping.

De loft was een grote open ruimte met een vijf meter hoog plafond. De slaapkamer bevond zich in een nis, en de badkamer was helemaal aan de andere kant. Een ontwerpfout. In een andere nis bevond zich een keuken met apparatuur van topklasse, waarvan ik nooit iets had gebruikt, behalve de koelkast. Er waren veel gietijzeren steunpilaren en blootgelegde baksteenmuren en buizen, en natuurlijk waren ook alle leidingen te zien. Het was een lege, functionele ruimte zonder opsmuk. Zonder rommel.

Ongetwijfeld zou een psychiater zeggen dat ik me afzette tegen mijn jeugd in een kolossaal landhuis in Bedford, New York, een huis vol kostbaar antiek. Mijn broer en ik konden binnen niet rondrennen zonder dat we een Etruskische vaas van onschatbare waarde of een ladekast van John Townsend omgooiden.

Maar misschien heb ik alleen maar een hekel aan rommel.

De komiek George Carlin vertelde vroeger een prachtig verhaal over 'spullen', de dingen die we in ons leven verzamelen en van het ene naar het andere huis meenemen. Een huis is alleen maar een berg spullen met een dak, zei hij, een plaats waar je je spullen neerlegt als je naar buiten gaat om nog meer spullen te halen. Ik heb zo weinig mogelijk spullen, maar wat ik heb, is eenvoudig en goed.

Ik ging regelrecht naar de badkamer, kleedde me uit en stapte onder de douche. Ik bleef er een hele tijd onder staan en voelde het hete water op mijn hoofd, mijn hals, mijn rug.

Ik kon het beeld van die arme Alexa Marcus niet uit mijn hoofd zetten. Die wasbeerogen, die verschrikkelijke angst. Het deed me denken aan een van de gruwelijkste webvideo's die ik ooit heb gezien: de onthoofding van een dappere verslaggever van de *Wall Street Journal* enkele jaren geleden door monsters met zwarte kappen over hun hoofd.

En dat vervulde me met afgrijzen.

Ik vroeg me af wat ze met 'levend begraven' bedoelde. Misschien zat ze opgesloten in een ondergrondse bunker of kluis of zoiets.

Toen ik het water uitzette en de handdoek pakte, meende ik een geluid te horen.

Een klik of knapgeluid.

Of niets.

Ik bleef staan, luisterde nog even en begon me af te drogen.

En hoorde het opnieuw. Er was duidelijk iets.

Het kwam uit het appartement zelf.

30

De deur van de badkamer stond half open. Ik keek naar buiten en zag niets.

In zo'n oud gebouw midden in de stad waren in het begin van de avond allerlei geluiden te horen. Vrachtwagens, vuilniswagens, pneumatische hamers, gierende remmen, autoportieren die dichtvielen, bussen die dieseldampen uitbraakten. Alarminstallaties van auto's, dag en nacht.

Maar dit kwam beslist uit mijn eigen appartement.

Een *skritsj skritsj skritsj* uit de voorkant van de loft.

Naakt, nog nat, liet ik de handdoek op de vloer vallen en duwde de badkamerdeur een beetje verder open. Ik stapte naar buiten, druipend op de hardhouten vloer.

Luisterde nog aandachtiger.

Het *skritsj skritsj skritsj* was nog duidelijker te horen. Het kwam absoluut uit de loft zelf, ergens aan de voorkant.

Mijn beide vuurwapens waren buiten bereik. Het SIG-Sauer P250-pistool lag onder mijn bed, maar om in de slaapkamernis te komen, moest ik langs de bron van het geluid. Ik vloekte op de idiote ontwerper van de loft, die de badkamer zo ver bij de slaapkamer vandaan had gezet. Het andere wapen, een Smith & Wesson M&P 9mm, lag in een kluisje onder de keukenvloer.

Dichter bij hen dan bij mij.

De houten vloeren, ooit gedeukt en bekrast, hadden kortgeleden een nieuwe laklaag gekregen. Ze waren stevig en glad en piepten niet als je eroverheen liep. Op blote voeten kon ik een paar geluidloze stappen door de kamer doen.

Twee mannen in zwarte jacks, hun rug naar me toe. Een van hen was groot en gespierd, met het voorhoofd van een neanderthaler en gemillimeterd zwart haar. Hij zat aan mijn bureau en deed iets met mijn toetsenbord, al leek hij me geen type dat alles van computers wist. De ander was klein en slank. Hij had kort donkerblond haar, een bleke teint en wangen vol putjes van acne. Hij zat op de vloer onder de gigantische flatscreen-tv die ik aan de muur had hangen.

Hij had mijn kabelmodem in de hand en deed iets met een schroevendraaier.

Ze droegen allebei rubberen handschoenen. Hun spijkerbroeken en donkere jasjes zagen er nieuw uit. De meeste mensen zouden niets bijzonders aan hun kleding opmerken, maar voor iemand die ooit undercover had gewerkt zag hun kleding er zo opvallend uit als een elektronisch billboard op Times Square. Het was kleding waaronder je wapens kon verbergen, met verborgen pistool- en magazijnzakken.

Ik wist niet wie ze waren of wat ze kwamen doen, maar ik wist meteen dat ze gewapend waren.

En ik was dat niet.

Ik was niet eens aangekleed.

31

Ik was ook niet bang. Ik was kwaad op die twee brutale indringers in mijn appartement. Ze prutsten aan mijn computer en mijn nieuwe flatscreen.

De meeste mensen merken onder zulke omstandigheden dat hun hart sneller gaat slaan. Het mijne gaat juist langzamer slaan. Ik haal dieper adem en kan scherper zien. Mijn zintuigen werken beter.

Als ik wilde dat ze gewoon weggingen, hoefde ik alleen maar een geluid te maken, dan zouden ze hun clandestiene werk opgeven en naar buiten glippen. Maar ik wilde niet dat ze weggingen.

Ik wilde dat ze doodgingen. Natuurlijk pas nadat we een praatje hadden gemaakt. Ik wilde weten wie hen had gestuurd, en waarom.

En dus liep ik achteruit de badkamer in en bleef daar even op de vloer staan druipen om na te denken over wat ik kon doen.

Op de een of andere manier waren ze binnengekomen zonder het alarm te laten afgaan. Ze waren mijn beveiligingssysteem te slim af geweest, en dat was niet gemakkelijk. De voordeur stond op een kier, zag ik, en een van de grote oude fabrieksramen stond open. Ik geloofde niet dat ze door het raam naar binnen waren gekomen, niet in die drukke straat. Daarmee zouden ze de aandacht hebben getrokken, zelfs 's avonds, want ik woonde op de vierde verdieping. Maar als ze door mijn voordeur naar binnen waren gekomen, moesten ze de code hebben geweten om het alarmsysteem uit te zetten.

Blijkbaar hadden ze niet verwacht dat ik thuis zou zijn. En ze hadden ook niet gezien of gehoord dat ik door de dienstingang aan de achterkant van de loft was binnengekomen, iets wat ik bijna nooit deed. Ze hadden me niet aan het andere eind van het appartement horen douchen: in dat oude gebouw stroomde er altijd wel ergens water door de buizen.

Eén ding werkte in mijn voordeel: ze wisten niet dat ik daar was.

Ik keek naar mijn broek, die in een hoopje op de badkamervloer lag, en maakte vlug de balans op. Er waren de gebruikelijke voorwerpen die je als wapens kon gebruiken, zoals sleutels of pennen, maar alleen van dichtbij.

Dit was een moment waarop een beetje rommel van pas zou zijn gekomen. Op het eerste gezicht zag ik niets veelbelovends. Tandenborstel en tandpasta, scheerapparaat, waterglas, mondwater. Grote en kleine handdoeken.

Een handdoek kan een goed geïmproviseerd wapen zijn wanneer je hem gebruikt als een *kusari fundo*, een Japanse verzwaarde ketting. Maar alleen wanneer je dicht bij je tegenstander kunt komen.

Toen zag ik mijn scheerapparaat. Ik hou het meest van nat scheren, maar als je haast hebt, gaat het elektrisch vlugger. Het spiraalvormige snoer was ruim een halve meter lang. Als je het helemaal uitrekte, mat het waarschijnlijk wel anderhalve meter.

Ik trok mijn broek aan, haalde het scheerapparaat uit het stopcontact en liep geluidloos de kamer in.

Ik moest eerst op de spierbundel af gaan. De computerman vormde waarschijnlijk niet zo'n grote bedreiging. Als ik Mongo eenmaal buiten gevecht had gesteld, zou ik zien wat ik aan informatie uit Gigabyte kon halen.

Mijn blote voeten waren nog vochtig en een beetje plakkerig. Ze maakten dan ook een licht zuigend geluid als ik ze van de vloer tilde. En dus beperkte ik het geluid door langzaam te lopen.

Binnen enkele seconden was ik drie meter bij de indringers vandaan, verborgen achter een zuil. Ik ademde langzaam en diep in. Met het scheerapparaat in mijn rechterhand en de stekker in mijn linkerhand bracht ik mijn rechterhand naar achteren en rekte ik het snoer uit om het als katapult te gebruiken.

Toen gooide ik het keihard tegen de zijkant van zijn hoofd.

Het trof doel met een hoorbaar kraakgeluid. De handen van de man kwamen meteen omhoog om zijn gezicht te beschermen – een seconde te laat. Ik gaf een ruk aan het snoer en het scheerapparaat vloog naar me terug.

Intussen kwam de computerman overeind, maar ik wilde er zeker van zijn dat de grote man bleef liggen. Ik stortte me op hem, kwam boven op hem terecht en ramde mijn rechterknie tegen zijn borstbeen. De lucht werd uit zijn longen gepompt. Hij probeerde overeind te komen en haalde vergeefs met zijn vuisten naar me uit. Hij hapte naar adem. Het lukte hem me een paar dreunen tegen mijn oren te verkopen, en een harde stoot tegen de linkerkant van mijn kaak. Het deed pijn, maar stelde me niet buiten gevecht. Ik stompte met al mijn kracht in zijn gezicht, dat met een nat kraakgeluid reageerde. Ik voelde dat iets scherps en hards bezweek.

Hij schreeuwde en kronkelde van pijn. Zijn neus was gebroken, en misschien ook een paar tanden. Het bloed spatte in mijn gezicht.

Aan de rand van mijn gezichtsveld zag ik dat de magere computerman was opgestaan en iets uit zijn jasje haalde wat blijkbaar een wapen was.

Omdat ik het scheerapparaat tijdens de korte worsteling had laten vallen, pakte ik de verzwaarde plakbandhouder van mijn bureau. Met een soepele boogbeweging gooide ik het ding naar hem toe. Hij dook weg, en het trof hem op zijn schouder. Toen het op de vloer viel, schoot de rol plakband eruit.

Dat was mis, maar het leverde me wel een paar seconden op. Het wapen in zijn rechterhand, zag ik nu, was een zwart pistool met een brede rechthoekige loop. Een *taser.*

Tasers hebben tot doel iemand te verlammen, niet hem te doden, maar geloof me: je wilt niet door zo'n ding geraakt worden. Elke taserpatroon schiet twee pinnen met weerhaakjes af, die met dunne draden aan het wapen verbonden zijn. Ze jagen vijftigduizend volt en nogal wat ampères door je lichaam, zodat je verlamd raakt en je centrale zenuwstelsel wordt verstoord.

Hij boog voorover, de taser voor hem uit gestrekt, en mikte als een expert. Hij was nog geen vijf meter bij me vandaan, en dat betekende dat hij wist wat hij deed. Als de elektrische pinnen op zeven meter afstand worden afgeschoten, komen ze te ver uit elkaar terecht om allebei het lichaam te raken en een circuit te vormen.

Ik sprong opzij, en mijn enkel werd door iets vastgegrepen, zodat ik struikelde. Het was de vlezige man. Zijn gezicht was een bloederige massa. Hij kreunde en maaide met zijn armen door de lucht, brullend als een aangeschoten everzwijn.

De magere man met de vaalbleke teint glimlachte naar me.

Ik hoorde de klik van de taser die werd ingeschakeld.

Ik graaide de grote zwarte Maglite-zaklantaarn van de rand van mijn bureau en gooide hem naar zijn knieën, maar hij was snel en ontweek hem nog net op tijd. De Maglite miste zijn knieschijven, maar sloeg met een bevredigend kraakgeluid tegen zijn beide benen, net onder de knieën. Hij maakte een *oefff*-geluid. Zijn knieën knikten en hij bulderde van pijn en razernij.

Ik reikte omhoog om de taser uit zijn handen te grijpen, maar in plaats daarvan kreeg ik de gereedschapstas van zwart canvas te pakken die hij aan zijn schouder had hangen. Hij draaide zich snel weg, richtte de taser opnieuw, en schoot.

De pijn was ongelooflijk.

Elke spier in mijn lichaam trok zich strakker en strakker samen, iets wat ik nooit eerder had meegemaakt en ook niet kan beschrijven. Ik beheerste mijn lichaam niet meer. Blijkbaar waren mijn spieren volkomen geblokkeerd. Mijn lichaam werd zo stijf als een plank, en ik viel op de vloer.

Toen ik een paar minuten later weer kon bewegen, waren beide mannen weg. Het was veel te laat om de achtervolging in te zetten, gesteld al dat ik zou kunnen hardlopen. En dat kon ik beslist niet.

Ik stond voorzichtig op en dwong me te blijven staan, al wilde ik me eigenlijk alleen maar weer op de vloer laten zakken. Met steeds meer woede keek ik naar de puinhoop in mijn appartement. Ik vroeg me af wie die twee mannen had gestuurd om iets clandestiens uit te halen in mijn appartement.

Toen besefte ik dat ze zo attent waren geweest sporen achter te laten.

32

De SIG lag nog onder het bed.

De Smith & Wesson 9mm lag veilig opgeborgen, voor het geval iemand de SIG vond. Onder de blauwe tegels van de keukenvloer zat een kluisje verborgen. Ik drukte op de juiste plaats om een van de tegels naar boven te laten komen, draaide de combinatie van het kluisje en zag dat de inhoud – een groot geldbedrag, diverse identiteitsbewijzen, enige papieren en het pistool – intact was.

Ze hadden het niet gevonden.

Waarschijnlijk hadden ze er niet eens naar gezocht. Daar waren ze niet voor gekomen.

Ik pakte de dingen bij elkaar die de indringers in hun haast om weg te komen hadden achtergelaten, inclusief een gereedschapstas van zwart canvas en mijn uit elkaar gehaalde kabelmodem. En nog één ding: een wit apparaatje dat tussen een van de USB-poorten aan de achterkant van mijn computertoren en de kabel naar mijn toetsenbord was gezet. De kleur kwam precies overeen. Het leek bijna of het apparaatje daar thuishoorde. Als je er niet naar zocht, zou je het niet zien.

Ik ben bepaald geen computerkenner, maar je hoeft ook geen automonteur te zijn om te weten hoe je met een auto moet rijden. Dit dingetje heette een *keylogger*. Het bevatte een miniatuur-USB-drive die al je toetsaanslagen registreerde en op een geheugenchip opsloeg. Zeker, met een softwarepakket kun je dezelfde gegevens te pakken krijgen, maar dat is tegenwoordig veel lastiger, want de meeste mensen hebben antivirussoftware. Als ik geen reden had gehad om ernaar te zoeken, had ik het nooit gevonden.

In het omhulsel van mijn kabelmodem trof ik een zwart apparaatje aan dat ik als een flashdrive herkende. Ik had het gevoel dat het daar niet thuishoorde.

Ik nam mijn BlackBerry en belde Dorothy.

'Ze wisten dat je bij Marcus was,' zei ze. 'Ze dachten dat je niet thuis zou zijn.'

'Nou, in dat geval hielden ze ons dus niet in de gaten.'

'Als ze je schaduwden, zou je dat hebben gemerkt, Nick. Ze zijn niet achterlijk.'

'Wie zijn ze dan?'

'Ik wil dat je die keylogger weer in de USB-drive doet.'

Ik deed het.

'Weet je hoe je een *text editor* moet openen?'

'Ja, als jij me vertelt hoe.'

Ze vertelde het me, en ik opende een venster op mijn computer en las een lange reeks cijfers op. Toen haalde ik hem uit de USB-poort en stak het apparaatje uit de kabelmodem erin. Ik herhaalde de procedure en las nog meer cijfers op.

'Wacht even,' zei ze.

Ik wachtte. De twee plaatsen waar de pinnen van de taser me hadden getroffen, op mijn rechterschouder en links onder in mijn rug, begonnen te jeuken.

Ik hoorde Dorothy op een toetsenbord typen, mompelen en nu en dan kreunen.

'Huh,' zei ze.

'Ja?'

'O, nou, dit is interessant.'

'Oké.'

'Die elektronische serienummers die je me daarnet gaf, horen alle twee bij apparatuur die bij politiediensten in gebruik is. Die kerels werkten voor de Amerikaanse overheid.'

'In elk geval gebruikten ze overheidsapparatuur,' merkte ik op. 'Ze hoeven niet zelf voor de overheid te werken.'

'Dat is redelijk.'

Al meende ik inmiddels te weten wie ze had gestuurd.

Al voordat ik op het kantoor Boston van de FBI was aangekomen, had Gordon Snyder geweten wie ik was. Hij wist waarom ik met hem wilde praten, en hij wist dat ik voor Marshall Marcus werkte.

En naar Marcus was een groot FBI-onderzoek op hoog niveau ingesteld. Omdat ik door Marcus was ingehuurd, werd ik waarschijnlijk als medeplichtige gezien.

En dus strekte het onderzoek zich nu ook tot mij uit.

Snyder had me zonder omhaal verteld dat de FBI de telefoons van Marcus aftapte. Waarschijnlijk volgden ze zijn e-mail ook. Dat betekende dat hij wist dat ik naar Manchester was gereden. Hij wist dat ik niet thuis was, dat hij gerust zijn clandestiene jongens kon sturen.

Ik herinnerde me Diana's waarschuwing: *Kijk uit voor die man. Als hij denkt dat je hem tegenwerkt, dat je zijn zaak in de weg zit, krijg je hem achter je aan.*

'Kun je de videobeelden van mijn camera's hier in huis oproepen?' vroeg ik. 'Ik wil zien hoe ze zijn binnengekomen.'

Toen ik daar was komen wonen, had ik een bewakingsfirma ingehuurd om een paar digitale camera's met een hoge resolutie buiten de deuren van mijn loft te installeren. Twee daarvan zaten in zogenaamde rookdetectors, en twee flexibele Misumi-minicamera's zaten verborgen in zogenaamde luchtkokers. Ze kwamen allemaal in actie als ze beweging signaleerden en waren verbonden met een videoserver op kantoor.

Ik wist niet hoe dat alles precies werkte. Daar had ik geen verstand van. Maar de beelden van de bewakingscamera's werden opgeslagen op het netwerk in mijn kantoor.

Ze zei dat ze me zou terugbellen. Terwijl ik wachtte, zocht ik in het appartement naar meer apparaatjes of andere sporen die door het team van Gordon Snyder waren achtergelaten.

Toen Dorothy terugbelde, zei ze: 'Jammer genoeg heb ik geen antwoord voor je.'

'Waarom niet?'

'Kijk eens naar je computer.'

Ik liep naar mijn bureau terug en zag vier foto's op het scherm, stilstaande beelden van de trappenhuizen bij de voor- en achterdeur van mijn loft. Elk beeld was afkomstig van een andere camera, zag ik. Onder elk venster stonden een datum, een tijd en nog meer getallen die me niet belangrijk leken.

Op de een of andere manier had ze die beelden op mijn computer gezet.

'Hoe heb je dat gedaan?' vroeg ik.

'Een goede tovenares verraadt nooit haar geheimen.' De cursor kwam in beweging. Hij ging om de eerste twee vensters heen, alsof ze de muis bewoog om me op iets attent te maken. 'Die eerste twee kregen niets te zien, dus die kun je vergeten.' Ze verdwenen. 'Let nu op.'

De overgebleven twee vensters werden groter en namen het grootste deel van het scherm in beslag. 'Ze zijn om 20.22 uur je appartement binnengekomen.'

Ik keek op mijn horloge. 'Oké.'

'We zijn nu bij 20.21 uur en... dertig seconden.' Beide vensters gingen een paar frames verder, en opeens verscheen er een rode explosie midden in elk beeld. Er ontstond een rode wolk die het hele beeld wegnam.

'Een laserzapper,' zei ik.

'Precies.'

De rode wolk verdween na een minuut en het beeld werd weer normaal.

Toen was er alleen nog een leeg trappenhuis te zien.

'Dus we weten nog steeds niet hoe ze zijn binnengekomen,' zei ik. 'Toch vertelt dit ons iets nuttigs.'

'Wat, dat ze wisten hoe ze de camera's moesten verblinden? Dat is overal op internet te vinden.'

'Nee. Ze wisten waar de camera's waren.'

'Waarom zeg je dat?'

'Ze hoefden niet eerst te zoeken. Ze gingen snel en efficiënt te werk. Je kunt de camera's niet verblinden als je niet weet waar ze zijn. Ze wisten precies waar ze moesten zoeken.'

'En?'

'Beide camera's zijn verborgen,' zei ik. 'De ene in een rookdetector, de andere in een luchtkoker. De rookdetectorcamera is niet zo origineel, als je weet wat er te koop is. Maar die in de luchtkoker is ongewoon. Het is een vezeloptiekcamera van nog geen centimeter dik. Je moet wel een echte expert zijn om zo'n ding meteen te vinden.'

'Wat bedoel je hiermee?'

'Ze hebben de schema's in handen gekregen. En ook mijn wachtwoord.'

'Misschien van de beveiligingsfirma die de camera's heeft geïnstalleerd.'

'Dat zou kunnen. Of uit mijn eigen bestanden. Daar bij jou op kantoor.'

'Dat kan niet,' zei ze. 'Als ze daarin waren binnengedrongen, zou ik het hebben gemerkt, Nick.'

'Misschien.'

'Niet misschien,' zei ze, in het defensief gedrongen. 'Zeker.'

'Anders gezegd,' zei ik, 'ze wisten niet alleen precies waar mijn camera's zijn, maar konden het systeem ook buiten werking stellen. Dat betekent dat ze de code wisten.'

'Van je beveiligingsfirma.'

'Die weet mijn code niet.'

'Wie wel?'

'Alleen ik.'

'Je hebt je code nergens opgeschreven?'

'Alleen op kantoor,' zei ik.

'In je archiefladen?'

'Nee, op mijn computer. Opgeslagen op onze server.'

'O.'

'Begrijp je het?' zei ik.

'Ja,' zei ze, en toen was er iemand op de andere lijn. Ik zag op het schermpje dat het Diana was. 'Iemand is in het kantoornetwerk gekomen.'

'Of anders hebben we een lek,' zei ik. 'Laat me het andere gesprek even aannemen.'

Ik klikte naar de verbinding met Diana.

'Nick,' zei ze met een gespannen stem. 'Ik heb net van AT&T gehoord. Ik denk dat we ons meisje hebben gevonden.'

33

Pas toen Alexa naar kostschool ging, hoorde ze dat andere tieners, normale tieners, niet het soort dromen hadden dat zij had. Anderen droomden ook wel dat ze vlogen, net als zij, maar ze droomden ook dat hun tanden uitvielen. Ze droomden dat ze in een doolhof verdwaald raakten of beseften opeens met grote schaamte dat ze naakt door de school liepen. Ze hadden allemaal angstdromen over een examen in een vak dat ze vergeten waren te volgen.

Zo niet Alexa.

Ze droomde keer op keer dat ze op haar buik door een eindeloos netwerk van grotten kroop en klem kwam te zitten in een van de smalle tunnels, duizenden meters onder de grond. Ze werd altijd zwetend en bevend wakker.

Als je eenmaal een fobie had, had ze ontdekt, probeerde een klein deel van je brein altijd het bestaan daarvan te rechtvaardigen. Het wilde je laten zien waarom je fobie volkomen begrijpelijk was.

Was het niet logisch om bang te zijn voor slangen? Wie kon dat tegenspreken? En het was toch ook logisch om bang te zijn voor bacillen, spinnen of vliegreizen? Van alle drie kon je toch doodgaan?

Je brein hoefde niet eens erg zijn best te doen om die fobieën te rechtvaardigen.

Niets kon haar zoveel angst aanjagen als het idee dat ze in een kleine, afgesloten ruimte terecht zou komen. Daar had ze geen logica voor nodig. Ze wíst het gewoon.

Als een ekster die altijd bezig is glimmende dingetjes bij elkaar te zoeken, verzamelde haar geest de meest angstaanjagende verhalen, dingen die ze had gelezen of van vrienden had gehoord, verhalen die bewezen dat haar angsten reëel waren. Dingen die tot de meeste mensen nauwelijks doordrongen, werden obsessief in haar geheugen opgeslagen.

Verhalen uit geschiedenisboeken over mensen die ziek werden tijdens de pest, in coma raakten en dood werden verklaard. Verhalen waarvan ze wilde dat ze ze nooit had gelezen.

Doodkistdeksels met krassporen aan de binnenkant. Skeletten die plukken menselijk haar in hun knokige handen geklemd hielden.

Ze was nooit vergeten wat ze had gelezen over een meisje uit Ohio aan het eind van de negentiende eeuw. Dat meisje werd ziek en haar arts dacht dat ze was gestorven, en om de een of andere reden werd haar lichaam in een tijdelijke grafkelder gelegd, misschien omdat de grond te hard bevroren was om haar te kunnen begraven. Toen ze in het voorjaar de grafkelder openmaakten om het lichaam ter aarde te bestellen, zagen ze dat het haar van het meisje was uitgetrokken. En dat sommige van haar vingers waren afgebeten.

Het meisje had haar eigen vingers opgegeten om in leven te blijven.

Haar leraar Engels in Exeter had hun Edgar Allan Poe laten lezen. Het was al moeilijk genoeg om te begrijpen wat die man schreef, de vreemde woorden waarvan ze nooit had gehoord. Maar ze kon er niet tegen om zijn verhalen te lezen. Want hij was een van de heel weinigen die het echt hadden begrepen. Poe begreep de angst. Haar klasgenoten zeiden dingen als 'wat een zieke vent', maar zij wist dat Poe de waarheid had gezien. 'De val van het huis Usher' en 'Het vat amontillado' – al die verhalen over mensen die levend werden begraven –, ze kon het niet opbrengen om ze te lezen. Hoe zou iemand ze kunnen lezen?

Waarom moest haar koortsige geest aan die afschuwelijke verhalen denken?

Per slot van rekening beleefde ze nu haar eigen ergste nachtmerrie.

34

'Haar telefoon staat aan en zendt uit,' zei Diana.

'Waar is ze?' vroeg ik.

'Leominster.' Ze sprak het verkeerd uit, zoals de meeste mensen die uit een andere staat kwamen. Het klinkt bijna als 'lemming'.

'Dat is hier een uur vandaan.' Ik keek op mijn horloge. 'Misschien minder, zo laat op de avond. Hoe nauwkeurig konden ze je een locatie geven?'

'Ze mailen me de coördinaten in graden en minuten.'

'Oké,' zei ik. 'Dat kan wel duizend vierkante meter zijn, maar als ik daar eenmaal ben, kan ik op zoek gaan naar waarschijnlijke locaties.'

'Geef me tien minuten.'

'Ga maar weer naar bed. Anders ben je morgen een wrak. Ik doe dit.'

'Formeel heb ik het verzoek ingediend. Ik mag de informatie niet doorgeven aan iemand buiten de FBI.'

'Oké,' zei ik. 'Ik rijd. Jij navigeert.'

Ik pakte vlug wat spullen bij elkaar, waaronder de Smith & Wesson en een gps-apparaat, een *ruggedized* Garmin eTrex.

Onder het rijden vertelde ik haar wat er was gebeurd in de uren sinds ik haar het laatst had gezien: de videobeelden in het Graybar Hotel, de man die iets in Alexa's drankje had gedaan en was weggereden. Haar 'vriendin' Taylor Armstrong, de senatorsdochter die om duistere redenen aan de ontvoering had meegewerkt. De streaming video. Marshall Marcus, die had toegegeven dat hij geld van gevaarlijke mensen had aangenomen om op het laatste moment te proberen zijn firma te redden, al had hij daarna evengoed alles verloren.

Diana fronste haar wenkbrauwen. 'Ik zal de telefoongegevens nakijken.' Ze scrolde met haar BlackBerry.

'Ja, ik zou graag willen weten wanneer het laatste gesprek was, binnenkomend of uitgaand.'

'Het laatste uitgaande gesprek ging via de zendmast van Leominster om twee uur zevenendertig 's nachts.'

'Bijna vierentwintig uur geleden,' zei ik. 'Hoe lang duurde het?'

Ze scrolde nog wat meer. 'Ongeveer tien seconden.'

'Tien seconden?' zei ik. 'Dat is kort.'

Ik hoorde haar nog wat meer scrollen, en toen zei ze: 'Die laatste keer werd er naar 911 gebeld, het noodnummer. Maar daar is blijkbaar niets van terechtgekomen. Het ging tot aan de zendmast, maar daarna kwam er een eind aan.'

'Ik ben onder de indruk. Ze moet wel erg suf zijn geweest van dat middeltje dat hij in haar glas had gedaan, maar toch had ze de tegenwoordigheid van geest om naar het noodnummer te bellen. Welke telefoontjes heeft ze rond die tijd ontvangen?'

'Er is tussen drie uur 's nachts en ongeveer twaalf uur vandaag een paar keer naar het nummer gebeld.'

'Kun je zien waar die telefoontjes vandaan kwamen?'

'Ja. Vier verschillende nummers. Twee landlijnen in Manchester-by-the-Sea.'

'Haar vader.'

'Een mobiele telefoon, ook van Marcus. Nummer vier is een andere mobiele telefoon, op naam van Taylor Armstrong.'

'Dus Taylor probeerde te bellen. Interessant.'

'Waarom?'

'Als ze Alexa probeerde te bereiken, kan dat erop wijzen dat ze zich zorgen maakte om haar vriendin. Dat wijst er weer op dat ze misschien niet wist wat er met Alexa zou gebeuren.'

'Of dat ze zich schuldig voelde om wat ze had gedaan en wilde nagaan of het wel goed met Alexa ging.'

'Ja,' zei ik. Een hele tijd zeiden we geen woord. Er was geen snelle weg naar Leominster. Je moest de Massachusetts Turnpike nemen, en dan Route 95 naar het noorden en ten slotte Route 2. Leominster lag aan Route 2, een bochtige autoweg van oost naar west die door Lincoln en Concord leidde en vervolgens in westelijke richting doorging naar de staat New York.

Ik maakte me niet al te druk om de maximumsnelheid, want ik had een FBI-agente naast me zitten. Als ik ooit de kans had om onder een bekeuring uit te komen, dan was het nu.

Het was gaan regenen. Ik zette de ruitenwissers aan. Op dit late uur was er alleen vrachtverkeer op de weg. Een oude truck met oplegger reed vlak voor me. Zijn rubberen spatlappen flapten heen en weer en gooiden water op mijn voorruit. Ik liet de wissers harder gaan en veranderde van rijbaan.

Ik kreeg het gevoel dat ze naar me keek.

'Wat is er?' vroeg ik.

'Waarom heb je bloed op je kraag? En alsjeblieft, zeg nu niet dat je je hebt gesneden bij het scheren.'

Ik vertelde over de inbraak in mijn appartement. Liet er de theorie op volgen dat Gordon Snyder erachter zat. Terwijl ik praatte, schudde ze langzaam haar hoofd, en toen ik klaar was, zei ze: 'Het was niet de FBI. Zo werken we niet. Wij doen dat soort dingen niet.'

'Niet officieel.'

'Als Snyder je e-mail wilde volgen, kon hij dat op afstand doen. Hij zou geen kerels sturen om bij je in te breken.'

Ik dacht even na. 'Daar zit wat in.'

We werden weer stil. Ik wilde haar net vragen naar wat er eerder op de dag tussen ons was gebeurd – of bijna gebeurd –, toen ze opeens zei: 'Waarom staat haar telefoon nog aan?'

'Goede vraag. Ze hadden hem moeten uitzetten. De accu eruit halen. Beter nog: het telefoontje vernietigen. Iedereen die naar misdaadseries op tv kijkt, weet dat een mobiele telefoon je locatie kan verraden.'

'Misschien hebben ze hem niet bij haar gevonden.'

'Dat betwijfel ik. Ze had hem in de zak van haar jasje.'

'Dan heeft ze hem misschien ergens verborgen. Bijvoorbeeld in de auto waarmee ze werd ontvoerd.'

'Misschien.'

Een zwarte Silverado wisselde van rijbaan zonder richting aan te geven.

'Ik ben blij dat we weer contact met elkaar hebben,' zei ik. Het kwam er een beetje stijf en formeel uit.

Ze zei niets.

Ik probeerde het opnieuw. 'Grappig dat we al maanden allebei in Boston zijn.'

'Ik had je willen bellen.'

'Nee, zoiets doe je toch niet? Je moet de man in het ongewisse laten. Dat is veel leuker.' Ik vroeg me af of het rancuneus klonk. Ik hoopte van niet.

Ze zweeg een hele tijd. 'Heb ik je ooit over mijn vader verteld?'

'Iets.' Ik wist dat hij was omgekomen toen hij achter een voortvluchtige crimineel aan zat, maar ik wachtte op wat ze zou zeggen.

'Je weet dat hij marshal was, hè? Mijn moeder leefde altijd in angst, weet je. Als hij 's morgens naar zijn werk ging, zou hij dan veilig thuiskomen?'

'Toch zet jij elke dag je leven op het spel,' zei ik voorzichtig. Ik wist niet goed waar ze heen wilde.

'Nou, dat is het leven waarvoor ik heb gekozen. Maar om je nou altijd zorgen te maken om iemand anders? Dat zou ik niet kunnen verdragen, Nico.'

'Wat bedoel je?'

'Ik bedoel dat we een stilzwijgende afspraak hadden, en ik wist dat ik me daar niet aan hield.'

'Een stilzwijgende afspraak?'

'We zouden ongedwongen met elkaar omgaan, ongebonden, zonder druk, zonder verplichtingen. Maar mijn gevoelens werden steeds dieper, en ik wist dat het op die manier slecht zou aflopen met een van ons.'

'Zei je dat tegen jezelf?'

'Moeten we hier echt over praten?'

Ik dacht onwillekeurig aan alles wat nooit uitgesproken was tussen ons, maar ik kon niets anders uitbrengen dan: 'Je hebt er nooit een woord over gezegd.'

Ze haalde haar schouders op en werd stil.

We reden over een eindeloze, monotone driebaansweg ergens ten westen van Chelmsford: kilometers en kilometers naaldbossen, met steile hellingen aan weerskanten. De onderbroken witte strepen tussen de rijbanen waren versleten. Het enige geluid was het gezoem van de weg, een zacht ritmisch geroffel.

'Ze hebben me niet gevraagd naar Seattle te gaan,' zei ze zacht. 'Ik heb zelf om overplaatsing gevraagd.'

'Oké,' zei ik. Alsof er een koele bries door het raam kwam die mijn gezicht verdoofde.

'Ik moest me ervan losmaken. Ik dacht dat ik mijn toekomst zag en die maakte me bang. Want ik zag wat mijn moeder heeft doorgemaakt. Waarschijnlijk zou ik met een accountant moeten trouwen.'

We zeiden een hele tijd niets.

We reden nu in noordelijke richting over Route 12, en dat was blijkbaar de hoofdstraat van Leominster. Aan de overkant was een Staples and Marshall. Een Bickford-restaurant dat reclame maakte met 'ontbijt op elke tijd', behalve blijkbaar om twee uur 's nachts. Een Friendly-restaurant, ook gesloten en donker. Ik stopte langs de kant van de weg en zette de alarmlichten aan.

Ze keek op van het gps-apparaat. 'Hier is het,' zei ze. 'We zijn nu binnen driehonderd meter afstand.'

35

'Daar.' Diana wees. 'Dat is 482 North Street.'

Achter het Friendly stond een motel van vier verdiepingen, opgetrokken van baksteen en stucwerk in de klassieke Amerikaanse architectuurstijl die het best te omschrijven is met de term Motel Ugly. Er stond een hoge mast met bovenin een bord en daarop fel verlicht het geel met rode logo van Motel 12. Blijkbaar had de plaatselijke jeugd het bord als schietschijf gebruikt, want er zaten gaten en spleten in waar licht doorheen scheen. Beneden zat op de luifel een bord met zwarte plastic letters: GRATIS INTERNET.

Ik stopte op het parkeerterrein van het motel. Er stonden daar een stuk of tien auto's geparkeerd. Geen daarvan was de Porsche die ik op de videobeelden had gezien – niet dat ik dat had verwacht. Aan de andere kant van het motel doemde een hoog gebouw met opslagboxen op. Ik had het gevoel dat we niet op de goede plaats waren.

'Verdomme,' zei ik. 'We hebben nauwkeuriger coördinaten nodig. Kun je nog eens naar AT&T bellen en vragen het telefoontje opnieuw te pingen? Ik wil de gps-coördinaten met een extra cijfer achter de komma.'

Terwijl ze belde, liep ik naar de straat terug. Er reden een paar auto's voorbij. Aan de overkant hing een bord dat de weg wees naar het Sheraton Four Corners. Ik zag nergens bouwterreinen, velden of woonhuizen.

'Ik heb het,' riep Diana terwijl ze naar me toe rende. Ze hield de Garmin naar voren, en ik pakte hem aan. Ze had de nieuwe coördinaten al ingeprogrammeerd. Onze eigen positie werd aangegeven door een flikkerend pijltje. Een stip gaf Alexa's iPhone aan, en die was heel erg dichtbij. Ik liep dichter naar de straat toe en het flikkerende pijltje ging met me mee.

Dichter bij Alexa's iPhone.

Met mijn blik op het gps-scherm stak ik de straat over naar een rommelige berm naast een vangrail. De pijl en de stip vielen nu bijna samen. Haar telefoontje moest daar ergens liggen.

Ik stapte over de vangrail en kwam op een steile helling die naar een greppel afliep en daarna weer stil naar boven ging. Ik klauterde de helling af, verloor mijn evenwicht en gleed een eind omlaag.

Toen ik beneden overeind krabbelde, keek ik weer op het gps-apparaat. Het pijltje zat precies boven op de stip. Ik keek op, naar rechts en naar links.

En daar, in het gele licht van de straatlantaarn, zag ik het telefoontje. Het lag een meter bij me vandaan in de greppel. Een iPhone in een roze rubberen hoesje.

Alexa's iPhone.

Weggegooid langs de kant van de weg.

36

'Alexa?'

Ze schrok van de stem van de Uil.

Ze had geprobeerd zich de tekst van 'Lose Yourself' van Eminem te herinneren. Ze had nummers gezongen die ze uit haar geheugen had opgediept, jingles van tv-commercials, alles wat ze maar kon bedenken. Alles wat haar kon afleiden van de plaats waar ze was. Het was haar gelukt zich alle woorden van 'American Pie' voor de geest te halen. Dat kostte een hele tijd. Ze wist niet hoe lang ze erover had gedaan, want ze had alle besef van tijd verloren.

'Je week af van het script, Alexa.'

Ze gaf geen antwoord. Ze wist niet waar hij het over had.

Toen wist ze het weer. Ze had een stukje tekst van dat nummer gebruikt om haar vader te laten weten wat ze met haar hadden gedaan.

'Begrijp je wel dat je leven geheel en al in mijn handen ligt?'

'O, god, maak me dóód!' riep ze uit, al kwam het er gesmoord uit. 'Doe het nou maar. Het kan me niet schelen!'

'Waarom zou ik je willen doden, Alexa? Het is veel erger voor jou om zo diep onder de grond in je doodkist te liggen.'

'O god, maak me alsjeblieft dood!'

'Nee,' zei de stem. 'Ik wil dat je nog een hele tijd in leven blijft. Wetend dat niemand je ooit zal vinden. Niemand.'

Ze kreunde, schreeuwde, voelde zich licht in haar hoofd, voelde zich misselijk.

'Daar ben je dan, drie meter onder de grond, en niemand weet waar je bent. Misschien ga ik een eindje rijden. Misschien blijf ik een paar dagen weg. Ik laat de luchttoevoer natuurlijk aanstaan, zodat je niet zult stikken. Je zult schreeuwen en niemand zal je horen, en je zult met je vuisten tegen de stalen wanden van je kist slaan, en erover graaien, en niemand zal weten dat je daar bent.'

'Alsjeblieft, ik wil alles wel doen,' zei ze. 'Alles.' Ze zweeg even, slikte diep. Ze dacht dat ze misschien weer moest overgeven. 'Je bent erg sterk. Ik denk dat je erg aantrekkelijk bent.'

Er kwam een grinniklachje uit de luidspreker boven haar. 'Niets wat je met me kunt doen, kan me meer opwinden dan dat ik je zie kronkelen en smeken om je te redden. Dat vind ik heel erg opwindend, Alexa.'

'Mijn vader zal je alles geven wat je wilt. Alles!'

'Nee. Daar vergis je je in. Hij geeft niets om je vrij te krijgen.'

'Misschien wéét hij niet wat je wil. Misschien weet hij niet wat Mercury is.'

'Je vader weet dat. Hij begrijpt het heel goed. Weet je waarom hij niet geeft wat we vragen?'

'Hij weet niet wat jullie willen!'

'Jij bent niet belangrijk voor hem, Alexa. Hij houdt meer van zijn vrouw en zijn geld dan van jou. Misschien heeft hij nooit van je gehouden. Je zit als een rat in de val, en je vader weet dat je daar bent en het kan hem niet eens schelen.'

'Dat is niet waar!'

Geen antwoord.

Alleen stilte.

'Het is niet waar,' herhaalde Alexa. 'Laat me weer met hem praten. Dan zeg ik tegen hem dat hij het meteen moet doen.'

Niets. Stilte.

'Alsjeblieft, laat me met hem praten.'

Geen geluid.

In de afschuwelijke stilte hoorde ze verre geluiden waarvan ze eerst dacht dat het alleen maar hallucinaties waren, piepend in het hamstermolentje van haar doodsbange geest.

Maar nee, het waren echt stemmen. Mompelende, vage, maar onmiskenbare stemmen. Zoals ze soms de stemmen van haar ouders had gehoord via de verwarmingsroosters in de vloer van het grote oude huis, al waren ze twee verdiepingen lager.

Er waren daar mensen. Waarschijnlijk de Uil en de anderen met wie hij samenwerkte. Hun stemmen kwamen door de buis of slang waardoor de frisse lucht naar de kist werd geleid. Waren ze bij hem? En als ze nu eens niet bij hem waren en niets van haar wisten?

Ze riep zo hard als ze kon: 'HELP ME HELP ME HELP ME ALSJEBLIEFT HELP ME TOCH IK BEN HIER BENEDEN HELP ME!'

Er volgde alleen stilte.

Toen begon het gemompel in de verte weer. Ze was er zeker van dat ze iemand hoorde lachen.

37

In plaats van Alexa te vinden hadden we haar weggegooide telefoontje gevonden.

Zeker, dat was een grote teleurstelling, maar hoe meer ik erover nadacht, des te meer konden we eruit afleiden.

We konden eruit afleiden dat ze waarschijnlijk binnen honderdvijftig kilometer afstand van Boston was.

We hadden op de videobeelden van het hotel gezien hoe laat ze was ontvoerd. Op grond van het telefoontje naar 911 wisten we dat ze nog geen uur later door Leominster ten noorden van Boston was gereden.

Toen Diana een paar mensen had gebeld, konden we concluderen dat Alexa waarschijnlijk met een auto en niet met een vliegtuig was verplaatst. Het enige vliegveld in de buurt was het Fitchburg Municipal Airport, dat twee banen had en door een paar kleine charterbedrijven werd gebruikt. Er waren daar geen vliegtuigen opgestegen tussen twaalf uur de vorige avond en zes uur die ochtend.

Er was maar veertien uur verstreken tussen haar ontvoering en de eerste keer dat haar ontvoerders contact met Marshall Marcus hadden opgenomen. In die tijd hadden ze haar vervoerd en vervolgens – als je haar aanwijzingen letterlijk moest opvatten – in een soort grafkelder gestopt. En ze hadden ook nog camera's geïnstalleerd om beelden te versturen via internet. Dat alles was ingewikkeld en tijdrovend. Het moest uren in beslag hebben genomen. Ze konden dus niet erg ver zijn.

Toch was het nog een heel groot zoekgebied.

Ik zette Diana bij het kantoor van de FBI af. Het liep tegen zes uur in de ochtend en ze vond dat ze net zo goed vroeg aan haar werkdag kon beginnen. Ze zou meteen naar de techneuten gaan en hun om een volledig onderzoek naar Alexa's telefoon vragen.

Toen ze was uitgestapt, bleef ik nog een tijdje in de Defender voor 1 Center Plaza zitten. Ik dacht erover naar huis te gaan en een paar uur te slapen, want het werd waarschijnlijk een lange dag.

Totdat ik naar mijn e-mail keek.

Ik vond een lange reeks mailtjes, niet van een naam maar van een nummer dat ik niet herkende. Na enkele seconden besefte ik dat ze automatisch waren verstuurd door de miniatuur-gps-*tracker* die in de gouden S.T. Dupont-aansteker van Taylor Armstrong verborgen zat.

Nou ja, niet háár aansteker, maar de aansteker waarmee ik hem had verwisseld toen ik hem 'per ongeluk' op de straatstenen van Beacon Hill had laten vallen. Ik had hem in de sigarenzaak aan Park Square gekocht, exact dezelfde S.T. Dupont Ligne 2 Gold Diamond Head-aansteker. Een klassieker, en belachelijk duur. Maar veel goedkoper dan wanneer ik iemand zou inhuren om haar te volgen.

Het minuscule *tracking*-apparaatje was aangebracht door een oude Special Forces-vriend van me die we vroeger Romeo noemden en die een bedrijfje was begonnen in technische contraspionage. Hij had geklaagd dat de aansteker zo klein was. Hij had niet geweten of hij een tracker had die klein genoeg was. Hij had gewild dat ik haar mobieltje stal: dat zou een makkie zijn geweest. Het zou nog gemakkelijker zijn geweest een van haar nieren te verwijderen. En je zou het nooit met een identiek model kunnen verwisselen, met al haar opgeslagen sms'jes, telefoonnummers en foto's.

Maar zodra Romeo had ontdekt hoe klein het vloeistofreservoir in de aansteker was, had hij kans gezien er een nano-gps-apparaatje in te zetten. Natuurlijk was hij al die tijd blijven klagen. Romeo, wiens echte naam George Devlin was, was niet gemakkelijk in de omgang, maar hij leverde geweldig goed werk.

Hij programmeerde het ding zo dat het zijn locatie pas doorgaf wanneer het meer dan driehonderd meter was verplaatst. En nu kon ik zien dat ze meteen na ons gesprekje op de hoek van Charles Street en Beacon Street naar huis was gegaan – of in de limousine van David Schechter naar huis was gebracht – en vervolgens naar Medford was gereden, acht kilometer naar het noordwesten.

Wie moest ze daar zo dringend ontmoeten?

Ik had een sterk vermoeden.

38

Twintig minuten later reed ik door Oldfield Road in Medford, een mooie straat met fraaie oude bomen en huizen met overnaadse planken. Er waren twee-onder-een-kapwoningen bij en er stonden ook appartementengebouwen. De meeste waren goed onderhouden: netjes in de verf, keurig gemaaide gazons, perfect bijgesnoeide struiken, strakke paden. Een paar huizen zagen eruit alsof ze min of meer aan hun lot waren overgelaten door eigenaren die ergens anders woonden en waren gecapituleerd voor de rotzooi van de studenten die er kamers huurden. De campus van de Tufts University was maar een klein eindje lopen.

Het huis waar Taylor Armstrong de afgelopen nacht drieënveertig minuten had doorgebracht, was een witgeverfd houten huis van drie verdiepingen, een van de mooiere in de straat. Om halfzeven 's morgens gebeurde er niet veel in de buurt. Een vrouw liep te joggen in een zwart-met-turkoois *spandex*-pakje. Een auto reed de straat op aan het andere eind van het blok. Ik wachtte en keek naar het huis.

Toen stapte ik uit en liep langs het huis alsof ik een buurtbewoner was die een ochtendwandelingetje maakte. Na een snelle blik om me heen ging ik geruisloos maar nonchalant het trapje naar de voorveranda op. Ik zag een rij van vijf bellen met namen erbij. Vijf appartementen. In een daarvan woonde waarschijnlijk de eigenaar. Op de twee bovenverdiepingen waren telkens twee appartementen.

Vijf achternamen. Schiff, Murdoch, Perreira, O'Connor en Unger. Ik prentte de namen in mijn geheugen, liep naar de auto terug, drukte op een sneltoets van mijn BlackBerry en maakte Dorothy wakker.

Vijf minuten later belde ze terug.

'Margaret O'Connor is negenenzeventig. Ze is al vijftien jaar weduwe en heeft het huis sinds 1974 in eigendom. De andere vier zijn huurders. Een van hen is kortgeleden afgestudeerd en werkt voor Amnesty International. Twee studeren aan Tufts. De vierde is de man die we moeten hebben.'

'Welke?'

'Perreira. Zijn volledige naam is Mauricio da Silva Cordeiro-Perreira, en ja, ik heb zijn foto gevonden. Het is dezelfde man als op de videobeelden van het hotel.'

'Taylor noemde hem Lorenzo.'

'Dan heeft hij haar een valse naam opgegeven.'

'Zijn achternaam staat bij zijn bel. Dus zelfs als ze zijn echte voornaam niet kende, kende ze zijn achternaam. Hoe staat hij met haar in verband?'

'Ik ben het volgende te weten gekomen: tweeëndertig jaar oud. Geboren in São Paulo, Brazilië. Rijke familie – we hebben het over heel veel geld. Papa werkt bij de Verenigde Naties in New York.'

'O. Wat doet zijn vader daar?'

'Waarschijnlijk niet veel. Hij maakt deel uit van de permanente missie van Brazilië, en voor zover ik kan nagaan, doen die kerels niets. Mauricio is opgegroeid in een ommuurde woonwijk in Morumbi aan de rand van São Paulo. Hij ging naar een tweetalige school, de Saint Paul, en daarna naar de Universidade de São Paulo. Lid van de Harmonia-tennisclub en de Helvetia-poloclub...'

'Hoe komt zo'n rijke jongen in een armzalig appartementje in Medford terecht?'

'Blijkbaar heeft hij een paar luie jaren doorgebracht als promovendus aan de Fletcher School of Law and Diplomacy van de Tufts University. Maar hij kwam niet veel in de bibliotheek. Hij is dealer – vooral coke en hasj, en ook methamfetamine.'

'Nu wordt het interessant. Wat weet je daarover?'

'Een paar jaar geleden is er een gezamenlijk DEA/ICE-onderzoek naar die jongen ingesteld. Ze vermoedden dat hij de diplomatieke bagage van zijn vader gebruikte om drugs het land binnen te brengen.'

'Daar zal pa niet blij mee zijn geweest,' zei ik.

'Het zou me niet verbazen als pa zijn handen van hem af heeft getrokken. Hij is een paar keer opgepakt, maar nooit veroordeeld. Blijkbaar weet hij het systeem goed te bespelen.'

'Als zijn pa bij de Verenigde Naties werkt, geniet hij diplomatieke onschendbaarheid.'

'Geldt die ook voor de volwassen kinderen van een diplomaat?'

'De hele familie,' zei ik.

'Ze kunnen niet voor drugs worden gearresteerd?'

'Ze kunnen niet eens voor moord worden gearresteerd,' zei ik.

'Goh, dan heb ik het verkeerde leven gekozen. Ik had diplomaat moeten worden. Wat zou ik niet geven voor een geladen pistool en tien minuten diplomatieke onschendbaarheid!'

'Nu begin ik het te begrijpen,' zei ik. 'Van Taylor is bekend dat ze problemen met drugs heeft, en Mauricio is waarschijnlijk haar dealer.' Omdat hij uit zo'n rijke familie kwam, had hij toegang tot de juiste kringen. Waarschijnlijk had hij aan zijn achtergrond ook een zekere allure overgehouden en kon hij gemakkelijk met studenten uit een goed milieu omgaan, studenten die zich nooit zouden afgeven met iemand uit een achterbuurt.

En daardoor kon hij ook gemakkelijk contact leggen met tieners als Taylor Armstrong, de dochter van de senator.

'Papa trekt zijn handen van hem af, en daar gaat al het familiegeld,' zei Dorothy. 'En de diplomatieke bagage. De toevoer van drugs houdt op en aan de geldstroom komt zo snel een eind dat hij moeite heeft de huur te betalen. Of voor zijn auto te betalen. Zo iemand krijgt een wanhopige behoefte aan geld en is bereid grote risico's te nemen, bijvoorbeeld door een rijk meisje te ontvoeren.'

'Of misschien is hij ingehuurd omdat hij Taylors dealer was,' zei ik. 'Dat maakte het gemakkelijk.'

'Ingehuurd door wie?'

'Nou, Mauricio komt uit Brazilië. Hij komt uit een rijke familie met veel connecties. Een van de ontevreden investeerders in Marcus Capital is Juan Carlos Guzman.'

'En dat is...'

'Een Colombiaanse drugsbaron die in Brazilië woont.'

'O god,' zei ze. 'Lieve help. Is dat meisje in handen van een drugskartel? En jij denkt dat je haar terug kunt halen?'

'Met jouw hulp maak ik een kans.'

'Nick, niemand kan de herkomst van die videobeelden nagaan. Ik heb met iedereen gepraat die ik ken, ook met mensen die dit soort dingen al veel langer doen.'

'Heb je mensen verteld waaraan we werken?'

'Natuurlijk niet. Ik heb met mensen gepraat over IP-sporen en algoritmen. Digitaal forensisch onderzoek. Op die manier vinden we ze niet.'

'Ze hebben veel moeite gedaan om Marcus een bericht te sturen,' zei ik.

'Denk je dat Mauricio nog in dat appartement is, of zou hij ervandoor zijn gegaan toen Taylor hem had gewaarschuwd?'

'Ik weet het niet. Ook als hij er nog is, was hij alleen maar de koerier. Hij pikte Alexa op en droeg haar over aan iemand anders. Ik denk niet dat hij haar helemaal naar Leominster heeft gebracht en daarna terug is gereden.'

'Misschien heeft hij haar telefoontje daar neergegooid om ons op het verkeerde been te zetten. Misschien willen ze ons laten denken dat ze daar ergens is, en niet in de buurt van Boston.'

'Dat is te ingewikkeld. Het zou veel slimmer zijn om haar telefoontje gewoon te vernietigen. Dan zou er helemaal geen spoor zijn. Bovendien reed hij in een gestolen auto. Het risico was te groot dat hij werd aangehouden vanwege een kapot achterlicht of een verouderde registratiesticker. Of dat een ambitieuze politieman de kentekens natrok.'

'En als hij daar niet is?'

'Dan haal ik zijn appartement overhoop en kijk ik of ik iets kan vinden wat me naar Alexa leidt. Rekeningen, papiertjes, computerbestanden, noem maar op.'

'En als hij daar is? Vergeet niet: rijkeluiszoontje of niet, hij is dealer. Hij is vast wel gewapend. Alsjeblieft, ga nou niet dood voor tien uur.'

'Tien uur?'

'De gouverneur? Hallo? Je wilde mij toch bij je hebben, voor het geval ze met technische vragen kwamen die jij niet kon beantwoorden omdat je alleen maar de man van het "grote beeld" bent?'

Ze had het over een afspraak die al veel eerder was gemaakt. We zouden gaan praten met een ex-gouverneur van een grote staat die vanwege een omkoopschandaal tot aftreden was gedwongen. Iedereen wist dat hij in de val was gelokt.

'Laat Jillian dat afzeggen,' zei ik.

'Afzeggen?' zei ze ongelovig. 'Die juristen zijn voor dit gesprek uit New York overgevlogen. Je kunt het niet zomaar afzeggen.'

'Voor zover ik weet, ben ik nog steeds de baas. Laat Jillian het afzeggen. En vraag haar ook alle afspraken in de rest van de week af te zeggen. Alles. Ik doe niets anders totdat ik dit meisje heb thuisgebracht.'

'De rest van de week?' zei ze. 'Als je denkt dat dit in een paar dagen gepiept is, ben je niet goed wijs. Trouwens...'

'We praten er later over,' onderbrak ik haar. Ik verbrak de verbinding, stapte uit de auto en liep naar de zijkant van het appartementengebouw waarin Mauricio Perreira woonde.

Drugshandelaren gaan vaak met paranoia door het leven. Waarschijnlijk had hij een pistool dicht bij zijn bed. Niet onder het kussen, want dat slaapt niet lekker, maar onder het bed of achter de hoofdplank.

Ik maakte alleen een kans als ik hem kon verrassen.

39

Tenzij *lockpicken* je beroep is, is er een enorm verschil tussen weten hoe het moet en het goed doen. Ik heb eens een professionele slotenmaker ingehuurd om me een paar lessen te geven, al had ik enige basiskennis opgedaan van iemand van een incassobureau voor autobedrijven die ik als tiener had gekend. Ik hing toen vaak rond in de werkplaats van Norman Lang Motors in Malden.

Ik had ook allerlei gereedschap in het dashboardkastje van mijn auto liggen, zoals een professioneel setje *lockpicks* en *tension wrenches*. Maar naast dat gereedschap heb je ook een flinke portie handigheid, tijd en geduld nodig. En ik kwam in al die drie opzichten tekort. Ik pakte mijn elektrische *pickgun* van Southord, een dun roestvrijstalen instrument ter grootte van een elektrische tandenborstel. Zo'n ding is sneller en gemakkelijker, al maakt het meer geluid. Jammer genoeg waren de batterijen leeg. En dus pakte ik mijn EZ-*snapgun*, een goeie ouwe lockpick uit het handboek, oorspronkelijk bestemd voor politieagenten die geen tijd hadden om de fijne kneepjes van het lockpicking te leren.

Helaas zijn lockpickguns niet erg stil. Ze produceren een hard knapgeluid. Daar stond tegenover dat het snel ging.

Ik liep over de zijtrap van het gebouw omhoog. Die trap bood aan de buitenkant toegang tot de afzonderlijke appartementen. Een kort betonnen trapje leidde naar een smalle veranda met een grijs geverfde houten leuning. Vanaf dat punt naar boven bestond de trap uit geverfd hout. Voorzichtig lopend ging ik de trap op naar de bovenste verdieping. Daar bewoog ik me een meter of zo langs de leuning en beoordeelde de situatie.

Een klein raam met dichte gordijnen naast de deur van het appartement. Een eenvoudig stiftcilinderslot. Geen Schlage of een ander merk van topkwaliteit – dat zou een probleem zijn geweest. Een onbekend merk. Dat was een hele opluchting.

En een klein ledlichtje; een beveiligingssysteem.

Maar het lichtje was uit. Waarschijnlijk zette hij het systeem uit als hij thuis was.

Dus hij was er. Goed.

Ik keek niet eens om me heen. Als een van de buren zo vroeg op was en me zag, wilde ik me niet als een dief gedragen. Ik wilde eruitzien alsof ik daar thuishoorde.

Ik werkte snel, maar onopvallend. Eerst stak ik de tension wrench, die ongeveer zo groot was als een rechtgetrokken paperclip, in het sleutelgat en bewoog hem een beetje heen en weer. Met de snapgun in mijn rechterhand stak ik de naald daarvan naast de tension wrench in het sleutelgat, waarbij ik er goed op lette dat ik de stiften niet aanraakte. Toen kneep ik in de handgreep.

Een hard knapgeluid.

Ik moest nog tien of elf keer in de handgreep knijpen. Het harde geluid galmde door het ravijn tussen de huizen. Tenzij Perreira in diepe slaap verzonken was, moest hij het hebben gehoord.

Ten slotte voelde ik dat het slot meegaf.

Ik was binnen.

40

Het was koud. Ergens, in een andere kamer, stond een airconditioner aan. Er kwam meteen de vieze moeraslucht van oud bongwater op me af.

Er was daar iemand.

Alle gordijnen waren dicht. In de voorkamer heerste een bijna volslagen duisternis. Na een paar seconden waren mijn ogen aan het donker gewend en kon ik mijn weg vinden door de rommelige kamer. Ik manoeuvreerde tussen een enorme flatscreen-tv en een grote leren bank door, waarbij mijn pad bezaaid lag met lege bier- en wijnflessen. Het lukte me om nergens tegenaan te komen, en zo kwam ik dichter bij het harde gesnurk achter een open slaapkamerdeur. Bij de drempel bleef ik staan. Ik zag een bult in het bed. Nee, twee bulten.

Er lag lang, blond haar op een kussen, alsof een leeuw een haarbal had opgehoest. Ik zag de nek van een vrouw en haar welgevormde schouders. Naast haar lag, zijn mond wijd open en snurkend als een cirkelzaag, de man die ik als Lorenzo herkende. De man op de videobeelden uit de Slammer. De man die Alexa had ontvoerd. Geen twijfel mogelijk.

Ik dacht maar even na. Liet verschillende mogelijkheden door mijn gedachten gaan.

Koos voor de eenvoudigste.

Ik liep naar de kant van het bed waar Perreira onder het verkreukelde laken lag, half onder de deken. Mijn voetstappen werden gedempt door het kamerbreed tapijt. Een oude airconditioner ratelde en bulderde als een straalmotor. Het was ijskoud in de kamer en het rook er naar ranzig zweet. Zijn gewicht was afgewend naar het blonde meisje, en het laken was opgetrokken tot zijn kin.

Ik nam het eind van het laken in mijn linkerhand. Met een snelle beweging rukte ik het over zijn hoofd en toen daaronder, zodat zijn hoofd erin gevangenzat. Hij sloeg om zich heen. Hij vloekte, schreeuwde en maaide met zijn armen en benen, maar hij zat net zo stevig gevangen als een mummie. Met mijn rechterhand greep ik zijn keel vast en kneep erin. Hij verzette zich nu nog heviger. Zijn kreten werden gesmoord door het laken.

Het blonde meisje naast hem in het bed gaf ook een schreeuw en kwam het bed uit. Haar kreten klonken merkwaardig diep en mannelijk. Toen ik op Mauricio's kronkelende lichaam klom en hem met mijn knieën tegen het bed drukte, zag ik dat de persoon met het lange blonde haar in werkelijkheid een magere, fijn gebouwde jongeman was.

'Ik heb nergens iets mee te maken!' riep de jongen. 'Man, ik kén die kerel amper!'

Hij liep achteruit alsof hij verwachtte dat ik ook een uitval naar hem zou doen, maar ik draaide me om en liet hem gaan.

Omdat ik bang was dat Perreira het bewustzijn zou verliezen, drukte ik wat minder hard op zijn keel. Hij hapte naar adem en zei toen met hese stem: '*O quẹ você quer? O que diabos você quer?*'

Ik wist niet wat hij zei. Ik spreek geen Portugees. 'Waar is ze?' zei ik.

'*Entreguei o pacote!*'

'Waar is ze?'

'*Eu entreguei a menina!*'

'Engels spreken.'

'*O pacote! Entreguei o pacote!*'

Een van de woorden klonk me enigszins bekend in de oren. 'Het pakket?'

'Ik...' hijgde hij, '... heb het pakket afgeleverd. Ik heb het pakket afgeleverd!'

'Pakket?' Een withete woede knetterde als elektriciteit door mijn bloed. Ik moest me erg inhouden om zijn luchtpijp niet te verbrijzelen.

Blijkbaar dacht hij dat ik iets met de ontvoering te maken had. Dat ik iemand was voor wie hij werkte. Dus hij was inderdaad alleen maar de boodschappenjongen. De eerste schakel van de keten. Hij was ingehuurd om Alexa te ontvoeren en haar aan iemand anders over te dragen.

Als hij dacht dat ik een van zijn opdrachtgevers was, kende hij hen waarschijnlijk niet, had hij hen niet ontmoet. Dat zou van pas kunnen komen. Ik ontspande mijn greep op zijn keel en hij piepte: '*Entrequei a cadela, qual é?*'

Hoewel ik geen Portugees spreek, ken ik een paar obsceniteiten in verscheidene talen, en ik was er vrij zeker van dat hij zojuist zo'n woord had gebruikt met betrekking tot Alexa. Daar ergerde ik me aan. Ik verstrakte mijn greep op zijn keel tot ik voelde dat het zachte kraakbeen meegaf, en toen dwong ik mezelf om op te houden. Het had geen zin dat ik deze kakkerlak doodmaakte. Ik had alleen iets aan hem als hij in leven was.

'Ik laat je nu los om je een paar vragen te laten beantwoorden,' zei ik. 'Als je liegt over wat dan ook, hoe onbelangrijk het ook is, snijd ik je oor af en stuur ik het naar je vader bij de Verenigde Naties. Dan kan hij het aan de muur van zijn kantoor hangen. Bij de tweede leugen gaat je andere oor er af. Dat gaat...'

'Nee! Néé! Ik zal je alles vertellen! Wat willen jullie? Ik heb gedaan wat jullie zeiden. Ik heb alles gedaan wat jullie zeiden. Ik heb jullie dat meisje gegeven en ik hou mijn mond.'

'Waar is ze?'

'Waarom vraag je me dat? Jullie zeiden dat ik die trut moest oppikken, drogeren en naar jullie toe brengen, en dat heb ik gedaan. Wat wil je, man? Jullie hebben het meisje. Ik heb het geld. Ik zeg niets. We zijn klaar. Het is helemaal oké.'

Het is helemaal oké. Aan zo'n frase heb ik een grote hekel. Hij was glad en beschaafd en deed gemakkelijk zaken met klanten uit de betere standen, die nooit drugs zouden kopen van een dealer met gevangenistatoeages en een laaghangende broek. De meeste studenten en rijkeluiskinderen wilden toch al niet denken dat ze zich schuldig maakten aan criminaliteit. Ze beschouwden de dingen die hij aan hen verkocht als een van de vele lekkernijen die eigenlijk verboden waren, zoals Iraanse kaviaar en ongepasteuriseerde camembert. Iemand als Mauricio wekte de schijn dat drugshandel niet illegaal maar exclusief was.

'Ik zou zeggen dat het op dit moment voor jou helemaal niet oké is.'

Op zijn nachtkastje lag een Nokia-telefoontje. Ik pakte het met mijn vrije hand en stopte het in mijn zak.

Toen greep ik achter de hoofdplank en vond een pistool dat daar met tape was vastgemaakt. Een erg duur STI-pistool. Ik stopte dat ook in mijn zak en liet zijn keel toen helemaal los. Hij haalde diep en rochelend adem. Zijn gezicht liep donkerrood aan en hij zag eruit alsof hij op het punt stond van zijn stokje te gaan. Misschien had ik te hard gedrukt.

'Oké,' zei ik. Ik klom van hem af en ging naast het bed staan. 'Sta op.'

Hij kwam met grote moeite overeind, verward in de lakens en zwak van het zuurstoftekort. Hij droeg alleen een rode Speedo. Moeizaam verplaatste hij zijn benen over de zijkant van het bed. De nagels van zijn vingers en tenen waren gemanicuurd en voorzien van een glanslaag. '*Jesus Cristo*,' hijgde hij, 'wat wil je van me, man?'

'Je hebt het verknald,' zei ik.

Hij schudde zijn hoofd en keek me doodsbang aan. 'Ik heb jullie... Ik heb het aan... de man gegeven.'

Dus hij dacht dat ik hoorde bij de mensen die hem hadden ingehuurd. Dat mocht hij blijven denken. Misschien kwam ik op die manier meer aan de weet. 'Welke man?'

'De man die me de telefoon gaf. Jullie... jullie? Wat wil je toch, man? Jij werkt toch ook voor hen?'

'Welke man?' zei ik.

'Niemand heeft me een naam genoemd. Wat stelt dit voor? Wie ben je, man?'

'Hoe heette hij?' schreeuwde ik.

'Ik weet niemands naam, man! Ik kan niet praten. Die kerel heeft ogen in zijn achterhoofd!'

Ik wilde net vragen wat hij daarmee bedoelde toen ik voetstappen op de buitentrap hoorde dreunen. Hij hoorde het ook. Zijn hele gezicht trok samen van angst. 'O, Jesus Cristo, dat zijn ze! Dat zijn ze! Hij zei dat ze me zouden vermoorden als ik met iemand praatte. Ik heb je níks verteld, man!'

Er volgden een harde klap en het splinterende geluid van zijn deur die met een metalen stormram werd opengebroken.

De mannen die de kamer binnenstormden, droegen groene uniformen met groene kogelwerende vesten, zwarte kevlarhelmen en een beschermende bril waardoor ze net gigantische insecten uit een derderangs sciencefictionfilm leken. Achter degenen die de deur hadden ingeramd kwamen de aanvallers met H&K MP5-machinepistolen. Degenen met een schild hadden een Glock. Ze hadden allemaal een FBI-patch op hun schouders en borst.

Toen hij zag wie ze waren, veranderde de uitdrukking op zijn gezicht.

Hij keek opgelucht.

41

De man liep langzaam over de kale akker in de richting van de boerderij toen de satelliettelefoon aan zijn riem trilde. Het was een koude, frisse ochtend en de hemel was van blauw glas.

Hij wist wie het was, want er was maar één persoon die dit nummer had. Hij wist ook wat de beller wilde.

Toen hij opnam, bleef hij precies in het midden van de akker staan en nam hij zich voor om er nog eens met de pneumatische grondstamper overheen te gaan. Hij kon er ook een paar keer met de banden van de graafmachine overheen rijden; dat moest goed genoeg zijn.

Niet dat het meisje ergens heen kon. Ze zat drie meter onder de grond.

Maar hier in het landelijke New Hampshire werden buren soms nieuwsgierig, of te vriendschappelijk.

'Ja?' zei Dragomir.

'Nog niets,' zei de man die zich Kirill noemde. Ze spraken Russisch.

Misschien was dat zijn echte naam, misschien niet. Het kon Dragomir niet schelen. Kirill was alleen maar een tussenpersoon, een boodschappenjongen die berichten overbracht tussen Dragomir en de steenrijke man die door Kirill alleen maar de Cliënt werd genoemd. Nooit een naam. Dat vond Dragomir best. Hoe minder de Cliënt en hij van elkaar wisten, hoe beter.

Kirill tobde, piekerde en zeurde als een bange oude *baboesjka*. Hij was bang dat een of ander detail mis zou gaan. Blijkbaar dacht hij dat alles alleen soepel zou blijven lopen als hij de zaak voortdurend in de gaten hield en dagelijkse controles uitvoerde.

Hij wist niet dat Dragomir bijna nooit fouten maakte.

'Wat denk je, is haar vader weer gaan slapen? Hij had meteen het bestand moeten sturen. Zijn dochter...'

'Geduld,' zei Dragomir.

Een vliegtuig ronkte over hen heen en er kwam ruis op de lijn. Er kwamen ongeveer elk uur straaljagers voorbij, meestal 's nachts, afkomstig van de luchtmachtbasis in Bangor, Maine. Ze maakten het zware, rommelende geluid van militaire transportvliegtuigen. Het deed hem denken aan Afghanistan, de Iljoesjin 76's die daar altijd maar over je hoofd bulderden.

'... gijzelaar in goede gezondheid verkeert,' zei Kirill toen de ruis verdween.

De Iridium-satelliettelefoon was versleuteld, en dus sprak Kirill nogal openlijk, al deed Dragomir dat nooit. Hij vertrouwde technologie nooit helemaal. Zijn antwoord was kort: 'Is er verder nog iets?'

'Nee.'

Hij verbrak de verbinding. De ondergaande zon wierp een gouden schijnsel over de pas omgewoelde aarde. Zijn laarzen maakten diepe sporen in de zachte aarde, als gipsafdrukken. Sommige van zijn voetstappen kruisten de grove bandensporen van de graafmachine.

Hij dacht even aan de gevangenisbinnenplaats van harde, aangestampte aarde, waar het zonlicht nooit kwam en geen gras kon groeien. Daarna had hij altijd van grasvelden gehouden.

Dragomir stapte de veranda op, liep langs de luchtcompressor met zijn lange gele verlengsnoer en trok de hordeur open. Omdat er gaten in de hor zaten, maakte hij de houten achterdeur snel open en dicht om de muggen buiten te houden. De hele boerderij verkeerde in staat van verval, maar hij had geen recht van klagen. Het huis en het land waar het op stond, meer dan honderd hectare bosgrond in een afgelegen deel van New Hampshire, waren eigendom van een oude man die in Florida was gaan wonen. Er was in vier jaar niemand geweest. Zelfs geen beheerder.

En dus had hij zichzelf tot beheerder benoemd.

Al hadden de oude man en zijn familie daar geen idee van.

Toen hij door de verbouwde serre liep, hoorde hij het erbarmelijke gejammer van het meisje uit de luidsprekers van de computer. Op de monitor kronkelde, graaide, schreeuwde en wriemelde ze als een groenige geestverschijning.

Omdat het geluid hem ergerde, drukte hij op een toets om het uit te zetten.

42

Een uur later was ik op de vijfde verdieping van het FBI-kantoor aan 1 Center Plaza bij Diana, die er doodmoe uitzag, haar ogen wazig en roodomrand. De kurkentrekkerslierten van haar haar deden me meer dan ooit aan Medusa denken. Toch was ze nog steeds de mooiste vrouw die ik ooit had gezien.

Ze wachtte tot ze me mijn bezoekersbadge hadden gegeven en leidde me naar binnen.

'Hoe is dat gebeurd?' vroeg ik zachtjes toen we daar liepen.

Pas toen we langs de rij kantoren van de hoogste functionarissen op dat FBI-kantoor waren gelopen, gaf ze antwoord. Gordon Snyders deur stond open, zag ik, maar vanaf de gang kon ik niet zien of hij er was.

'Ik heb alleen maar gehoord dat ze een tip van een VI hebben gekregen.'

Een vertrouwelijke informant. 'Wiens informant?'

Geen antwoord. We kwamen bij een labyrint van hokjes, waarvan de meeste leeg waren. Haar hokje was meteen te herkennen.

Aan de wanden van het hokje hingen schoolfoto's, en daaraan kon ik meteen zien dat het haar werkplek was: lieftallige kinderen die duidelijk geen familie van haar waren. En ook aan de opkrullende knipsels van de *Stowe* (Vermont) *Reporter* en de *Biddeford* (Maine) *Journal Tribune* en de *Boston Herald* met koppen als ZEDENDELINQUENT BESCHULDIGD VAN VERDWIJNING MEISJE. Een close-upfoto van een geruite sprei. Een fotokopie van een briefje in de blokletters van iemand die het niet gewend was te schrijven: 'HALLO SCHAT IK HEP NAAR JE GEKEKEN IK BEN DEZELFDE DIE ARDEN HEEFT ONTVOERT EN VERKRACHT EN VERMOORD...'

Dingen waar een normaal mens bijna niet naar kon kijken, hingen elke minuut dat ze aan haar bureau zat voor haar ogen.

'Ik heb geen idee,' zei ze. 'Ik mag zulke dingen niet weten.'

Ik hoorde het irritante geluid van iemand die nagels aan het knippen was in een ander hokje. 'Wie heeft bevel gegeven het SWAT-team in te zetten?'

'De enige die bevel tot tactische operaties mag geven, is de baas. Maar hoe wist jíj waar je Perreira kon vinden?'

'Ik had Taylor Armstrong stiekem een tracker meegegeven.'

Ze glimlachte en knikte. 'Goed.'

'Degene die dit heeft gedaan, heeft zojuist onze beste kans verknoeid om Alexa te vinden,' zei ik. 'Waar is Perreira?'

'Boven in een afgesloten verhoorkamer.'

'Ik wil met hem praten.'

'Dat kan niet.'

'Omdat ik een privéburger ben?'

'Dat is niet de enige reden. Hij praat met niemand.'

'Roept hij om een advocaat?'

'Hij doet een beroep op diplomatieke onschendbaarheid.'

'Wie is nu bij hem?'

'Niemand. We weten nog niet hoe we het gaan aanpakken. We zijn nog in overleg met justitie.'

'Ik weet hoe we het moeten aanpakken.'

Ze glimlachte opnieuw. 'Ongetwijfeld.'

'Kun je me daar binnensmokkelen?'

'Je meent het echt, hè?'

'Absoluut.'

'Het antwoord is nee. Er is een juridisch attaché van het Braziliaanse consulaat in Boston op komst. Een zekere...' Ze keek naar een notitie op een Post-it-blok naast de telefoon op haar bureau. 'Cláudio Duarte Carvalho Barboza. Zolang hij nog met Perreira aan het overleggen is, mag zelfs niemand de verhoorkamer bínnengaan.'

Ik stond op.

'Doe me een lol en laat me zien waar hij is,' zei ik.

'Waarom?'

'Gewoon uit nieuwsgierigheid,' zei ik.

Diana leidde me een trap af naar een gesloten deur zonder raam. Het was een effen witte deur met een metalen knop. Er stond niemand op wacht.

'Zijn er camera's of doorkijkspiegels?'

'Nee. Dat is geen FBI-beleid.'

'Huh. Weet je, ik zou wel een kop koffie willen.'

'Doe niets waardoor ik in de problemen kom, Nick.'

'Dat zal ik niet doen. Neem de tijd met die koffie.'

Haar gezicht was onbewogen, maar er zat een glinstering in haar ogen. 'Misschien moet ik een nieuwe pot zetten. Dat kan even duren.'

Mauricio leunde op een metalen stoel achter een tafel met formicablad achterover. Hij keek verveeld. Toen hij me herkende, kwam er langzaam een brede, triomfantelijke grijns op zijn gezicht.

'Ik zeg niks, man. Ik heb... *imunidade diplomática*.'

'Dus zodra de juridisch attaché van het Braziliaanse consulaat er is, ben je een vrij man. Dan ga je naar huis. Bedoel je dat?'

'Zo werkt het, man. Het is helemaal oké.'

'Heel mooi,' zei ik. 'Ik vind het prima.'

Hij vond dat grappig. 'Jij vindt het prima, hè?' Hij lachte zowaar.

Ik lachte met hem mee. 'O ja. Absoluut. Want buiten dit gebouw geniet je geen diplomatieke onschendbaarheid.'

Zijn glimlach werd een beetje vager.

'Zodra ze je laten gaan,' zei ik, 'is het of ze een handvol aas in een aquarium vol haaien gooien. Dat zal me een razernij geven. Kolkend water en haaien die van alle kanten op je afkomen.'

'Probeer me niet te bedreigen.'

'Denk eens na. De kerels die je hebben ingehuurd, zullen denken dat je ons alles hebt verteld.'

Hij schudde snel zijn hoofd. 'Ik werk niet samen met de FBI.'

'Je bent te bescheiden over alle hulp die je ons hebt gegeven.'

'Ik zeg niets tegen de FBI. Ik zeg niets tegen wie dan ook.'

'Natuurlijk wel.' Ik haalde zijn Nokia-telefoontje tevoorschijn en liet het aan hem zien. 'Je hebt ons bijvoorbeeld een heleboel telefoonnummers gegeven. En de Amerikaanse overheid is je buitengewoon dankbaar. Ik zal er persoonlijk voor zorgen dat je een onderscheiding krijgt voor alle hulp die je aan de Amerikaanse opsporingsdiensten hebt verleend.'

'Niemand zal geloven dat ik heb gepraat,' zei hij, maar hij klonk niet meer zo zelfverzekerd. Hij dacht dat ik van de FBI was, en ik ging hem niet vertellen dat hij zich daarin vergiste.

'O nee? Wat zullen ze denken als ik een boodschap op je voicemail inspreek met de naam van je vaste contactpersoon hier bij de FBI? Ik maak dan een afspraak voor onze volgende ontmoeting, en misschien vertel ik dat je een zendertje meekrijgt als je weer een ontmoeting met je Colombiaanse vrienden hebt.'

Ik zag dat het bloed uit zijn gezicht wegtrok.

'Ik hoop dat je weet dat ze je telefoon afluisteren,' zei ik. 'Waarschijnlijk hebben ze ook je mobieltje gekloond.'

Hij schudde zijn hoofd en stak zijn onderlip naar voren om te doen alsof hij sceptisch was, maar ik zag dat ik tot hem was doorgedrongen.

'Heb je ooit gehoord wat ze doen met mensen die hen verraden?'

'Ze gaan me niet vermoorden.'

'Nee,' zei ik. 'Ze mogen graag eerst martelen en verminken. Ze mogen het graag heel lang laten duren. Je zult wíllen dat ze je doodmaken. Ze hebben een gezegde: "Een losse romp is niet te identificeren."' Ik zweeg veelbetekenend. 'Daarom hakken ze de handen, de voeten en het hoofd af. Natuurlijk hebben ze het mis. Je kunt een romp wel degelijk identificeren. Het kost alleen wat meer tijd.'

Mauricio's bruine ogen waren dof geworden. De angst trok zijn gezichtsspieren samen.

'Misschien heeft je papa invloed genoeg om ze te vragen het niet te erg voor je te maken, hm?'

Zijn strottenhoofd ging op en neer. Hij wilde slikken, maar zijn mond was droog geworden. Het leek wel of er een sok in zijn keel was blijven steken.

'Maar weet je wat?' zei ik. 'Dit is je geluksdag. Want ik wil je een aanbod doen. Met geweldige condities. Als je ons vertelt wat we willen weten, hoor je nooit meer van ons. Geen bedankbrieven. Geen vriendelijke telefoontjes. Misschien blijf je dan zelfs in leven.' Ik wachtte even. 'Het is helemaal oké.'

'Wat wil je?' fluisterde hij hees.

'Een naam. De naam van de man die jou heeft ingehuurd om het meisje op te pikken.'

'Ik zei al...'

'Een volledig signalement. Lengte. Kleur van de ogen. Hoe hij contact met je heeft opgenomen. Waar je het... "pakket" aan hen hebt overgedragen.'

'Ik wéét de naam niet, man,' fluisterde hij. 'Het was een grote kerel, heel sterk. Angstaanjagend.'

Hij sprak de waarheid; daar was ik nu van overtuigd. Hij was gewend te liegen, maar nu was hij zo bang dat hij dat niet meer deed. Op dat moment had hij nog maar één doel: in leven blijven. Niet zijn opdrachtgevers beschermen. Hij zou niets voor me achterhouden.

'Heeft hij je verteld waarom hij het meisje wilde?'

'Hij zei alleen dat ik haar moest oppikken. Ik moest haar dat middel geven en haar overdragen...'

Ik hoorde voetstappen naderen, en stemmen die luider werden. Mauricio hoorde het ook. Hij verstijfde en keek naar de deur.

'Waar heeft hij haar heen gebracht?' vroeg ik.

'De man heeft ogen in zijn achterhoofd,' fluisterde hij. 'Ik kan niets zeggen.'

'Wat bedoel je, ogen in zijn achterhoofd?'

Maar toen ging de deur open en keek een stevig gebouwde, gedrongen man in een grijs pak en met een glanzend kaal hoofd de kamer in.

'Wat ben jij hier verdomme aan het doen?' Het was de diepe stem van Gordon Snyder.

43

'Hallo, Spike,' zei ik.

'Wat voor spelletje speel je?' zei Snyder. 'Probeer je de getuige te coachen? Of bied je hem geld aan om te zwijgen?'

Voordat ik antwoord kon geven, was er achter hem een harde stem te horen: 'Niemand mag met mijn cliënt praten! Dat heb ik heel goed duidelijk gemaakt door de telefoon.'

Iemand duwde Snyder opzij om de verhoorkamer binnen te komen: een grote, elegante man, ongeveer een meter vijfentachtig en met brede schouders. Hij had lang grijs haar dat bijna tot de boord van zijn overhemd hing, ogen diep in hun kassen en wangen met putjes van acne. Hij droeg een donker streepjespak en een bordeauxrode foulard en straalde veel gezag uit. De stof van zijn maatpak omsloot zonder enige vulling zijn brede schouders.

Dat was natuurlijk de juridisch attaché van het Braziliaanse consulaat. 'Haal die persoon ogenblikkelijk weg,' zei hij in onberispelijk Engels met nauwelijks een zweem van een accent. 'U mag deze man níét ondervragen. En als hier opnameapparatuur is, moet die onmiddellijk worden uitgezet. Mijn gesprekken met mijn cliënt moeten absoluut vertrouwelijk blijven.'

'Begrepen, meneer Barboza,' zei Snyder. Hij keek mij woedend aan, stak zijn korte dikke vinger naar me uit en bewoog hem soepel naar de deuropening, als een goochelaar die met een stokje zwaaide.

'Maak dat je wegkomt,' zei hij.

44

Er blafte een hond op het erf.

Dragomir dacht eerst dat er jagers waren. Het was geen jachtseizoen, maar sommige mensen lieten zich daar niet door afschrikken. In het beboste deel van het land dat bij de boerderij hoorde had hij op elke vijftien meter een bord met VERBODEN TOEGANG/VERBODEN TE JAGEN gezet, maar niet iedereen kon lezen, of wilde dat.

Jagers waren indringers, en indringers waren nieuwsgierig.

Mensen op het platteland probeerden zich altijd met de zaken van hun buren te bemoeien. Vooral wanneer hun buurman een vreemde was die van de ene op de andere dag was opgedoken.

Bent u de nieuwe eigenaar? Bent u een Alderson?

En waarom hebt u daar een Caterpillar-graafmachine? Bent u aan het bouwen? Helemaal in uw eentje, zonder bouwvakkers? O ja? Huh. Wat bent u aan het bouwen?

Hij had alle machines cash gekocht. De graafmachine kwam van een landbouwmachinehandel in Biddeford, de luchtcompressor uit een bouwmarkt in Plaistow.

De kist had hij uitgekozen bij een groothandel in doodkisten in Dover. Hij had iets over een familiegraf gezegd, dubbel diep, en dat zijn diepbetreurde oom de eerste was die erin ging. Omdat de kist drieënhalve meter diep kwam te liggen, had hij uitgelegd, wilde hij er absoluut zeker van zijn dat de bovenkant tegen de druk bestand was.

De sterkste kist die ze hadden, had wanden van dik staal, 'Triton-grijs' uit de 'Royale dimensie'-lijn. Omdat Amerikanen steeds dikker werden, verkochten grote kisten goed, en Dragomir had genoegen moeten nemen met een demonstratiemodel.

Grondwaterlekkage was altijd een probleem, zelfs bij de beste kisten. Het zou tot gevolg kunnen hebben dat het meisje langzaam verdronk voordat ze klaar met haar waren, en dat was ook niet de bedoeling. Gelukkig was het model dat hij had gekocht voorzien van een waterdichte pakking. Je draaide aan een hendel aan het eind van de kist om hem hermetisch af te sluiten. Er liep een stalen staaf over de bovenkant. Dat alles behoorde tot de standaarduitrusting, alsof grafrovers nog steeds een probleem waren in de eenentwintigste eeuw.

De bewerking had niet veel tijd gekost. Zulke technische klussen had hij altijd graag gedaan. Met een kobaltbitje in zijn boormachine maakte hij een gat in het koolstofstaal aan het eind waar het hoofd van het meisje zou zijn. Daar laste hij een koperen koppelstuk van zes millimeter vast en bevestigde daaraan een stevige slang van zes millimeter die over een afstand van honderd meter naar de luchtcompressor op de veranda liep. Telkens wanneer de luchtcompressor aansloeg, stroomde er lucht door die slang, en dat gebeurde elk uur twee minuten, dag en nacht, want er zat een tijdschakelaar op. Hij had die slang samen met de ethernetkabel in de grond gelegd.

Aan het andere eind van de kist maakte hij met een gatenzaag een veel grotere opening. Daaraan laste hij de koperen mof vast waaraan de tien centimeter brede uitlaat was bevestigd. De grijze pvc-buis stak als een eenzaam boompje midden op de akker uit de grond. Het eind boog omlaag als het handvat van een paraplu. Zulke buizen gebruikten ze op een vuilstortplaats om het methaangas te laten ontsnappen dat zich onder de grond concentreerde.

Het meisje zou dus telkens van frisse lucht worden voorzien, en dat was beter dan zijn vader was overkomen toen die opgesloten was komen te zitten in de kolenmijn in Tomsk.

Als jongen had Dragomir graag toegekeken wanneer zijn vader en de andere mijnwerkers op hun wagentje naar binnen reden om honderden meters de diepte in te gaan. Dragomir had ook altijd gevraagd of hij mee mocht, maar zijn vader had altijd geweigerd.

Elke avond was zijn vader met zo'n dikke laag mijnstof teruggekomen dat je alleen zijn ogen kon zien. Zijn gehoest hield Dragomir menige nacht wakker. De man spuwde zwart en liet het sputum in de toiletpot drijven.

De mijnbouw, had hij eens tegen Dragomir gezegd, was het enige werk waarbij je je eigen graf moest graven.

Dragomir had gefascineerd naar de verhalen van zijn vader geluisterd. Hoe hij een plafondbalk op een vriend van hem had zien neerkomen, wiens gezicht was verbrijzeld. Of hoe hij iemand in tweeën had zien snijden door de kolenwagen. Iemand was eens tussen de kaken van de breekmachine gevallen en aan stukken gemalen.

Zijn moeder, Doesja, was kwaad geweest als zijn vader zulke angstaanjagende verhalen in het hoofd van de jongen stopte. Maar Dragomir wilde altijd meer horen.

Aan die verhalen voor het slapengaan kwam een eind toen Dragomir bijna tien was.

Midden in de nacht werd op de deur van hun woning geklopt. Zijn moeder had een hoge, ijle kreet geslaakt.

Ze ging met hem naar de mijn, waar zich al een grote menigte had verzameld. De mensen smeekten om nieuws, zelfs om slecht nieuws.

Dragomir was gefascineerd. Hij vroeg wat er was gebeurd, maar dat wilde niemand hem vertellen. Hij hoorde alleen wat flarden. Iets over een verlaten, ondergelopen schacht die de mijnwerkers per ongeluk hadden aangeboord. Het water had zich naar binnen gestort en ze hadden als ratten in de val gezeten.

Toch wilde Dragomir nog meer weten. Zijn dorst was onlesbaar. Hij wilde bijzonderheden.

Hij stelde zich voor hoe zijn vader en de andere mannen, tientallen of zelfs honderden, hun uiterste best deden om hun hoofd boven het opkomende zwarte water te houden, vechtend om een paar centimeter lucht die met de minuut afnam. Hij stelde zich voor hoe ze in het zwarte water spartelden en elkaars hoofd onder water drukten, oude vrienden en zelfs broers, om een paar minuten langer in leven te blijven, al wisten ze dat niemand van hen er levend uit zou komen.

Hij wilde weten hoe het was om met absolute zekerheid te weten dat je op het punt stond te sterven en daar helemaal niets aan te kunnen doen. Hij dacht daar steeds aan terug, zoals een kind niet van een wondje kan afblijven. Hij werd gefascineerd door het onbekende, aangelokt door iets wat anderen afstootte, omdat het hem in de gelegenheid stelde dichter bij zijn vader te komen, te weten wat zijn vader in die laatste ogenblikken van zijn leven had geweten.

Hij had zich altijd tekortgedaan gevoeld omdat hij de laatste seconden van het leven van zijn vader niet had meegemaakt.

Hij kon er alleen maar over fantaseren.

Die verrekte hond blafte maar door en hij kon nu ook horen dat het beest over de hordeur aan de achterkant krabbelde. Hij keek uit een raam en zag een met vuil bedekte bastaardhond telkens grommend tegen de hordeur op springen. Misschien een verwilderde hond, al was dat moeilijk met zekerheid te zeggen.

Hij maakte de houten deur open en hield zijn Wasp-gasinjectiemes, zijn nieuwste speelgoed, in de aanslag. Tussen hem en het mormel zat nu alleen nog de hordeur.

Geschrokken deinsde de hond terug. Hij ontblootte zijn tanden en gromde diep.

Dragomir riep hem zachtjes in het Russisch toe. 'Kom dan, hondje.' Hij maakte de hordeur open. De hond sprong op hem af en hij stak het mes in de buik van het beest.

Met zijn duim drukte hij op de knop om een bevroren bal van perslucht eruit te laten schieten.

De explosie volgde onmiddellijk en deed hem goed, maar hij besefte meteen dat hij een fout had gemaakt. Hij zat onder de ingewanden van het dier, rood en glanzend, slijmerige stukjes huid en vacht, een lawine van bloederig vlees.

Een heel enkele keer maakte hij een fout. De volgende keer zou hij het mes er tot aan het heft in steken voordat hij het gas liet ontsnappen.

Hij deed er een halfuur over om de onderdelen van het verwoeste karkas in een vuilniszak te stoppen, die zak naar het bos te sjouwen om hem later te begraven, en de bebloede veranda en hordeur schoon te spuiten.

Hij nam een douche in het kleine fiberglazen prefabhokje op de bovenverdieping en was net bezig een schone spijkerbroek en een flanellen overhemd aan te trekken, toen hij de deurbel hoorde. Hij keek uit het raam van de slaapkamer en zag een Lexus SUV op de onverharde weg aan de voorkant staan. Hij zette een honkbalpet achterstevoren op om de tatoeage te verbergen, liep nonchalant de trap af en maakte de voordeur open.

'Sorry dat ik u kom storen,' zei een man van middelbare leeftijd. Hij had geen kin en droeg een metalen bril met dikke glazen. 'Mijn hond is weggelopen. Hebt u hem misschien gezien?'

'Hond?' zei Dragomir door de hordeur.

'Ach, waar zijn mijn manieren?' zei de man. 'Ik ben Sam Dupuis van de overkant van de weg.'

Toen zweeg de man afwachtend.

'Andros,' zei Dragomir. 'Beheerder.'

Andros was een Poolse naam, maar hij klonk ook Grieks.

'Aangenaam kennis te maken, Andros,' zei de buurman. 'Ik dacht dat ik Hercules hier over het pad zag lopen, maar misschien heb ik me vergist.'

'Heel jammer,' zei Dragomir met een glimlach. 'Ik wou dat ik kon helpen. Ik hoop dat u hem gauw vindt.'

45

Ik trof Diana in een pauzekamer aan. Ze zat in haar eentje en had de *Boston Globe* op een ronde tafel voor zich liggen. Maar de krant zag er niet uit alsof ze erin had gelezen. De secties lagen naast elkaar, maar waren niet opengeslagen. Ze wachtte alleen maar.

'Je koffie,' zei ze, en ze hield me een beker voor. 'Loop met me mee.'

Ik volgde haar naar buiten. 'Ze hebben Alexa's tasje onder zijn bed gevonden,' zei ze. 'Hij had al haar geld eruit gehaald, maar durfde haar creditcards waarschijnlijk niet te gebruiken. De gestolen Porsche is in een parkeergarage van Tufts University teruggevonden.'

'Leverde die auto informatie op over waar hij was geweest?'

'Die Porsche is te oud om een navigatiesysteem te hebben.'

'Dus er is geen gps-chip aan boord die jullie kan vertellen waar hij haar heen heeft gebracht.'

'Nee,' zei ze. 'Maar ze hebben wel heel kleine sporen van een wit poeder gevonden.'

'Coke?'

'*Burundanga*-poeder. Dat is een extract van de *borrachio*-plant – ook wel Colombiaanse duivelsadem genoemd. Een in de natuur voorkomende bron van scopolamine.'

'Een date-*rape*-drug.'

Ze knikte. 'Ik heb me laten vertellen dat de helft van de mensen die op spoedgevallenafdelingen in Bogota worden opgenomen het slachtoffer van burundanga zijn. In nachtclubs en bordelen doen criminelen dat spul in de drankjes van hun slachtoffers. Het is smaakloos, reukloos en in water oplosbaar. En het verandert de slachtoffers in een soort zombies. Ze zijn nog bij bewustzijn, maar ze zijn volkomen onderdanig. Ze hebben geen eigen wil meer. En dus doen hun slachtoffers wat hun wordt gezegd: ze halen geld uit de automaat en geven het af zonder tegen te stribbelen. En als het middel is uitgewerkt, weten ze niet meer wat er is gebeurd.'

Op weg naar de trap kwamen we langs de juridisch attaché van het Braziliaanse consulaat, de man met het lange grijze haar en het dure pak. Uit de open boord van zijn overhemd kwam zwart krullend borsthaar. Hij liep met ferme pas, maar ook gebogen, alsof hij diep in gedachten verzonken was.

Toen we de trap opgingen, zei ik: 'Zijn er telefoongegevens bij hem thuis gevonden, gegevens van mobiele telefoons, dat soort dingen?'

'Ze hebben alles verzameld en ze werken er nog aan. Tot nu toe hebben ze niets ontdekt.'

Toen ze de deur van de zesde verdieping openmaakte, bleef ik staan. 'Droeg die man geen das?'

Ze keek me in het schemerige licht van het trappenhuis aan en draaide zich toen snel om. We draafden de trap af.

Toen we bij de verhoorkamer kwamen waar ik met Perreira had gesproken, maakte Diana de deur open. Meteen viel haar mond open van schrik.

Ik kan niet zeggen dat ik volslagen verrast werd door wat ik te zien kreeg, maar evengoed was het grotesk.

Mauricio Perreira's lichaam lag in een onnatuurlijke houding, zijn gezicht vreselijk verwrongen, verstijfd in een geluidloze kreet van pijn. Zijn lippen waren blauw en zijn ogen puilden uit, en de oogrokken waren bespikkeld met bloed uit de gesprongen haarvaten. De klassieke tekenen van petechiale huidbloeding.

Om zijn hals zat als een schroefverband de bordeauxrode zijden das van de juridisch attaché – als de nieuwste mode-uitwas. Die das was maar iets donkerder dan de kneuzing op zijn keel, boven en onder de das.

'Hij is waarschijnlijk nog in het gebouw,' zei Diana. 'Op weg naar buiten.'

'Moet je die das zien,' zei ik. 'Die komt vast niet van Brooks Brothers.'

46

Ik rende de vijf trappen af naar Cambridge Street, in de hoop de Braziliaan nog te pakken te krijgen, maar toen ik op straat kwam, was hij nergens meer te bekennen. Hij kon in minstens tien richtingen zijn verdwenen. Ik ging de hal weer in, want misschien had hij een van de ijzig trage liften genomen, maar hij kwam niet tevoorschijn. Ik nam de trap naar de parkeergarage onder 1 Center Plaza, maar toen ik daar kwam, zag ik dat het hopeloos was. De garage was veel te groot, een enorm doolhof. En omdat hij blijkbaar naar dit gebouw was gekomen om een arrestant van de FBI te doden, zou hij zijn vlucht goed hebben voorbereid.

Het was me niet gelukt de man te pakken te krijgen die zojuist mijn enige spoor naar Alexa Marcus had vernietigd.

Diana begroette me in de hal van de vijfde verdieping en vroeg er niet eens naar. 'Je had geen schijn van kans,' zei ze.

Er schalde een hard, schetterend alarm over de hele verdieping, en de gangen stroomden vol met verwarde FBI-agenten en administratief medewerkers die niet wisten wat ze moesten doen. Er stonden een heleboel mensen voor de kleine verhoorkamer waarin Perreira was vastgehouden. Technisch rechercheurs van de FBI waren binnen al aan het werk. Ze verzamelden vingerafdrukken, haren en vezels. Waarschijnlijk hadden ze hun werk nog nooit zo dichtbij gehad. Enkele mannen en vrouwen die formeel gekleed waren en een gewichtige uitstraling hadden, stonden bij de deuropening van de kamer en voerden een gespannen gesprek.

'Je had het mis,' zei ze.

'Waarover?'

'Die das. Hij was wél van Brooks Brothers.'

'Sorry.'

'Alleen zat er een soort vislijn aan de binnenkant.'

'Waarschijnlijk een gevlochten lijn, sterk elastisch en bestand tegen veertig kilo. Die is heel goed als wurgkoord te gebruiken. Zo'n lijn werkt net als een snijdraad voor kaas. Als hij had gewild, had hij Perreira gemakkelijk kunnen onthoofden, maar hij wilde natuurlijk geen slagaderlijk bloed op dat dure pak van hem hebben.'

Ze keek verschrikt en zei niets.

'Wie heeft hem toegelaten?' zei ik.

'Dat is nou juist het probleem. Er is geen toelatingsprocedure. Iedereen dacht dat iemand anders hem had toegelaten. Hij liet bij de balie een identiteitsbewijs zien, zei dat hij Cláudio Barboza van het Braziliaanse consulaat was, en wie zou hem dan nog vragen stellen?'

'Iemand had het consulaat moeten bellen om na te gaan of daar iemand met die naam werkt.'

'Dat heb ik zojuist gedaan.'

'En?'

'Ze hebben niet eens een juridisch attaché in Boston.'

Ik kreunde alleen maar. 'Waarschijnlijk hoeven we er niet op te rekenen dat de man vingerafdrukken heeft achtergelaten.'

'Heb je die dure zwarte handschoenen van lamsleer niet gezien die hij aanhad?'

'Nee,' gaf ik toe. 'Maar jullie hebben ten minste bewakingscamera's.'

'Die hebben we,' zei ze. 'We hebben overal camera's.'

'Behalve in de verhoorkamer, waar we er misschien iets aan gehad zouden hebben.'

'Die beelden zouden ons niets hebben verteld wat we nog niet weten.'

'Nou,' zei ik. 'Ik hoop dat jullie betere gezichtsherkenning hebben dan het Pentagon toen ik daar was. Die was waardeloos.' Mensen vergeten soms dat gezichtsherkenning niet hetzelfde is als gezichtsidentificatie. De software werkt alleen als een gezicht wordt vergeleken met een foto van iemand van wie je de naam al weet. Als je geen scherp beeld hebt dat je als vergelijkingsmateriaal kunt gebruiken, kan de software het verschil niet zien tussen Lillian Hellman en Scarlett Johansson.

'Wat wij hebben, is niets beter. De man is duidelijk een professional. Reken maar dat hij zijn gezicht hier alleen maar heeft laten zien omdat hij er zeker van is dat we hem niet te pakken krijgen.'

'Ja,' zei ik. 'Hij wist dat het geen probleem zou zijn om binnen – of buiten – te komen. Hoe komt dat?'

Ze haalde haar schouders op. 'Ik zou het niet weten.'

'Heb je ooit eerder gehoord van een FBI-arrestant die werd vermoord – in een kantoor van de FBI?'

'Nooit.'

'Twee kerels breken bij mij in om mijn internetverkeer te onderscheppen. Het SWAT-team komt een paar minuten later dan ik in Medford aan. Ze arresteren een belangrijke getuige, die vervolgens in een afgesloten verhoorkamer in het FBI-kantoor wordt vermoord. Blijkbaar wilde iemand niet dat ik met Perreira praatte.'

'Ga me niet vertellen dat je Gordon Snyder beschuldigt.'

'Als ik kon, zou ik Gordon Snyder graag de schuld geven van het olielek van BP, kanker, de opwarming van de aarde. Maar niet hiervan. Hij heeft maar één obsessie: Marshall Marcus ten val brengen.'

Ze glimlachte. 'Precies.'

'Maar het is iemand bij de overheid. Iemand op hoog niveau. Iemand die niet wil dat ik ontdek wie Alexa hebben ontvoerd.'

'Kom nou, Nico. Dat zijn complottheorieën.'

'Zoals ze dan zeggen: niet elk complot is een theorie.'

'Dat betekent zeker dat je mij ook niet vertrouwt.'

'Ik vertrouw jou volkomen. Zonder voorbehoud. Ik mag alleen niet vergeten dat alles wat ik jou vertel uiteindelijk misschien bij Gordon Snyder terechtkomt.'

Ze keek gekwetst. 'Dus je vertrouwt me níét?'

'Laat ik het zo stellen: als je iets hoorde wat betrekking heeft op je onderzoek, en je gaf het níét door, dan zou je je werk niet doen.'

Even later knikte ze langzaam. 'Dat is waar.'

'Dus je begrijpt dat ik nooit tegen je zou liegen, maar dat ik je ook niet alles kan vertellen.'

'Oké. Dat is redelijk. Dus als iemand echt probeert te voorkomen dat je Alexa vindt, wat zit daar dan achter?'

Ik haalde mijn schouders op. 'Geen idee. Maar dit maakt me wel iets duidelijk.'

'Wat dan?'

'Dat ik op het goede spoor ben.'

47

Mijn oude vriend George Devlin – Romeo, zoals we hem bij de Special Forces noemden – zag er beter uit dan iedere man die je ooit hebt gezien.

Als tiener was hij niet alleen de aantrekkelijkste, populairste jongen van zijn klas geweest, en klassenvertegenwoordiger, maar ook de ster van het ijshockeyteam van de school. In een ijshockeygekke stad als Grand Rapids, Michigan, betekende dat wel iets. Hij had ook een geweldige stem en speelde de hoofdrol in de musical van de eindexamenklas. Hij was een genie met computers en een fervent gamer.

Hij had alles kunnen doen, maar omdat de Devlins geen geld hadden om hem te laten studeren, was hij in het leger gegaan. Daar kwam hij natuurlijk in aanmerking voor de Special Forces, want zo'n jongen was hij. Na enige gespecialiseerde computertraining werd hij sergeant verbindingen. Zo had ik George leren kennen: hij was de 18E, de sergeant verbindingen van mijn detachement. Ik weet niet wie hem voor het eerst Romeo noemde, maar die bijnaam bleef hangen.

Maar toen hij gewond was geraakt in Afghanistan en zijn revalidatie voorbij was, zei hij tegen ons dat we hem voortaan niet meer Romeo, maar gewoon George moesten noemen.

Ik ontmoette hem in de enorme witte camper met een woud van antennes die hij als woning en mobiel kantoor gebruikte. Hij had hem in een ondergrondse parkeergarage bij een Holiday Inn in Dedham geparkeerd. Dat was typisch iets voor hem. Hij had zijn ontmoetingen het liefst op locaties die een eind uit de buurt lagen. Het leek wel of hij voortvluchtig was. Alsof ze achter hem aan zaten.

Ik maakte de deur van de camper open en betrad het zwak verlichte interieur.

'Heller.' Zijn stem kwam uit de duisternis. Toen mijn ogen aan het donker gewend waren, zag ik hem met zijn rug naar me toe op een kruk voor een rij computermonitors en andere apparatuur zitten.

'Hé, George. Ik stel het op prijs dat ik je op zo korte termijn kan spreken.'

'Ik neem aan dat de gps-tracker succes heeft gehad.'

'Absoluut. Het was een geniaal dingetje. Dank je.'

'Wil je er de volgende keer aan denken om naar je e-mail te kijken?'

Ik knikte en hield hem het Nokia-telefoontje voor dat ik uit Mauricio's appartement had gehaald. Hij draaide zich met zijn stoel om, zodat ik zijn gezicht kon zien.

Wat er was overgebleven van zijn gezicht.

Omdat ik er nooit aan gewend was geraakt, schrok ik telkens opnieuw. Zijn gezicht was een gruwelijke massa draderig littekenweefsel. Sommige slierten waren deegwit, andere felrood. Hij had neusgaten en een soort mond, en de oogleden die de legerchirurgen hem met veel moeite hadden gegeven waren gemaakt van stukjes huid die van de binnenkant van zijn dij waren gehaald. De sporen van de hechtingen waren nog duidelijk te zien.

Gelukkig kon Devlin tegenwoordig ademhalen zonder dat het te veel pijn deed. Hij kon ook zien, met één oog.

Toch viel het niet mee om naar hem te kijken. Hij was een monster geworden. Er zat wel een zekere ironie in het feit dat hij zich vroeger altijd had onderscheiden met zijn uiterlijk en zich daar nu nog steeds mee onderscheidde.

'Je zult wel weten hoe je nummers uit het belregister moet halen,' zei hij. Hij sprak met een schorre fluisterstem, want zijn stembanden waren verwoest. Zijn mond liet vaak een nat geklik horen, het geluid van weefsel dat op de verkeerde plaats zat.

'Zelfs ik weet hoe dat moet.'

'Wat wil je dan van mij?'

'Het enige telefoonnummer dat erin zit, het enige nummer dat hij heeft gebeld en vanwaar hij is gebeld, is van een mobiele telefoon. Dat is waarschijnlijk zijn contactpersoon, degene die hem heeft ingehuurd om het meisje te ontvoeren. Als iemand de schurk aan de hand van zijn telefoon kan opsporen, ben jij het.'

'Waarom heb je de FBI niet om hulp gevraagd?'

'Omdat ik niet weet wie ik daar kan vertrouwen.'

'Het antwoord is: niemand. Waarom werk je eigenlijk met ze samen? Ik dacht dat je al dat gedoe van overheidsdiensten achter je had gelaten.'

'Omdat ik ze nodig heb. Ik doe alles om Alexa terug te krijgen.'

Hij ademde luidruchtig in en uit. 'Geen commentaar.'

Wat overheidsdiensten betrof, was hij extreem paranoïde. Ze waren de vijand. Ze waren te machtig en kwaadaardig en ik denk dat hij ze stuk voor stuk de schuld gaf van de Irakese bermbom die de benzinetank van zijn Humvee had laten ontploffen. Blijkbaar kon hij weinig dankbaarheid opbrengen voor de heroïsche plastisch chirurgen van het leger die zijn leven hadden gered en hem iets hadden gegeven wat nog enigszins op een gezicht leek, hoe grotesk het ook was. Maar wie kon het hem kwalijk nemen dat hij kwaad was?

Hij hield zijn hoofd op een rare manier schuin om het telefoontje te bekijken. Hij werkte het liefst bij schemerlicht, zelfs bijna in het donker, want zijn oog was hypergevoelig voor licht geworden. 'Aha, een Nokla 8800. Dit is niet zomaar een wegwerptelefoontje.'

'Je bedoelt Nokia.'

Hij liet het aan me zien. 'Kun je niet lezen, Nick? Er staat NOKLA.'

Hij had gelijk. Er stond NOKLA. 'Namaak?'

Hij toetste een paar cijfers op de telefoon in. 'Ja, dat blijkt ook uit het IMEI.'

'Het wat?'

'Het serienummer.' Hij maakte de achterkant open en haalde de accu eruit. 'Een Chinees namaakdingetje,' zei hij terwijl hij het telefoontje omhooghield. Ik boog er dicht naartoe. Overal op de accu zaten Chinese karakters. 'Ooit op eBay gekeken en een speciale actie met Nokia-telefoons gezien – gloednieuw, voor de halve prijs? Die worden allemaal in China gemaakt.'

Ik knikte. 'Als je mobiele telefoons via internet bestelt, hoef je geen winkel binnen te gaan, waar je gezicht door een camera in beeld wordt gebracht,' zei ik. Ik had meteen spijt van mijn woordkeuze. Wat zou hij ervoor hebben gegeven om een winkel binnen te lopen zonder dat mensen hun ogen afwendden, hun walging niet konden verbergen, zonder dat er kinderen in huilen uitbarstten.

Devlin keek abrupt naar een van zijn schermen. Daarop flikkerde een groene stip.

'Over tracking-apparaten gesproken: heb jij er een bij je?'

'Niet dat ik weet.'

'Heb ik je niet gezegd dat je voorzorgsmaatregelen moest nemen als je hierheen kwam?'

'Ja.'

'Mag ik je telefoontje zien?'

Ik gaf hem mijn BlackBerry. Hij keek ernaar, legde hem op het smalle werkblad en maakte het compartiment voor de accu open. Hij pakte de accu eruit en nam toen een pincet om iets los te maken. Hij hield het omhoog en keek er scheef naar. Devlin was niet meer in staat tot gelaatsuitdrukkingen, maar als hij dat wel was geweest, zou er waarschijnlijk triomf op zijn gezicht te lezen hebben gestaan.

'Iemand kan precies zien waar je heen gaat, Heller,' zei hij. 'Enig idee hoe lang dat al aan de gang is?'

48

Natuurlijk wist ik niet hoe lang ik al werd gevolgd, maar ik wist nu tenminste wel hoe ze me naar het appartement van Mauricio Perreira in Medford hadden kunnen volgen. Er was dus geen 'vertrouwelijke informant' geweest.

'Het ziet ernaar uit dat je door de FBI wordt geschaduwd. En ik maar denken dat je met ze samenwerkte! Heeft iemand gelegenheid gehad om aan je BlackBerry te knoeien zonder dat je het zag?'

Ik knikte. Ik had mijn BlackBerry afgegeven op de receptie van de FBI in Boston, niet één keer maar twee keer.

'Nu begin ik ook paranoïde te worden.'

Hij keek me aan. Instinctief wilde ik me van dat gezicht afwenden, en dus keek ik juist recht in zijn ogen.

'Dat je paranoïde bent, wil nog niet zeggen dat ze je niet te grazen willen nemen,' zei hij. In het donker van zijn camper kreeg ik kippenvel van zijn fluisterstem. 'Ik geloof dat ik nu Nick Heller citeer.'

'Ik had dat niet zelf bedacht.'

'Hoe dan ook, je hebt volkomen gelijk wat die Chinese namaaktelefoontjes betreft. Als je ze via internet koopt, wordt de kans kleiner dat ze kunnen ontdekken wie je bent. Toch is er nog een betere reden. Iets wat alleen de beste schurken weten.'

'Zeg het eens.'

'Het IMEI. Het elektronische serienummer. Elke mobiele telefoon heeft er een, zelfs de goedkoopste wegwerpdingen.'

'Zelfs Nokla's?'

'Ja, zelfs Nokla's. Maar door gebruik te maken van Chinese namaakdingen hebben jouw criminelen het veel, véél moeilijker gemaakt om ze op een traditionele manier te pakken te krijgen.'

'Hoe dan?'

'Je kunt het zo stellen: als de FBI het serienummer van een echte Nokia-telefoon heeft, hoeven ze alleen maar naar Finland te bellen, en dan krijgen ze van Nokia te horen waar het telefoontje is verkocht. Criminelen willen dat niet. Dit dingetje daarentegen – wie wou je bellen, een fabriek in China? Daar spreken ze geen Engels en houden ze heus geen gegevens bij. Waarschijnlijk nemen ze niet eens de telefoon op. Veel succes daarmee.'

'Dus die kerels zijn professionals,' zei ik.

Hij zei niets. Hij boog met een vergrootglas en een pincet over het smalle werkblad en probeerde iets uit de achterkant van de telefoon te peuteren. Ten slotte lukte het hem. Hij hield een oranje rechthoekje van karton omhoog.

'De simkaart,' zei ik. 'Ook Chinees?'

'Oezbeeks. Die kerels zijn héél slim.'

'Komt de simkaart uit Oezbékistan?'

'Waarschijnlijk kopen ze partijen van die simkaarten online en laten ze ze versturen naar een postbusadres, en dat is dan meteen het eind van het spoor. Goh. Een Chinees namaaktelefoontje met een niet na te trekken serienummer en een niet na te trekken simkaart. Ken je FBI-agenten die Oezbeeks spreken?'

'Wat stel je voor dat ik ga doen?'

'Je kunt diep graven.'

'Hoe bedoel je?'

'Laat dat maar aan mij over,' zei hij.

'Omdat mijn nietige menselijke geest het nooit kan begrijpen?'
'Hier heb je je BlackBerry. Brandschoon.'
'Dat stel ik op prijs,' zei ik. 'Maar toch zou ik graag willen dat je het gps-dingetje er weer in stopt.'
'Dat is... vreemd.'
'Ongetwijfeld,' zei ik, 'maar ik wil graag dat je eerst de batterij van het tracking-apparaatje laat leeglopen. Kun je dat?'
'Het neemt geen stroom van de accu van je BlackBerry. Dus dat is geen probleem.'
'Goed. Ik wil dat het tracking-apparaatje over vijftien of twintig minuten een natuurlijke dood sterft.'
Hij knikte. 'Dan weten ze niet dat je het hebt ontdekt.'
'Ja. Ik word graag onderschat.'
Als hij had kunnen glimlachen, zou hij dat hebben gedaan. Maar ik hoorde het in zijn stem. 'Weet je wat, Heller?' zei hij. 'Ik denk dat ík je heb onderschat. Je bent echt een indrukwekkende kerel.'
'Doe me een lol,' zei ik, 'en hou dat voor je.'
Toen ik naar de Defender terugliep, ging mijn BlackBerry.
'Ik verwachtte dat ik iets van je zou horen,' zei Diana.
'Mijn BlackBerry is tijdelijk buiten werking geweest.'
'Je hebt niet gezien wat ik je heb gestuurd?'
'Wat heb je me gestuurd?'
'Een foto van onze ontvoerder,' zei ze.

49

De gemeente Pine Ridge, New Hampshire, (twaalfhonderdzestig inwoners) had een politiekorps dat bestond uit twee fulltime agenten, twee parttime agenten en één commandant.

Walter Nowitzki was al twaalf jaar politiecommandant van Pine Ridge. Daarvoor was hij politieagent in Concord geweest. Hij had de baan van commandant aangegrepen toen hij de kans kreeg. Delia en hij wilden naar een klein plaatsje verhuizen, en hij wilde meer tijd hebben om te jagen. Er gebeurde niet veel in Pine Ridge, en buiten het jachtseizoen nog minder.

Jason Kent, de nieuweling, kwam aarzelend zijn kamer in. Zijn wangen en flaporen waren rood, zoals altijd wanneer hij nerveus was.

'Commandant?' zei Jason.

'Sam Dupuis belt steeds,' zei commandant Nowitzki. 'Er zit hem iets niet lekker aan de boerderij van Alderson.'

'Wat is er aan de hand? Er woont daar niemand.'

Nowitzki schudde zijn hoofd. 'Hij zei dat zijn hond was weggelopen. Ik begreep het niet helemaal. Maar nu zegt hij dat ze daar volgens hem zonder vergunning aan het bouwen zijn en misschien nog allerlei andere dingen doen.'

'Wil je dat ik erheen rijd om met Dupuis te gaan praten?'

'Wil je gewoon naar de boerderij van Alderson gaan? Je gaat erheen en stelt je voor, en dan kijk je wat er aan de hand is.'

'Ik wist niet eens dat er nog Aldersons hier in de buurt kwamen. Ik dacht dat de oude man voorgoed vertrokken was.'

'Sam zegt dat er een beheerder of zoiets is, iemand die voor de familie werkt.'

'Oké.' Jason stond op en was de deur al uit toen commandant Nowitzki zei: 'Maar blijf je wel beleefd? Je moet niemand op stang jagen.'

50

Ik klikte op Diana's mailtje en wachtte ongeduldig tot het attachment was geopend.

Een foto van een man, troebel en met weinig contrast. Ik kon de achterkant van zijn hoofd en schouders nauwelijks onderscheiden. De foto zag eruit alsof hij 's avonds of 's nachts gemaakt was. Zou het misschien een bewakingsbeeld zijn?

Waarom was Diana er zo zeker van dat dit de ontvoerder was?

Ik keek nog eens wat beter, al was dat op het scherm van de BlackBerry niet gemakkelijk. Ik zag iets wat de hoofdsteun van een auto zou kunnen zijn. De foto was vanaf de achterbank gemaakt.

De schouders van de man kwamen een eind boven de hoofdsteun uit. Hij was groot. Zijn hoofd was blijkbaar gladgeschoren. Maar er zat iets donkers over een groot deel van zijn hoofd en nek: een overhemd met opstaande boord? Nee, misschien was het alleen maar een donkere vlek, een foutje van de foto. Toen ik wat beter keek, leek het wel of zijn hele achterhoofd en nek bedekt waren met een afschuwelijke moedervlek.

Toen ik ernaar bleef kijken, besefte ik dat het helemaal geen moedervlek was. Het was een figuur, een illustratie. Het leek op een tatoeage, maar niemand nam toch een tatoeage op zijn hoofdhuid?

Mis.

Het was een tatoeage van de kop van een grote vogel, misschien een roofvogel of een gier. Een zwarte of donkerblauwe lijntekening, erg gedetailleerd, maar primitief uitgevoerd. Gestileerde veren, een scherpe snavel, rechtopstaande oren. Een uil misschien, met grote, felle ogen. Grote lege kringen met veel kleinere kringen in het midden: de irissen.

Ze keken je aan. Ze keken naar degene die de foto had gemaakt.

Die man heeft ogen in zijn achterhoofd.

Toen Mauricio Perreira dat tegen me had gezegd, had ik er geen aandacht aan geschonken. Het was een zegswijze in een lange, wanhopige tirade van een doodsbange man geweest – niets meer dan dat. Ik veronderstelde dat hij bedoelde dat de man alles zag en hoorde, overal bronnen had: ik kan je zijn naam niet noemen, want ik ben bang voor hem.

Hij was inderdaad bang. Maar het was geen zegswijze. Hij bedoelde het bijna letterlijk. Er zaten ogen op het achterhoofd van de man.

Diana nam meteen op.

'Wie heeft die foto gemaakt?' vroeg ik.

'Alexandra Marcus. Dit zat in haar iPhone. De foto is gemaakt in de nacht dat ze verdween.'

'Wanneer is hij gemaakt?'

'Om 2.36 uur in die nacht. Blijkbaar zijn alle iPhone-foto's gecodeerd met metadata die je de datum en de tijd geven. Ze hebben ook iets wat een "geotag" wordt genoemd. Dat geeft je de gps-coördinaten van de telefoon op het moment dat de foto is gemaakt.'

'Leominster?'

'Aan de hoofdweg, ongeveer een kilometer voor de plaats waar je het telefoontje hebt gevonden.'

'Dat is een uil.'

'Ja. Ik wist niet of je het op je BlackBerry zou kunnen zien. Als je de foto vergroot, zie je dat de tatoeage zijn hoofd en nek en waarschijnlijk ook een groot deel van zijn rug bedekt.'

'Je hebt vast wel al op NCIC gezocht,' zei ik.

'Ja. In hun database zijn ook littekens, tatoeages en andere kenmerken opgeslagen. Geen hit.'

'Heb je de foto naar het Gang Intelligence Center gestuurd?'

'Ja, maar dat leverde ook niets op.'

'Is er geen centrale database van criminele tatoeages?'

'Die zou er moeten zijn, maar hij is er niet.'

Ik dacht even na. 'Heb je ooit de tatoeages van de Latin Kings gezien?' De Latin Kings waren de grootste straatbende van latino's in het land.

'Hebben die niet een vijfpuntige kroon of zo?'

'Onder andere. Er is ook een tatoeage van een leeuw die een kroon draagt. Scherpe tanden, grote ogen. Sommige bendeleden laten hem op hun rug tatoeëren. Het is een kolossale afbeelding.'

'Denk je dat hij lid is van een latinobende?'

'Nou, wel van een of andere bende.'

'Ja, misschien,' zei ik sceptisch. 'Je zou toch denken dat iemand met een uil op zijn hoofd en nek in het geheugen van mensen blijft zitten. Zoiets vergeet je niet gauw.'

'Het is niet slim. Ze zeggen dat uilen slim zijn.'

'De gemiddelde stadsduif is tien keer intelligenter dan de slimste uil. Het is niet een kwestie van slimheid. Het gaat erom dat je mensen bang maakt. In sommige culturen is de uil een symbool van de dood,' zei ik. 'Een slecht voorteken. Een voorspelling van de dood.'

'Waar? Welke landen?'

Ik dacht even na. 'Mexico. Japan. Roemenië, geloof ik. Misschien Rusland. Ooit een uil zien jagen?' zei ik.

'Vreemd genoeg nog nooit.'

'Hij beweegt zijn kop heen en weer en op en neer. Hij kijkt en luistert en bepaalt op die manier de locatie van zijn prooi. Je kunt geen betere, genadelozere moordenaar vinden.'

51

'Hallo, meneer Heller,' zei Jillian Alperin toen ik het kantoor binnenkwam. 'Dorothy is op zoek naar u.'

'Je mag me Nick noemen,' zei ik misschien wel de twintigste keer sinds ze voor me was komen werken.

'Dank u, meneer Heller, maar dat vind ik niet prettig.'

'Goed,' zei ik. 'Noem me dan maar gewoon El Jefe.'

'Pardon?'

Ik zag de vlindertatoeage op haar rechterschouder. Ze droeg een ragfijn tanktopje dat een paar centimeter van haar middenrif vrijliet. In haar navel zat een piercing. 'Wat betekent dat, die vlinder?' vroeg ik.

'Het is een symbool van vrijheid en metamorfose. Ik heb hem genomen toen ik ophield met lichamen eten.'

'Was je vroeger kannibaal? Dat heb ik niet in je sollicitatiebrief zien staan.'

'Wat? Ik bedoel dat ik vroeger vlees at. Ik heb een tatoeage met “vlees is moord” op de onderkant van mijn rug staan. Wilt u hem zien?’ Ze stond op en draaide zich om.

Dorothy’s stem galmde door de kamer toen ze dichterbij kwam. ‘Jillian, je mag in je eigen tijd laten zien dat je tot de getatoeëerde klasse behoort. En verder moeten jij en ik eens praten over passende kleding op kantoor.’

‘Je zei dat ik geen hoge hakken hoefde te dragen.’

Dorothy schudde haar hoofd. ‘Ik heb die foto van je ontvangen,’ zei ze tegen mij. ‘Ik heb tatoeages gegoogeld, maar toe nu toe heb ik niets gevonden.’

‘Mijn broer werkte vroeger in een tatoeagezaak in Saugus,’ zei Jillian.

‘Als jij nu eens de tonercartridge ging vervangen, zoals ik je heb gevraagd,’ zei Dorothy.

In mijn kamer zei ik: ‘Vertel me nog eens waarom je Jillian in dienst hebt genomen.’

‘Ze is een erg, erg intelligente jonge vrouw.’

‘Dat is mij ontgaan.’

‘Ik geef toe dat ze wat meer tijd nodig heeft om het administratieve werk te leren dan ik had gedacht...’

‘Hebben we haar niet juist voor het administratieve werk aangenomen?’

‘Geef haar een kans,’ zei ze streng tegen me. ‘Anders mag jij haar opvolgster aannemen. Kunnen we nu verdergaan? Ik heb spyware op ons netwerk gevonden.’

‘Wat voor spyware?’

‘Nou, een *molar* virus. Het heeft zich in ons intranet gegraven, een code geïnjecteerd en een backdoor opengezet. Het zoekt nu al een paar dagen naar beschermde bestanden en stuurt ze weg.’

‘Dus zo zijn ze aan de codes van mijn beveiligingssysteem gekomen,’ zei ik. ‘Waar stuurt het die gegevens naartoe?’

Ze schudde haar hoofd. ‘Er zitten zoveel proxyservers tussen dat het zo goed als onmogelijk is om het na te gaan. Maar ik heb het verwijderd. Het moet nu weg zijn.’

'Hoe is het in ons systeem gekomen?'
'Daar werk ik nog aan. Ik...'
Mijn intercom zoemde, en Jillian zei: 'U hebt bezoek.'
Ik keek Dorothy aan, die haar schouders ophaalde. 'Wie?' vroeg ik.
'Belinda Marcus,' zei Jillian.

52

'Ik maak me grote zorgen om Marcus,' zei Belinda. 'Ik denk dat hij een hartaanval krijgt.' Ze droeg een lichtbruin linnen topje met een laag uitgesneden ronde kraag en lovertjes om de halslijn heen. Die wijde kraag zakte onderuit voor haar borst. Ze stak haar dunne armen uit en omhelsde me. Haar parfum rook naar luchtverfrisser.
'Wat erg, Belinda. Hadden we een afspraak?'
Ze ging zitten en sloeg haar benen over elkaar. 'Nee, Nick, maar we moeten praten.'
'Een ogenblik.' Ik draaide met mijn stoel en typte een berichtje voor Dorothy:
Z.S.M. INFO OVER BELINDA MARCUS.
HOE GAUW? antwoordde ze een paar seconden later.
ONMIDDELLIJK. ALLES WAT JE KUNT VINDEN.
'Ik sta tot je beschikking,' zei ik. 'Wil je een coke?'
'De enige frisdrank die ik drink, is Pepsi light, maar ik heb de cafeïne niet nodig. Nick, ik had je eerst moeten bellen, maar Marshall moest naar kantoor en ik kon een lift van hem krijgen. Ik zei tegen hem dat ik met een vriendin ging koffiedrinken in de Back Bay.'
'Waarom moest hij naar kantoor?'
Ze schudde haar hoofd. 'Het heeft vast met Alexa te maken. Dat moet wel. Nick, al sinds deze hele nachtmerrie begon, wil ik onder vier ogen, zonder Marshall, met je praten.'

Ik knikte.

'Ik heb het gevoel dat ik Marshall bedrieg, en waarschijnlijk zou hij me vermoorden als hij wist dat ik je dit vertel. Maar ik... ik ben gewoon aan het eind van mijn Latijn, en íémand moet iets zeggen. Ik weet dat Marshall een goede oude vriend van je is, en dat je mij amper kent, dat begrijp ik wel, maar kun je me alsjeblíéft beloven dat Marshall nooit te horen krijgt wat wij met elkaar hebben besproken?' Ze beet op haar onderlip en wachtte met ingehouden adem op mijn antwoord.

Ik zweeg even en zei toen: 'Oké.'

Ze slaakte een zucht. 'Dank je, dank je, dank je. Nick, je moet weten dat Marshall... Hij staat onder grote druk. Hij wil alleen maar zijn dierbare dochter terug hebben, maar ze... ze staan niet toe dat hij hun geeft wat ze willen hebben, en daar gaat hij aan kapot.'

'Wie zijn "ze"?'

Ze keek me gespannen aan. 'David Schechter.'

'Hoe weet je dat? Bespreekt hij het met jou?'

'Nooit. Ik... ik hoorde ze ruziemaken. Ik hoorde Marshall tegen hem smeken. Het zou je hart breken.'

'Dan weet je dus wat Mercury is.'

Ze schudde heftig haar hoofd. 'Nee, ik weet het echt niet. Het is een of ander bestand, maar ik weet niet waar het over gaat. Het kan me niet schelen of het de oplossing van het cryptogram in *The New York Times* van aanstaande zondag is, of de codes van de Amerikaanse kernraketten. We moeten het aan ze geven. We moeten dat meisje vrij krijgen.'

'Waarom vertel je me dit?'

Ze keek naar haar nagels. Zo te zien had ze net een manicure gehad. De kleur paste bij haar blouse. 'Marshall zit diep in de problemen, en ik weet niet tot wie ik me moet wenden.'

Ik keek naar mijn computerscherm. Daarop was een bericht van Dorothy verschenen. Een paar regels tekst.

'Hij zal je vast wel vertrouwen,' zei ik. 'Jullie zijn nu al, eh, drie jaar getrouwd, nietwaar?'

Ze knikte.

'Je was stewardess toen je Marshall leerde kennen?'

Ze knikte en glimlachte. Haar glimlach was verlegen en gegeneerd en tegelijk vergenoegd. 'Hij heeft me gered,' zei ze. 'Ik heb altijd een hekel aan vliegen gehad.'

'Beluister ik niet een accent uit Georgia?'

'Heel goed,' zei ze. 'Een plaatsje dat Barnesville heet.'

'Meen je dat nou? Barnesville in Georgia? Ik ben gek op Barnesville!'

'Ben je daar geweest? Echt waar?'

'Ik had iets met een meisje uit Barnesville. Ik ging daar vaak heen om haar ouders en haar broers en zussen op te zoeken.'

Belinda keek niet erg geïnteresseerd. 'Hoe heet ze? Iedereen kent daar iedereen.'

'Purcell. Cindy Purcell?'

Belinda schudde haar hoofd. 'Ze zal wel veel jonger zijn dan ik.'

'Maar je hebt vast wel in het restaurant van haar ouders gegeten. Brownie, heet het.'

'O, dat wel. Maar Nick...'

'Ik heb nooit meer zoiets gegeten als hun *low country boil*.'

'Die heb ik nooit gehad, maar hij zal vast wel goed zijn. De zuidelijke keuken is het best, nietwaar? Ik mis dat zo.'

'Nou,' zei ik, terwijl ik opstond. 'Ik ben blij dat je bent gekomen. Het was vast niet gemakkelijk, maar het heeft me ongetwijfeld geholpen.'

Ze bleef zitten. 'Ik weet wat mensen over me zeggen. Ik weet dat sommige mensen me een goudzoeker noemen, omdat ik toevallig met een rijke man getrouwd ben. Maar ik ben niet om zijn geld met Marshall getrouwd. Ik wil alleen wat het beste is voor hem. En ik wil dat meisje terug, Nick. Tot elke prijs.'

Toen ze weg was, liet ik Dorothy bij me komen.

'Heb jij ooit iemand uit Georgia ontmoet die liever Pepsi dan Coca-Cola dronk?' vroeg ik.

'Zulke mensen bestaan vast wel. Maar nee, ik heb ze nooit ontmoet. En ik heb ook nooit iemand uit Georgia gekend die het woord "frisdrank" gebruikt. Voor hen is het altijd "coke". Je hebt niet echt iets gehad met een vrouw uit Barnesville, hè?'

'Nee. En Brownie bestaat niet.'

'Dat van die low country boil was een goeie, Nick. Als je die nooit hebt gehad, kom je niet uit Georgia. Hoe kwam je eigenlijk op het idee dat ze daar niet vandaan komt?'

'Haar accent klopt niet helemaal. Ze laat vaak de "r" weg, en mensen uit Georgia doen dat niet op die manier.'

'Daar zit wat in. Ze komt dus niet uit Georgia?'

'Ik geloof niet eens dat ze uit het zuiden komt.'

'Waarom doet ze dan alsof?'

'Dat wil ik uitzoeken. Kun je een beetje spitten...'

'Ik ben al begonnen,' zei Dorothy. 'Zodra ze het woord "Pepsi" zei.'

53

In tegenstelling tot Belinda Marcus had Francine Heller nooit de vrouw van een rijke man willen zijn.

Mijn moeder had op dezelfde middelbare school in een klein stadje in de staat New York gezeten als mijn vader. Ze was een schoonheid met klasse. Op haar oude foto's leek ze net Grace Kelly. Terwijl mijn vader, om het maar eens voorzichtig uit te drukken, geen Gregory Peck was.

Vanaf het moment dat Victor Heller haar zag, zette hij alles op alles om haar te veroveren. Mijn vader was een aanpakker, een charmeur, een vleier. Hij was een natuurkracht. Als hij iets wilde, kreeg hij het altijd.

Uiteindelijk kreeg hij Francine natuurlijk ook, en daarna hield hij haar tientallen jaren in een gouden kooi.

Het was wel duidelijk wat hij in haar zag – die elegante glimlach en bijna vorstelijke persoonlijkheid, gecombineerd met een aanlokkelijke oprechtheid –, maar het was minder duidelijk wat zij in hem zag, afgezien van het feit dat hij haar met een enorme, onverbiddelijke ambitie wilde hebben. Misschien was dat alles wat ervoor nodig was om zo'n onzeker meisje te veroveren. Ze had het nodig dat iemand haar nodig had. Haar ouders waren gescheiden – haar moeder was naar Boston verhuisd, en de meisjes waren bij hun vader achtergebleven omdat ze niet naar een andere school wilden. Ze pendelden tussen hun ouders. Misschien verlangde ze naar stabiliteit.

In elk geval was geld geen factor van belang, en ik geloof niet dat ze ooit heeft begrepen waarom Victor er zo naar hunkerde. Haar vader, die op het openbaar ministerie van de staat New York werkte, was zo iemand die theezakjes opnieuw gebruikte om een paar centen uit te sparen.

Het was niet bepaald een fantastisch huwelijk. Het bleek een fulltimebaan te zijn met de Vorst der Duisternis van Wall Street getrouwd te zijn. Ze moest naar eindeloos veel gala's en cocktailparty's. Bij al dat soort liefdadigheidsgelegenheden verschenen de namen van de heer en mevrouw Heller in het gedrukte programma, en wel in de kortste lijst van de grootste donoren. Niet zomaar de 'Beschermers' of 'Sponsors' of godbetert de coupon knippende 'Vrienden'. Altijd de 'Weldoeners', de President's Circle, de Chairman's Council, de Century Society.

Terwijl ze eigenlijk alleen maar thuis wilde blijven bij haar twee kleine jongens: Roger en mij.

Mijn vader verdween toen ik dertien was, op de vlucht voor justitie, die hem met zevenendertig tenlasteleggingen van fraude op de hielen zat. Hij reisde door Europa en kwam ten slotte in Zwitserland terecht. Al zijn bezittingen waren geblokkeerd, en ons gezin, dat altijd in ongelooflijke luxe had geleefd, leidde nu een karig bestaan. Het verlies van de zekerheid, in combinatie met de vernedering, was traumatisch voor haar, en trouwens ook voor de rest van ons. Toch heb ik me altijd afgevraagd of ze in zekere zin niet opgelucht was.

Opgelucht omdat ze uit de gouden zeepbel was ontsnapt. Opgelucht omdat ze niet meer als gezaghebbende gastvrouw hoefde op te treden. Opgelucht omdat ze verlost was van zijn vernietigende, verstikkende narcisme.

Ze had werk gevonden als secretaresse van Marshall Marcus, en dat was de redding geweest voor haar en ons allemaal. Het had vernederend kunnen zijn – de ene dag is de man een gast aan je dinertafel, de volgende dag houd je zijn agenda bij –, maar Marshall zorgde ervoor dat het niet zo aanvoelde. Hij gaf haar ook niet het gevoel dat het liefdadigheid was, al was het dat eigenlijk wel. In plaats daarvan, vertelde ze me eens, gaf hij haar het gevoel dat hij een familiebedrijf leidde, en zij was familie.

Uiteindelijk ging ze bij hem weg en nam ze een baan als onderwijzeres op een lagere school. Inmiddels was ze met pensioen, maar ze werkte nog als vrijwilligster in de schoolbibliotheek. Verder ontfermde ze zich ook over de oude dames in haar wooncomplex. Heb je een lift nodig naar je afspraak bij de oogarts? Bel Frankie. Begrijp je de kleine lettertjes van de bijsluiter van je medicijn niet? Vraag het Frankie. Ze wist alles of wist hoe ze erachter kon komen. Ik weet niet waarom ze deed alsof ze met pensioen was, want ze had het drukker dan menige assistent-arts.

En vanaf het moment dat ze uit de gouden kooi was bevrijd, zei ze wat ze op haar hart had. Ze liet zich door niemand overdonderen. Mijn lieve, bescheiden moeder had zich ontwikkeld tot een openhartige, pittige oudere vrouw.

Het was geweldig.

Ze woonde in een benedenwoning in een complex voor gepensioneerden in Newton, met uitzicht op het Reservoir. Alle huizen daar waren gelijk en stonden tussen kronkelende paden en zorgvuldig ontworpen tuinen. Ik kon die huizen nooit uit elkaar houden; ik verdwaalde steeds weer. Het was net The Village in die oude tv-serie *The Prisoner*, maar dan met bingo.

Toen ik op de zoemer had gedrukt, vloog de deur bijna meteen open. Mijn moeder droeg een turkooizen broek en een wit topje onder een golvende, gebreide kaftan in alle kleuren van de regenboog en een halssnoer van grote, jadekleurige glazen kralen. Een klein beetje make-up, maar ze had nooit veel nodig. Nu ze in de zestig was, was ze een prachtige vrouw met saffierblauwe ogen, donkere wimpers en een melkwitte teint, die ze eigenlijk niet had moeten hebben, als je bedacht hoeveel ze rookte. Toen mijn vader haar leerde kennen, moet ze een spetter zijn geweest.

Zoals altijd had ze een sigaret tussen haar vingers. Er hing een krans van rook om haar heen. Al voordat ze de kans had gekregen me gedag te zeggen, lanceerde een groot donker projectiel zich achter haar als een kruisraket. Het kwam recht op me af.

Ik probeerde opzij te stappen, maar haar hond had zich op me gestort. Het dier ontblootte zijn glanzende tanden en grauwde en blafte in wilde razernij. De scherpe nagels krabden door mijn pullover over mijn borst en armen. Ik probeerde het beest omlaag te drukken, maar het was veel te gespierd en lenig, en mijn pogingen maakten de hellehond alleen maar woedender.

'Liggen, Lilly,' zei mijn moeder op zakelijke toon. Haar stem was lager en heser geworden door tientallen jaren van roken. Het beest liet zich prompt op de betegelde vloer van de hal vallen en legde zijn kop gehoorzaam op zijn poten. Toch bleef het me dreigend en zacht grommend aankijken.

'Ik ben blij dat ze jou gehoorzaamt,' zei ik. 'Ik geloof dat ik al bijna een oor had verloren.'

'Nee, ze is een lieverd, nietwaar, Lilly-willie? Kom hier.' Ze stak één arm uit om me te omhelzen. De andere hand hield ze naar achteren om me tegen de sigaret te beschermen die ze tussen twee lange gekromde vingers hield, alsof ze voor Bette Davis speelde.

Toen ik binnenkwam, stond het beest op om ons te volgen. De nagels van de hond krasten over de houten vloer. Lilly bleef zo dichtbij dat ze steeds tegen mijn benen stootte. Het leek wel of ze dat met opzet deed, bij wijze van waarschuwing: elk moment kon ze me naar de keel vliegen. Ze wachtte alleen maar tot haar bazin even de kamer uit ging.

'Is Gabe er ook?' vroeg ik.

'Die zit in zijn kamer een computerspel te spelen waarin je soldaat bent en veel mensen doodmaakt. Met veel bommen en explosies. Ik heb tegen hem gezegd dat hij zijn koptelefoon moest opzetten. Het lawaai werkte op mijn gemoed.'

Dat was maar goed ook. Ik wilde niet dat hij hoorde wat ik te zeggen had. 'Wil je echt dat Gabe al die tweedehands rook inademt?' vroeg ik.

Ze keek me met half dichtgeknepen ogen aan, terwijl een rookpluim zich om ons heen slingerde. 'Heb je ooit dat spel gezien, *Call of Duty: Modern Warfare*? Ik denk dat sigarettenrook lang niet zijn grootste probleem is.'

'Daar zit wat in.' Ik ging nooit met mijn moeder in discussie.

'Zeg, jongen, ik weet dat je het vreselijk druk hebt, maar zou je niet een beetje tijd kunnen vinden om hem te leren autorijden?'

'Wil hij autorijden?'

'O, hij heeft net zijn leerlingvergunning, en ik denk dat hij wil leren rijden.'

'Hij kan toch naar een rijschool gaan?'

Ze keek me kwaad aan. 'In godsnaam, Nick, jij bent de enige vaderfiguur in het leven van die jongen. Je bent zijn peetvader. Weet je nog hoe teleurgesteld je was omdat je vader verdwenen was en je het van mij moest leren?'

'Ik was niet teleurgesteld.'

'Hij wil echt niet dat ik het hem leer.'

'Je hebt helemaal gelijk. Ik zal het doen. Al vind ik het idee van Gabe op de snelweg...'

'En wat voor idiote ideeën heb je hem aangepraat – dat hij niet in Lilly's ogen moet kijken, want dat hij dan meteen dood neervalt?'

Ik haalde mijn schouders op. 'Betrapt. Je kunt het mij ook kwalijk nemen dat hij op de vegetarische toer is gegaan. Dat heeft hij overgenomen van mijn nieuwe kantoormeisje.' Ik glimlachte en schudde mijn hoofd. 'Ik denk dat hij indruk op haar probeert te maken.'

'Jongen, zolang hij maar eet, kan dat me echt niet schelen. Moet ik je herinneren aan dingen die jij hebt gedaan om indruk op meisjes te maken? Bijvoorbeeld dat je op je veertiende een sikje probeerde te kweken om Jennie Watson te laten denken dat je mannelijk was?'

Ik kreunde.

'Krijg je nog wel slaap?'

'Ik heb vorige nacht lang moeten doorwerken.'

Haar flat was erg Ikea: comfortabel, maar zonder stijl. Plexiglazen krukken in de 'keukenhoek' van het appartement. Een fauteuil met een kastanjebruin sitsen bloempatroon naast een bijpassende bank. Op het aanrecht lag een *Boston Globe*, opengevouwen bij het cryptogram. Er lag ook een *Modern Maturity* die eruitzag alsof ze hem echt had gelezen.

Ik liet me in de sitsen fauteuil zakken en zij ging aan het eind van de bank zitten. Ze drukte haar sigaret uit in een smetteloze stenen asbak.

'Nicky, over een paar minuten is het tijd voor mijn leesclubje. Kunnen we dit vlug doen?'

'Ik heb alleen een paar vragen. Wanneer heb je Alexa voor het laatst gesproken?'

Ze stak weer een sigaret aan met een goedkope Bic-aansteker en inhaleerde diep. 'Twee, drie dagen geleden. Gisteren belde Marshall om me te vragen of ze hier had geslapen. Stelt ze zich weer aan?'

Ik schudde mijn hoofd.

'Gabe zegt dat ze bij haar vriendin Taylor in Beacon Hill heeft geslapen – je weet toch wie haar vader is, Dick Armstrong, de senator? –, maar ik denk dat we wel weten wat dat betekent. Ze is een mooi meisje, en...'

'Zoiets is het niet.'

Ze keek op. 'Is ze weggelopen?'

'Nee.'

Ze keek me onderzoekend aan. 'Er is haar iets overkomen,' zei ze.

Ik aarzelde.

'Vertel me wat er met haar is gebeurd, Nick.'

Ik vertelde het.

54

Ik verwachtte dat ze van streek zou raken.

Maar ik had niet gedacht dat ze zo diep getroffen zou zijn.

Het leek wel of ze verschrompelde, of ze instortte zoals ik nog nooit had meegemaakt. Ze slaakte een vreselijke kreet en de tranen liepen uit haar ogen. Ik omhelsde haar, en het duurde minuten voor ze weer een woord kon uitbrengen.

'Ik weet dat je om haar geeft...'

'Dat ik om haar gééf? O, jongen, ik ben dol op dat meisje.' Haar stem beefde.

'Dat weet ik.'

Ze kon een tijdje niet praten. Toen zei ze: 'Hoeveel vragen ze?'

'Ze hebben haar blijkbaar een script gegeven. Ze zei dat ze iets willen dat Mercury heet. Marshall zegt dat hij niet weet wat dat is.'

'Mercury?'

'Jij hebt jarenlang voor hem gewerkt. Je moet die naam wel eens zijn tegengekomen in een bestand of brief of zoiets.'

'Mijn geheugen is gelukkig nog scherp. Die naam komt me niet bekend voor. Maar als Marshall ook maar enigszins wist wat Mercury is, zou hij het meteen aan hen geven. Hij zou zijn hele fortuin opgeven om zijn dochter terug te krijgen.'

'Als hij nog een fortuin had.'

'Ik heb daar nooit iets over gehoord. Hij heeft nooit iets over zijn moeilijkheden gezegd. Maar hij en ik praten niet veel meer. Hoeveel mensen weten dat hij... eh?'

'... dat hij geruïneerd is? Tot nu toe heeft hij het goed geheim kunnen houden, maar het kan nu elk moment bekend raken. Neemt hij jou niet in vertrouwen?'

'Niet sinds Belinda bij hem is.'

'Dat is nogal een verandering.'

'Jongen, Marshall overlegde zelfs met mij voordat hij naar de wc ging. Dat is het verschil tussen hem en je vader. Een van de vele verschillen. Marshall stelde echt prijs op mijn oordeel.' Het was pijnlijk om dat te horen, maar mijn moeder was altijd al allergisch voor zelfbeklag geweest en zei het op luchtige toon.

'Denk je dat Belinda hem opzettelijk bij jou vandaan houdt?'

Ze inhaleerde diep. Het rode puntje van haar sigaret lichtte op en knetterde en siste. 'Ze hebben me twee keer te eten gehad, en ze omhelst me altijd en zegt met dat Georgia-accent van haar dat we écht een keer moeten gaan winkelen in Newbury Street, zij en ik, en dat we elkaar vaker moeten zien. Maar elke keer dat ik Marshall thuis bel, neemt Belinda op en zegt ze dat ze een boodschap doorgeeft, maar ik betwijfel of hij ooit iets hoort.'

'En e-mail?'

'Ze heeft zijn e-mailadres veranderd, en ik heb het nieuwe niet gekregen. Ze zegt dat hij veel voorzichtiger moet zijn, veel minder toegankelijk. En dus moet ik Belinda mailen, en dan antwoordt zij namens hem.'

'Nou, Alexa kan ook niet met haar opschieten.'

Ze schudde haar hoofd en blies de rook uit haar longen. 'O, die vrouw is puur vergif. Alexa klaagde altijd over haar, en ik drong er dan steeds op aan dat ze haar een kans moest geven, dat het niet gemakkelijk was om stiefmoeder te zijn. Totdat ik de vrouw ontmoette en het begreep. Ik denk dat Belinda haar stiefdochter echt haat. Ik heb nooit eerder zoiets meegemaakt.'

'Ze zegt dat ze gek is op Alexa.'

'Waar anderen bij zijn. Als ze met Alexa alleen is, houdt ze haar ware gevoelens niet verborgen.'

'Misschien is dat niet het enige wat ze verborgen houdt. Heb je tegen Marshall geklaagd dat je bij hem vandaan wordt gehouden?'

'Ja. In het begin. Hij haalde alleen maar zijn schouders op en zei dat hij had geleerd geen ruzie met haar te maken.'

'Vreemd.'

'Ik zie dit soort dingen vaak gebeuren met getrouwde mannen als ze oud worden. Hun vrouw neemt eerst de leiding van hun sociale leven en beheerst dan ook hun vriendschappen. De mannen doen afstand van alle verantwoordelijkheid, omdat ze het te druk hebben en net zo lief geen initiatieven nemen, en voor je er erg in hebt, zijn ze helemaal ondergeschikt aan hun vrouw. Zelfs rijke en machtige mannen, zoals Marshall... er vroeger een was. Ik denk dat hij buiten kantoor behalve met Belinda alleen met David Schechter praat.'

'Hoe lang is die al zijn advocaat?'

'Schecky? Hij is niet Marshalls advocaat.'

'Wat is hij dan?'

'Je weet dat maffiabazen altijd een adviseur hebben?'

'Een consigliere?'

'Ja. Schecky is Marshalls consigliere.'

'Waarover adviseert hij hem?'

'Ik denk dat Marshall gewoon vertrouwen in zijn oordeel heeft.'

'Heb jij dat ook?'

'Ik ken hem niet, maar Marshall heeft me eens verteld dat Schecky de uitgebreidste dossiers heeft die hij ooit heeft gezien. Het deed hem denken aan J. Edgar Hoover, de vroegere directeur van de FBI.'

'Waarom had Marshall jou eigenlijk in dienst genomen?'

Ze glimlachte. 'Je bedoelt: waarom nam hij een vrouw zonder specifieke vaardigheden aan als secretaresse?'

'Dat bedoelde ik niet.'

'Ja, dat bedoel je wel,' zei ze vriendelijk. 'Je wilt me niet kwetsen. Dat is goed.' Ze glimlachte. 'Marshall is een goede man. Een goed mens. Hij zag wat er met ons was gebeurd nadat je vader was weggegaan. Dat de overheid alles in beslag nam. Dacht hij misschien: als ik de kans had gekregen, zou ik geen haar beter zijn geweest? Waarschijnlijk wel.'

'Je zei altijd dat hij een vriend van pa was en dat hij daarom wilde helpen.'

'Dat klopt.'

'Maar hij kende jou niet?'

'Niet echt. Hij kende je vader veel beter. Maar zo is Marshall nu eenmaal. Ik ken niemand die zo edelmoedig en zo goed voor anderen is als hij. Hij vindt het gewoon geweldig om mensen te helpen. En in die tijd had ik dringend behoefte aan hulp. Ik was een moeder met twee tienerzoons, geen huis en geen geld. We hadden dat huis in Bedford verloren en woonden in bij moeder in Malden. Ik had geen inkomen en ook geen vooruitzichten op een inkomen. Stel je eens voor hoe ik me voelde.'

Vergeleken met andere menselijke ellende had het bijna niets te betekenen, wist ik, maar tegelijk kon ik me echt niet voorstellen hoe het geweest moest zijn voor Francine Heller, die opeens uit haar cocon van immense rijkdom was gerukt en naakt en huiverend in de kou stond, ontredderd en kwetsbaar, zonder te weten tot wie ze zich kon wenden.

'Dat kan ik niet,' gaf ik toe. 'Maar je was een held. Dat weet ik wel.'

Ze nam mijn hand in haar kleine, zachte, warme hand. 'O nee, daar heb je echt geen idee van. Maar je moet begrijpen hoeveel het voor me betekende dat die man zich over me ontfermde, een man die ik nauwelijks kende. Hij bood me niet alleen een inkomen aan, een manier om eten op tafel te houden, maar zelfs een echte baan. Ik kon iets nuttigs doen.'

Ze keek zo ongemakkelijk dat ik er liever niet over was begonnen. Ze verschoof op de bank, blies een rookwolk uit en doofde haar sigaret, waarbij ze haar gezicht afgewend hield.

'Je hebt vast wel het gerucht gehoord dat Marshall in het geheim met de beursautoriteiten meewerkte toen ze bewijzen tegen pa verzamelden. Dat hij in feite heeft geholpen pa beschuldigd te krijgen.' Als dat waar was, zou Marcus maar één heel simpele reden hebben gehad om mijn moeder in dienst te nemen: schuldgevoel.

'Nooit. Dat zou Marshall nooit doen.'

'Nou, jij kent hem beter dan wie ook.'

'Vroeger wel. Nu wil ik jóú iets vragen.'

'Ga je gang.'

'Denk je dat die ontvoerders haar vrijlaten als ze krijgen wat ze willen?' Ze vroeg dat met zo'n wanhopige, gesmoorde stem dat ik niets anders kon doen dan haar valselijk de verzekering geven die zij, net als Marcus, zo graag wilde horen.

'Ja.'

'Waarom zeg je dat?'

'Waarom? Omdat het typische patroon bij een ontvoering om losgeld...'

'Dat vraag ik niet. Ik bedoel: waarom denk je dat ik de waarheid niet aankan? Ik merk het als je me de waarheid niet vertelt, Nick. Ik ben je moeder.'

Ik had altijd gedacht dat ik mijn talent om de gedachten van mensen te lezen van haar had geërfd. Ze was net als ik een *Menschenkenner*, zoals Sigmund Freud het noemde. Iemand die de persoonlijkheid van een ander goed kon beoordelen. Maar het ging nog verder. Zij en ik hadden allebei het ongewone talent dat we gezichten en de uitdrukkingen daarop konden lezen en konden aanvoelen of mensen ons de waarheid vertelden. Het was beslist niet onfeilbaar, en je kon ons ook geen menselijke leugendetectors noemen. Het is alleen maar een aangeboren talent, zoals sommige mensen geboren schilders zijn, of verhalen kunnen vertellen, of perfect een bal kunnen gooien. Wij waren goed in het bespeuren van leugens. Zij het niet perfect.

'Nee,' zei ik. 'Ik denk niet dat ze haar vrijlaten.'

55

Ze huilde weer, en ik had meteen spijt van mijn openhartigheid.

'Ik zal alles doen wat ik kan om haar veilig terug te krijgen,' zei ik. 'Dat beloof ik je.'

Ze nam mijn rechterhand in haar beide handen. Haar hand was knokig, maar zacht. Ze boog dicht naar me toe en keek me smekend aan. 'Haal haar terug, Nick. Alsjeblieft? Wil je haar alsjeblieft terughalen?'

'Ik kan alleen maar beloven dat ik mijn best zal doen.'

'Meer vraag ik niet,' zei ze, en ze gaf weer een kneepje in mijn hand.

Toen ik opstond, gromde de hellehond naar me zonder zelfs maar in beweging te komen. Alsof het beest me eraan wilde herinneren dat het me te grazen zou nemen als ik zijn bazin teleurstelde.

Op weg naar buiten ging ik even naar Gabes kamer. Daar lagen overal hoge stapels van zijn favoriete grafische romans, waaronder veel deeltjes van *Watchmen*, de verzamelde stripverhalen van Will Eisner en *Joker* van Brian Azzarello.

Het was opvallend dat er in zijn tijdelijke onderkomen al helemaal dezelfde aparte lucht hing als in zijn kamer thuis in Washington. Het rook naar een apenhuis: die tienerlucht van zweet, vuil wasgoed en wie weet wat nog meer.

Hij had zijn koptelefoon op en zat op zijn bed in zijn schetsboek te tekenen. Hij droeg een rood T-shirt, dus bij wijze van hoge uitzondering iets anders dan zijn gebruikelijke zwarte 'emo'-tenue. Het shirt had op de voorkant een tekening van een gestileerde computer die explodeerde, met daaroverheen in stripletters het woord KABLAAM!. Ik nam een stoel naast zijn bureau, dat nietig leek onder de gigantische monitor – waarschijnlijk een cadeau van mijn moeder – en een Xbox 360 videospelcomputer met draadloze afstandsbediening. Toen hij merkte dat het bed bewoog, zette hij zijn koptelefoon af. Ik hoorde een harde, steeds herhaalde riff van een elektrische gitaar, met een krijsende stem.

'Mooi,' zei ik. 'Waar luister je naar?'

'Een oude band, Rage Against the Machine. Ze waren hartstikke goed. Het ging over het culturele imperialisme van het Westen en de misdaden van het Amerikaanse bedrijfsleven.'

'Huh. Klinkt leuk. Laat me eens raden: heeft Jillian je erop attent gemaakt?'

Hij keek ontwijkend. 'Ja.'

'Welk nummer is dit?'

'"Killing in the Name", ik denk niet dat jij het mooi zou vinden.'

'Nee?'

'Je zou het niet begrijpen.'

'Is dat het nummer waarin ze twintig keer *fuck* zeggen in, eh, vijf regels tekst?'

Hij keek me verrast aan.

'Je hebt gelijk,' zei ik. 'Dat is niets voor mij.'

'Zie je wel?'

'Ik ben geen grote fan van drop D tuning. Vraag maar eens hoe je oma erover denkt.'

'Nana is veel cooler dan jij denkt.'

'Ik ken haar langer dan jij,' plaagde ik.

'Nick, ik... Ik hoorde wat je tegen haar zei.'

'Je had niet moeten luisteren,' las ik hem de les. Alsof dat nu nog enig verschil kon maken.

'Ze schrééuwde, oom Nick. Ik hoorde haar door mijn koptelefoon heen. Moet ik dan doen of ik niks hoor? Waarom heb je haar aan het huilen gemaakt?'

Ik betwijfelde of hij echt iets door die muziek heen kon horen. Hij had ons afgeluisterd; zo simpel lag het.

'Oké,' zei ik. 'Luister.'

'Waar is Alexa?'

'Dat weten we nog niet.'

'Maar ze is ontvoerd?'

Ik knikte. 'Luister, Gabe. Je neemt een bijzondere positie in. Je moet sterk zijn. Oké? Dit wordt erg moeilijk voor je oma.'

Hij knikte ernstig en perste zijn lippen op elkaar. Zijn extra grote adamsappel ging op en neer. 'O ja? En ik dan?'

'Het is moeilijk voor ons allemaal.'

'Wie zitten erachter?'

'Dat weten we nog niet precies.'

'Weet je dat ze ooit een paar uur ontvoerd is geweest?'

Ik knikte.

'Denk je dat het dezelfde mensen zijn?'

'Dat weet ik niet, Gabe. We hebben het nog maar net ontdekt, een paar uur geleden. We weten nog steeds niets. We hebben videobeelden gezien waarop ze praat, maar dat is tot nu toe zo ongeveer alles wat we hebben.'

'Je weet niet waar ze is?'

'Nog niet. Daar werk ik aan.'

'Mag ik de videobeelden zien?'

'Nee.'

'Waarom niet?'

Ik gaf hem het antwoord dat tieners al sinds het begin der tijden tot woede heeft gebracht: 'Daarom niet.'

Hij reageerde precies zoals je zou verwachten: hij perste zijn lippen op elkaar en keek me fel aan.

'Hé, als dit achter de rug is, leer ik je autorijden.'

Hij haalde zijn schouders op. 'Mij best,' zei hij somber. Maar ik kon zien dat hij zijn best deed om niets van zijn blijdschap te laten blijken.

Mijn telefoon ging. Ik keek ernaar: Dorothy.

Ik nam op. 'Hé, wacht even.'

'Wie is dat?' zei Gabe. 'Gaat het over Alexa?'

'Ja,' zei ik. 'Ik denk van wel.'

Ik sloeg nog even mijn arm om hem heen en liep toen naar buiten, naar mijn auto. 'Wat heb je?' vroeg ik.

'Ik heb met Delta Airlines gepraat. Belinda heeft nooit voor hen gewerkt.'

Ik bleef midden op het parkeerterrein staan. 'Waarom zou ze daarover liegen?'

'Omdat Marshall Marcus nooit met haar getrouwd zou zijn als hij haar echte arbeidsverleden kende.'

'En dat is?'

Ze zweeg even. 'Ze was callgirl.'

56

'Hoe komt het toch dat ik niet verrast ben?' zei ik.

'Ik heb haar sofinummer nagetrokken. Blijkbaar had ze actrice willen worden. Ze zat een tijdje op een toneelschool in Lincoln Park, maar hield daarmee op. Ze werkte als escort...' Ze maakte met haar vingers overdreven aanhalingstekens in de lucht. '... bij VIP Exxxecutive Service in Trenton. Er zitten drie x'en in Exxxecutive.'

'Laat me raden. Een dure escortservice.'

'Zijn er ook andere?'

'Nou, ze heeft goed geboerd. Een rijke man aan de haak geslagen.'

'Ze komt niet uit het zuiden, hè?'

'Nee, uit Southern New Jersey. Woodbine.'

Mijn BlackBerry liet twee piepjes horen, het sms-geluid. Ik keek ernaar.

Een kort berichtje. Er stond alleen '15 minuten', met de exacte coördinaten van wat blijkbaar het parkeerterrein van een 7-Eleven op 1,17 kilometer afstand was.

Het bericht was verstuurd door '18E'. Geen naam, geen telefoonnummer.

Maar hij hoefde zijn naam niet te gebruiken. Een 18E is een van de specialistische categorieën in het Amerikaanse leger – een vakcode. Een 18E was een sergeant verbindingen bij de Special Forces.

George Devlin was 18E geweest.

'Neem me niet kwalijk,' zei ik. 'Ik moet een oude vriend opzoeken.'

'Hoe wist je dat ik zo dichtbij was dat ik hier binnen een kwartier kon zijn?' vroeg ik. 'Wist je waar ik was?'

George Devlin ging niet op mijn vraag in, omdat het antwoord te ingewikkeld was of omdat het juist voor de hand lag. Zo was hij nu eenmaal. Intussen verschoof hij een computermonitor om mij te laten meekijken. Het scherm lichtte op in het schemerige interieur van zijn camper. Het scheen op de ravijnen, geulen en heuveltjes van zijn getekende gezicht, de doorgroefde spierweefsels en hechtingen als spoorlijnen. Er hing een zurige lucht, waarschijnlijk afkomstig van de zalf die hij gebruikte.

Er verscheen een groenige topografische kaart van Massachusetts op het scherm. Daarop was een knipperende rode cirkel te zien, ongeveer vijfentwintig kilometer ten noordwesten van Boston. Toen doken er drie kronkellijnen op: wit, blauw en oranje. Ze gingen alle drie naar de knipperende rode cirkel. De blauwe lijn kwam uit

Boston in het zuidoosten. De oranje lijn kwam uit het noorden. De witte lijn volgde de blauwe lijn uit Boston, maar ging vervolgens met de oranje naar het noorden.

'Oké...?' zei ik.

'Als je goed kijkt,' zei hij, 'zie je dat elke lijn uit stippen bestaat. De stippen zijn zendmastcontacten van de drie mobiele telefoons van Alexa Marcus, Mauricio Perreira en de onbekende persoon die we Mr. X zullen noemen.'

'Wie heeft welke kleur?'

'Blauw is Mauricio, zoals we hem maar zullen noemen. Wit is Alexa. Oranje is Mr. X.'

'Mr. X kwam zo te zien uit de buurt van de grens met New Hampshire. O ja, mag ik vragen hoe je aan deze gegevens komt?'

Hij ademde langzaam in. Dat maakte een ratelend geluid. 'Je mag alles vragen wat je wilt.'

Ik boog naar voren. 'Dus ze kwamen vijfentwintig kilometer ten noordwesten van Boston bij elkaar in... Is het in Lincoln?'

'Je hebt misschien wel eens van Walden Pond gehoord. Misschien weet je ook nog dat Paul Revere, die held uit de Onafhankelijkheidsoorlog...'

'Dank je, George. Waren ze daar allemaal op hetzelfde moment?'

'Ja. Vijf minuten lang. Mauricio en het ontvoerde meisje kwamen natuurlijk tegelijk aan. Ze zijn daar zeventien minuten geweest. Mr. X bleef maar vier of vijf minuten.'

Ze hadden elkaar in een beboste omgeving ontmoet, zag ik. In de buurt van Sandy Pond, een natuurreservaat. Afgelegen en 's nachts geïsoleerd: een goede plek om iemand te begraven. Alexa's iPhone was dus van Boston naar Lincoln gegaan en vervolgens naar Leominster in het noorden. En daar was het ding weggegooid.

Nu zag ik het patroon. Mauricio had haar van het hotel naar Lincoln gebracht, twintig minuten bij Boston vandaan, en haar daar overgedragen aan 'Mr. X'.

Terwijl Mauricio naar Boston terugreed – om precies te zijn naar zijn appartement in Medford, even ten noorden van Boston –, reed Mr. X met Alexa naar het noorden. Hij gooide haar telefoon uit de auto toen ze door Leominster reden. Vermoedelijk bleef ze bij hem in de auto.

Toen staken ze de grens naar New Hampshire over.

'Dus de lijn stopt in het zuiden van New Hampshire,' zei ik. 'In Nashua.'

'Nee, de mobiele telefoon van Mr. X verdwijnt in Nashua van de kaart. Dat kan betekenen dat hij hem heeft uitgezet. Of dat hij geen bereik meer had en hem toen heeft uitgezet. In elk geval heeft hij hem daarna niet meer gebruikt.'

'Slordig van hem om zijn telefoontje aan te laten,' zei ik.

'Nou, eerlijk gezegd dacht hij dat het niet na te speuren was.'

'En dat is het wel?'

'Nee, eigenlijk niet. Maar er is verschil tussen volgen en vinden. Net als wanneer je een kist met een tracking-apparaat in een vrachtwagen volgt. Je weet niet wat er in de kist zit, maar wel waar hij is. We kunnen dus niet vaststellen wie hij is, maar misschien wel wáár hij is. Begrijp je dat?'

'Hij is in New Hampshire. Dat betekent dat zij daar waarschijnlijk ook is. Misschien in of bij Nashua.'

'Daar zou ik niet van uitgaan. Mr. X kan door New Hampshire naar Canada zijn gereden.'

'Het is geen logische route, als je helemaal naar Canada wilt.'

Hij knikte instemmend.

'Ze zijn in New Hampshire,' zei ik.

57

Het kantoor van Marcus Capital Management bevond zich op de vijfde verdieping van Rowes Wharf, een groot gebouw aan de haven met hotels, kantoren en appartementen. Vanuit een hoek van mijn kantoor kon je de grote boogpoort zien.

Ik gaf de receptioniste mijn naam op en ging op een bank van grijze suède in de luxueus ingerichte hal zitten wachten. De vloeren waren van chocoladebruin hardhout en op de muren zat mahoniehout. Een enorme flatscreenmonitor aan de wand liet op de ene helft van het in tweeën gesplitste scherm het weer zien en op de andere helft het financiële nieuws, met beurskoersen aan de onderkant.

Ik hoefde nog geen minuut te wachten tot Marcus' secretaresse verscheen. Ze heette Smoki Bacon en was een opvallend mooie, elegante jonge vrouw, slank en met rood haar. Dat verbaasde me niet. Marcus had de reputatie dat hij op zijn kantoor alleen mooie vrouwen aannam, winnaressen van schoonheidswedstrijden, vrouwen die Miss Dit-of-dat waren geweest. Mijn moeder was de enige uitzondering, al was ze in haar beste jaren mooi en aantrekkelijk geweest. Ze had er nooit uitgezien als een mannequin. Ze was veel mooier.

Smoki met haar fraaie curven keek me met een oogverblindende glimlach aan en vroeg of ik koffie of water wilde. Ik zei nee.

'Marshall is nu in bespreking, maar hij wil u spreken zodra die voorbij is. Het kan wel even duren. Wilt u misschien later terugkomen?'

'Ik wacht wel.'

'Laat me u dan ten minste naar een vergaderkamer brengen, waar u de telefoon en de computer kunt gebruiken.'

Ze leidde me door een gang. 'Ik ben zo blij u te ontmoeten,' zei ze toen we een hoek omgingen en langs de ruimte liepen waar de handelaren zouden moeten zitten. Er waren daar dertig of veertig werkstations, allemaal leeg. Alle computers stonden uit. Er heerste de stilte van het graf. 'We maken ons allemaal de grootste zorgen om Alexa.'

'Nou,' zei ik, niet wetend wat ik daarop moest zeggen, 'we moeten blijven hopen.'

'Uw moeder paste vroeger soms op haar, weet u. Dat heeft ze me verteld.'

'Ik weet het.'

'Frankie is geweldig.'

'Dat vind ik ook.'

'Ze belt me nu en dan om te vragen hoe het gaat. Ze geeft echt om meneer Marcus.'

Toen we bij een lege vergaderkamer waren aangekomen, legde ze haar hand op mijn schouder. Ze boog dicht naar me toe en zei met haar tanden op elkaar: 'Alstublieft, haalt u dat meisje terug, meneer Heller.'

'Ik zal mijn best doen,' zei ik.

In plaats van te wachten liep ik naar Marcus' kantoor.

Ik herinnerde me dat Smoki altijd achter haar bureau in de voorkamer op wacht zat. Ik herinnerde me ook dat Marcus een privé-eetkamer naast zijn kamer had. Toen ik daar een keer bij hem had geluncht, was het bedienend personeel binnengekomen en weggegaan via een achtergang. Ze hadden de dienbladen niet door zijn kantoor naar binnen gedragen.

Ik was algauw in die achtergang. Een van de toegangen bevond zich naast de herentoiletten. De gang verbond een keukentje met de directiekamer en Marcus' eetkamer.

Zijn eetkamer was donker, opgeruimd en leeg. Zo te zien was die kamer de laatste tijd niet veel gebruikt.

De deur naar zijn kantoor was dicht, maar toen ik erbij ging staan, hoorde ik opgewonden stemmen.

Eerst kon ik alleen flarden opvangen. Het waren twee mannen; daar was ik zeker van. Een van hen was natuurlijk Marcus. Zijn stem was de luidste, de meest emotionele. Als hij sprak kon ik het meeste verstaan.

De ander sprak zacht en rustig. Hij was nauwelijks verstaanbaar.

Bezoeker: '... nu te verslappen.'

Marcus: 'Was dat niet juist de bedoeling?'

Bezoeker: '... ongeveer zoals te verwachten was...'

Marcus: 'Als ze doodgaat, is dat jouw schuld. Begrijp je me? Dan heb jij het op je geweten! Daar had je er vroeger toch een van, of niet?'

Bezoeker: '... uiterste best om je in leven te houden.'

Marcus: 'Het kan me op dit moment niet schelen wat jullie met me doen. Mijn leven is voorbij. Mijn dochter is de enige...'

Bezoeker: (*veel gemompel*) '... jaren waarin jij de man met alle oplossingen was... ze nu denken dat jij het probleem bent? ... wat hun oplossing is.'

Marcus: '... aan mijn kant!'

Bezoeker: '... wil aan jouw kant staan. Maar dat kan niet, tenzij jij aan mijn...'

Marcus: (*steeds harder pratend*) '... jij wilde, heb ik gedaan. Alles!'

Bezoeker: '... moet ik het voor je spellen, Marshall: "Rouwende financier pleegt zelfmoord in Manchester?"'

Ik duwde de deur open en liep Marcus' kamer in. Marcus zat achter een lang glazen bureau vol papieren.

Tegenover hem, op de stoel voor bezoekers, zat David Schechter.

58

'Nickeleh!' riep Marcus uit. 'Wat doe je... Heeft Smoki je niet naar een vergaderkamer gebracht om...'

'Hij luisterde mee,' zei Schechter. 'Dat is toch zo, meneer Heller?'

'Absoluut. Ik heb alles gehoord wat jullie zeiden.'

Schechter knipperde met zijn ogen. 'Met onmiddellijke ingang hebben we uw diensten niet meer nodig.'

'U hebt me niet ingehuurd,' zei ik.

'Schecky, laat mij met hem praten,' zei Marcus. 'Hij is een *mensch*. Echt waar.'

Schechter stond op, trok zijn tweed blazer recht en zei tegen Marcus: 'Ik wacht op je telefoontje.'

Ik keek hem na en ging toen in de stoel zitten die door zijn vertrek was vrijgekomen. Die was nog warm.

Achter Marcus glinsterde de Atlantische Oceaan als op een ansichtkaart, rossig okergeel in het licht van de ondergaande zon.

'Hoe heeft hij jou in zijn macht?' vroeg ik.

'Macht...?'

Ik knikte. 'Je hebt mij ingehuurd om Alexa te vinden, en dat kan ik alleen maar doen als je eerlijk tegen me bent. Zo niet, dan weet je wat er met haar gebeurt.'

Zijn ogen waren bloeddoorlopen en glazig, met grote wallen eronder. Hij keek me aan alsof hij sinds de vorige keer dat ik hem had gezien twintig jaar ouder was geworden.

'Nicky, je moet je hier buiten houden. Het is... persoonlijk.'

'Ik weet hoeveel je van Alexa houdt...'

'Dat meisje is alles voor me.' Zijn ogen waren vochtig.

'Het duurde even voordat ik begreep waarom je in godsnaam het enige voor me achterhield wat haar terug kan krijgen. Schechter chanteert je. Hij weerhoudt je ervan om met de ontvoerders mee te werken.'

Hij draaide zich om met zijn stoel en keek uit het raam, alsof hij antwoorden van de zee verwachtte. In elk geval deed hij het ook om mij niet te hoeven aankijken.

'Ik heb je ingehuurd omdat ik dacht dat jij de enige was die haar kon vinden.'

'Nee,' zei ik zachtjes. 'Je hebt me ingehuurd omdat het de enige manier was om je dochter terug te krijgen zonder aan hun eisen te voldoen. Zo is het toch?'

Hij draaide zich langzaam weer naar me toe. 'Vind je dat kwetsend?'

'Ik ben wel erger gekwetst. Maar daar gaat het niet om. Vanaf het begin ben je oneerlijk tegen me geweest. Je loog toen je zei dat je de politie had gebeld. Je vertelde me niet dat je je gedwongen had gezien geld van criminelen aan te pakken, en ook niet dat je alles had verloren. Je hebt alles voor me achtergehouden wat ik moest weten om haar te vinden. Nu willen ze de Mercury-bestanden – het zijn toch bestanden? – en doe jij alsof je niet weet wat het zijn. Daarom vraag ik je nu dit: denk je dat het David Schechter iets kan schelen of Alexa doodgaat?'

Hij keek diep getroffen, maar gaf geen antwoord.

'Ik weet niet waarmee hij je kan chanteren, maar is dat het leven van je dochter waard?'

Zijn gezicht verschrompelde, en hij sloeg als een kind zijn hand voor zijn ogen en huilde zacht. Ik had het sterke gevoel dat hij huilde uit schuldgevoel.

'Je moet me vertellen wat Mercury is,' ging ik verder. 'Dan bedenken we daarna wel iets. We bedenken wel een manier waarop je die ontvoerders geeft wat ze willen zonder dat... zonder dat het de consequentie heeft dat je iets opgeeft wat je niet wilt opgeven.'

Hij snikte nog steeds.

Ik stond op en liep naar de deur, maar toen bleef ik staan en draaide me naar hem om. Ik aarzelde even. 'Heb je ooit onderzoek naar de achtergrond van Belinda gedaan voordat je met haar trouwde?'

Hij liet zijn handen zakken. 'Belinda? Wat heeft Belinda met dit alles te maken?'

'Ik ben in de loop van mijn onderzoek op informatie gestuit, en ik weet niet hoeveel je daarvan wilt weten.'

'Wat bijvoorbeeld?'

'Ik vind het erg dat ik je dit moet vertellen,' zei ik, 'maar ze is nooit stewardess geweest. Ze heeft nooit voor Delta Airlines gewerkt.'

'O, Nickeleh.'

'Ze komt ook niet uit Georgia. Ze komt uit New Jersey.'

Hij zuchtte. Schudde langzaam zijn hoofd. Was het ongeloof? Was hij niet bereid een pijnlijke waarheid te accepteren: dat hij bedrogen was door de vrouw van wie hij hield?

'Ze is callgirl geweest, Marshall. Escort. Of dat nu verschil voor jou maakt of niet, ik vind dat je het moet weten.'

Marcus rolde met zijn ogen. 'Nickeleh, *boychik*. Word nou eens volwassen.' Hij haalde zijn schouders op en hield me zijn handpalmen voor. 'Ze is een gevoelig meisje. Om een of andere mesjogge reden wil ze niet dat mensen iets van onze kennismaking weten.'

Toen ik weer naar de deur liep, verspreidde zich langzaam een glimlach over mijn gezicht. De oude rotzak.

Achter me hoorde ik hem roepen: 'Alsjeblieft, stop er niet mee.'

Ik liep door en antwoordde zonder achterom te kijken: 'Maak je maar geen zorgen. Je komt niet van me af. Al zul je dat misschien willen.'

59

Dragomir zat achter de computer in de muffe serre aan de achterkant van het huis, toen hij de kreten van het meisje hoorde.

Vreemd. Hij had de luidsprekers van de computer uitgezet. De kreten kwamen van ver en klonken gedempt, nauwelijks hoorbaar, maar het leed geen twijfel dat zij het was. Hij begreep niet hoe hij het kon horen. Ze lag drie meter onder de grond. Hij vroeg zich af of hij zich in zijn eenzaamheid dingen ging verbeelden.

Hij stond op, schoof de oude eetkamerstoel over de vloerplanken achteruit en liep naar de achterdeur. Daar bleef hij staan luisteren. De kreten kwamen van buiten. Ze waren zwak en vaag, als het zoemen van een paardenvlieg heel in de verte.

Op de veranda hield hij zijn hoofd schuin. De geluiden kwamen van het erf, misschien uit het bos daarachter. Misschien was het helemaal niet het meisje. Toen zag hij de grijze pvc-buis midden in het veld staan. Daar kwam het vandaan. Die buis leidde niet alleen de uitgeademde lucht van het meisje naar buiten, maar ook haar kreten.

Ze had een goed stel longen. Je zou verwachten dat ze het inmiddels had opgegeven.

Hij was blij dat ze zo diep begraven lag.

Toen Dragomir op het idee was gekomen haar in de grond te stoppen, had hij dat als een geniale vondst gezien. De Cliënt had namelijk een psychiatrisch dossier opgediept waaruit bleek dat het meisje aan verlammende claustrofobie leed.

En natuurlijk had iedereen een diepgewortelde angst om levend begraven te worden. Daar ging een dwingende kracht van uit die veel verder ging dan alle conventionele ontvoeringstechnieken.

Toch was dat niet zijn echte reden.

Drie meter onder de grond was ze veilig buiten zijn bereik.

Als hij het meisje dicht bij zich had gehad en gemakkelijk bij haar had kunnen komen, als een onweerstaanbare lekkernij in de koelkast, had hij het niet kunnen laten dingen met haar te doen. Hij zou haar verkrachten en vermoorden, zoals hij met veel andere mooie jonge vrouwen had gedaan. Die impuls zou hij niet kunnen bedwingen, en dat zou helemaal niet goed zijn.

Hij herinnerde zich de puppy die hij als jongen had gekregen. Wat had hij van de zachtheid, de kwetsbaarheid van het hondje gehouden. Maar hoe kon je die kwetsbaarheid echt waarderen zonder de kleine botjes te verbrijzelen? Het was bijna onmogelijk geweest daar weerstand aan te bieden.

Door haar diep te begraven zette hij als het ware een slot op de koelkast.

Hij luisterde zo aandachtig naar het gejammer, dat ver weg was, en zwak als een radiostation waarop je niet goed had afgestemd, dat hij bijna niet het veel hardere knerpen van autobanden over de onverharde weg aan de voorkant van het huis hoorde. Als dat die buurman weer was, nog steeds op zoek naar die verrekte hond van hem, zou hij daar definitief iets aan moeten doen.

Hij ging het huis weer binnen, liep naar de voorkant en keek uit het raam. Het was een politiewagen, donkerblauw met witte letters: POLITIE PINE RIDGE.

Hij had niet eens geweten dat het plaatsje een eigen politiekorps had.

Een klungelige jongeman stapte uit en keek zorgelijk naar het huis. Hij kon niet ouder dan vijfentwintig zijn. Hij was lang en mager en had oren die als de handgrepen van een aardewerken pot naar buiten staken.

Toen de politieman op de deurbel drukte, had Dragomir al een lange bruine pruik met een matje in de nek opgezet.

Hij vermoedde dat de politieman naar de hond kwam vragen.

De man stond op de voorveranda en verplaatste zijn gewicht van de ene naar de andere voet. Zijn lange magere armen hingen stuntelig langs zijn zijden.

'Hoe maakt u het?' zei hij. 'Ik ben agent Kent. Mag ik u een paar vragen stellen?'

60

Toen ik laat op de middag naar kantoor terugkeerde, zat Jillian, mijn kantoormeisje, op de vloer en stopte ze dozen vol. Ik wilde me er niet mee bemoeien. Ze keek op toen ik binnenkwam. Haar gezicht was rood en plakkerig van de tranen.

'Dag, meneer Heller.'

Het duurde even voor ik het begreep. Ik had andere dingen aan mijn hoofd. 'Wat is er aan de hand?' vroeg ik.

'Voordat ik wegga, wil ik me verontschuldigen.'

'Over je kleren? Doe niet zo mal.'

'Die e-card.'

'Waar heb je het over?'

'Iemand mailde me een wenskaart en ik opende hem op mijn werk.'

'Ga je daarom weg?'

'Heeft Dorothy het u niet verteld?'

'Heeft ze je ontslagen?'

'Nee, ik ga weg.' Ze stak trots, of misschien uitdagend, haar kin naar voren. 'En ik kreeg het idee dat dit zelfs voor het Amerikaanse bedrijfsleven een klotebaan was.'

'Aardig van je om dat te zeggen. Nou, wil je me vertellen wat er gebeurd is?'

'Ik denk dat er een soort bug in die e-card zat, spyware of zoiets. Dorothy zegt dat mensen op die manier op onze server zijn gekomen, zodat ze in uw persoonlijke bestanden konden kijken en de codes van het beveiligingssysteem van uw huis te weten konden komen.'

'Kwam dat door jou?'

'Ik... dacht dat ze het u had verteld,' stamelde Jillian.

'Nou, Jillian, het spijt me, maar je hebt een beroerde tijd uitgekozen om ontslag te nemen, dus dat kun je niet doen. Pak je dozen maar weer uit en ga de telefoon weer opnemen.'

Ze keek me vragend aan.

'Ga weer aan het werk,' zei ik.

Ik liep al naar Dorothy's kantoor toen ze me nariep: 'Eh, meneer Heller?'

'Ja?'

'Ik hoorde u praten over die tatoeage van een uil.'

'Ja?'

'Misschien kan ik helpen. Mijn broer werkte vroeger...'

'... in een tatoeagezaak,' zei ik. 'Ja, dat weet ik nog. Weet je hoe je me echt zou kunnen helpen?'

Ze keek me gretig aan.

'Als je met het telefoonsysteem hier op kantoor leert omgaan.'

61

Hoe meer ik over Marshall en Belinda Marcus nadacht, des te meer raakte ik ervan overtuigd dat er iets niet in orde was.

Ik kende een cyberonderzoeker in New Jersey, een zekere Mo Gandle, die erg goed was. Toen ik bij Stoddard Associates in Washington werkte, had ik wel eens met hem gewerkt. Ik belde hem.

'Ik wil dat je nagaat op welke dagen ze voor VIP Exxxecutive Service in Trenton heeft gewerkt,' zei ik. 'En ik wil dat je zo ver mogelijk in haar verleden teruggaat.'

Ik trof Dorothy achter haar bureau aan. Ze liet haar kin op haar handpalmen rusten en keek naar haar computerscherm.

Op de monitor sprak Alexa, haar ogen diep in hun kassen, haar haar in plakkerige slierten. '*Ik wil hier niet meer zijn, papa!*'

Het beeld bleef stilstaan en viel toen uiteen in duizenden minuscule gekleurde vierkantjes, als een schilderij van Chuck Close. Die vierkantjes vlogen alle kanten op.

En terwijl het beeld verdween, ging ze verder: '*... Ze willen Mercury, papa. Je moet ze Mercury geven. Ik... ik weet niet wat dat betekent. Ze zeiden...*'

'Ik heb Jillian on-ontslagen,' zei ik.

Ze drukte op een toets zonder naar het toetsenbord te kijken, en toen waren dezelfde seconden van de video-opname weer te zien: Alexa die sprak, het beeld dat stilstond en in geometrisch puin uiteenviel en daarna weer een samenhangend geheel vormde.

Peinzend mompelde Dorothy: 'Ik heb haar niet ontslagen.'

'Nou, ik heb tegen haar gezegd dat ze geen ontslag kan nemen. Wat ben je aan het doen?'

'Ik loop met mijn kop tegen een muur. Dat ben ik aan het doen.'

'Kan ik iets doen?'

'Ja. Mij ontslaan.'

'Jou ook? Nee.'

'Dan neem ik ontslag.'

'Jij mag ook geen ontslag nemen. Niemand mag ontslag nemen. Vertel me dan nu wat er aan de hand is.'

Dorothy gaf zacht en langzaam antwoord, en ik zag dat ze iets van zichzelf liet zien wat ze nooit eerder had laten zien. 'Ik neem geen ontslag; dat weet je. Ik geef het nooit op. Maar ik verdien mijn salaris niet. Ik doe niet waarvoor je me betaalt. Dit is het belangrijkste wat iemand me ooit te doen heeft gegeven, en ik schiet tekort.'

Tranen in haar ogen.

Ik legde mijn hand op de hare en zei: 'O, kom nou. Wat is er toch geworden van die goeie ouwe arrogante Dorothy die ik gewend ben?'

'Ze heeft het licht gezien.'

'Dorothy,' zei ik. 'Je bent gefrustreerd. Dat begrijp ik. Maar ik wil dat je je hier helemaal voor inzet. En ik dacht dat je het nooit zou opgeven. Vertel me nog eens wat je vader over je zei.'

'Zo koppig als een ezel op ijs,' zei ze met een klein stemmetje.

'Waarom eigenlijk op ijs?'

'Hoe moet ik dat nou weten? Nick, weet je hoe vaak ik aan dat meisje denk, en aan wat ze moet doormaken? Ik bid voor haar, en ik vraag me steeds af wie een onschuldig meisje zoiets zou aandoen, en dan voel ik me zo... machteloos.'

'Het is niet jouw taak om haar te redden.'

Haar ogen gloeiden, vurig en gekweld: 'In het evangelie van Johannes staat: "We weten dat we kinderen van God zijn en dat de hele wereld wordt beheerst door de boze." Dat had ik nooit eerder gehoord. Wat betekende dat in godsnaam? Dat de duivel de regie van alles heeft? Maar nu begin ik het te snappen. Misschien is er... slechtigheid op de wereld waar zelfs God machteloos tegenover staat. En daar gaat het nou juist om.'

'Waarom overkomen goede mensen slechte dingen?' zei ik zacht. 'Ik stel mezelf zulke grote vragen al lang niet meer. Ik buig mijn hoofd en doe het weinige dat ik kan.'

'Het spijt me, Nick. Ik had me voorgenomen mijn geloof nooit mee te brengen naar kantoor.'

'Ik heb nooit van je verwacht dat je het thuisliet. Nou, vertel me eens wat je hebt ontdekt.'

Ze aarzelde maar even. 'Oké. Luister hier eens naar.'

Ze drukte op een toets, verplaatste de muis en klikte erop, en we hoorden Alexa weer diezelfde woorden uitspreken. Dorothy zette het geluid harder. Achter Alexa's woorden nam een gezoem geleidelijk in volume toe. Toen bleef het beeld stilstaan en viel het in kleine stukjes uiteen.

'Je hoort dat geluid ook, hè?'

'Een auto, misschien een vrachtwagen, zoals we al zeiden. En?'

Ze schudde haar hoofd. 'Valt het je niet op dat het beeld altijd uiteenvalt als het geluid te horen is geweest? Elke keer.'

'Oké.'

'Een auto, vrachtwagen of trein zou de video-uitzending niet op die manier onderbreken.'

'Wat betekent dit dan?'

Ze keek me aan met die typische blik van haar: grote ogen, gefronste wenkbrauwen. Zo'n blik kon een geringer wezen in steen of een zoutpilaar veranderen. Onze vroegere baas, Jay Stoddard, had die blik zo verontrustend gevonden dat hij alleen rechtstreeks met haar te maken wilde hebben als het echt moest. Het had geen zin om terug te staren. Dan kon je net zo goed een staarwedstrijd met de zon houden. Een van jullie wordt blind, en vast niet de zon.

'Wat dit betekent?' zei ze. 'Het gaat ons vertellen waar Alexa Marcus is.'

62

'Is er een probleem, agent?'

Dragomir had gemerkt dat Amerikaanse politieagenten het prettig vonden als ze met 'agent' werden aangesproken. Ze hunkerden naar respect en kregen dat bijna nooit.

'Nou, het is niet veel bijzonders, meneer. We willen ons alleen graag komen voorstellen, dan weet u wie u moet bellen als u hulp nodig hebt.'

De oren en wangen van de jongeman waren vuurrood geworden. Als hij glimlachte, was zijn tandvlees te zien.

'Is goed om te weten.' Op de meeste mensen had het een ontwapenende uitwerking als hij slecht Engels sprak. Daardoor leek hij stunteliger. Dragomir had er een gewoonte van gemaakt andere mensen te bestuderen, zoals een vlinderverzamelaar nieuwe exemplaren bestudeert.

De politieman verplaatste zijn gewicht weer naar zijn andere voet. De vloerplanken van de veranda kraakten. Hij trommelde met zijn vingertoppen tegen zijn dijen en zei: 'Dus u, eh, werkt voor de Aldersons?'

Dragomir schudde zijn hoofd, een bescheiden grijns. 'Alleen beheerder. Ik werk wel voor familie. Opknappen.'

'O, oké, goed. Blijkbaar heeft een van uw buren gezien dat u hier bouwmachines hebt.'

'Ja?'

'Ik wilde er alleen zeker van zijn dat er niet in strijd met de voorschriften wordt gebouwd. U weet wel, als u bijvoorbeeld een aanbouw maakt zonder vergunning.'

De jongeman straalde geen enkel gezag uit. Hij nam een verontschuldigende houding aan. Heel anders dan de politie in Rusland, die alle mensen behandelde alsof ze misdadigers waren.

'Alleen grondwerk.'

'Is dat... U bent hier niet aan het bouwen, of...?'

'Niet bouw,' zei Dragomir. 'Eigenaar wil tuin met meer niveaus.'

'Mag ik een kijkje achter het huis nemen?'

Dit ging te ver. Als Dragomir op een huiszoekingsbevel aandrong, was de jongen binnen een uur terug met nog twee agenten en een gerechtelijk bevel, en dan zouden ze ook het huis willen doorzoeken, alleen om te laten zien dat ze het konden.

Hij haalde zijn schouders op en zei gastvrij: 'Gaat uw gang.'

Agent Kent keek opgelucht. 'U weet wel: omdat ik dan tegen de commandant kan zeggen dat ik mijn werk goed heb gedaan.'

'We moeten allemaal ons werk doen.'

Hij volgde de politieman naar de achterkant van het huis, naar de lege akker. De politieman keek naar de sporen in de harde aarde en toen naar de grijze ventilatiebuis midden in het veld, en hij liep erheen.

'Is dat een septic tank, uh, Andros?'

Dragomir bleef staan. Hij had de politieman zijn naam niet genoemd. Blijkbaar had de buurman dat gedaan.

Dit zat hem dwars.

'Is om gas uit bodem te laten,' zei Dragomir toen ze naast de buis stonden. 'Van de vuilnis, de... composthoop.' Een improvisatie, het beste wat hij kon bedenken.

'Voor methaangas of zo?'

Dragomir haalde zijn schouders op. Hij verstond geen Engels.

Hij deed alleen wat hem gezegd werd. Hij was maar een eenvoudige arbeider.

'Want als u een septic tank in de grond stopt, hebt u een vergunning nodig, weet u.'

De wangen en oren van de agent hadden de kleur van koude borsjt.

Dragomir glimlachte. 'Geen septic tank.'

Er kwamen gedempte, vage kreten uit de buis.

De politieman hield zijn hoofd schuin. Het leek wel of zijn belachelijke oren bewogen. 'Hoorde u iets?' zei hij.

Dragomir schudde langzaam zijn hoofd. 'Nee...'

De kreten van het meisje waren nu luider, en beter te verstaan.

'HELP GOD HELP RED ME ALSTUBLIEFT O GOD...'

'Het klinkt alsof het van beneden komt,' zei de politieagent. 'Is dat niet vreemd?'

63

'Ik luister,' zei ik.

Dorothy zuchtte. 'Laten we beginnen met de elementaire vraag: hoe komen ze op het internet? Ik denk niet dat het een standaardverbinding is.'

'Waarom niet?'

Ze leunde achterover en sloeg haar armen over elkaar. 'Mijn ouders wonen in North Carolina. Een paar jaar geleden wilden ze kabel-tv om naar al die films te kunnen kijken. Er was alleen geen kabel beschikbaar, en dus moesten ze een schotelantenne op hun dak zetten.'

Ik knikte.

'Ik probeerde een keer bij hen thuis naar een film te kijken, en toen werd het beeld telkens wazig en viel het weg. Ik werd er gek van. En dus vroeg ik hun wat het probleem was, je weet wel, was het altijd al zo, hadden ze het satellietbedrijf gebeld om het te laten verhelpen? En mijn moeder zei: o, dat gebeurt vaak, elke keer dat er een vliegtuig overkomt. Je went eraan. Er is niets aan te doen. Ze wonen namelijk dicht bij het vliegveld Charlotte/Douglas. Ze zitten precies op de vliegroute. En die vliegtuigen maken een ontzaglijk lawaai. En toen merkte ik dat de tv steeds uitviel als ik een vliegtuig hoorde overkomen.'

'Oké,' zei ik. 'Als onze ontvoerders ergens diep in de bossen zitten, of in een landelijk gebied waar niet eens snel internet bestáát, is de satelliet waarschijnlijk hun enige mogelijkheid om online te komen. En je denkt dat een vliegtuig het signaal kan verstoren?'

'Met gemak. Een lelijke onweersbui kan dat ook. Satellieten werken met zichtlijnen, dus als er iets tussen de schotel en de satelliet hoog in de lucht komt, wordt het signaal verstoord. Als een vliegtuig maar groot genoeg is, en maar laag genoeg vliegt, kan dat het signaal ook verstoren. Een fractie van een seconde is genoeg om de videostream te bederven.'

'Dit is goed,' zei ik. 'Het lawaai dat we horen, zou heel goed van een straalmotor kunnen komen. Dus ze zijn in de buurt van een vliegveld. Maar hoe dichtbij, denk je?'

'Dat is moeilijk te berekenen. In elk geval zo dichtbij dat als een vliegtuig landt of opstijgt, het laag genoeg vliegt om de verbinding met de satelliet te blokkeren. Het hangt dus af van de grootte en de snelheid van het vliegtuig en nog meer dingen.'

'Er zijn verdomd veel vliegvelden in de Verenigde Staten,' merkte ik op.

'O ja?' merkte ze droogjes op. 'Daar had ik niet aan gedacht. Maar als we het zoekgebied kunnen verkleinen, wordt het veel gemakkelijker.'

'Ik denk dat we dat kunnen.'

'O ja?'

'New Hampshire.' Ik vertelde wat George Devlin over de mobiele telefoons had ontdekt. Hoe we wisten dat 'Mr. X' met Alexa over de grens van Massachusetts naar New Hampshire was gegaan.

Ze luisterde en keek voor zich uit. Na twintig seconden van stilte zei ze: 'Daar komen we veel verder mee. Ik weet niet hoeveel vliegvelden er in New Hampshire zijn, maar we hebben het nu teruggebracht tot een beheersbaar aantal.'

'Misschien kunnen we het aantal mogelijkheden nog kleiner maken,' zei ik. 'Laat die gekke website CamFriendz de *streams* in realtime zien?'

'Ze zeggen van wel. Ik denk ook van wel, binnen een paar seconden. Je moet rekening houden met trage verbindingen en vertragingen in de server en dat soort dingen. Misschien zitten de tijden er vijf seconden naast.'

'Dan leggen we die tijden naast de exacte vluchttijden in de database van de F.A.A.'

'Hebben ze zoiets?'

'Natuurlijk. We zijn dus op zoek naar vliegvelden in New Hampshire – ach, laten we voor alle zekerheid ruimer gaan zoeken en Massachusetts er ook bij betrekken – met een vluchtschema dat overeenkomt met de tijden van onze vier storingen.'

Ze knikte heftig.

'En we kunnen nog nauwkeuriger zoeken,' zei ik. 'Zitten er in een van die uitzendingen niet twee afzonderlijke storingen?'

'Je hebt gelijk.'

'We weten dus de exacte tijd tussen twee vluchten.'

Haar glimlach werd langzaam breder. 'Niet slecht, baas.'

Ik haalde mijn schouders op. 'Het was jouw idee.' Dat was een van de weinige dingen die ik heb geleerd sinds ik voor mezelf ben begonnen: de baas moet nooit de eer voor iets opeisen. 'Kun je in de beveiligde elektronische database van de F.A.A. hacken?'

'Nee.'

'De FBI kan dat wel. Ik zal Diana bellen.'

'Sorry?'

Jillian Alperin stond er aarzelend bij.

'We zijn in bespreking,' zei Dorothy. 'Is er een probleem?'

'Ik was vergeten dit uit de printer te halen.' Ze hield een grote glanzende foto omhoog. Het was een vergroting van een deel van de foto die met Alexa's iPhone van de tatoeage van haar ontvoerder was gemaakt.

'Dank je,' zei Dorothy, en ze pakte de foto van haar aan.

'Ik denk dat ik weet wat het is,' zei Jillian.

'Het is een uil,' zei ik. 'Maar evengoed bedankt.'

Toen hield ze iets anders omhoog, iets wat ze in haar andere hand had gehad. Een dunne witte pocket. Op het vooromslag stond een zwart-witte lijntekening van een uil.

De tekening was identiek aan de tatoeage op de foto.

'Wat is dat?' vroeg ik.

'Het is een boek over tatoeages dat mijn broer heeft gevonden.'

Ze gaf me het boek. De titel luidde: *Criminele tatoeages in Rusland.*

'Dorothy,' zei ik. 'Hoe laat is het op dit moment in Rusland?'

64

Een van mijn beste bronnen was een voormalige generaal-majoor van de KGB. Anatoly Vasilenko was een broodmagere man van achter in de zestig, met een adelaarsprofiel en de houding van een hoogleraar in Cambridge. De Sovjet-Unie was nog maar amper ingestort of hij sloeg al munt uit zijn connecties.

Ik kon niet zeggen dat ik hem erg graag mocht – ik heb bijna nooit iemand ontmoet die zo op geld belust was als hij –, maar hij kon heel vriendelijk en charmant zijn en kende ontzaglijk veel mensen. Voor de juiste prijs kon hij je aan bijna alle informatie helpen die je maar wilde.

Tolja wist altijd wie hij moest bellen, wie hij moest omkopen en wie hij moest intimideren. Als een cliënt van mij vermoedde dat de directeur van zijn fabriek in Sint-Petersburg verduistering pleegde, kon Tolja het probleem met één telefoontje oplossen. Hij liet de man oppakken en ondervragen, en dan werd de man zo bang dat hij geen paperclip meer van zijn eigen bureau durfde te stelen.

Ik kreeg hem aan de lijn toen hij aan het diner zat. Aan de achtergrondgeluiden kon ik horen dat hij niet in zijn eigen huis was.

'Ben ik nooit met je naar Turandot geweest, Nicholas?' zei hij. 'Wacht even, dan ga ik naar een stiller plekje.'

'Twee keer,' zei ik. 'Haaienvinnensoep, geloof ik.'

Turandot was een restaurant op een paar blokken afstand van het Kremlin, aan de Tverskoy Boulevard, de favoriete eetlocatie voor oligarchen, criminelen en hoge overheidsfunctionarissen (velen van hen waren alle drie tegelijk). Het was een kolossale vergulde reproductie van een barokpaleis, met een binnenplaats van Venetiaans marmer, beelden van Romeinse goden, Aubusson-wandtapijten en een enorme kristallen kroonluchter. Aan de voorkant stonden potige bewakers te roken en op de Bentleys van hun werkgevers te letten.

Toen hij weer aan de telefoon kwam, zonder rumoer op de achtergrond, zei hij: 'Zo, dat is veel beter. Niets is erger dan een tafel vol dronken Tataren.' Zijn Engels was beter dan dat van de meeste Amerikanen die ik kende. Ik wist niet hoe hij aan zijn bekakte Britse accent was gekomen, tenzij ze het hem op de KGB-opleiding hadden geleerd. 'Je hebt me een heel interessante foto gestuurd.'

'Vertel eens.'

'Die tatoeage? Dat is Sova.'

'Wie?'

'Niet "wie". Sova is... Nou, *sova* betekent natuurlijk uil.'

'Is het een tatoeage van de Russische maffia?'

'Maffia? Nee, zo goed is die niet georganiseerd,' zei hij. 'Sova is eerder een los verbond van mannen die allemaal dezelfde gevangenis hebben overleefd.'

'Welke?'

'Gevangenis Nummer 1 in Kopeisk. Een afschuwelijk oord.'

'Heb je een lijst van alle bekende Sova-leden?'

'Van alle Sova-leden?' Hij grinnikte. 'Had ik maar zo'n lijst. Dan zou ik óf erg rijk óf erg dood zijn.'

'Je hebt vast wel een paar namen.'

'Waarom vraag je daarnaar?'

Dat vertelde ik hem.

Toen ik klaar was, zei hij: 'Dit is geen gunstige situatie voor jou. En vooral niet voor de dochter van je cliënt.'

'Waarom niet?'

'Dit zijn erg slechte mensen, Nicholas. Geharde criminelen van het allerergste soort.'

'Dat begrijp ik.'

'Nee, ik denk dat je het nog niet begrijpt. Ze houden zich niet aan normale regels. Ze... Laten we zeggen dat ze zich niet storen aan conventionele morele normen.'

'Hoe erg is het?'

'Ik geloof dat er niet zo lang geleden een erg onaangenaam incident in de Verenigde Staten is geweest. Kun je je een gewelddadige overval in Connecticut herinneren?'

Hij sprak de c midden in Connecticut als harde c uit. Zo'n foutje maakte hij bijna nooit.

'Niet meteen.'

'Lieve help. Een welvarende slaapstad in Connecticut – was het niet Darien? Een echte nachtmerrie. Een arts, zijn vrouw en drie dochters waren op een nacht thuis toen er twee indringers kwamen. Ze sloegen de arts met een honkbalknuppel, bonden hem vast en gooiden hem de kelder in. Toen bonden ze de meisjes aan hun bedden vast en verkrachtten hen zeven uur lang. Daarna goten ze benzine over de vrouwen en staken hen in brand...'

'Oké,' zei ik, want ik wilde niet meer horen. 'Waren dat Sova-leden?'

'Ja. Een van hen is bij een poging tot arrestatie om het leven gekomen, als ik het me goed herinner. De ander is ontkomen.'

'Een inbraak?'

'Vermaak.'

'Sorry?' Er vormde zich iets kouds en hards in mijn maag.

'Je hebt me goed verstaan. Ze deden het voor de lol. Die Sova-mensen doen dingen die een normaal mens zich nauwelijks kan voorstellen. Als je mensen zoekt om iemand onder druk te zetten, zijn ze ideaal.'

'Mensen die geweld gebruiken voor geld?'

'Ze verhuren zich. Als je iemand nodig hebt voor een heel smerig karwei, iets gewelddadigs, iets extreem bloederigs, kun je een paar Sova-bendeleden inhuren.'

'Wie maken gebruik van hun diensten? Russische maffiagroepen?'

'Meestal niet. Die hebben zelf genoeg gewelddadige types tot hun beschikking.'

'Wie dan?'

'Sommige oligarchen. Onze nieuwe Russische miljardairs. Die hebben vaak behoefte aan harde mannen. Van een paar in het bijzonder is bekend dat ze gebruikmaken van Sova-leden.'

'Wie?'

Hij lachte. 'Nicholas, we hebben nog niet eens over een honorarium gepraat. Laten we dat eerst even regelen.'

Hij noemde me zijn honorarium, en nadat ik de impuls had bedwongen om tegen hem te zeggen waar hij de harde valuta in kon steken, ging ik akkoord met zijn woekercondities.

Toen zei hij: 'Ik zal een paar mensen bellen.'

65

Dragomir leerde snel.

Deze keer gebruikte hij het Wasp-mes op de juiste manier. De jonge politieagent had niet eens tijd om zich naar Dragomir toe te draaien voordat het mes bliksemsnel in zijn zij ging, tot aan het heft.

Dragomir drukte met zijn duim op de knop en hoorde het gesis en de knal.

Agent Kent zakte op de grond. Het leek net of hij plotseling had besloten midden op de akker te gaan zitten, alleen lagen zijn benen in een zodanige vreemde stand dat het ondraaglijk veel pijn zou hebben gedaan als hij in leven was geweest.

Maar hij was meteen dood, of bijna meteen. Zijn inwendige organen waren veel groter geworden en tegelijk verstijfd. Zijn buik was opgezwollen, alsof hij opeens een bierbuik had gekregen.

Toen Dragomir het lijk over zijn schouder hing, hoorde hij het knetteren van agent Kents radio.

66

Diana en ik ontmoetten elkaar in de Sheep's Head Tavern, een soortement Ierse pub in Government Center, naast het FBI-kantoor. Ze had me verteld dat ze vlug moest eten en dan weer aan het werk moest gaan. Dat vond ik prima: ik had een erg lange nacht voor de boeg.

Omdat de terrastafels allemaal bezet waren, gingen we binnen zitten. Ik zag veel hout dat vermoedelijk oud was, of nieuw hout dat oud was gemaakt door er wat blutsen in te slaan en er veel donkere lak overheen te smeren. Er hingen oude pub-borden en reproducties van oude Guinness-reclames aan de muur en er was een tapkast met houtsnijwerk en Keltische letters aan de voorkant. Er waren veel bijzondere tapbieren verkrijgbaar, voor het merendeel afkomstig uit kleine Amerikaanse brouwerijen, naast een paar Duitse merken. Ze droeg een turkooizen zijden blouse en zwarte jeans die haar curven accentueerden zonder dat ze er onprofessioneel door uitzag.

'Ik ben bang dat ik niets voor je heb,' zei ze. 'We hebben niets in de vluchtregistratie van de F.A.A. gevonden.'

'Hoe vaak wordt die bijgewerkt?'

'Voortdurend. In realtime.'

'En hij is compleet?'

Ze knikte. 'Niet alleen openbare luchthavens, maar ook privévliegvelden.'

'Nou, het was een briljant idee,' zei ik. 'Maar niet van alle briljante ideeën komt iets terecht. Bedankt voor het proberen. Ik heb iets voor jóú.'

'Slecht nieuws?'

'Nee, maar ik denk niet dat je het graag hoort.' Ik gaf haar Mauricio's mobiele telefoon in een ritszakje.

'Dat begrijp ik niet,' zei ze toen ze er even naar had gekeken. 'Wat is dit?'

Ik vertelde het haar.

'Heb je het uit zijn woning meegenomen?'

Ik knikte.

'Zonder het mij te vertellen?'

'Sorry. Ik vertrouwde Snyder niet.'

Ze perste haar lippen op elkaar. Haar neusgaten werden groter.

'Het was fout van me om het voor jou achter te houden,' zei ik. 'Dat weet ik.'

Ze zei niets. Ze werd rood en sloeg haar ogen neer.

'Zeg eens iets,' zei ik.

Ten slotte keek ze op. 'Was dit het waard, Nick? Je weet toch dat we dat telefoontje nu nooit meer als bewijsmateriaal kunnen gebruiken? Omdat jij het ongecontroleerd in je bezit hebt gehad?'

'Ik denk niet dat de FBI een dode gaat vervolgen.'

'Ik heb het over degene die achter dit alles zit. We hebben onze procedures niet voor niets.'

'Jij bent altijd al een meisje geweest dat zich aan de regels hield.'

'Ik ben geen rebel; dat klopt. Ik ben iemand van de voorschriften, Nick. Terwijl jij nooit veel van hiërarchische verhoudingen moest hebben, als ik het me goed herinner. Jij hebt nooit goed kunnen functioneren in organisaties.'

'De laatste organisatie waar ik lid van was, stuurde me naar Irak.'

'We willen allebei hetzelfde. We hebben alleen verschillende manieren om het te bereiken. Maar zolang je met mij en de FBI samenwerkt, moet je je aan onze regels houden.'

'Dat begrijp ik.'

Ze keek me strak aan. 'Flik me dit nooit meer.'

'Oké.'

'Goed. Nou, vertel me dan ten minste dat het je iets nuttigs heeft opgeleverd.'

Ik knikte. 'Zijn telefoonnummer en het enige nummer in zijn belgeheugen, vermoedelijk zijn contactpersoon. Waarschijnlijk de man die hem heeft ingehuurd om Alexa te ontvoeren. Een van mijn bronnen zette die nummers samen met Alexa's nummer op een kaart met telefoonzendmasten en kon de routes aangeven die ze hebben afgelegd.'

Ze schudde ongelovig haar hoofd. 'Hoe kwam hij aan de gegevens van die zendmasten?'

'Dat moet je me niet vragen. Waar het om gaat, is dat het pad naar het noorden gaat, naar New Hampshire.'

'Wat betekent dat? Dat Alexa's ontvoerder uit New Hampshire kwam?'

'Ja, maar wat nog belangrijker is: het betekent dat hij haar daar nu waarschijnlijk ook heeft.'

'Waar precies?'

'Dat is alles wat we weten – New Hampshire, ergens in New Hampshire.'

'Nou, dat helpt,' zei Diana, 'maar toch hebben we nog meer gegevens nodig. Anders komen we niet verder.'

'Hoe zit het met de tatoeage?'

Ze schudde haar hoofd. 'Onze mensen op ambassades kunnen ons daar niets over vertellen.'

'Nou, ik heb een uitstekende bron in Moskou die op dit moment voor me aan het bellen is.'

'Moskou?'

'Die uil is een Russische gevangenistatoeage.'

'Wie is je bron daarvoor?'

'Mijn vierentwintigjarige kantoormeisje, een militante veganiste.'

Ze keek me aan.

'Ik meen het. Het is ingewikkeld. Die uil is het kenmerk van leden van Sova, een bende van Russische ex-gedetineerden.'

Ze haalde een schrijfblokje tevoorschijn en noteerde iets. 'Als Alexa's ontvoerder een Rus is, wil dat dan zeggen dat hij voor Russen werkt?' dacht ze hardop.

'Dat hoeft niet, maar ik denk het wel. Volgens mijn bron in Moskou worden Sova-leden vaak ingehuurd door Russische oligarchen. Die laten hen het vuile werk opknappen en blijven er zelf buiten.'

'Niet alle Russische miljardairs zijn criminelen.'

'Misschien niet. Maar sommigen wel. Mijn bron helpt me het aantal verdachten kleiner te maken. Intussen wil ik uitzoeken welke rol David Schechter werkelijk bij dit alles speelt.'

'Hoe helpt dat ons Alexa te vinden?'

Ik vertelde haar over het gesprek tussen David Schechter en Marshall Marcus dat ik had gehoord.

'Denk je dat Marcus door Schechter wordt beheerst?' zei ze.

'Zonder enige twijfel.'

'Hoe dan?'

'Dat weet ik nog niet. Misschien heeft het louche verleden van zijn vrouw er iets mee te maken.'

Ze trok haar wenkbrauwen op, en ik vertelde wat ik over het laatste beroep van Belinda Marcus had ontdekt. 'Op dit moment laat ik een privédetective daar onderzoek naar doen,' zei ik. 'Misschien ontdekt hij nog iets. Toch geloof ik niet dat dat er iets mee te maken heeft. Daarvoor is het te recent en te onbelangrijk.'

'Waarmee kan Schechter hem dan onder druk zetten?'

'Dat wil ik nou juist uitzoeken.'

'Hoe?'

Ik vertelde het haar.

'Dat is illegaal,' zei ze.

'Dan heb je het niet van mij gehoord.'

'Zit het je niet dwars dat je een misdrijf zou plegen?'

Ik haalde mijn schouders op. 'Zoals een groot man eens zei: in bepaalde extreme situaties schiet de wet tekort. Om dat aan te tonen moet je soms buiten de wet om opereren.'

'Martin Luther King?'

'Bijna. De Punisher.'

Ze keek verbaasd.

'Jij leest zeker geen stripverhalen,' zei ik.

67

Dragomir reed naar de grote weg en was blij dat hij alleen een vrachtwagen met hout tegenkwam. Niet iemand uit het plaatsje zelf, die het vreemd zou vinden dat er een politiewagen bij de boerderij van Alderson vandaan kwam en daar later over zou praten en er misschien zelfs vragen over zou stellen.

Hij wist waar hij heen moest gaan. In een eerder stadium had hij door de omgeving rondgereden om vluchtroutes te verkennen voor het geval hij ze nodig had. Uiteindelijk had hij een verlaten weggetje gevonden dat hij goed zou kunnen gebruiken. Hij stopte op een plaats waar de weg langs een afgrond liep en een scherpe bocht maakte.

Natuurlijk was er in die bocht een vangrail, maar niet op het lange rechte stuk dat erheen leidde en waar de afgrond even diep was.

Hij stopte op een punt vanwaar hij het verkeer in beide richtingen kon zien. Er kwam niets aan. Toen reed hij een eindje verder, tot hij zo'n zeven meter bij een rand zonder vangrail vandaan was.

Hij keek nog eens om zich heen, maakte de kofferbak van de politiewagen open, tilde het lijk van agent Kent eruit en droeg het vlug naar het open portier aan de bestuurderskant. Daar zette hij het zorgvuldig neer. Toen pakte hij de zwarte plastic vuilniszakken van de bodem van de kofferbak.

De kans dat er sectie werd verricht, was niet groot. Waarschijnlijk zouden ze een politieagent zien die door een tragisch auto-ongeluk om het leven was gekomen en zou het daarbij blijven. Trouwens, tegen de tijd dat er sectie werd verricht, was hij al lang weg. Hij gaf alleen maar om wat er in de komende vierentwintig uur gevonden zou worden.

Voordat hij de auto in het ravijn stortte, zette hij hem in de versnelling. Als de verongelukte auto in zijn vrij stond wanneer hij werd ontdekt, zou een bekwame onderzoeker meteen weten wat er in werkelijkheid was gebeurd.

Dat soort fouten maakte hij niet.

68

Kort na negen uur die avond was de John Hancock Tower, het hoogste gebouw van Boston, een monoliet van donker gesteente. Hier en daar waren verlichte ramen te zien, als een maïskolf waaraan niet veel korrels meer zaten. Sommige bedrijven in het gebouw waren dag en nacht open.

Maar niet het advocatenkantoor Batten Schechter op de zevenenveertigste verdieping. Daar waren geen juridisch assistenten die de hele nacht doorbuffelden om aan uiterste data voor het indienen van een gerechtelijk stuk te voldoen. De advocaten van Batten Schechter maakten maar zelden hun handen vuil aan zoiets vulgairs als een gerechtelijke procedure. Het was een serene, waardige firma die zich in vermogensbeheer en nalatenschappen had gespecialiseerd. Nu en dan behandelden ze een geschil, maar dat werd dan altijd opgelost met discrete maar venijnige onderhandelingen in achterkamertjes, en soms met een woord dat in het oor van de juiste rechter of autoriteit werd gefluisterd. Het soort macht dat door de advocaten van Batten Schechter werd uitgeoefend, gedijde net als champignons het best buiten het daglicht.

Ik reed met een wit Ford-busje door Trinity Place langs de achterkant van de Hancock Tower naar de leveranciersingang. Een rij van vijf stalen zuiltjes versperde me de weg. Ik stapte uit, zag de waarschuwende borden – NIET CLAXONNEREN OM TOEGANG TE KRIJGEN en DRUK OP KNOP & GEBRUIK INTERCOM OM TOEGANG TE KRIJGEN WANNEER DEUR GESLOTEN IS – en drukte op de grote zwarte knop.

De stalen roldeur ging omhoog, en er stond daar een klein mannetje, gebouwd als een brandkraan en duidelijk geërgerd omdat hij werd gestoord. Het was zestien minuten over negen. Op zijn blauwe overhemd stond boven de naam van zijn bedrijf de naam CARLOS in gestikte letters te lezen. Hij keek naar het logo op de zijkant van het busje – DERDERIAN FINE ORIENTAL RUGS –, knikte, haalde een schakelaar over, en de stalen zuiltjes verdwenen in het wegdek. Hij wees naar een ruimte in het magazijn, waar een paar andere auto's van leveranciers geparkeerd stonden.

Hij stond erop dat hij me naar binnen loodste, alsof ik niet zelf kon parkeren, en dirigeerde me steeds dichter naar de zijkant van het laadplatform toe, totdat de voorkant van het busje net tegen de stootblokken van zwart rubber kwam.

'Komt u voor Batten Schechter?' zei Carlos.

Ik knikte met een houding die ergens tussen hartelijk en afstandelijk in lag.

Hij wist alleen dat de advocatenfirma Batten Schechter de beheerders van de Hancock Tower had gebeld en tegen hen had gezegd dat er na negen uur een tapijtreiniger in hun kantoor aan het werk zou zijn. Hij hoefde niet te weten dat de 'facility manager' van Batten Schechter in werkelijkheid Dorothy was geweest.

Het ging van een leien dakje. Ik had Derderian alleen moeten beloven dat ik een van zijn veel te dure, zij het stijlvolle, kleden voor mijn kantoor zou kopen. In ruil daarvoor wilde hij me best een van zijn busjes lenen. Die werden 's avonds toch niet gebruikt.

'Hoe gaat het ermee, Carlos?'

Hij gaf het gebruikelijke Boston-antwoord: 'Goed, goed.' Hij had een Boston-accent met een zweem van Spaans.

'Moet je daarboven veel kleden schoonmaken?'

'Eentje maar.'

Hij kreunde.

Ik trok de achterportieren van het busje open en worstelde met de grote, logge tapijtreinigingsmachine. Hij hielp me hem uit de wagen te tillen, al hoorde dat niet bij zijn werk, en wees toen met zijn duim naar een rij goederenliften.

Het duurde een hele tijd voordat de goederenlift er was. Hij had wanden van gepolijst staal en aluminium vloeren met een ruitprofiel. Ik drukte op de knop van de zevenenveertigste verdieping. Toen de lift naar boven ging, legde ik mijn hand even op Mauricio's STI-pistool, dat achter mijn broeksband zat. Sinds ik het uit zijn appartement had meegenomen, had het in het dashboardkastje van mijn Defender gelegen.

Ik zag geen bewakingscamera's in de lift, maar kon daar nooit zeker van zijn en haalde het pistool dus niet tevoorschijn.

Even later gingen de stalen liftdeuren langzaam open en zag ik een kleine, met tl-buizen verlichte diensthal op de zevenenveertigste verdieping. Dit was duidelijk niet de plaats waar de cliënten of advocaten van de firma binnenkwamen. Ik duwde de tapijtmachine de lift uit en zag vier stalen deuren. Elke daarvan was de dienstingang van een andere firma. Elke deur was voorzien van een zwarte plastic naamplaat met reliëfletters.

De deur van Batten Schechter was de enige met een elektronisch digitaal paneeltje ernaast. Waarschijnlijk had de firma van David Schechter reden om extra veiligheidsmaatregelen te nemen.

Uit mijn plunjezak haalde ik een lange flexibele metalen staaf met aan het eind een hoek van negentig graden. Dit was een speciaal stuk gereedschap, een Leverlock. Het werd alleen verkocht aan overheidsdiensten en beveiligingsadviseurs.

Ik knielde neer, stak de staaf onder de deur door en draaide hem rond en omhoog, tot hij de handgreep aan de binnenkant te pakken kreeg. Toen trok ik hem omlaag en dertien seconden later was ik binnen.

Zoveel was een duur digitaal paneel dus waard.

Ik stond nu in een achtergang, waar de firma kantoorbenodigdheden, schoonmaakmateriaal en dergelijke bewaarde. Ik zette de tapijtmachine tegen een muur en liep bij het zwakke licht het kantoor in.

Het was of je op de *Queen Mary* van het vooronder naar een luxe hut ging. Zachte vloerbedekking, mahoniehouten deuren met koperen naamplaten, antieke meubelen.

David Schechter, lid van de maatschap en medenaamgever van de firma, had het hoekkantoor. In een nis voor de mahoniehouten deuren naar zijn heiligdom stonden het bureau van een secretaresse, een kleine bank en een salontafel. De deuren zaten op slot.

Toen zag ik nog een digitaal paneeltje, onopvallend op ooghoogte verscholen achter het deurkozijn. Vreemd. Het betekende dat Schechters kamer niet werd schoongemaakt door het bedrijf dat in de rest van het gebouw werkte.

Het betekende ook dat daarbinnen iets was wat het waard was om beschermd te worden.

De kans was groot dat de combinatie van het digitale slot op een Post-it-papiertje in de la van zijn secretaresse geschreven stond, maar ik zou minder tijd nodig hebben als ik de Leverlock gebruikte.

Het ging allemaal bijna te gemakkelijk.

Ik haalde een zwarte tas uit de plunjezak. Daarin lag een flexibele fiberscoop, als een slang opgerold in voorgevormd piepschuim. In een schede van wolfraamstaal zat een vezeloptiekkabel, twee meter lang en nog geen zes millimeter dik. Explosieventeams in Irak gebruikten die dingen om naar verborgen bommen te zoeken.

Ik boog de fiberscoop om, schroefde de lens erop en zette er een externe metaalhalidelamp op, waarna ik hem onder de deur door stak. Een hendel op de handgreep stelde me in staat om de sonde als de slurf van een olifant in het rond te bewegen. Ik kon nu zien wat er aan de andere kant van de deur was. Nadat ik de slang naar boven had gericht, bekeek ik de muur aan de achterkant van het deurkozijn. Aan de ene kant was er niets op te zien.

Toen ik de slang op de andere kant richtte, zag ik een klein rood lichtje. Het brandde gestaag en zonder te knipperen.

Een bewegingdetector.

Een passieve infraroodsensor. Hij bespeurde minuscule veranderingen in kamertemperatuur, veroorzaakt door de warmte die door een menselijk lichaam werd afgegeven. Een heel gewoon apparaatje, maar niet gemakkelijk te verslaan.

Als het lichtje gestaag brandde, wilde dat zeggen dat de sensor in werking was.

Ik vloekte hardop.

Er waren manieren om zulke dingen te omzeilen. Ik probeerde me de trucs te herinneren waarover ik had gehoord. Op dit gebied was ik niet deskundig. Helemaal niet. Eigenlijk kon ik alleen maar raden. Daarom dacht ik erover de operatie op te geven.

Maar ik was te ver gekomen om terug te gaan.

69

En dus zocht ik een paar dingen bij elkaar in het kantoor van Batten Schechter. Het eerste was gemakkelijk. Op een plank achter het bureau van Schechters secretaresse stond een rij foto's. Ik schoof de rechthoek van glas uit een ingelijste foto van een angstig klein meisje dat op de schoot van een Kerstman in een winkelcentrum zat.

In een opslagruimte vond ik tussen de schappen met verpakkings- en verzendmateriaal een doos met piepschuimplaten, die gebruikt werden om dozen van binnen te bekleden of om opgerolde papieren te beschermen, en ook een rol breed plakband.

Toen ik bij Schechters kamer terug was, schoof ik de Leverlock onder de deur door over de vloerbedekking. In tien seconden had ik de deur open.

Toen werd het lastig.

Terwijl ik naar de bewegingsensor toe liep, hield ik de piepschuimplaat als een schild voor me. Ik bewoog me langzaam door de schemerig verlichte kamer, die vaag verlicht werd door de straatlantaarns beneden en de sterren boven. Als ik het me goed herinnerde, zou het piepschuim de signatuur van mijn lichaamswarmte verborgen houden.

Het duurde kwellend lang voordat ik bij de muur was waarop de sensor was aangebracht. De plaat piepschuim bevond zich nu een paar centimeter bij de sensor vandaan. Maar niet te dichtbij. Als ik de sensor helemaal blokkeerde, zou het alarm ook afgaan.

Zoals de meeste geavanceerde infraroodsensors had deze een ingebouwd gebrek. Hij was gericht op wat ze de 'kruipzone' noemden; als iemand probeerde onder de sensor door over de vloer te kruipen, zou de lens hem meteen signaleren.

Maar hij kon niet naar boven kijken.

Van achter mijn piepschuimen schild nam ik het glazen rechthoekje, dat met plakband aan mijn riem was vastgemaakt. Ik bracht het langzaam met mijn rechterhand omhoog en hield het tegen de lens van de sensor. De strook plakband hield het stevig op zijn plaats.

Toen liet ik de plaat piepschuim op de vloer vallen.

Het rode lichtje bleef gewoon branden. De sensor had niets gemerkt.

Ik ademde langzaam uit.

Glas is ondoorzichtig voor infraroodlicht. De sensor kon er niet doorheen kijken, maar zag het glas ook niet als een belemmering.

Ik deed de plafondlampen aan. Twee van de wanden waren bedekt met mahoniehout. De twee andere waren van glas. De ruiten gingen bijna van vloer tot plafond en boden een adembenemend uitzicht op Boston: de Back Bay, de Charles, Bunker Hill, de haven. De lichten twinkelden alsof er een sterrenbaldakijn op aarde was gevallen. Als je elke dag dit uitzicht vanuit je kantoor had, ging je misschien geloven dat je heerste over het land dat aan je voeten lag.

Zijn antieke bureau was klein en sierlijk: glanzend mahoniehout, een blad van flessengroen leer dat met stempels was versierd, gecanneleerde poten. Er stond alleen een telefoon op.

Ooit had gegolden: hoe machtiger iemand was, des te groter was zijn bureau. In die tijd zag je directeuren met bureaus als slagschepen. Maar tegenwoordig geldt: hoe belangrijker je bent, des te kleiner en sierlijker is je werkblad. Alsof je de wereld wilde laten zien dat je je macht met louter je gedachten uitoefende. Papierwerk was iets voor loonslaven. Er was nergens een computer te zien. Het was me een raadsel hoe iemand tegenwoordig zaken kon doen zonder een computer. Blijkbaar was het best leuk om koning te zijn.

Overal zag ik antiek dat er kostbaar uitzag; spichtige Regency-stoelen, schemerige spiegels, perkamenten prullenbakken, dressoirs en piëdestals. Er lag een fijn geknoopt antiek zijden kleed, olijfgroen en met stukjes in gedempt gele en rode tinten. Derderian zou het water in de mond zijn gelopen.

Ik kende bankdirecteuren die waren ontslagen omdat ze zoveel geld aan hun kantoorinrichting hadden uitgegeven. Ze waren vergeten dat als je de boel inrichtte zoals een achttiende-eeuwse Franse aristocraat zou doen, je waarschijnlijk ook als zo iemand aan je eind zou komen, namelijk door de guillotine. De slimme directeuren bestelden meubilair uit restpartijen.

Maar David Schechter had geen aandeelhouders aan wie hij verantwoording moest afleggen. Het kon zijn cliënten niet schelen dat hun declarabele uren in duur meubilair werden omgezet. In de ogen van de meeste cliënten is een rijke advocaat een succesvolle.

Toen zag ik een tweede stel mahoniehouten deuren.

Ze zaten niet op slot. Toen ik ze opentrok, ging automatisch het licht aan.

Schechters persoonlijke archiefkasten. De kasten met papieren die te geheim waren voor het centrale archief van de firma, waar iedereen erbij kon.

Elke stalen archiefkast was afgesloten met een Kaba Mas-slot. Een X-09-slot, elektromechanisch, ontworpen om aan de strengste veiligheidseisen van de Amerikaanse overheid te voldoen. Algemeen werd aangenomen dat het niet open te krijgen was.

Een bekwame slotenmaker zou die sloten misschien open kunnen krijgen door op precies de juiste plaats een gaatje te boren. Maar ik kon dat niet.

Het was maar goed dat ik het niet hoefde te proberen. De sloten waren niet open te krijgen, maar de kasten zelf waren dat wel. Het waren stalen archiefkasten van vier laden, geen Class 6 Security-kasten die goedgekeurd waren door de GSA. Alsof ze een slot van duizend dollar op een holle deur hadden gezet die zelfs een kind kon intrappen.

Ik koos voor de kast met de letters H-O, in de hoop daarin het dossier van Marshall Marcus te vinden. Knielend stak ik een metalen wig tussen de onderste la en het frame, en inderdaad: de staaf die de kast gesloten hield gleed omhoog.

Toen trok ik de bovenste la open en keek naar de tabs van de dossiermappen. Op het eerste gezicht leken het cliëntendossiers uit verleden en heden.

Maar dit waren geen gewone cliënten. Het was een: 'Wie is wie?' van de rijken en machtigen. Er zaten dossiers bij over sommigen van de invloedrijkste Amerikaanse hoogwaardigheidsbekleders uit de afgelopen dertig tot veertig jaar. De namen van de mannen (vooral mannen, en ook een paar vrouwen) die het in Amerika voor het zeggen hadden gehad. Ze waren niet allemaal beroemd. Sommigen

– voormalige directeuren van de NSA en de CIA, ministers van Buitenlandse Zaken en Financiën, bepaalde leden van het hooggerechtshof, stafchefs van het Witte Huis, senatoren en afgevaardigden – leefden nog maar amper in de herinnering voort.

Maar het was sterk de vraag of David Schechter zelfs maar enkelen van hen als advocaat had vertegenwoordigd. En wat voor juridische diensten had hij trouwens kunnen verlenen? Wat deden die dossiers daar dan?

Terwijl ik me nog afvroeg wat het onderlinge verband van al die dossiers was, trok een naam mijn aandacht.

MARK WARREN HOOD, LT-GEN.

Luitenant-generaal Mark Hood. De man die de afdeling Clandestiene Operaties had geleid van de DIA, de Defense Intelligence Agency, waarvoor ik vroeger had gewerkt.

Ik haalde de bruine dossiermap uit de lade. Hij was meer dan twee centimeter dik. Om de een of andere reden bonkte mijn hart, alsof ik een voorgevoel had.

De meeste papieren waren geelbruin van ouderdom. Ik bladerde ze vlug door. Ik wist nog steeds niet wat die papieren daar deden.

Totdat ik een woord zag dat in blauwe inkt aan de bovenkant van elke pagina was gestempeld: MERCURY.

Dus hier was het.

En op de een of andere manier stond het via mijn vroegere baas met mij in verbinding.

De verklaring was hier te vinden, als ik alleen maar iets kon begrijpen van de rijen cijfers, de cryptische afkortingen of misschien codes. Ik bladerde verder, op zoek naar frasen of woorden die een en ander duidelijk konden maken.

Ik zag een foto die aan een kartonnen pagina was vastgemaakt. Boven aan de pagina stonden de woorden: CERTIFICAAT VAN ONTSLAG UIT ACTIEVE DIENST. Een militair ontslagformulier, DD-214. De man op de foto had gemillimeterd haar en was een paar kilo lichter dan hij nu was.

Het duurde zowaar een volle seconde voordat ik mezelf herkende.

De schok kwam zo hard aan dat ik het geschuifel op de vloerbedekking achter me pas hoorde toen het te laat was, en meteen daarop voelde ik een harde klap tegen de zijkant van mijn hoofd. Er schoot een scherpe, verlammende pijn door mijn schedel, en op het moment voordat alles zwart werd, proefde ik bloed.

70

Toen ik bijkwam en het waas voor mijn ogen eindelijk wegtrok, bleek ik me in een vergaderkamer met lambriseringen te bevinden. Ik zat aan het eind van een enorme doodkistvormige, kersenhouten vergadertafel.

Mijn hoofd bonkte pijnlijk, vooral mijn rechterslaap. Toen ik mijn handen probeerde te bewegen, besefte ik dat mijn polsen met nylon boeien aan de stalen armleuningen van een dure bureaustoel waren vastgemaakt. De banden sneden in mijn huid. Mijn enkels waren aan de middenstang van de stoel geboeid.

Ik kon me vaag herinneren dat ik ergens heen was gesleept, rechtop was getrokken, was uitgescholden. Ach, misschien hadden ze voor de goede orde ook nog waterboarding toegepast. Ik vroeg me af hoe lang ik al in die stoel zat.

Aan het andere eind van de tafel zat David Schechter nieuwsgierig naar me te kijken. Hij droeg een knalgele trui met v-hals en keek me door zijn bril met hoornen montuur met een uilige blik aan. Ik verwachtte min of meer dat hij met de stem van Dr. Evil zou spreken, met uitgestoken pink, en een miljoen dollar voor mijn vrijlating zou eisen.

Maar ik was de eerste die sprak. 'Je zult je wel afvragen waarom ik hier vandaag bij je op bezoek kom,' zei ik.

Schechter liet iets zien wat bij hem blijkbaar voor een glimlach moest doorgaan. De hoeken van zijn bijna liploze mond gingen omlaag om een volmaakte boog te vormen, als die van een kikker, naar beneden getrokken door tientallen verticale rimpels. Het leek wel of glimlachen zwaar werk voor hem was, iets wat hij maar zelden deed.

'Wist je,' zei hij, 'dat inbraak met het oogmerk een misdrijf te plegen je op twintig jaar gevangenisstraf kan komen te staan?'

'Ik wist dat ik rechten had moeten studeren.'

'En dat je zelfs levenslang kunt krijgen als je dat ook nog doet met een ongeregistreerd wapen op zak? Er is in heel Massachusetts geen rechter die je niet minstens tien jaar zou geven. O ja, en dan is er ook nog de kwestie van je detectivevergunning. Die is zo goed als ingetrokken.'

'Ik neem aan dat de politie onderweg is.'

'Ik zie geen reden waarom we dit niet onderling kunnen regelen zonder de politie erbij te betrekken.'

Ik moest onwillekeurig glimlachen. Hij zou de politie niet bellen. 'Ik kan niet helder denken als de bloedsomloop in mijn extremiteiten wordt belemmerd.'

Een lichte beweging aan de rand van mijn gezichtsveld. Aan elke kant van me stond een zwaargebouwde krachtpatser. Waarschijnlijk bewakers. Of lijfwachten. Ze hadden allebei een Glock op hun zij hangen. Een van hen was blond zonder nek. Hij had een leeg gezicht en een huid die geteisterd was door steroïden.

De ander herkende ik.

Hij had zwart gemillimeterd haar en een lichaam dat nog extremer gespierd was dan dat van de blonde. Het was een van de twee mannen die bij me had ingebroken. Boven zijn linkeroog, aan de onderkant van zijn voorhoofd, zat een dun wit verband. Een veel groter verband zat naast zijn linkeroor. Ik herinnerde me dat ik een scheerapparaat in zijn gezicht had gegooid en dat hij toen was gaan bloeden.

Schechter keek enkele ogenblikken naar mij, knipperde langzaam als een oude leguaan en knikte. 'Snij hem los.'

Mongo keek zijn werkgever protesterend aan, maar viste toen een kniptang met geel heft uit de zak van zijn zwarte jack. Hij liep voorzichtig naar me toe, alsof hij een explosievenopruimer was en ik een atoombom, en hij tien seconden te laat was.

Zwijgend, nors, zette hij zijn kniptang op de nylon band die mijn pols aan de rechterarmleuning van de stoel vastmaakte, terwijl zijn collega met het maangezicht me strak aanstaarde en zijn pistool op me gericht hield.

Terwijl Mongo aan het werk was, boog hij dicht naar me toe en mompelde hij binnensmonds, zijn tanden op elkaar geklemd: 'Hoe gaat het met George Devlin?'

Ik bleef heel stil zitten.

Hij nam de tijd. Hij genoot van de gelegenheid om me te bespotten. Bijna onhoorbaar ging hij verder: 'Ik ving een glimp van Scarface op toen we naar beelden van een van onze camera's keken. De lens sprong ervan kapot.'

Hij keek me met een vage grijns aan en ik keek alleen maar ijzig terug.

'Het moet niet meevallen om er als een monster uit te zien.' Hij knipte de andere nylon band door en maakte daarmee mijn handen van de armleuningen los, al hield hij ze aan elkaar geboeid. 'De ene dag willen alle meisjes die je tegenkomt dat je je broek uittrekt. De volgende dag kun je niet eens de lelijkste hoer tegen betáling...'

Met een snelle opwaartse stoot pompte ik mijn vuisten in de onderkant van zijn kin. Daarmee sloot ik zijn kaken zo heftig dat ik zijn kiezen hoorde kraken. Toen hij nog wankelde, sloeg ik met beide handen tegen de rug van zijn neus. Ik had niet veel manoeuvreerruimte, maar ik legde er veel kracht in.

Er brak iets met een hard knapgeluid. De straal bloed die uit zijn neusgaten kwam, wees erop dat ik waarschijnlijk zijn neus had gebroken. Hij brulde van pijn en razernij.

Schechter stond op en zei iets snels en scherps tegen de andere bewaker, die de schuif van zijn pistool bewoog om een patroon in de kamer te brengen. Slecht werk. Zijn wapen had al doorgeladen moeten zijn.

'Heller, in godsnaam,' zei Schechter geërgerd.

Mongo wankelde achterover en haalde wild naar me uit. Ik kon zijn vuist gemakkelijk ontwijken. Schechter riep: 'Zo is het genoeg,

Garrett', en de man hield zich meteen in, als een goed afgerichte dobermann.

'Snijd hem nu verder los,' zei Schechter. 'En hou je mond terwijl je dat doet.'

Garrett, of Mongo, zoals ik hem bij mezelf noemde, knipte de overgebleven boeien door. Intussen boorden zijn ogen gaten in de mijne. Er liepen twee stroompjes bloed over de onderste helft van zijn gezicht. Toen hij klaar was, veegde hij het met zijn mouw af.

'Zo is het veel beter,' zei ik tegen Schechter. 'Nou, als we toch een openhartig gesprek hebben, kun je misschien beter tegen die twee vechtersbazen zeggen dat ze moeten weggaan.'

Schechter knikte. 'Semasjko, Garrett, alsjeblieft.'

De bewakers keken hem aan.

'Jullie kunnen buiten wachten. Er komen vast geen problemen. Meneer Heller en ik moeten onder vier ogen met elkaar praten.'

Op weg naar buiten zwaaide Mongo dreigend met zijn pistool naar me. Met zijn andere mouw veegde hij weer over zijn bebloede neus.

Toen de deur dicht was, zei Schechter: 'Nou, was er iets wat je wilde ontdekken?'

'Ja,' zei ik. 'Weet Marshall Marcus dat jij de ontvoering van zijn dochter hebt georganiseerd?'

71

Hij blies luidruchtig zijn adem uit. 'Ik vind het jammer dat je dat denkt. Niets zou verder bezijden de waarheid kunnen zijn.'

'Je staat in verband met zowel Marcus als senator Armstrong – zowel de vader van het ontvoerde meisje als de vader van een meisje dat bij die ontvoering heeft geholpen. Dat zal toch geen toeval zijn?'

'Is het ooit bij je opgekomen dat we allemaal aan dezelfde kant staan?'

'Toen je me opdracht gaf bij de senator en zijn dochter vandaan te blijven, en toen je zei dat mijn diensten niet meer nodig waren, kwam er een zekere twijfel bij me op. Ik sta namelijk aan de kant die Alexa Marcus vrij wil krijgen.'

'En je denkt dat ik niet aan die kant sta?'

Ik haalde mijn schouders op.

'Bekijk het eens statistisch,' zei hij. 'Hoe groot is de kans nu werkelijk dat Alexa levend thuiskomt? Ze is zo goed als dood, en ik denk dat Marshall dat al inziet.'

'Ik zou zeggen dat je haar kansen aanzienlijk hebt verkleind door te weigeren Marcus de Mercury-bestanden te laten overdragen.'

Schechter zweeg.

'Zijn ze echt twee levens waard?' zei ik.

'Je hebt geen idee.'

'Vertel me dan hoe het zit.'

'Ze zijn veel, veel meer waard. Ze zijn de levens waard van het miljoen Amerikanen dat is gestorven toen ze ons land verdedigden. Maar ik denk dat je dat al weet. Is het niet de reden waarom je bij het ministerie van Defensie bent weggegaan?'

'Ik ben weggegaan vanwege onenigheid.'

'Onenigheid met Mark Hood, je baas.'

Ik knikte.

'Omdat je weigerde een onderzoek stop te zetten terwijl je toch expliciet bevel had gekregen dat te doen. Een onderzoek dat een waarschuwingssignaal zou hebben afgegeven aan bepaalde personen die niet wisten dat ze het onderwerp van de grootste anticorruptiecampagne uit de geschiedenis waren geworden.'

'O ja?' zei ik spottend. 'Gek dat niemand daar toen iets over heeft gezegd.'

'Dat kon niemand zeggen. Toen niet. Maar nu kunnen we alleen maar vertrouwen op je discretie, je gezond verstand en je patriottisme.'

'Jullie weten niets van me af,' zei ik.

'Ik weet heel veel van je af. Ik weet alles van je opmerkelijke staat van dienst. Niet alleen wat je op het slagveld hebt gepresteerd, maar ook het clandestiene werk dat je voor Defensie hebt gedaan. Generaal Hood zegt dat je waarschijnlijk de intelligentste en in elk geval de moedigste agent was die ooit tot zijn grote geluk voor hem heeft gewerkt.'

'Ik voel me gevleid,' merkte ik zuur op. 'En waarom was jij zo geïnteresseerd in mijn militaire staat van dienst?'

Hij sloeg zijn armen over elkaar, boog naar voren en zei opgewonden: 'Als jíj de leiding van Marshalls beveiliging had gehad, zou dit niet zijn gebeurd.'

'Dat kun je niet met zekerheid zeggen.'

'Jij weet verdomd goed dat ik gelijk heb. Je bent een buitengewoon talent. Ja, natuurlijk heb ik je dossier. Ja, natuurlijk heb ik onderzoek naar je gedaan.'

'Waarvoor?' vroeg ik.

Hij zweeg tien, vijftien seconden. 'Je weet vast wel van die "verdwijning" van 2,6 biljóén dollar die een accountant een paar jaar geleden in het ministerie van Defensie heeft ontdekt?'

Ik knikte. Ik had daarover gelezen en het met vrienden besproken. Het verhaal had niet zoveel aandacht van de grote media gekregen als je zou hebben verwacht. Misschien waren de Amerikanen blasé geworden als het op corruptie aankwam, maar het was nu ook weer niet zo dat we een land als Somalië waren. Misschien konden mensen zich zo'n groot bedrag gewoon niet voorstellen, net als het gewicht van de planeet aarde.

'Dat gebeurt er nou als je een overheidsdienst hebt met een budget van driekwart biljoen dollar en nauwelijks interne controle,' zei hij.

'Het geld is nooit gevonden, hè?'

Hij haalde zijn schouders op. 'Dat is niet mijn probleem, en daar gaat het me ook niet om. Ik zeg alleen dat het ministerie van Defensie een zwart gat is. Dat weet iedereen in de inlichtingenwereld.'

'Hoe weet jij het? Jij behoort niet tot die wereld.'

Hij hield zijn hoofd schuin. 'Het ligt er maar aan wat je daaronder verstaat. De CIA werkt al een halve eeuw met mensen van buiten, en die zullen je allemaal tegenspreken.'

'Wat, dus Batten Schechter is een dekmantel van de CIA?'

Hij schudde zijn hoofd. 'De CIA? Kom nou. Heb je gezien hoe laag die dienst tegenwoordig in de pikorde staat? Ergens onder het Bureau of Labor Statistics. Vroeger had de CIA de leiding van de inlichtingenwereld, maar tegenwoordig zijn ze ondergeschikt aan de nationale inlichtingendirecteur, en uit het een volgt het ander...'

'Oké, maar wat ben jij dan?'

'Een tussenpersoon. Niets meer dan dat. Een doorgeefluik. Gewoon een advocaat die eraan meewerkt dat er niet opnieuw drie biljoen dollar "kwijtraakt".'

'Zou je het nog vager kunnen zeggen?'

'Ik zal het wat concreter zeggen. Wie betaalde je salaris toen je in Washington voor het ministerie van Defensie werkte?'

'Zwart budget,' zei ik. Dat was topgeheime financiering, diep weggestopt in de begroting van de Amerikaanse regering. Het ging om clandestiene operaties, geheim onderzoek, wapenonderzoek en dat soort dingen. Alle dingen die officieel niet bestaan. Het zit zo goed verborgen in de wirwar van de begroting dat niemand ooit weet hoeveel er is of waarvoor het geld bestemd is.

'Bingo.'

'Heeft Mercury betrekking op geheime budgetten van de Verenigde Staten?'

'Zo zou je het kunnen stellen. Enig idee hoe groot het totale zwarte budget is?'

'Zestig miljard of zo.'

Hij snoof. 'Ja. Als je gelooft wat er in de *Washington Post* te lezen staat. Dat is het cijfer dat ze voor publieke consumptie hebben laten uitlekken.'

'Dus je...' En ik zweeg.

Plotseling werd het me allemaal duidelijk. 'Bedoel je dat Marshall Marcus het zwarte budget van de Verenigde Staten heeft belegd, dus dat hij dat geld in beheer heeft gekregen? Sorry, dat geloof ik niet.'

'Niet het hele budget. Maar wel een flink stuk ervan.'

'Over hoeveel geld hebben we het?'

'Het is niet belangrijk hoeveel het was. Nogal wat jaren geleden keek een stel heel verstandige mensen naar de grote schommelingen in de defensie-uitgaven. Ze beseften dat we onze nationale veiligheid hadden overgeleverd aan grillen van het publiek en modes in de politiek. Het ene jaar zeggen ze: "Maak alle terroristen dood," en het volgende jaar zeggen ze: "Waarom schenden we burgerrechten?" We zwalken heen en weer tussen Koude Oorlog en "vredesdividend". Kijk maar eens hoe de CIA werd uitgehold in de jaren negentig – door zowel Republikeinse als Democratische presidenten. Toen kwamen de aanslagen op 11 september en was iedereen hevig verontwaardigd: waar was de CIA? Hoe kon dit zijn gebeurd? Nou, jullie hebben de CIA helemaal kaalgeplukt, mensen. Dat is er gebeurd.'

'En...?'

'En toen werd op heel hoog niveau besloten geld uit de vette jaren opzij te leggen voor de magere jaren.'

'En dat geld gaven ze in beheer bij Marshall Marcus.'

Hij knikte. 'Een paar honderd miljoen hier, een miljard of twee daar, en algauw had Marshall onze clandestiene fondsen verviervoudigd!'

'Briljant,' zei ik. 'En nu is het allemaal weg. Over een zwart gat gesproken. Zo te horen deden jullie het niet veel beter dan de financiële figuren van het ministerie van Defensie.'

'Daar heb je gelijk in. Maar niemand had verwacht dat Marshall op die manier onder vuur zou worden genomen.'

'Dus het gaat de ontvoerders van Alexa helemaal niet om geld? Mercury slaat op beleggingsgegevens?'

'Even voor alle duidelijkheid: ze willen sommige van onze grootste operationele geheimen. Dit is een directe aanval op Amerikaanse protocollen van nationale veiligheid. En eerlijk gezegd zou het me niet verbazen als Poetins mensen hier de hand in hebben.'

'Dus je denkt dat de Russen hierachter zitten?'

'Absoluut.'

Dat zou verklaren waarom de ontvoerder een Russische ex-gedetineerde was. Tolja had gezegd dat Russische oligarchen vaak leden van de Sova-bende inhuurden. Maar nu vroeg ik me af of misschien de Russische overheid achter dit alles zat.

'Je hebt toegang gekregen tot informatie die nog boven de categorie "topgeheim" uit gaat?'

'Het ministerie van Defensie kan niet meer geld rechtstreeks naar dekmantelorganisaties sluizen, zoals het vroeger deed. Je weet dat er tegenwoordig allemaal wetten tegen het witwassen van geld zijn, wetten om het terroristische organisaties moeilijk te maken. Daardoor zijn veel te veel bureaucraten in te veel landen over de hele wereld in staat om geldstromen te volgen. Particuliere financiering moet uit de particuliere sector komen, anders krijgt een accountant die de boeken van zo'n bedrijf doorneemt in de gaten dat er iets mis is.'

'Dat snap ik. En?'

'Als de verkeerde mensen de transfercodes te pakken krijgen, weten ze de namen van allerlei tussenpersonen en dekmantelbedrijven. Dan weten ze dus wie wat voor ons doen, en waar ze dat doen. Als we al die gegevens overdroegen, zou onze nationale veiligheid een enorme dreun krijgen. Dat kan ik niet toestaan. En als Marshall zijn verstand gebruikte, zou hij het ook niet toestaan.'

'Daar zou ik maar niet zo zeker van zijn.'

'Geloof me,' zei Schechter, 'niets zou me gelukkiger kunnen maken dan wanneer je Alexa Marcus kon vinden en haar op de een of andere manier kon bevrijden. Maar als ik mag afgaan op wat ik heb gehoord, is dat op dit moment zo goed als onmogelijk. We weten geen namen van degenen die haar gevangenhouden. We weten absoluut niet waar ze is.'

Ik verbeterde hem niet. 'Zijn we hier klaar?'

'Nog niet helemaal. Je hebt een paar uiterst geheime dossiers ingezien, en je moet me verzekeren dat je niemand er iets over vertelt. Zijn we het daarover eens?'

'Eigenlijk kan het me niet schelen wat er in jouw dossiers staat. Ik wil alleen maar Marshall Marcus' dochter vinden. En zolang je me niet voor de voeten loopt, ja, dan zijn we het eens.'

Mijn hoofd bonkte weer toen ik opstond. Ik draaide me om en liep de kamer uit. Zijn vechtersbazen probeerden me tegen te houden, maar ik duwde ze opzij. Ze keken me dreigend aan. Ik glimlachte terug.

'Nick,' riep Schechter.

Ik bleef staan. 'Ja?'

'Ik weet dat je zult doen wat goed is.'

'O,' zei ik, 'daar kun je op rekenen.'

72

Het was bijna halfelf toen ik weer in Derderians busje zat. Terwijl ik ermee naar een van zijn parkeerplaatsen achter mijn kantoorgebouw reed, zette ik mijn BlackBerry aan. Het apparaatje begon meteen e-mails te downloaden en maakte zijn voicemailgeluid.

Een van de telefoontjes kwam van Mo Gandle, de privédetective in New Jersey die zich in het verleden van Belinda Marcus verdiepte.

Ik luisterde met verbazing naar de boodschap die hij had ingesproken. Het feit dat ze callgirl was geweest, was lang niet het interessantste aspect van haar voorgeschiedenis.

Ik wilde hem net terugbellen toen ik zag dat vier van de telefoontjes die ik had gekregen uit Moskou kwamen. Ik keek op mijn horloge. In Moskou was het nu twintig over zes 's morgens. Veel te vroeg om te bellen. Hij zou vast en zeker slapen.

Ik belde hem wakker.

'Ik heb boodschappen voor je ingesproken,' zei hij.

'Ik was tijdelijk niet bereikbaar,' zei ik. 'Heb je namen voor me?'

'Ja, Nicholas, die heb ik. Het leek me niet verstandig om die informatie op je voicemail in te spreken.'

'Laat me even stoppen en pen en papier pakken.'

'Eén naam kun je vast wel onthouden.'

'Laat maar horen,' zei ik.

Hij gaf me de naam.

Het was te laat om een pendelvlucht van Boston naar vliegveld La-Guardia bij New York te nemen.

Maar er was altijd een manier. Een oude vriend vloog met vrachtvliegtuigen voor FedEx. Hij werkte vanuit Memphis, maar kreeg me op de vlucht van elf uur van Boston naar New York. Na iets meer dan een uur liep ik een 'club voor volwassen entertainment' met de naam Gentry binnen aan West Forty-fifth Street in Manhattan.

Vroeger heette zoiets een stripclub, maar in beschaafde kringen heette het een 'herenclub', totdat die term ook politiek incorrect werd.

Blijkbaar wilden de eigenaren van de tietenbar geen feministen krenken.

Langs de kanten van de gespiegelde hal stonden de obligate uitsmijters uit New Jersey. Ze droegen zwarte blazers met te korte mouwen over zwarte overhemden met witte krijtstreepjes. De vloerbedekking in de bar zelf was opzichtig rood, met leuningen en relingen die zo fel glansden dat ze niet eens hun best deden er als koper uit te zien. De muziek was slecht en hard. Ik zag fauteuils van rood vinyl met veel rondingen en bankjes en nissen die ook al van rood vinyl waren en voor de helft onbezet waren. Op de andere helft zaten congresbezoekers en middenkadermanagers die cliënten onthaalden. Vrijgezellenfeesten uit Connecticut. Japanse zakenlieden met onkostenrekening. Spotlights draaiden rond, discolampen wervelden aan het plafond, en er waren overal spiegels.

De meisjes – pardon, de 'entertainers' – waren aantrekkelijk, welgevormd en bruin uit een spuitbus. De meesten zagen eruit alsof er veel cosmetica aan te pas was gekomen. Als ze dansten, schudde er niets heen en weer. Er waren daar genoeg siliconen aanwezig om elke hotelkamer in Manhattan van specie tussen de tegels te voorzien. Ze droegen tangaslips, kousenbanden, minuscule zwarte beha's en zulke hoge hakken dat ik het een wonder vond dat ze overeind konden blijven staan en niet meteen voorovervielen.

Op het hoofdpodium, een ondiepe halvemaan met een koperen reling, kreeg een gegeneerd kijkende jongeman met een lelijke huid in de felle spotlights een 'stage dance' van een lenige zwarte vrouw die acrobatische bewegingen maakte waaraan een Ashtanga-yoga-meester zich nooit zou wagen.

Langs de trap hing een collage van kolossale 'kunstfoto's' van zorgvuldig gekozen vrouwelijke lichaamsdelen. Boven vond ik wat volgens de rode neonletters op de deur de 'vipkamer' was, voorbij de sigarenbar en een rij 'privékamers' met gordijnen van rood fluweel die als wanden fungeerden. Een royaal geproportioneerde vrouw met tepellapjes hield de deur voor me open.

De muziek was hier rustiger. Justin Timberlake zong over wat sexy was, en dat nummer ging over in Kate Perry die bekende dat ze een meisje had gekust en het prettig had gevonden. De wanden waren behangen met witte gordijnen die van beneden af met purperen spotlights werden beschenen. Nog meer schaars geklede vrouwen liepen rond met dienbladen vol glazen. Een vermoedelijk Braziliaanse schoonheid gaf een schootdans aan een dikke zakenman uit het Midden-Oosten.

De man die ik zocht, zat op een bankje met een potige lijfwacht aan weerskanten van hem. Ze droegen alle twee een goedkoop zwartleren jasje en waren zo groot als een *football*-prof. Een van hen had gemillimeterd haar; de ander had zwarte Julius Caesar-lokken. Je zag al op een kilometer afstand dat het Russen waren.

De jongen was lang en mager en had een bleke huid en een slordig sikje. Hij droeg een fatterig zwartfluwelen jasje met smalle lapellen die met kraaltjes waren afgezet. Het jasje zou er zelfs nog gewaagd hebben uitgezien als Liberace het droeg. Daaronder droeg hij een zwart overhemd met een piepklein boordje en een supersmalle zwarte das. Hij dronk een glas bruine vloeistof en hield hof voor vijf of zes al even slecht geklede jongens van zijn eigen leeftijd, die zo te zien whisky dronken, naar de meisjes loerden, te hard lachten en zich in het algemeen irritant gedroegen.

Arkady Navrozov leek veertien, al was hij bijna twintig. Zelfs als je niet wist dat zijn vader, Roman Navrozov, stinkend rijk was, kon je het zien aan de aanmatigende houding van de jongen.

Ze zeiden dat Roman Navrozov meer dan vijfentwintig miljard

dollar waard was. Hij was een balling uit Rusland, waar hij een fortuin had vergaard als een van de nieuwe oligarchen die onder Boris Jeltsin waren opgekomen door een paar olie- en gasbedrijven van de stad in bezit te nemen en er vervolgens mee naar de beurs te gaan. Toen Vladimir Poetin aan de macht kwam, gooide hij Navrozov op grond van corruptie in de gevangenis.

Navrozov zat vijf jaar in de beruchte Kopeisk-gevangenis.

Toch had hij het blijkbaar op een akkoordje gegooid met Poetin, want hij werd stilletjes vrijgelaten en ging toen in ballingschap, waarbij een groot deel van zijn fortuin intact bleef. Hij had huizen in Moskou, Londen, New York, Parijs, Monaco, Saint-Barthélemy... waarschijnlijk was hij zelf de tel kwijtgeraakt. Hij bezat een voetbalclub in het westen van Londen. Zijn jacht, het grootste en duurste ter wereld, lag meestal ergens aan de Franse Rivièra. Het was voorzien van een raketverdedigingssysteem van Frans fabricaat.

Want Roman Navrozov leefde in angst. Hij had twee moordaanslagen overleefd, die in de publiciteit waren gekomen, en waarschijnlijk nog talloze andere aanslagen, dankzij zijn privéleger van ongeveer vijftig lijfwachten. Hij had de fout gemaakt zich tegen Poetin en de 'kleptocratie' uit te spreken, en blijkbaar liet Poetin niet gauw iets over zijn kant gaan.

Zijn enige zoon, Arkady, was het jaar daarvoor uit Zwitserland gezet omdat hij in het hotel Beau-Rivage Palace in Lausanne een zestienjarig Lets kamermeisje had verkracht. Zijn vader had nogal met geld moeten strooien om de aanklachten te laten intrekken.

Hij was bang dat zijn zoon zou worden ontvoerd en lette er goed op dat Arkady nergens heen ging zonder zijn eigen stel lijfwachten.

Maar Arkady was een moderne jongen. Hij vertelde dingen op Facebook en een socialenetwerksite die Foursquare heette en waarop je blijkbaar elk moment van de dag aan al je vrienden vertelde waar je was.

Eerder op de dag had hij gemeld:

Arkady N. in New York:
Op weg naar Gentry: vanavond rocken in vipkmr!

Toen hij aankwam, meldde hij:

Arkady N. @ Gentry
W. 45th St.

Niet lang daarna kwam ik ook bij Gentry aan. Alleen rockte ik niet en zette ik het ook niet op internet.

Ik hou er niet van dat mensen weten waar ik heen ga, voordat ik er ben. Dan is de verrassing bedorven.

Ik had een tafel aan de andere kant van de kamer, maar in het zicht. Ik keek op mijn horloge.

Precies op tijd kwam de aantrekkelijkste vrouw in de kamer naar Arkady toe. Zijn lijfwachten verschoven op hun plaats, maar zagen in Cristal geen dodelijke bedreiging. Ze fluisterde iets in het oor van de jongen en kroop op zijn schoot. Haar ene hand streek over zijn kruis.

Zijn vrienden grinnikten. Hij stond verlegen op en volgde haar door de met purper verlichte gordijnen naar een van de privéruimten aan de andere kant.

Arkady's lijfwachten kwamen vlug achter hem aan, maar hij stuurde ze terug.

Zoals ik had verwacht.

Voordat ze naar het bankje terugkeerden, was ik weg.

De met gordijnen afgeschoten privéruimte waar Cristal met Arkady naartoe was gegaan, zag eruit als zo'n nagemaakt victoriaans boudoir dat je in een bordeel in Nevada zou verwachten. De wanden waren met fluweel bekleed, er lag hoogpolige rode vloerbedekking, en in het midden stond een groot bed van rood fluweel, afgezet met gouddraad. De lichten waren gedempt.

Van achter de rode gordijnen kon ik hen tweeën zien binnenkomen.

'... het je maar gemakkelijk terwijl ik champagne voor ons ga halen, goed? Hou je van Dom?'

Ze liet hem op het bed plaatsnemen, duwde haar tong in zijn oor en fluisterde: 'Ik ben zo terug.'

'Hé, waar ga je heen?' zei de jongen. Hij sprak Amerikaans Engels met een Russisch accent.

'Schat, als ik terug ben, ga je helemaal uit je dak,' zei ze, en ze glipte tussen de gordijnen door. Ik gaf haar een pakje bankbiljetten, de tweede helft van wat ik haar had beloofd.

Arkady glimlachte voldaan, rekte zich uit als een kat en riep haar na: 'Is dat een belofte?'

Hij zag mij niet vanaf de andere kant naar het bed toe sluipen. Ik dook zo snel als een cobra op hem af, sloeg mijn hand over zijn mond en drukte mijn revolver tegen de zijkant van zijn hoofd. Ik spande de trekker.

'Heb je ooit de bovenkant van iemands hoofd zien wegvliegen, Arkady?' fluisterde ik. 'Ik wel. Je vergeet het nooit.'

73

Roman Navrozov was eigenaar van het penthouse van het Mandarin Oriental, met een weergaloos uitzicht op de stad. Hij was de laatste tijd veel in de stad geweest. Hij probeerde namelijk de New York Mets te kopen, waarvan de eigenaar nogal zwaar door de fraude van Bernard Madoff was getroffen.

Volgens mijn KGB-vriend Tolja voelde hij zich veilig in het Mandarin. Er waren veel afzonderlijke vormen van beveiliging en verscheidene in- en uitgangen. Het waakzame personeel van het hotel was zijn eerste verdedigingslinie.

Ik werd in de hal van het hotel opgewacht door een slanke, elegante, zilverharige man van ongeveer zestig. Hij droeg een duur blauw pak met een krijtstreepje en een goudkleurige pochet, die perfect gevouwen was.

Hij stelde zich voor als Eugene, zonder achternaam: een 'medewerker' van de heer Navrozov.

Hij gedroeg zich als een Engelse butler. Hoewel het na middernacht was en hij wist dat ik zojuist de zoon van zijn baas had ontvoerd, was hij hartelijk. Hij wist dat ik daar was om zaken te doen.

Toen hij me naar Navrozovs privélift leidde, zei ik: 'Ik ben bang dat de plannen enigszins veranderd zijn.'

Hij draaide zich om en trok zijn wenkbrauwen op.

'We spreken elkaar niet in zijn appartement. Ik heb een kamer in het hotel gereserveerd, een paar verdiepingen lager.'

'Ik weet niet of meneer Navrozov daarmee akkoord gaat...'

'Als hij zijn zoon ooit terug wil zien, zal hij zich vast wel flexibel opstellen,' zei ik. 'Maar hij moet het zelf weten.'

74

Een kwartier later ging de lift op de zevenendertigste verdieping open en kwamen er vijf mannen uit.

Het waren Roman Navrozov en een legertje lijfwachten. Ze bewogen zich met militaire precisie: een voor hem, een achter hem, een links en een rechts.

Die lijfwachten maakten een capabelere indruk dan de bruten die hij zijn zoon had meegegeven. Ze droegen een goed pak en gekromde oordopjes, net als geheim agenten. Ze waren allemaal gewapend en droegen blijkbaar kogelwerende kleding, en ze liepen met de precisie van goed getrainde beroepssoldaten. Terwijl ze hun baas door de gang leidden, letten hun ogen op alle hoeken waar gevaar vandaan kon komen.

Roman Navrozov was een gezette man, niet lang, maar hij straalde gezag uit. Hij had een Vaticaanse kardinaal kunnen zijn die op het balkon van de Sint-Pieter verscheen om '*Habemus papam*' te roepen. Hij had scherpe ogen en een onnatuurlijk zwarte rand haar om een grote kale schedel heen. Hij deed me denken aan de acteur die Hercule Poirot speelde in de Britse tv-serie.

Zijn dunne lippen waren wreed en met vorstelijke hooghartigheid samengeperst. Hij droeg een zwarte blazer en had een deel van zijn krakend heldere witte overhemd niet in zijn broek gestopt, alsof hij het inderhaast had aangeschoten. Zo te zien ergerde het hem mateloos dat hij midden in de nacht door de gangen van het hotel moest lopen.

Toen ze halverwege de gang waren, maakte de voorste lijfwacht een snel handgebaar. Navrozov bleef staan, geflankeerd door de rest van zijn entourage. Intussen liep de eerste lijfwacht met zijn wapen in de aanslag naar de deur.

Hij zag meteen dat de deur op een kier stond, opengehouden door de schoot van het slot.

Hij maakte weer een snel gebaar, en een tweede lijfwacht kwam bij hem staan. Samen namen ze snel positie in aan weerskanten van de deur. De eerste schopte de deur open, en ze stormden met getrokken wapens naar binnen, waarbij ze ieder een sector van de kamer voor hun rekening namen.

Misschien verwachtten ze een hinderlaag, maar omdat ik door het kijkgaatje in de kamer aan de overkant van de gang stond te turen, troffen ze binnen niemand aan.

Toen drukte ik op een toets van mijn telefoon. 'Ik ga naar positie één,' zei ik, toen er werd opgenomen.

'Begrepen,' zei een stem.

Hij was Darryl Amos en had deel uitgemaakt van mijn Special Forces-eenheid. Terwijl ik in het vliegtuig zat, was Darryl naar de stad gereden vanuit Fort Dix in New Jersey, waar hij als instructeur van konvooibegeleiders werkte. Hij had een kamer genomen in Hotel Conroy, een gribus aan West Forty-third Street. Als je het opzoekt op een reiswebsite, zie je het beschreven staan als een van de smerigste hotels in de stad. Nog niet zo lang geleden had een kamermeisje een lijk dat in een laken was gewikkeld onder een bed ontdekt. Het laken werd opnieuw gebruikt, al hebben ze het eerst wel gewassen.

Hij had in het steegje achter de stripclub op mij en Arkady Navrozov staan wachten.

Op dit moment paste Darryl in Hotel Conroy op de zoon van Roman Navrozov. Ik was er vrij zeker van dat de zoon van de oligarch nooit eerder in zo'n kamer was geweest.

Toen ik had geconstateerd dat Navrozovs mannen alleen maar hun werk deden – ze vergewisten zich ervan dat hun baas niet in een val zou lopen en deden verder niets –, maakte ik de deur open en stak ik de gang over.

75

Even later stond ik bij het raam, niet ver bij de man vandaan die het meesterbrein achter de ontvoering van Alexa Marcus was geweest.

We waren alleen in de kamer. Hij zat met zijn benen over elkaar in een fauteuil en keek gebiedend. 'U bent goed van vertrouwen,' zei hij.

'Omdat ik ongewapend ben?'

Dat waren we allebei. Hij had bijna nooit een wapen bij zich, en ik had dat van mij afgegeven. Zijn lijfwachten stonden in de gang bij de deur, die met wederzijdse instemming op een kier was blijven staan. Ik wist dat ze naar binnen zouden stormen als hun baas zelfs maar even kuchte.

Hij antwoordde zonder me aan te kijken. 'U zegt dat u mijn zoon hebt. Misschien hebt u hem, misschien niet. In elk geval hebben wij nu u.' Hij haalde zijn schouders op. Heel zakelijk; heel nonchalant. 'We kunnen nu alle druk uitoefenen die we willen.' Hij grijnsde. 'Dus u ziet het: u hebt het niet handig gespeeld.'

'Ziet u dat gebouw?' zei ik.

Recht tegenover de straat verrees het Trump International Hotel and Tower als een glanzende zwarte monoliet.

'Een goed hotel, de Trump Tower,' zei Navrozov. 'Ik had in het SoHo-project van Trump willen investeren, maar jullie overheid verbood het.'

'Ziet u die rij kamers daar?'

Ik wees opnieuw, ditmaal naar een rij donkere kamers. Kantoren, geen hotelkamers, al wist hij dat waarschijnlijk niet.

Toen stak ik mijn hand op alsof ik wilde zwaaien, en één raam in de lange donkere rij lichtte op.

'Hallo,' zei ik. 'We zijn er.'

Ik stak mijn hand nog een keer op, en het raam aan de overkant werd donker.

'Mijn vriend daar is een scherpschutter van wereldklasse,' zei ik.

Navrozov bewoog zijn lichaam opzij, weg van wat hij waarschijnlijk als de vuurlijn zag.

'Een legervriendje?'

'Nee, dat niet. Hij komt uit Newfoundland. Wist u dat sommigen van de beste scherpschutters ter wereld uit Canada komen?'

'Misschien wel, maar op deze afstand?'

'Mijn Canadese vriend heeft het officiële record voor de grootste afstand waarop een vijand is neergeschoten. Hij heeft in Afghanistan een talibanstrijder doodgeschoten op tweeënhalve kilometer afstand. Nou, denkt u dat we zelfs maar één kilometer bij de Trump Tower vandaan zijn?'

Hij glimlachte ongemakkelijk.

'Ik denk dat het ruim honderd meter is. U had net zo goed een schietschijf op uw voorhoofd kunnen hebben. Voor mijn Canadese vriend bent u zo'n gemakkelijk doelwit dat het niet leuk meer is.'

Zijn glimlach vervaagde.

'Hij gebruikt een Amerikaans Tac-50-geweer dat in Phoenix is gemaakt. En patronen van kaliber 50, gemaakt in Nebraska. Het is een precisiekogel: extreem weinig afwijking naar beneden.'

'Wat wilt u hiermee zeggen?' snauwde hij. 'U verspilt mijn tijd.'

'Zodra een van uw mannen naar me toe komt, schiet mijn vriend aan de overkant u meteen neer. Hij zal geen seconde aarzelen. En wist u dat deze kamer in verbinding staat met de twee kamers aan beide kanten? Ja. De tussendeuren zitten niet op slot. Het hotel heeft zijn uiterste best gedaan voor een paar oude studievrienden die elkaar weer eens in New York wilden ontmoeten.'

Hij staarde me alleen maar aan. Zijn oogleden zakten enigszins omlaag.

'Of ik goed van vertrouwen ben?' zei ik. 'Dat valt wel mee.'

Toen begon Navrozov verrassend genoeg te lachen. 'Dat hebt u goed gedaan, meneer Heller.'

'Dank u.'

'Hebt u ooit O. Henry gelezen?'

'Dat is een tijd geleden.'

'O. Henry was erg populair in de Sovjet-Unie toen ik een kind was. Mijn favoriete verhaal was "Het losgeld van Rode Leider".'

'En ik dacht dat we hier waren om over uw zoon te praten.'

'Dat doen we ook. In het verhaal van O. Henry wordt de zoon van een rijke man ontvoerd om losgeld te eisen, maar de jongen is zo'n lastpak dat de ontvoerders het niet met hem uithouden en steeds minder losgeld vragen. Totdat de vader aanbiedt hen van hem te verlossen als ze hém betalen.'

'Misschien wilt u graag tegen uw zoon zeggen dat het u niet kan schelen wat er met hem gebeurt.' Ik zette de laptop aan die ik op het bureau had gezet en drukte op de toetsen om een videochatvenster te openen.

'Hier is Rode Leider,' zei ik.

Op het laptopscherm verschenen livebeelden van Arkady Navrozov. Zijn haar hing in slierten en hij had een brede strook tape over zijn mond. De achtergrond bestond uit een groezelige witte muur.

Hij had zijn zwarte fluwelen jasje niet meer aan.

In plaats daarvan had Darryl hem een dwangbuis omgedaan die hij uit het ziekenhuis in Fort Dix had geleend en die gebruikt werd om gewelddadige gevangenen onschadelijk te maken als ze ergens heen gebracht moesten worden. Het was een vaalwitte Posey-dwangbuis van zeildoek, met lange mouwen die elkaar aan de voorkant kruisten en aan de achterkant naar elkaar toe kwamen.

Die dwangbuis was niet echt nodig – Darryl had hem waarschijnlijk met tape aan de stoel kunnen vastmaken –, maar hield hem goed in bedwang en had vooral effect op Roman Navrozov. In de slechte oude tijd gebruikten 'psychiatrische gevangenisziekenhuizen' in de Sovjet-Unie ze voor politieke dissidenten.

Ik wist dat deze aanblik de angst om Navrozovs granieten hart zou doen slaan.

Zijn zoon kromp ineen. Je zag de hoek van een bed naast hem, met een dekbed in een afschuwelijk soort oranje.

Je zag ook nog net de loop van een pistool, met een lange geluiddemper die aan het eind was geschroefd, in beeld komen en tegen de zijkant van Arkady's hoofd drukken. Zijn ogen keken wild in het rond. Hij wilde schreeuwen, maar er kwam niets uit, alleen wat hoge, schelle, gesmoorde geluiden.

Zijn vader keek naar het scherm en wendde toen zijn ogen af, alsof een ergerlijke persoon hem een YouTube-clip probeerde te laten zien die helemaal niet grappig was.

Hij zuchtte. 'Wat wilt u?' vroeg hij.

76

'Heel eenvoudig,' zei ik. 'Ik wil dat Alexa Marcus onmiddellijk wordt vrijgelaten.'

Navrozov ademde een paar keer zachtjes in en uit. Zijn ogen waren hard geworden.

Een paar minuten geleden had hij me met een zekere bewondering aangekeken. Nu zag hij me als een bedreiging. Ik kon zien dat het roofdierinstinct in hem tot leven kwam. Hij keek me aan zoals een wolf zijn prooi besloop: starend, zijn lichaam verstijfd.

'Moet ik die naam kennen?'

Ik zuchtte teleurgesteld. 'We hebben geen van beiden tijd voor spelletjes.'

Hij glimlachte schamper en liet daarbij heel even zijn lange scherpe tanden zien.

'Waar is ze?' zei ik. 'Ik wil exacte coördinaten.'

'Als ik iemand inhuur om iets voor me te doen, kijk ik niet over zijn schouder.'

'Dat betwijfel ik. Ik durf te wedden dat u precies weet waar ze is en wat ze met haar doen.'

'Zij weten niet wie ik ben, en ik weet niet wie zij zijn. Dat is veel veiliger.'

'Hoe communiceert u dan met hen?'

'Via een tussenpersoon.'

'Maar u weet wel ongeveer waar ze zijn.'

Hij haalde zijn schouders op. 'In New Hampshire, geloof ik. Meer weet ik niet.'

'En waar is uw tussenpersoon? Zegt u nu niet dat u het niet weet.'

'In Maine.'

'En hoe neemt u contact met hem op?'

Hij antwoordde door zijn telefoontje tevoorschijn te halen. Hield het me voor. Stopte het weer in zijn zak.

'Belt u hem,' zei ik, 'en zegt u tegen hem dat de operatie voorbij is.'

Zijn neusgaten werden wijder en zijn lippen gingen stijf op elkaar. Het ergerde hem dat hij op die manier werd toegesproken, zag ik. Dat was hij niet gewend.

'Daar is het veel te laat voor,' zei hij.

'Zeg tegen uw mannen dat ze de deur dicht moeten doen,' zei ik. 'Zeg tegen hen dat u privacy wilt.'

Hij knipperde met zijn ogen, maar kwam niet in beweging.

'Nú,' zei ik.

Misschien zag hij iets in mijn ogen. Hoe dan ook, hij wierp een norse blik op de deur en kwam uit de stoel. Hij liep naar de deur en sprak snel en zacht in het Russisch. Toen liet hij de schoot van het slot terugspringen en maakte hij de deur dicht. Hij liep naar zijn stoel terug.

'Zeg de operatie af,' zei ik.

Hij glimlachte. 'U verspilt mijn tijd,' zei hij.

Nu drukte ik op een paar toetsen van de laptop, en het videobeeld kwam in beweging. Ik drukte op nog een toets om de ingebouwde microfoon van de computer in te schakelen en zei: 'Schiet op hem.'

Navrozov keek me aan en knipperde met zijn ogen. Dunne rimpels in zijn voorhoofd, een aarzelende glimlach.

Hij geloofde me niet.

Op het laptopscherm was plotseling beweging te zien.

De camera maakte een snelle beweging alsof iemand tegen de laptop aan het andere eind had gestoten. Je zag nu alleen de helft van de jongen, zijn schouder en arm in het witte zeildoek van zijn dwangbuis.

En de zwarte cilinder van de geluiddemper die op het uiteinde van de Heckler & Koch .45 van Darryl was geschroefd.

Navrozov keek nu naar het scherm. 'U denkt toch niet dat ik geloof...'

Darryls hand hield het pistool omklemd. Zijn wijsvinger gleed naar de trekkerbeugel.

Navrozovs ogen gingen wijd open. Hij keek nog strakker naar het beeld op het scherm.

Darryls vinger drukte tegen de trekker.

De harde plof van het gedempte schot. Een lichte vuurflits terwijl het pistool terugsloeg.

Navrozov slaakte een vreemde, gesmoorde kreet.

De kreet van zijn zoon werd gesmoord door de tape. Zijn rechterarm maakte een krampachtige beweging. Er zat een gat in zijn bovenarm; het bloed spoot er uit. Een grote rode vlek op het witte zeildoek.

Arkady Navrozovs arm kronkelde heen en weer. Zijn stoel schommelde en het was duidelijk te zien dat hij vreselijke pijn leed. Toen schakelde ik de beelden uit.

'*Svolotsj!*' bulderde Navrozov, en hij sloeg met zijn vuist op het bureau. '*Vyi prokljatoeyoe syn soeka!*'

Er werd op de deur gebonkt. Zijn lijfwachten.

'Zeg tegen ze dat ze op de gang blijven,' zei ik. 'Als je wilt bespreken hoe we het leven van je zoon kunnen redden.'

Woedend, met een paars aangelopen gezicht, hees hij zich uit zijn stoel. Hij liep naar de deur en riep met gesmoorde stem: '*Vsjo v porjadke.*'

Hij kwam terug en bleef met zijn armen over elkaar staan. Staarde me alleen maar aan.

'Goed,' zei ik. 'Bel je tussenpersoon en zeg tegen hem dat de operatie voorbij is.'

Hij bleef me nog even aanstaren. Toen haalde hij zijn mobiele telefoon tevoorschijn, drukte op één toets en bracht hem naar zijn oor.

Even later sprak hij snel en zacht in het Russisch.

'*Izmenenija v planatsj.*' Hij zweeg even en zei toen: '*Njet, ya otsjen' serjozno. Seitsjas. Osvobodit' djevoesjkoe. Da, konjesjno, svjazat' vsjo kontsy.*'

Hij drukte op een toets om de verbinding te verbreken.

Hij hield de telefoon bij zijn zij en liet zich op de stoel zakken. Alle kracht en dreiging leek uit de man te zijn weggetrokken. Overgebleven was alleen een wassen beeld van Madame Tussaud: een levensecht model van een ooit angstaanjagende figuur.

Bijna monotoon zei hij: 'Het is gebeurd.'

'En als hij heeft gebeld, hoe lang duurt het dan voordat Alexa vrij is?'

'Hij moet het persoonlijk doen.'

'U hebt niet van encryptie van telefoongesprekken gehoord?'

'Er moeten losse eindjes worden weggewerkt. Dat kan alleen persoonlijk.'

'U bedoelt dat hij degene die hij heeft ingehuurd moet elimineren.'

'Operationele veiligheid,' zei Navrozov.

'Maar hij moet er uit Maine heen rijden?'

Hij keek me nors aan. 'Dat duurt een halfuur; niet langer. Dus we zijn hier klaar.'

'Niet voordat ik met Alexa heb gesproken.'

'Daar gaat tijd in zitten.'

'Ongetwijfeld.'

'Mijn zoon heeft onmiddellijk medische behandeling nodig.'

'Hoe eerder ze vrij is, des te eerder wordt uw zoon behandeld. Onze belangen komen dus overeen.'

Hij ademde uit. Zijn neusgaten gingen nog wijder open. 'Goed. We hebben onze zaken hier afgesloten. Marcus krijgt zijn dochter en ik krijg mijn zoon.'

'Zo is het niet precies.'

'Niet... wat?'

'We zijn hier nog niet klaar.'

'O?'

'We hebben nog meer te bespreken.'

Hij kneep zijn oogleden enigszins samen.

'Ik heb nog een paar vragen over Anja Afanasjeva.'

Hij blies zijn adem uit. Ik wist dat ik hem had waar ik hem hebben wilde.

'Waar heeft ze dat belabberde Georgia-accent opgepikt?'

77

Roman Navrozov haalde een smal zwart doosje met een gouden adelaar op de voorkant tevoorschijn. Zwarte Russische Sobranie-sigaretten, zag ik. Hij nam er zorgvuldig een zwarte sigaret met een goudkleurig filter uit en stak hem in zijn mond.

'Dit is toch een kamer voor niet-rokers?'

Ik knikte.

Hij haalde een doosje lucifers uit de zak van zijn jasje. Hij nam een lucifer en streek hem met zijn duimnagel aan. Toen hield hij de lucifer bij de punt van de sigaret en inhaleerde. Hij liet een lange, weelderige rookpluim tussen zijn getuite lippen ontsnappen.

Navrozov rookte niet alleen Russische sigaretten; hij rookte ook als een Rus. Russen, vooral oudere Russen, houden sigaretten vast zoals westerlingen een joint vasthouden: tussen duim en wijsvinger. Zulke gewoonten zijn hardnekkig.

'Anja Ivanovna was helemaal geen slechte actrice,' zei hij. 'Maar ze was geen, eh... geen Meryl Streep. Ze had zich meer in de staat Georgia moeten verdiepen.'

Ik had geen reden om te denken dat Marshall Marcus tegen me loog over de manier waarop hij de vrouw die zich Belinda Jackson noemde had leren kennen. Per slot van rekening was hij het slachtoffer. En toen hij haar in de bar van het Ritz-Carlton in Atlanta tegenkwam, moest hij hebben geweten dat ze een escortdame was. Een geile oude bok als Marcus kon dat zien, zoals een spaniël wild kan ruiken.

Hij wist alleen niet dat ze niet meer in die hoedanigheid voor VIP Exxxecutive Service werkte.

Ze werkte voor Roman Navrozov.

Mijn cyberonderzoeker was nagegaan op welke dagen ze voor het escortbureau werkte en had bevestigd wat ik al intuïtief had aangevoeld. Toen hij dieper in haar achtergrond spitte, kon hij veel meer ontdekken dan Dorothy ooit zou kunnen, want hij had toegang tot bepaalde archieven in New Jersey waar zij niet bij kon.

De vrouw die haar naam in Belinda Jackson had veranderd en haar studie aan de toneelschool in Lincoln Park, New Jersey, niet had afgemaakt, had zich daar zowaar onder haar eigen naam ingeschreven. De naam op haar geboorteakte luidde Anja Ivanovna Afanasjeva. Ze was opgegroeid in een Russische enclave in Woodbine, New Jersey, als dochter van Russische immigranten. Haar vader was ingenieur in de Sovjet-Unie geweest, maar kon in Amerika alleen een ondergeschikt baantje bij een verzekeringsmaatschappij krijgen.

Dat was ongeveer het totaal van de feiten die ik kende. Al het andere was niet meer dan gefundeerde speculatie. Ik veronderstelde dat Anja pas werk als callgirl had gezocht toen ze besefte dat ze als actrice niet aan de bak zou komen. Of misschien omdat ze in opstand kwam tegen haar ouders met hun ouderwetse immigrantenideeën.

'Ik neem aan dat u Anja een compleet dossier over Marshall Marcus hebt gegeven,' zei ik. 'Van zijn voorkeuren en afkeuren, van zijn smaak wat films en muziek betreft. Misschien zelfs zijn seksuele avonturen.'

Navrozov barstte in lachen uit. 'Dacht u nou echt dat een aantrekkelijke en seksueel getalenteerde vrouw als Anja een dossier nodig heeft om het hart van zo'n dwaze oude man te veroveren? Daar is maar heel weinig voor nodig. De meeste mannen hebben heel eenvoudige behoeften. En Anja voldeed daar ruimschoots aan.'

'Uw behoeften waren ook eenvoudig,' zei ik. 'Zijn rekeningnummers en wachtwoorden, de manier waarop zijn beleggingsfirma was opgezet, de essentiële kwetsbare punten.'

Hij liet een minachtend lachje horen. Ik vatte dat op als een ontkenning.

Ik ging verder: 'Ik ken de geschiedenis van uw carrière. Hoe u met een heimelijke manoeuvre de op een na grootste bank van Rusland in uw macht kreeg en hem daarna gebruikte om de aluminiumindustrie over te nemen. Dat was buitengewoon.'

Hij knipperde met zijn ogen en knikte. Hij wilde me niet laten zien hoe hij van de vleierij genoot. Overigens waren mannen als hij daar meestal bijzonder gevoelig voor. Vaak was dat hun kwetsbaarste punt. En ik zag dat het werkte.

'Het was zonder meer briljant zoals u Marcus Capital Management hebt ingepikt. U zorgde ervoor dat u de bank in handen kreeg die Marcus' transacties afhandelde. U kocht de Banco Transnacional de Panamá. De bank die als hun effectenmakelaar fungeerde. Dat was... geniaal.'

Ik wachtte enkele seconden.

Strategische misleiding is een lastige zaak. Het is nooit zo gemakkelijk als het lijkt. Bedrog in oorlog of spionage is in feite een vorm van toegepaste psychologie. Eigenlijk bedrieg je je slachtoffer niet, maar breng je hem ertoe zichzelf te bedriegen. Je versterkt denkbeelden die hij al heeft.

Roman Navrozov ging met argwaan en paranoia door het leven. Hij was dan ook geneigd te geloven dat ik echt een schutter in een leeg kantoor aan de overkant van de straat had – niet een op afstand bediende lichtschakelaar die ik kon aan- en uitzetten door op een geprogrammeerde toets van mijn mobiele telefoon te drukken. George Devlin had dat systeem natuurlijk voor me ontworpen, en hij had het laten installeren door een collega in New York: dat soort technologie zou ik zelf nooit voor elkaar kunnen krijgen.

En Navrozov had ook geen reden om eraan te twijfelen dat ik echt mensen in de aangrenzende kamer had. Waarom twijfelen? Hij zou het zelf ook doen.

Datzelfde gold voor de in scène gezette videobeelden die Darryl eerder had gemaakt, met hulp van een vriend van hem die bereid was geweest een dwangbuis te dragen die voorzien was van een voetzoeker en een condoom vol bloed. Een vriend die Darryl vertrouwde toen die hem verzekerde dat zijn H&K geladen was met losse flodders, niet met echte patronen.

Roman Navrozov geloofde dat het echt was. Per slot van rekening had hij veel ergere dingen gedaan met de vrouwen en kinderen van zijn tegenstanders. Een dergelijke wreedheid was voor hem een heel natuurlijke zaak.

Maar wat ik nu probeerde – informatie uit hem loskrijgen door hem in de waan te brengen dat ik dingen wist, dingen die ik in werkelijkheid niet wist –, was een veel riskanter spel. Want ik kon elk moment een fout maken en iets zeggen wat hem duidelijk maakte dat ik hem iets op de mouw speldde.

Hij keek me enkele seconden door het waas van zijn sigarettenrook aan. Ik zag dat er een subtiele verandering in zijn ogen kwam, dat zijn trekken zachter werden, dat de spieren van zijn gezicht ontspanden.

'Nou,' zei hij, en daar was hij dan: de trotse glimlach die ik aan hem had willen ontlokken.

In werkelijkheid was het ronduit geniaal, maar dan op een verknipte manier.

Als je een hedgefonds wilt plunderen, hoef je alleen maar de bank te kopen die de portefeuille van dat fonds beheert. Natuurlijk zou dat je bij de meeste normale hedgefondsen niet lukken, want die gebruiken de grote investeringsbanken in de Verenigde Staten. Maar Marcus Capital was geen normaal hedgefonds.

'Vertelt u me eens,' zei ik. 'Waarom was het nodig dat u Marshalls dochter ontvoerde?'

'Het was een reddingsoperatie. Een wanhopige zet. Omdat het oorspronkelijke plan helemaal niet werkte.'

'En het oorspronkelijke plan...?'

Hij inhaleerde rook en liet die nog langzamer ontsnappen. Toen zweeg hij.

'U wilde de Mercury-bestanden,' zei ik.

'Blijkbaar.'

Dat was te begrijpen. Roman Navrozov was zakenman, en sommige zakenlieden op de hoogste niveaus handelen in de waardevolste goederen. En was er een zeldzamer goed dan de diepste, duisterste inlichtingengeheimen van de enige overgebleven supermacht op de wereld?

'Dus u was van plan de gegevens van het zwarte budget aan de Russische overheid te verkopen?'

'Het zwarte budget?'

'Misschien kent u die term niet.'

'Alstublieft. Ik weet wat een zwart budget is. Maar denkt u dat de Mercury-bestanden iets met het geheime militaire budget van Amerika te maken hebben? Ik ben zakenman, geen makelaar in informatie.'

'Ze bevatten de operationele details van onze geheimste inlichtingenoperaties.'

Hij keek me verrast aan. 'Hebt u zich dat laten vertellen? Straks gaat u me vertellen dat u ook in de Kerstman en de tandenfee gelooft.'

Toen ging zijn telefoontje. Het liet die irritante standaard Nokia-ringtone horen die je vroeger overal hoorde, totdat mensen erachter kwamen hoe ze voor een andere konden kiezen.

Hij keek naar het schermpje. 'De tussenpersoon,' zei hij.

Mijn hart bonkte.

78

Kirill Aleksandrovitsj Tsjoezjoi reed de lange onverharde weg op, zijn borst samengetrokken van spanning.

Hij hield niet van eliminaties, maar soms had hij geen keus, en dan deed hij het efficiënt en zonder te aarzelen. Roman Navrozov betaalde hem extreem goed, en als hij losse eindjes wilde wegwerken, zou Tsjoezjoi alles doen wat nodig was. Hij was zelfs naar Boston gegaan om onder de neus van de FBI een derderangs drugshandelaartje uit de weg te ruimen! Daarmee had hij te veel aandacht getrokken, en binnenkort zou hij het land dan ook verlaten. Hij kon elders op de wereld ook voor Navrozov werken.

Nee, hij genoot niet van dat soort werk. Maar de man die hij had ingehuurd – de *zek*, de ex-gedetineerde die in Kopeisk had gezeten – had de reputatie dat hij zoveel van moorden hield dat hij er graag zo lang mogelijk over deed.

In dit werk was zo'n verontrustend sadistisch trekje een goede, misschien zelfs noodzakelijke eigenschap. Zo'n man was tot alles in staat.

Bij de gedachte aan hem voelde Tsjoezjoi zich helemaal niet op zijn gemak.

Tsjoezjoi wist verder niet veel van de zek. Natuurlijk wist hij ook van de uiltatoeage die zijn achterhoofd en nek ontsierde. Hij wist dat de Sova-bende de gewelddadigste gedetineerden in de Kopeisk-gevangenis rekruteerde.

Tsjoezjoi, die in de oude KGB getraind was en later de vettige carrièreladder van KGB-opvolger FSB had beklommen, was dit type wel vaker tegengekomen en had er ook een paar in de gevangenis gezet. De succesvolste seriemoordenaars waren als deze man, maar je kreeg ze bijna nooit te pakken.

De man wist dat hij met zijn kaalgeschoren hoofd, starende ogen, groteske tatoeage en slechte gebit mensen bang maakte, en hij genoot daar vast en zeker van. Hij minachtte alle andere mensen. Hij beschouwde zich als een hoger ontwikkeld exemplaar van de soort.

Hij zou zich dus niet kunnen voorstellen dat een aan lager wal geraakte oude *silovnik*, een miezerige kleine bureaucraat, ooit zou proberen wat Tsjoezjoi straks zou doen.

Het verrassingselement was het enige voordeel dat Tsjoezjoi ten opzichte van dat keiharde monster had.

Er kwam een overwoekerd gazon in zicht: verwilderd, bijna een jungle. In het midden stond een klein huis met overnaadse planken. Hij parkeerde zijn zwarte Audi op het grindpad en liep naar de voordeur. Het was gaan regenen.

Tsjoezjoi droeg hetzelfde dure pak dat hij in Boston had gedragen. Het was op maat gemaakt voor zijn brede lichaam. Met zijn bewegingen straalde hij het gebruikelijke gezag uit. Zijn lange grijze haar viel over de boord van zijn overhemd.

Zijn vertrouwde Makarov .380 zat in een holster onder op zijn rug verborgen.

Plotseling zwaaide de groen geverfde deur open en doemde er een gezicht op uit de duisternis. Het kaalgeschoren hoofd, de strakke blik, het diep doorgroefde voorhoofd: Tsjoezjoi was vergeten hoe angstaanjagend de man was.

Er was iets met zijn geelbruine ogen: de ogen van een wolf, wild, roofzuchtig en genadeloos. Toch waren die ogen tegelijk koud, gedisciplineerd en altijd berekenend. Ze keken naar de putjes van acne die Tsjoezjoi op zijn wangen had.

'Het is gaan regenen,' zei Tsjoezjoi. 'Het wordt zwaar onweer.'

De zek zei niets. Hij keek nors en draaide zich om, en Tsjoezjoi volgde hem de schaduwrijke diepten in. Binnen hing de muffe lucht van een huis dat lang had dichtgezeten.

Was het meisje daar?

'Heb je geen elektriciteit?' vroeg Tsjoezjoi.

'Ga zitten.' De zek wees naar een fauteuil met een hoge rug. De bekleding had een bloemetjespatroon en zag eruit alsof hij door een oude dame was uitgekozen.

Natuurlijk had de zek niet het recht om op die manier tegen hem te spreken, maar Tsjoezjoi gunde hem zijn fantasie. 'Is het meisje hier?' vroeg hij, ongemakkelijk verschuivend op de stoel. Het was zo donker dat hij het gezicht van de psychopaat amper kon zien.

'Nee.' De *zek* bleef staan. 'Waarom is deze ontmoeting nodig?'

Tsjoezjoi besloot net zo kortaf te antwoorden.

'De operatie is beëindigd,' zei hij. 'Het meisje moet onmiddellijk worden vrijgelaten.'

'Daar is het te laat voor,' zei de zek.

Tsjoezjoi haalde een paar opgevouwen papieren uit zijn borstzak. 'Ik zal ervoor zorgen dat de rest van je honorarium onmiddellijk naar je wordt overgemaakt. Je hoeft alleen maar deze formulieren te ondertekenen, zoals we al hebben besproken. Bovendien krijg je, omdat je zulk uitstekend werk hebt geleverd, een premie van honderdduizend dollar in cash zodra het meisje is overgedragen.'

'Maar "beëindigd" is niet hetzelfde als "afgesloten",' zei de zek. 'Is het losgeld niet betaald? Of zijn er andere regelingen getroffen?'

Tsjoezjoi haalde zijn schouders op. 'Ik ben alleen maar een boodschapper. Ik geef door wat de Cliënt tegen me zegt. Maar ik geloof dat er andere regelingen zijn getroffen.'

De zek staarde hem aan, en Tsjoezjoi, niet bepaald een fijngevoelig mens, voelde dat er opeens een huivering door hem heen ging. 'Heb je een pen nodig?' zei hij.

De zek kwam dichterbij. Tsjoezjoi rook de sigaretten in zijn adem.

Hij trok een afschuwelijke grimas. 'Weet je, we kunnen voor onszelf gaan werken,' zei de zek. 'De vader van het meisje is miljardair. We kunnen een losgeld vragen dat genoeg is voor de rest van ons leven.'

'De vader heeft niets meer.'

'Zulke mannen zitten nooit zonder geld.'

Een plotselinge windvlaag smeet regen tegen het kleine raam. In de verte rommelde de donder.

Maar waarom zou hij hem niet aanbieden wat hij vroeg? Het deed er toch allemaal niet meer toe. Hij zou nooit een cent krijgen.

De zek sloeg kameraadschappelijk zijn arm om Tsjoezjois schouders. 'We kunnen compagnons worden. Bedenk eens hoeveel we kunnen verdienen, jij en ik.'

Zijn hand gleed soepel over Tsjoezjois rug, tot hij de kolf van het pistool losjes in zijn hand had. Alsof hij precies wist wat hij zou vinden en waar het was.

'De vorige keer kwam je ongewapend.'

'Dat wapen heb ik voor mijn bescherming.'

'Weet je wat dit is?' vroeg de zek.

Tsjoezjoi zag het flikkeren van een stalen lemmet met een dik zwart heft.

Natuurlijk wist hij wat dat was.

Zo kalm als hij kon zei hij: 'Ik ben altijd bereid om over nieuwe zakelijke kansen te praten.'

Hij voelde de punt van het mes tegen zijn zij.

De linkerhand van de zek gleed over zijn rug terug naar zijn linkerschouder en de lange vingers pakten het schouderblad aan de voorkant vast. Plotseling voelde Tsjoezjoi een diepe pijnscheut en had hij geen gevoel meer in zijn linkerarm. Hij voelde de hete adem van de man in zijn nek.

'Ik weet dat nog steeds niet aan de eisen van de Cliënt is voldaan,' zei de zek. 'Ik weet ook dat hij mij uit de weg wil ruimen.'

Tsjoezjoi deed zijn mond open om het te ontkennen, maar het mes ging nog wat dieper naar binnen en werd toen teruggetrokken. De pijn was zo intens dat hij zijn adem inhield.

'Als we samen in zaken gaan, moeten we elkaar vertrouwen,' zei het monster.

'Natuurlijk,' fluisterde Tsjoezjoi met zijn ogen dicht.

'Je moet mijn vertrouwen verdienen.'

'Ja. Natuurlijk. Alsjeblieft!'

Er rolde een traan over zijn wangen. Hij wist niet of dat door de fysieke pijn kwam die de zek hem met het mes had toegebracht of dat hij gewoon bang was.

'Ik denk dat je wel ongeveer weet waar het meisje is,' zei de zek.

Tsjoezjoi aarzelde. Hij wilde niet toegeven dat hij de man na hun vorige ontmoeting had laten volgen. Dat zou hem alleen maar kwaad maken.

De volger had opdracht van Tsjoezjoi gekregen op een afstand te blijven en had die afstand zo groot gemaakt dat hij de zek uit het oog had verloren.

Maar... had de zek soms gemerkt dat hij werd gevolgd?

In elk geval had Tsjoezjoi alleen maar een vaag idee van de plaats waar het meisje begraven was. Hij wist de naam van die plaats niet. Wel de naam van de county, maar die was honderden vierkante kilometers groot. Eigenlijk wist hij dus niets.

Voordat hij een antwoord kon bedenken, zei de zek: 'Iemand met jouw ervaring zou een betere volger moeten inhuren.'

Tsjoezjoi voelde het mes weer, witheet, maar ditmaal trok de zek het niet terug. De pijn schoot naar de kruin van zijn hoofd en meteen omlaag naar zijn voetzolen. Er trok hitte door zijn hele lichaam, dacht hij, maar toen besefte hij dat zijn sluitspieren het hadden begeven.

In zijn wanhoop riep hij: '*Denk aan het geld...!*'

Maar het mes was diep in zijn maag verdwenen. Hij verzette zich tegen de ijzeren greep van de zek, en braakte iets warms op dat in zijn keel brandde.

Buiten floot de wind. De regen spetterde op de overnaadse planken van het huis. Het was een stortbui geworden.

'Daar denk ik aan,' zei de zek.

'Wat wil je?' riep hij. 'Allemachtig, wat wíl je van me?'

'Mag ik je telefoontje lenen?' zei de zek. 'Ik wil graag even bellen.'

79

'Zet het op de speaker,' zei ik tegen Navrozov.

Dit was het. Het telefoontje dat ons vertelde dat de ontvoering inderdaad was beëindigd, of...

Navrozov nam abrupt op. '*Da*?'

'Speaker,' zei ik opnieuw.

Tegen mij zei hij: 'Ik weet niet hoe dat moet.'

Ik nam de telefoon van hem over en drukte op de speakerknop. Toen hoorde ik iets vreemds, iets wat ik niet had verwacht.

Een gil.

Gevolgd door de stem van een man, die Russisch sprak.

Ik kon natuurlijk alleen de intonatie en de cadans horen, maar de man klonk kalm en professioneel.

Op de achtergrond was voortdurend gejammer te horen, een woordenstroom die smekend klonk. Ik legde de telefoon op het bureau en keek Navrozov aan, die verbaasd terugkeek.

Omdat hij blijkbaar niet helemaal begreep hoe een speakertelefoon werkte, boog hij over de telefoon en vroeg: '*Kto eto?*'

De kalme stem aan het andere eind: '*Vyi menya nye znayete.*'

'*Sjto proischodit?*' vroeg Navrozov.

'Wie is dat?' zei ik.

'Hij zegt dat de man die is ingehuurd niets kan zeggen, maar hij kan een boodschap doorgeven...'

Het gejammer op de achtergrond werd plotseling luider. Het ging over in een schelle, bijna vrouwelijke gil die mijn nekhaartjes overeind liet komen. Een vreemd gorgelend geluid, en toen een woordenstroom: '*Ostanovit'!... Ya prosjoe... pazjaloeistia prekratitye! Sjto tyi chotsjisj? ... Bozje moi!*'

Navrozov keek verslagen. Hij was vuurrood en zijn hele gezicht was slap geworden.

'*Nye magoe... nye... magoe...*'

De smekende stem op de achtergrond werd zwakker.

'Wie is daar?' vroeg ik.

Toen was de kalme stem weer te horen. 'Is daar iemand bij u?' vroeg de man, ditmaal in het Engels. 'Zeg tegen meneer Navrozov dat zijn werknemer niet meer aan hem kan rapporteren. Dag.'

Pas na enkele seconden van stilte besefte ik dat de verbinding verbroken was.

Ik had een misselijk gevoel. Ik wist dat het ergste was gebeurd. Navrozov wist dat ook. Hij gooide de telefoon door de kamer. Het ding raakte een lamp op een nachtkastje en gooide hem op de vloer.

Zijn gezicht was donker en gespikkeld. Hij stootte een reeks Russische obsceniteiten uit.

'Die schoft denkt dat hij mij kan uitdagen!' zei Navrozov. Het speeksel vloog in het rond.

De deur van de kamer ging open en zijn lijfwachten stormden binnen. De voorste had een sleutelkaart in zijn linker- en een wapen in zijn rechterhand. Het was hun gelukt zo'n kaart bij de receptie te laten bijmaken.

'Die schoft vermoordt mijn personeelslid!'

De lijfwachten namen de situatie snel in ogenschouw en constateerden dat ik hun baas geen kwaad deed. Ze mompelden vlug een verontschuldiging, nam ik aan, en trokken zich uit de kamer terug.

'Wie was dat?' zei ik.

'Daarvoor heb je nou juist tussenpersonen!' riep hij uit. 'Ik wéét niet wie het is.'

'Wáár is hij dan?'

'Dat zei ik toch? Ergens in New Hampshire!'

'Binnen een halfuur rijden van de grens van Maine,' zei ik. 'Ja toch? Dat weten we. Maar weet je ook of hij in het noordelijke deel van de staat is, of in het zuiden, of ergens anders? Heb je geen idee?'

Hij gaf geen antwoord, en ik kon zien dat hij het niet wist. Toen voelde hij iets wat hij maar zelden voelde: verslagenheid.

'Wacht,' zei hij met schorre stem. 'Ik heb wel iets. Een foto.'

Ik keek hem afwachtend aan.

'De tussenpersoon kon stiekem een foto maken van degene die hij had ingehuurd. Voor alle zekerheid.'

'Een gezicht?'

Hij knikte. 'Maar geen naam.'

'Ik wil die foto.'

'Maar het gezicht van die man komt niet in de databases van jullie politiediensten voor. Het zal niet gemakkelijk zijn hem te vinden.'

'Ik wil die foto,' herhaalde ik. 'En ik wil nog één ding.'

Navrozov keek me alleen maar aan.

'Ik wil weten wat Mercury werkelijk is.'

Hij vertelde het me.
Een halfuur later liep ik, nog niet van mijn verbazing bekomen, naar buiten en nam ik een taxi.

DEEL DRIE

Als je de waarheid tot zwijgen brengt en onder de grond stopt, zal ze alleen maar groeien en zo'n explosieve kracht verzamelen dat ze op een dag naar buiten komt en dan alles laat ontploffen wat haar in de weg staat.

– ÉMILE ZOLA

80

Kort voor zes uur 's morgens landde de vrachtvlucht van FedEx in Boston.

Ik had dringend behoefte aan slaap.

Als ik een kans wilde maken om Alexa Marcus te vinden, was het vooral zaak dat ik mijn hersenen wat rust gaf. Ik had een paar uur slaap nodig om weer helder te kunnen denken. Het was al zo ver met me gekomen dat ik nog niet wakker zou kunnen blijven al kreeg ik cafeïne toegediend via een infuus.

Mijn telefoon ging toen ik de Defender parkeerde.

Het was Tolja Vasilenko. 'Die foto die je me daarnet stuurde,' zei hij. 'Ik vind het heel jammer voor je. Dit is een wel heel erg rotte appel.'

'Vertel eens.'

'Weet je nog, die verschrikkelijke moord op een heel gezin in Connecticut waarover ik je vertelde?' Hij sprak het nog steeds verkeerd uit.

'Was hij degene die het overleefde? Degene die is ontkomen?'

'Dat heb ik gehoord.'

'Zijn naam?'

'We hebben het nog steeds niet over een prijs gehad.'

'Hoeveel wil je?' zei ik met vermoeide stem.

'Ik wil geen geld. Ik wil... Laten we het een ruil van informatie noemen.'

Hij vertelde me wat hij wilde, en ik ging akkoord zonder ook maar even te aarzelen.

Toen zei hij: 'Dragomir Vladimirovitsj Zjoekov.'

Ik liet de naam op me inwerken en probeerde hem in verband te brengen met de foto die Romans beveiligingschef, Eugene, me had gemaild: de nors kijkende man met kaalgeschoren hoofd en felle ogen. *Dragomir*, repeteerde ik in gedachten. *Dragomir Zjoekov.* Een hard klinkende naam, nu ik erover nadacht.

'Een ongewone naam voor een Rus,' zei ik.

'De naam komt niet veel voor. Zijn moeder is Servisch.'

'Wat weet je nog meer over hem?'

'Behalve dat hij een psychopaat, een monster en een bijzonder intelligente man is? Moet je nog meer weten?'

'Gegevens over zijn achtergrond. Zijn kinderjaren, zijn familie.'

'Wou je in je vrije tijd psychoanalyticus worden?'

'Zo werk ik. Hoe meer ik over het privéleven weet van iemand die ik zoek, des te beter kan ik werken.'

'Jammer genoeg weten we maar heel weinig, Nicholas, afgezien van de arrestatiedossiers, zijn militaire gegevens en een paar gesprekken met familieleden en getuigen.'

'Getuigen?'

'Je dacht toch niet dat die overval in Connecticut zijn eerste moord was? Toen hij bij het Russische leger in Tsjetsjenië zat, werd hij gestraft voor overdreven ijver.'

'Wat voor overdreven ijver?'

'Hij nam deel aan een *zatsjistka* – een "zuiveringsoperatie" – in Grozny en deed bepaalde dingen waarover zelfs zijn commandanten niet konden praten, en dat zijn geen mannen met een teergevoelig zieltje. Martelingen. Ik weet van maar een paar dingen. Hij nam drie Tsjetsjeense broers gevangen en sneed ze zo grondig in stukken dat er alleen maar een berg botten en kraakbeen overbleef.'

'Ging hij daarom naar de gevangenis?'

'Nee, nee. Dat gebeurde toen hij na terugkeer uit de oorlog voor een misdrijf werd veroordeeld.'

'Weer een moord, neem ik aan.'

'Nou, nee, niet precies. Hij werd tot vijf jaar gevangenisstraf veroordeeld wegens diefstal. Hij had werk gekregen bij een van de oliepijplijnprojecten in Tomsk. Hij werkte daar met graafmachines en blijkbaar heeft hij een van die machines "geleend" om er persoonlijk gebruik van te maken.'

'Zoals ze Al Capone achter de tralies kregen omdat hij geen belastingen betaalde.'

'Dat was alles waarop ze hem konden pakken. De politie van Tomsk kon hem niet onomstotelijk in verband brengen met iets veel ergers waarvan ze zeker waren dat hij het had gedaan. Daarvoor had hij die graafmachine geleend. Al meer dan een jaar deed de politie onderzoek naar de verdwijning van een gezin, een man en vrouw en hun tienerzoon, die van de ene op de andere dag waren verdwenen. Ze hadden Zjoekov uitgebreid ondervraagd, maar niets ontdekt. Er was alleen het ongefundeerde gerucht dat Zjoekov door een medegedetineerde was ingehuurd om een aanslag te plegen.'

'Een aanslag op een gezin?'

'De man bezat een stuk of wat autodealerschappen in Tomsk. Hij was gewaarschuwd dat als hij zijn dealerschappen niet aan een vriend van Zjoekov verkocht zijn hele gezin eronder zou lijden. Blijkbaar waren dat geen loze dreigementen geweest.'

'Dus de lijken van het gezin zijn nooit gevonden.'

'Dat wel. Een jaar na hun verdwijning. En door puur toeval. Een braakliggend stuk land buiten de stad werd in gereedheid gebracht voor een huisvestingsproject, en toen de fundering werd gegraven, werden er drie lijken opgedolven. Een echtpaar van middelbare leeftijd en hun tienerzoon. De forensisch onderzoekers van de politie vonden grote hoeveelheden aarde in hun longen. Ze waren levend begraven.'

'Daarvoor had Zjoekov de graafmachine geleend.'

'Daar lijkt het op. Maar het was niet te bewijzen. Hij is namelijk erg, erg goed. Hij had zijn sporen vakkundig uitgewist. Ik kan wel begrijpen dat Roman Navrozov hem heeft ingehuurd. Maar als je geïnteresseerd bent in jeugdtrauma's, Nick, zal het je misschien interesseren dat Zjoekov als jongen zijn vader heeft verloren door een ongeluk in een steenkoolmijn.'

'Ook levend begraven?'

'Niet helemaal. Zijn vader werkte in een ondergrondse mijn, en toen mijnwerkers per ongeluk een verlaten schacht aanboorden die vol water stond, liepen de tunnels onder. Zevenendertig mijnwerkers verdronken.'

'Hoe oud was Zjoekov?'

'Negen of tien. Je kunt je wel voorstellen hoe traumatisch het voor de gezinnen moet zijn geweest. Vooral voor de jonge kinderen die geen vader meer hadden.'

'Ik zie geen verband tussen een jeugdtrauma en...'

'Zijn moeder, Doesja, zei jaren geleden tegen onze onderzoeker dat haar zoon het in die tijd vooral erg vond dat hij het niet had zien gebeuren. Toen had ze voor het eerst beseft dat Dragomir niet zo was als de andere jongens.'

Plotseling had ik geen slaap meer. 'Hij doet dit dus niet voor het geld?'

'Het geld komt hem vast wel goed van pas als hij moet vluchten, een nieuwe identiteit moet kopen en dat soort dingen. Maar nee, ik denk dat hij deze baan heeft aangenomen omdat die hem een zeldzame kans bood. Natuurlijk is dat alleen maar een vermoeden van mij.'

'Een kans?'

'Om iemand voor zijn ogen te zien verdrinken.'

81

Alexa zong zo hard als ze kon: nummers waarop ze graag danste, nummers waarnaar ze graag luisterde. Of alleen maar flarden van nummers, als ze zich de rest niet kon herinneren.

Ze wilde alles wel doen om zichzelf af te leiden van de plaats waar ze was.

'Bad Romance' van Lady Gaga. Ze probeerde zich de Franse tekst aan het eind van het nummer te herinneren. Iets over wraak. Dat leidde haar even af. Toen 'Poker Face'. Ze zong zo hard dat ze bijna schreeuwde. Maar dat nummer was gemakkelijk. Ze verbeeldde zich dat ze Lady Gaga zelf was en een nauwsluitende outfit droeg die helemaal van tape was gemaakt.

Daarna de Black Eyed Peas. 'Imma Be' werkte een tijdje. Ze ging over op Ludacris: veel teksten die ze uit haar geheugen zou kunnen opdiepen. Te veel. Ze probeerde een tijdje 'Can't Touch This' van M.C. Hammer, maar dat was te moeilijk en ze gaf het algauw op.

Toen ze ophield, verveeld en ontmoedigd, deed haar keel weer pijn en herinnerde ze zich waar ze was. Meteen huiverde ze weer onbedaarlijk. Het voelde aan alsof er iets over haar zenuwuiteinden schuurde. Ze voelde rillingen diep in haar lijf, en haar hele lichaam trok samen. Alleen al bij de gedáchte aan piepschuim die ze over karton zou wrijven klemde ze haar tanden op elkaar.

Toch was die lichamelijke reactie nog niets in vergelijking met het diepe afgrijzen dat nu over haar kwam, de koude zwarte wolk van de angst, zoals gedurende deze nachtmerrie al keer op keer was gebeurd: het besef dat er iets veel ergers was dan de dood, en dat dit het was.

Ze schreeuwde lang en hard, en het werd een hopeloze snik. Ze voelde de hete tranen op haar wangen.

Ze schreeuwde en graaide naar de bekleding van de doodkist. Haar vingertoppen vonden een hard rechthoekig voorwerp op het deksel, en ze wist dat het de videocamera moest zijn.

Ze voelde de kleine lens en legde haar duim erop.

Hield haar duim daar een tijdje.

Nu kon hij haar niet zien.

Ze had de macht om de Uil blind te maken.

Ze hield haar duim over de lens tot haar hand ervan trilde.

Toen schetterde de stem van de Uil door de luidsprekers. Ze schrok ervan. 'Als je een grapje uithaalt, Alexa, is dit geen goed idee.'

Ze gaf geen antwoord. Waarom zou ze? *Ze hoefde hem geen antwoord te geven.*

Toen dacht ze aan iets zo monumentaals dat haar hart niet meer van angst maar van opwinding bonkte.

Ze kon die verrekte camera losrukken.

Ze kon de Uil voorgoed blind maken.

Zonder zijn camera had hij geen macht over haar!

Ze greep het omhulsel van de camera vast en trok eraan, wrikte het heen en weer alsof het een losse tand was.

Dit was briljant. De videocamera was de sleutel tot zijn hele plan. Via de camera stelde hij zijn eisen. Hij gebruikte haar door haar te coachen, door haar zijn bizarre eisen op video te laten uitspreken om haar vader gek te maken van angst.

En dus zou ze zich ervan ontdoen.

Ze zou zijn toegang tot haar afsnijden, zijn mogelijkheid om naar haar te kijken. Op die manier stuurde ze zijn hele plan in de war. Hij kon er niets tegen beginnen.

Zonder de videobeelden kon het plan van de Uil niet werken. Zonder camera geen losgeld.

Als ze die camera wegrukte, zou hij wanhopig worden. Hij zou moeten improviseren.

Hij zou haar moeten opgraven.

Hij zou die verrekte camera van hem moeten repareren, want dat ding was de sleutel tot alles.

Waarom had ze er zo lang over gedaan om dat te bedenken?

Er ging een warm golfje van plezier door haar heen. Haar vader, die waarschijnlijk toch wel van haar hield maar helemaal geen respect voor haar had, zou nu trots op haar zijn. Hij zou versteld staan van haar slimheid, haar vindingrijkheid. Hij zou zeggen: 'Mijn Lexie, je hebt *saichel.* Je hebt het hoofd van een Marcus.'

Ze pakte het metalen kastje zo hard vast dat haar hele arm trilde. Ze trok eraan, draaide eraan, en ten slotte voelde ze dat er iets meegaf.

Er viel iets kleins op haar gezicht. Ze voelde het met haar linkerhand. Een metalen schroefje. Dat moest deel uitmaken van de bevestiging.

Ze deed het. Ze rukte de ogen van de Uil uit zijn kop.

Gek van triomf glimlachte ze in zichzelf. Ze voelde dat het cameRading een klein beetje heen en weer ging.

Plotseling een schetterend geluid: 'Weer een slecht idee.'

Ze gaf geen antwoord.

Natúúrlijk wilde hij niet dat ze dat verrekte ding kapotmaakte. Natúúrlijk wilde hij dat niet.

'Weet je, Alexa, ik ben je enige contact met de buitenwereld,' zei de stem. Niet kwaad, maar geduldig.

Ze knarste met haar tanden en bleef wrikken. Haar hand beefde van inspanning en de scherpe metalen hoeken sneden in haar handpalm.

'Als je de camera onklaar maakt,' zei de Uil, 'ben je van de rest van de wereld afgesneden.'

Ze hield even op met draaien.

'Ze zullen denken dat je bent gestorven,' zei de stem. 'Waarom zou de videostream anders ophouden?'

Haar hand verstijfde vlak boven haar gezicht. Nog een paar minuten, dan had ze de andere schroeven los, of de staafjes, of wat het maar was dat de camera op zijn plaats hield op het deksel van de...

'Misschien zal je vader huilen. Misschien zal hij opgelucht zijn. Maar in elk geval zal hij weten dat het voorbij is. Hij kan dan niets meer doen. Hij wilde ons toch al niet geven wat we vragen, en dan denkt hij dat het niet meer hoeft. Wat heeft het dan nog voor zin? Zijn dochter is dood.'

Met een schor dierlijk gromgeluid zei ze: 'Dan weet hij dat jij hebt gefaald!'

'Hij geeft het op. Geloof me. Of geloof me niet. Het kan me niet schelen.'

De spieren in haar onderarm en pols deden pijn. Ze moest haar hand laten zakken.

'Ja,' zei de Uil. 'Je wilt graag uit die kist, nietwaar?'

Ze snikte.

'Ja,' zei hij opnieuw. 'Die camera is je enige hoop om er levend uit te komen.'

82

Hoe dringend ik ook slaap nodig had, ik moest nog dringender met Diana Madigan praten. Ik moest haar vertellen wat ik had ontdekt.

Zes uur 's morgens. Ze stond altijd vroeg op. De kans was groot dat ze wakker was, koffie dronk en e-mails las, of wat FBI-agenten ook maar deden voordat ze 's morgens naar hun werk gingen, degenen die niet getrouwd waren en geen kinderen hadden.

In plaats van de kortste weg naar huis te nemen reed ik een paar minuten om. Ik nam South End en Columbus Avenue en ging ten slotte linksaf Pembroke Street in.

In haar appartement brandde licht.

'Wil je koffie?' vroeg ze behoedzaam.

'Ik geloof dat ik al te ver heen ben,' zei ik. 'Nog meer cafeïne en ik raak in coma.'

'IJswater dan?'

Ik knikte. Ik ging op haar bank zitten, en zij nam de stoel ernaast. Precies zoals we de vorige keer hadden gezeten. Ze droeg een wit T-shirt en een trainingsbroek en was op blote voeten.

Ze ging naar haar keukentje en vulde een van haar grappige, met de hand geblazen drinkglazen met ijswater. Ze gaf het aan mij en ging weer zitten.

Toen vertelde ik haar zo veel mogelijk van wat ik had ontdekt. Het was niet echt een samenhangende uiteenzetting. Daarvoor waren mijn hersenen te gaar. Toch lukte het me de elementaire feiten naar voren te brengen. 'Ik heb Dorothy gevraagd alle bedrijven in New Hampshire na te gaan die graafmachines verhuren, maar daar kan ze pas mee beginnen als het negen of tien uur is en die bedrijven opengaan.'

'Oké,' zei ze. 'Intussen heb ik me in die overval in Connecticut verdiept.'

'Nu al? Maar hoe wist je...?'

Ze glimlachte zuur. 'Nico, je hebt slaap nodig. Dringend. Je hebt me er gisteravond over verteld.'

Ik schudde gegeneerd mijn hoofd.

'De vader heeft het overleefd. Ik wilde nagaan of hij zich iets meer over de indringers herinnerde. Maar... nou, hij praat met niemand meer. Toen Zjoekov wegging, had de man ernstig hersenletsel.'

Ik knikte.

'Er zijn geen vingerafdrukken in het huis gevonden. Niet van Zjoekov en ook niet van de andere dader. Ik hoopte dat de plaatselijke politie iets bij het archief voor ongeïdentificeerde vingerafdrukken van IAFIS had ingediend. Misschien doken dezelfde afdrukken ook ergens anders op... Maar er was niets.'

'En dat is alles?' Ik stond op. Ik was doodmoe en totaal versuft en had er dringend behoefte aan iets te doen. Ik liep door haar huiskamer heen en weer.

'Wat bedoel je daar nou weer mee?'

'Hoe groot is de FBI-begroting ook weer? Ongeveer tien miljard dollar, nietwaar? En jullie kunnen contact opnemen met iedere politieman in het hele land. Jullie beschikken over meer databases dan jullie ooit nodig hebben. En toch heb je niets meer ontdekt dan Dorothy en ik?'

'O, en wat hebben júllie dan bereikt? Voor zover ik weet, ligt dat meisje nog onder de grond.'

Ik wendde me af en liep naar de deur. 'Ik moet naar kantoor terug.'

'Nee,' zei ze, 'je hebt slaap nodig. Je kunt elk moment instorten. Op dit moment kun je helemaal niets doen, totdat een van onze sporen iets oplevert. Of een van júllie sporen. Of tot de bedrijven opengaan. Dus ga nu slapen, Nick.'

'Later.'

Ze kwam dicht bij me en legde haar hand op mijn schouder. 'Als je je hersenen en je lichaam geen rust geeft, ga je fouten maken, en wat dan?'

Ik draaide me met een ruk om. 'Maak je daar maar geen zorgen over,' zei ik. 'Ik maak geen fouten.'

'Nu weet ik dat je aan slaapgebrek lijdt,' zei ze met een lachje.

En voor ik er erg in had, zaten mijn lippen op de hare.

Haar mond was warm en smaakte naar pepermunt. Ik hield haar gezicht in mijn handen en streek door haar haar. Haar ogen waren dicht. Haar gladde handen gleden onder mijn overhemd en legden zich plat tegen mijn borst, waarbij haar nagels zacht over mijn borsthaar krabden. Toen streelde ik haar borsten en kuste haar keel, en ik merkte dat haar vingers bij mijn riem waren aangekomen.

'Diana,' zei ik.

Ze bracht me tot zwijgen door haar mond op de mijne te drukken. Haar benen sloegen zich strak om mijn middel.

'Ik weet dat we niet terug kunnen naar de situatie van vroeger,' zei ze.

'Ik zag dit niet als een herhaling.'

Ze glimlachte, maar haar ogen waren vochtig. Ze stak haar handen naar me uit, en ik hield haar een hele tijd vast. Het was een geweldig gevoel. Het was bijna genoeg.

Mijn telefoon ging, en ik keek ernaar. Marshall Marcus.

'Nick,' fluisterde hij. 'Ik heb net een mailtje gekregen.'

Ik hoorde aan een pieptoon dat er nog een telefoontje binnenkwam. Dorothy.

'Een bericht van wie?'

'Van hén. Ik heb de tijd tot het eind van de dag, en dan...'

'Wacht even.' Ik klikte op Dorothy's telefoontje.

'Nick, Marcus heeft net een e-mail van de ontvoerders gekregen.'

'Dat weet ik. Hij zit op de andere lijn. Hij was het me net aan het vertellen.'

'Het is niet goed,' zei ze.

Ik merkte dat ik een droge mond kreeg.

'Ben je bij je computer?'

Ik aarzelde. 'Ik ben bij *een* computer.'

'Ik ga je nu meteen een e-mail sturen.'

Ik gaf een teken aan Diana, die haar laptop bracht, en logde in op mijn e-mail. Intussen ging ik naar de andere lijn terug. 'Wacht even, Marshall, ik open het nu meteen.'

'Hoe kan dat?'

Ik gaf geen antwoord. Ik had het te druk met het lezen van weer een anoniem mailbericht.

DE REGELS ZIJN NU VERANDERD

EIS IS NU HEEL EENVOUDIG ALS JE JE DOCHTER WILT REDDEN

VIJFHONDERD MILJOEN AMERIKAANSE DOLLARS MOETEN NAAR REKENING HIERONDER WORDEN OVERGEMAAKT VOOR 1700 UUR BOSTON-TIJD VANDAAG

HIEROVER WORDT NIET ONDERHANDELD

DIT IS LAATSTE AANBOD

ALS $$$ BINNEN ZIJN OM 1700 BOSTON-TIJD VANDAAG WORDT JE DOCHTER ALEXA VRIJGELATEN. JE HOORT OP WELKE OPENBARE PLAATS ZE IS EN KUNT HAAR DAN OPHALEN.

GEEN VERDERE ONDERHANDELINGEN MOGELIJK.

ALS $$$ NIET OM 1700 BOSTON-TIJD ONTVANGEN ZIJN KRIJG JE NOG ÉÉN LAATSTE KANS OM JE DOCHTER ALEXA OP INTERNET TE ZIEN

JE ZULT ZIEN HOE DOODKIST ONDERLOOPT MET WATER.

JE ZULT JE DOCHTER VOOR JE OGEN ZIEN VERDRINKEN

JE ZULT LAATSTE MINUTEN VAN JE DOCHTERS LEVEN ZIEN

Er volgden een naam en adres van een bank in Belize, met bankcodes en een rekeningnummer.

'Jezus,' zei ik.

'Nicky,' zei Marshall Marcus met een hoge, trillende stem. 'Lieve god in de hemel, alsjeblieft, Nick, help me.'

'We doen niet anders,' zei ik. 'Vierentwintig uur per dag.'

'Vijfhonderd miljoen dollar? Zoveel geld heb ik niet meer. Dat komt door die schoften, en dat weten ze verdomd goed.'

'Waar is Belinda?'

'Belinda? Ze is hier bij me. Zoals altijd. Hoezo?'

'Ik verbreek nu de verbinding,' zei ik. 'Misschien is er nog een oplossing.'

'Hoe?'

Maar ik had opgehangen.

Ik boog naar Diana toe en gaf haar een kus.

'Bel me zodra je iets weet,' zei ze.

83

Ik kwam op kantoor aan met een doos donuts die ik onderweg had gekocht.

Na een halfuur en de nodige telefoontjes naar Belize City had ik Oliver Lindo aan de telefoon, de minister van Nationale Veiligheid van Belize.

'Nick!' zei hij. 'Probeerde je me bereiken? Wat vind ik dat erg. Ik was op de sportschool. Ik heb tegenwoordig een persoonlijke trainer. Op een dag zie ik er misschien zelfs zo uit als jij.'

'En hoe gaat het met Peter?'

'Wist je dat hij al tweedejaars in Oxford is, Nick?'

'Ik had geen idee. Gefeliciteerd. Ben je nog hertrouwd?'

Hij grinnikte. 'We hebben hier een gezegde: waarom zou je de koe kopen als de melk gratis is?'

'Dat heb ik al eens gehoord, geloof ik,' zei ik.

Ik hoefde Oliver Lindo niet te vertellen hoe het zat. Toen ik voor Stoddard Associates in Washington werkte, had ik hem met een lastig probleem geholpen. Het ging om een boot, een rumfabriek, een van zijn ex-vrouwen en een heleboel woedende Cubanen. Later vroeg hij me zijn zoon, die toen op de Lawrenceville School in New Jersey zat, uit een lastige situatie met gangbangers in Trenton te redden.

'Ken je toevallig iemand bij de Belize Bank and Trust Limited?'

'Dat is een louche bank, vriend. Als je erover denkt geld te verbergen, nou, dan kan ik je aanbevelen om... Weet je, dit zouden we niet via een mobiele lijn moeten bespreken.'

'Als ik ooit genoeg geld heb om het ergens te verbergen, ben jij de eerste die ik bel,' zei ik. 'Maar ik bel over iets anders. Ik wil graag dat je iets voor me doet.'

'Alles wat je maar wilt, Nick. Dat weet je.'

84

'Wil je me uitleggen hoe dit gaat werken?' vroeg Dorothy.

'Kort voordat de bank in Belize sluit, krijgt Dragomir Zjoekov de bevestiging dat er vijfhonderd miljoen dollar op zijn rekening is gestort,' zei ik.

Ze nam een grote slok koffie uit een mok met JESUS SAVES – I SPEND. 'En je vriend in Belize kan dat voor elkaar krijgen?'

'Hij gaat met de directeur van de bank zelf praten. Ik denk dat die bank niet medeplichtig wil zijn aan de ontvoering van een tienermeisje. Of misschien kan hij hem op een andere manier overreden. Ik weet niet hoe, en dat kan me ook niet schelen.'

'Maar het is een truc, nietwaar? De bank bevestigt een overboeking die niet heeft plaatsgevonden?'

'Natuurlijk.'

'Maar wat heeft dat voor zin? Als die Zjoekov voor zichzelf is begonnen, hoeft hij aan niemand verantwoording af te leggen. Het maakt niet uit of hij het geld heeft of niet. Hij laat Alexa nooit gaan.'

'Niet als hij denkt dat hij niet hoeft. Daarom is de timing van cruciaal belang. Er zal zich op het laatste moment een complicatie voordoen. Er is iets fout gegaan met het nummer van zijn bankrekening. Hij moet bellen.'

'En dan ben jij aan de andere kant van de lijn.'

Ik haalde mijn schouders op. 'Dan laat ik hem weten dat hij die vijfhonderd miljoen pas krijgt als hij Alexa vrijlaat.'

Ze keek naar haar computer en keek toen mij aan. Sloeg haar ogen neer en keek weer naar me op. 'Nick, je maakt jezelf iets wijs. Je kunt geen druk op hem uitoefenen. Helemaal niet. Hij weigert gewoon. Hij zegt, we doen het op mijn manier of anders niet, en dan vermoordt hij haar.'

'Waarschijnlijk heb je gelijk.'

'Wat ontgaat mij dan?'

'Hij zal haar tot vijf uur in leven willen houden. Dan kan hij laten zien dat ze nog leeft. Tot aan die tijd wil hij die mogelijkheid openhouden.'

'Oké, maar om vijf uur vermoordt hij haar evengoed, of hij het geld nu krijgt of niet, of er op het laatste moment nu iets tussen komt of niet.'

'Dat denk ik ook.'

'Dus wat heeft het voor zin, Nick?'

'Nu heb ik tot vijf uur vandaag de tijd om Alexa te vinden,' zei ik. 'Ik wil dat je weer gaat werken aan dat idee dat we hem misschien kunnen vinden door naar vliegbewegingen te kijken. De onderbrekingen van het satellietsignaal.'

'Waarom zou ik daar weer aan gaan werken? Dat is een dood spoor. Heb je me niet verteld dat de FBI geen overeenkomsten in de database van de F.A.A. heeft gevonden?'

'Ja, dat is zo.

'En je denkt dat ze het mis hebben?'

'Helemaal niet. Ik denk dat ze naar alle vluchten in de database van de F.A.A. hebben gekeken. Maar ik denk niet dat ze naar álle vluchten hebben gekeken.'

'O nee? Waarom niet?'

'Als ik ergens iets van weet, dan is het van Defensie. En ik weet dat ze er weinig voor voelen om informatie over militaire vluchten te delen met burgers van de federale overheid.'

'Militaire vluchten?'

'Er zijn militaire bases in Maine, Vermont en New Hampshire. Die houden elk hun eigen vluchtgegevens bij.'

'Online?'

'Nooit.'

'Hoe komen we er dan bij?'

Ik pakte de telefoon op en gaf hem aan haar. 'Op de ouderwetse manier,' zei ik.

85

Dorothy gaf Jillian opdracht een lijst van alle bedrijven in New Hampshire te maken die bouw- en graafmachines verhuurden.

Het waren er bijna negenhonderd.

Zelfs toen we ons beperkten tot 'grondverzetmachines' en 'zware bouwmachines', hadden we er nog bijna honderd. Het was eigenlijk hopeloos. We zouden wel extreem veel geluk moeten hebben.

Intussen belde Dorothy twee uur lang naar militaire bases en luchtverkeersleidingen van de Air National Guard. Ik moest een paar keer aan de lijn komen om te schermen met namen van generaals in het Pentagon die zich mij waarschijnlijk helemaal niet meer herinnerden. Maar toen ze met een brede grijns mijn kamer binnenliep, wist ik dat ze iets voor me had.

'Wat is een KC-135?' vroeg ze.

'Aha. De Stratotanker. Gemaakt door Boeing. Vooral vliegtuigen die andere toestellen in de lucht bijtanken, al zijn er ook een paar geschikt gemaakt om als commandopost in de lucht te fungeren. Laat maar eens horen.'

'We hebben een hit. Elk van die onderbrekingen in het videosignaal komt precies overeen met een KC-135-vlucht vanaf de National Guard-basis Pease Air.'

'Portsmouth, New Hampshire.'

'Nee, nee,' zei ze. 'Zo simpel is het niet. Het kan er tien kilometer bij vandaan zijn, maar ook zestig kilometer.'

'Kun je het zoekgebied niet verkleinen? Door triangulatie of zoiets? Zijn jullie forensische lui niet altijd aan het trianguleren?'

'Daarvoor hebben we niet genoeg gegevens. Ik heb alleen drie onderbrekingen van videobeelden, ongeveer tien seconden nadat er drie KC-135's zijn opgestegen.'

'Je hebt genoeg,' zei ik. 'Je weet toch in welke richting die vliegtuigen zijn vertrokken?'

'Ja.'

'Waarschijnlijk weet je ook de snelheid waarmee die toestellen meestal opstijgen.'

'Misschien wel.'

'Dan moet je het tot op vijftien kilometer nauwkeurig kunnen zeggen, zou ik denken. Moet ik al je werk voor je doen?'

Ik probeerde die typische blik van haar met een ontwapenende glimlach te pareren. Maar het werkte niet. Die blik trof evengoed doel.

Toen ging mijn BlackBerry. Ik keek ernaar en zag dat het Diana was.

'Hé,' zei ik. 'Je hebt de foto die ik je heb gestuurd.'

'Dat is niet het enige, Nick,' zei ze. 'Ik denk dat we hem hebben gevonden.'

86

Eerst zei ik niets.

'Nick?'

'Hebben jullie Zjoekov gevonden?'

Diana's stem klonk gespannen. Ze klonk ook harder dan normaal. 'We hebben ontdekt waar zijn telefoon is.'

'In New Hampshire?'

'Ja. Ten westen van Concord.'

'Hij heeft hem blijkbaar weer aangezet.'

'Zeg, ik moet gaan. We komen daar in actie.'

'Waar?'

'We werken vanuit een parkeerterrein, een paar kilometer bij het doel vandaan.'

'Jullie zetten het SWAT-team in?'

'Ze roepen alle mensen op, of ze nu operationeel zijn of niet. Ze willen mij op een surveillancepunt buiten de SWAT-zone hebben. Ik kom niet echt in de vuurlinie terecht.'

'Geef me de exacte locatie.'

'Jij mag daar niet zijn. Dat weet je. Het is een operatie van de FBI. Jij bent een burger.'

Ik ademde langzaam in. 'Diana, luister. Ik wil niet dat ze midden in een grote luidruchtige operatie van een SWAT-team om het leven komt. Ik wil dat ze in leven blijft.'

'Dat willen zij ook, Nick. Het leven van het slachtoffer komt bij hen altijd op de eerste plaats.'

'Ik heb het niet over hun bedoelingen. Ik heb het over technieken.'

'Onze SWAT-mensen zijn zo goed als het maar kan.'

'Dat spreek ik niet tegen.'

'Wat stel je dan voor?'

Ik deed mijn ogen dicht en probeerde me te concentreren. 'Het is blijkbaar ergens in de provincie. Waar heb je het dan over? Een klein vliegveldje? Een nieuwbouwwijk met tientallen huizen?'

'Nee. Het is een huis aan een landweg. Op de satellietbeelden ziet het er verlaten uit.'

'Is er land?'

'Het is een boerderij.'

'Afgelegen?'

'Waar wil je heen, Nick?'

'Is het alleen de plaats waar hij zich verborgen houdt? Of heeft hij Alexa daar ook begraven? Dat maakt alle verschil voor de manier waarop jullie hem moeten benaderen.'

'We weten niet of ze daar is.'

'Zodra hij ook maar een takje hoort knappen, of mannen in van die camouflagepakken met bladeren door het bos ziet aankomen, wacht hij niet tot hij wordt neergeschoten. Dan maakt hij haar dood. Hij heeft al gedreigd het graf onder water te zetten, en het zou me niet verbazen als hij dat op afstand kan doen. Misschien hoeft hij alleen maar een hendel van een irrigatiesysteem in het huis over te halen. En hoe snel jullie mannen ook graven, jullie kunnen haar nooit op tijd redden.'

'Dat zou onlogisch zijn. Ze is zijn pressiemiddel. Hij wil haar in leven houden. Als hij het graf laat onderlopen en haar doodmaakt, kan hij geen druk meer uitoefenen.'

'Diana, die kerel houdt zich niet aan de normale regels. Als jullie denken dat hij dat wel doet, is dat een gevaarlijke misrekening. Hij wil het graf laten onderlopen of haar luchttoevoer afsluiten, en dan wil hij daar op zijn computerscherm naar kijken. Hij wil dat ze naar lucht hapt en spartelt en probeert te schreeuwen. Hij wil haar zien doodgaan.'

'Waarom eist hij dan losgeld?'

'Hij denkt dat hij een heleboel geld kan binnenhalen en haar dan evengoed kan doodmaken. Hoe heet de commandant van jullie eenheid?'

'Jeff Stoller.'

'Zeg tegen hem dat hij mij daar moet hebben. Zeg tegen hem dat ik de enige ben die iets over Dragomir Zjoekov weet.'

87

Toen ik over de 93 naar het noorden reed, begon het te regenen. Eerst waren het een paar onheilspellende druppels uit een staalgrijze hemel, maar toen werd het een stortregen. Het water viel neer met een kracht waaraan je bijna altijd kunt merken dat het van korte duur zal zijn – zoiets kan nooit lang standhouden.

Maar deze stortregen ging door. Uit het niets kwamen er windvlagen opzetten die de regen bijna horizontaal voortjoegen. Mijn ruitenwissers zwiepten op maximale snelheid heen en weer, maar ik kon de weg amper zien. De andere auto's slipten en gingen heel langzaam rijden, en een paar gingen aan de kant staan om te wachten tot het voorbij was.

Normaal gesproken houd ik wel van dramatisch weer, maar op dat moment niet. Het weer leek net een echo van het vreemde, ongewone angstgevoel dat zich meester van me had gemaakt.

Mijn instinct zei tegen me dat dit niet goed zou aflopen.

En dus zette ik de muziek hard. Er is maar weinig muziek die me zo'n kick geeft als de scherpe gitaarlicks en het kolossale, bulderende rockabillygeluid van Bill Kirchen, de titaan van de Telecaster, de man die jaren geleden 'Hot Rod Lincoln' heeft gespeeld. Ik draaide 'Hammer of the Honky-tonk Gods' en daarna zijn liveversie van 'Too Much Fun'. Toen ik bij de grens van New Hampshire kwam, voelde ik me optimistischer.

Toen moest ik het geluid uitzetten om de telefoon op te nemen.

Het was Diana. Ze vertelde me hoe ik bij de uitvalsbasis van het SWAT-team kon komen. 'We verzamelen op een parkeerterrein drie kilometer bij het huis vandaan,' zei ze. 'Jij komt bij mij in het surveillanceteam dat langs de rand van de zone opereert. Dat betekent wel dat je buiten de zone blijft.'

De weg was smaller geworden. Het was nu een tweebaansweg met stalen vangrails aan weerskanten. Ik kwam langs een bord met REMMEN VOOR ELANDEN.

'Mij best. Zitten we in een auto of zijn we te voet?'

'In een van hun SUV's, goddank. In zulk weer zou ik niet graag buiten staan. Regent het ook waar jij bent?'

'Het valt met bakken uit de hemel. Maar ik ben hooguit vijftig kilometer bij je vandaan.'

'Rij veilig, Nico.'

88

Drie kwartier later zat ik op de passagiersplaats van een zwarte Suburban. Die was speciaal aangepast voor het SWAT-team, met dakrails en zijsporten, al was hij niet gepantserd. We stonden buiten de crisiszone. Het was niet te verwachten dat er op ons geschoten zou worden.

Diana zat achter het stuur. Onder haar FBI-sweatshirt droeg ze een traumavest niveau III, een kogelwerend kledingstuk met een harde plaat.

De regen stortte omlaag. De ruitenwissers sloegen heen en weer als een metronoom op de hoogste snelheid.

We stonden aan de rand van het bos geparkeerd, dicht bij een smalle bochtige asfaltweg. Het was daar 'faselijn geel', zoals het SWAT-team het noemde, de laatste positie waar je nog dekking had voordat de actie begon. Faselijn groen was de denkbeeldige lijn om het huis. Daar werd het menens.

Officieel maakten we deel uit van het team dat een uitweg bewaakte, maar in werkelijkheid waren we alleen maar waarnemers. Mijn rol was beperkt en heel duidelijk: als ze de Rus levend in handen kregen, en als hij niet wilde meewerken, zou ik rechtstreeks over de radio met hem praten. Niet persoonlijk, maar over de radio.

Om ons heen stonden diverse SUV's van Amerikaans fabricaat – Ford Explorers, Blazers en Suburbans, ook voorzien van dakrails en zijsporten. Er stonden SWAT-leden bij. Ze droegen tweedelige olijfgroene camouflagepakken met een bepantsering die van keramische platen was voorzien en die een geweerkogel moest kunnen tegenhouden. Verder hadden ze helmen en oogbescherming en overal FBI-tekens. Hun M4-karabijnen waren voorzien van optische vizieren met rode stippen. In hun zijholsters hadden ze pistolen, die ze alleen zouden gebruiken als hun machinegeweren blokkeerden. In de bossen stonden scherpschutters met bladercamouflage. Ze bleven in de schaduw van de bomen, maar met het huis binnen bereik.

Een hele tijd luisterden we in stilte naar de communicatie op de radio die op het dashboard stond.

We wachtten. Iedereen daar leek te wachten op een teken. De lucht zat vol spanning.

Ik zei: 'Als hij zijn gezicht laat zien...'

'Dan schakelen de scherpschutters hem uit. Er is al toestemming gegeven voor dodelijk geweld.'

'Is dat het FBI-protocol?'

'Alleen wanneer we geloven dat de persoon in kwestie de middelen en waarschijnlijk ook de bedoeling heeft zijn slachtoffer te doden. Dan is het wettelijk toegestaan hem te doden.'

'En als hij zijn gezicht niet laat zien?'

'Dan proberen ze het huis geluidloos op twee punten binnen te dringen en volgen ze de procedures voor gijzelingssituaties.'

Toen we nog wat langer zwijgend naast elkaar hadden gezeten, zei Diana: 'Jij wilt erbij zijn, hè? Geef het maar toe.'

Ik gaf geen antwoord. Ik dacht nog over dingen na. Op de een of andere manier was er iets mis met de hele situatie.

Ze keek me aan. Ik zei: 'Mag ik je kijker lenen?' Ik had de mijne niet uit de Land Rover meegenomen. Ik had niet gedacht dat ik hem nodig zou hebben.

Ze gaf me de legergroene Steiner die tot de standaarduitrusting van de SWAT-teams behoorde, een groot ding. Het had een sticker met EIGENDOM VAN FBI S.W.A.T. op de zijkant. Ik zette hem scherp tot ik het huis in zicht had: een klein, witgeverfd huis met overnaadse planken en donkergroene luiken. Eigenlijk was het geen boerderij, maar een huis in het bos. Het erf was verrassend klein voor een huis waar zoveel grond bij hoorde. Het gras was lang en verwilderd, waarschijnlijk wel een meter hoog, alsof er meer dan een jaar niemand naar had omgekeken.

Het was donker. Ik zag geen personenauto of vrachtwagen op het pad staan.

Toen gaf ik haar de kijker terug. 'Er is iets mis,' zei ik.

'Hoe dan? Het was zijn telefoonnummer. Geen twijfel mogelijk.'

'Kijk eens naar de toegangen. Er is maar één manier om weg te komen, en daar zitten wij. Het bos achter het huis is helemaal dichtgegroeid met boompjes en struiken. Hij kan daar geen twee minuten lopen zonder in de doornstruiken te blijven steken.'

'Heb je dat allemaal gezien?'

'Goede kijker.'

'Goede ogen.'

'Hij zit in de val. Zo'n huis zou hij nooit kiezen.'

'Misschien heeft hij het niet gekozen. Misschien hebben Navrozovs mensen het voor hem gekozen. Het staat al anderhalf jaar leeg.'

'Ik geloof niet dat hij iemand anders zo'n beslissing voor hem zou laten nemen. Waarschijnlijk wil hij niet op anderen vertrouwen.'

'Dat is jouw beoordeling, gebaseerd op een beoordeling uit de derde hand in een oud KGB-dossier.'

'Heeft iemand naar de rekeningen van de nutsbedrijven voor dat huis gekeken?'

'Het huis staat al achttien maanden leeg.'

'Ik zie geen generatoren. Jij wel? Hoe komt hij dan op internet?'

Ze schudde langzaam haar hoofd en dacht na.

'Of een schotelantenne,' zei ik.

Ze bleef haar hoofd schudden.

'Het is ook slordig,' zei ik.

'Wat is slordig?'

'Dat hij zijn mobiele telefoon gebruikt. Hij zou hem niet opnieuw moeten gebruiken.'

'Hij weet niet dat we zijn mobiele nummer hebben.'

'De man onderschat nooit iemand. Daarom leeft hij nog.'

Ik haalde mijn telefoontje tevoorschijn en drukte op de sneltoets voor Dorothy.

'Waar ben je, Heller?'

'In New Hampshire.'

'Ja. Waar?'

'Ergens waar het er sterk naar uitziet dat we met een afleidingsmanoeuvre te maken hebben,' zei ik. 'Ten westen van Nashua.'

'Nashua? Dat is... ongeveer zeventig kilometer ten zuiden van de vliegroute.'

'Kun je me de gps-coördinaten sturen?' vroeg ik.

'Ja.'

'Hoe groot is het zoekgebied? Kunnen we de mogelijkheden niet verkleinen? Als je naar het terrein kijkt, naar de huizen die beschikbaar zijn en...'

'Misschien heb ik nog één punt gevonden.'

'Laat eens horen.'

'Ik heb op NCIC gezocht naar iets wat uit New Hampshire komt, en toen stuitte ik op een mogelijke moord.'

Het National Crime Information Center was de database van misdrijven die door de FBI werd bijgehouden. Die database werd gebruikt door alle politiediensten en justitiële instanties in het hele land.

'Wat is het verband?'

'De code van de melding was 912. Moord met voorbedachten rade op een politiefunctionaris door middel van een wapen.'

'En?'

'Een jonge agent is in zijn auto op de bodem van een ravijn in New Hampshire gevonden. Op het eerste gezicht leek het of hij van de weg af was geraakt, maar de plaatselijke politiecommandant vermoedt dat het moord was.'

'Waarom?'

'Vanwege de verwondingen van het slachtoffer. Volgens de lijkschouwer zijn het heel andere verwondingen dan je bij een auto-ongeluk zou verwachten. Zo zijn alle inwendige organen in zijn borstholte verwoest. Alsof iemand daar beneden een bom heeft laten ontploffen.'

Mijn hart begon sneller te slaan. 'Waar was dat?'

'Binnen de straal van de vliegroute. De plaats Pine Ridge in New Hampshire. Zoals ik al zei: zeventig kilometer bij jou vandaan.'

89

'We zijn op de verkeerde plaats,' zei ik.

'Waarom ben je daar zo zeker van?'

'Zijn telefoon is waarschijnlijk wel hier, maar hijzelf niet. Dit is een afleidingsmanoeuvre. Misschien is het zelfs doorgestoken kaart.'

'Hoe kom je daarbij?'

'Hij weet dat Navrozov hem probeert uit te schakelen. Misschien probeert hij Navrozovs mensen naar de verkeerde plaats te lokken om zijn echte verblijfplaats te verbergen.' Ik pakte de handset van de radio, drukte op de communicatieknop en zei: 'Zulu Een, hier Victor Acht.'

'Nick, wat doe je?'

'We moeten hier ophouden,' zei ik tegen haar, 'en naar het noorden gaan.'

De stem van de leider van het SWAT-team kwam luid en duidelijk door: 'Zeg het maar, Victor Acht.'

'Zulu Een, ik heb nieuwe informatie die ik aan je moet doorgeven. Waar kan ik je ontmoeten?'

Diana keek me ontzet aan.

Een korte stilte. 'Zeg het nog eens, Victor Acht.'

'Zulu Een, ik heb dringende informatie die ik moet doorgeven. Ik verzoek om een onmiddellijke ontmoeting. Wat is je reactie?'

'Nee, Victor Acht,' zei de stem.

Maar ik gaf het niet op. 'Zulu Een, ik verzoek dringend om een ontmoeting.'

De teamleider antwoordde meteen: 'Ik heb je gehoord, Victor Acht, en het antwoord is nee. Ga van de radio af. Sluiten.'

Ik hing de handset weer aan de haak.

'Goh, Nick,' zei Diana. 'Eh... goh.'

'Wat is er?'

'De SWAT-jongens staan op het punt in de aanval te gaan.'

'Dat betekent dat de beste mensen van de FBI op zeventig kilometer afstand bezig zijn terwijl onze man zijn karwei afmaakt. Kom, laten we gaan.'

'De aanval gaat zo beginnen.'

'Kom met mij mee. Ik heb je hulp nodig.'

'Ik kan hier niet weggaan. Dat weet je. Ik mag mijn positie niet zonder toestemming verlaten.'

'Ze hebben jou hier niet nodig. Je bent waarnemer. Dit is verspilling van je tijd en talent.'

Ze keek gekweld. Ze wist niet wat ze moest doen.

'Kom,' zei ik, en ik maakte het portier van de Suburban open.

'Heller!'

'Sorry,' zei ik, en ik stapte uit.

'Nick, wacht.'

Ik draaide me om.

'Niet doen, Nick. Niet in je eentje.'

Heel even keek ik naar haar: die verbijsterende groene ogen, dat gekke haar. Binnen in mij verstrakte iets. 'Ik moet gaan,' zei ik.

'Niet doen, Nick.'

Ik duwde het portier voorzichtig dicht.

90

Ik liep naar het parkeerterrein terug waar ik mijn auto had achtergelaten, op anderhalve kilometer afstand. Het was een heel eind lopen over smalle landweggetjes en daarna een drukke verkeersweg. De regen was inmiddels een stortbui van Bijbelse proporties geworden. Ondanks de regenjas die ik droeg waren mijn kleren doorweekt toen ik bij de Defender aankwam.

Ik zette de verwarming op de hoogste stand en reed naar het noorden, richting Pine Ridge. De schemering ging snel over in duisternis, en nog steeds hield het niet op met regenen.

Driehonderdtwintig dagen per jaar was de Land Rover een getemd beest, een curiositeit, een M1 Abrams-tank in de straten van de stad. Die avond, toen de omstandigheden zo verraderlijk waren, was hij koning van de weg. Ik reed langs talloze gestrande auto's, aangespoeld langs de kant, wachtend tot de regen voorbij was.

Ongeveer een kwartier nadat ik was vertrokken, belde Diana.

'Ze hebben een lijk gevonden.'

'Konden ze hem identificeren?' vroeg ik.

'Ja. Hij heet Kirill Tsjoezjoi. Hij heeft een verblijfsvergunning en woont in East Rutherford in New Jersey. Geboren in Moskou. Hij staat op de loonlijst van Navrozovs holding company RosInvest.'

'En in zijn zak vonden jullie een mobiele telefoon van Nokia,' zei ik.

'Ja. Waarschijnlijk van Zjoekov.'

'Nee, het zal zijn eigen telefoon zijn, met Zjoekovs simkaart erin.'

'Huh?'

'Hij wist dat als hij zijn simkaart in de telefoon van de andere man stopte, zijn telefoonnummer ergens bij jullie zou opduiken, en dat jullie dan zouden denken dat jullie hem eindelijk hadden gevonden. En daar had hij gelijk in.'

'Ik snap het niet. Waarom heeft hij de telefoons niet gewoon verwisseld?'

'Die kerel is slim. Hij wilde niet het risico lopen dat er tracking software in Tsjoezjois telefoon zat. Nou, kun je me een foto van het lijk sturen?'

'Wacht even,' zei ze. Een minuut later was ze weer aan de lijn. 'Als het goed is, heb je hem nu.'

Ik ging even van de telefoonverbinding af, keek naar mijn e-mail en vond de foto.

De zogenaamde juridisch attaché van het Braziliaanse consulaat. De man die de drugsdealer had vermoord in het FBI-kantoor in Boston. Roman Navrozov had hem daar waarschijnlijk heen gestuurd om er zeker van te zijn dat Mauricio Perreira geen informatie verstrekte die hem met de ontvoering van Alexa in verband kon brengen.

Toen ik weer aan de lijn was, zei ik tegen Diana: 'Wil je deze foto naar Gordon Snyder sturen?'

'Waarom?'

'Omdat deze foto Navrozov in verband brengt met de moord op het FBI-kantoor in Boston.'

'Begrepen. Doe ik.'

'Waar ben je nu?' vroeg ik.

'Op de terugweg naar het parkeerterrein. En jij?'

'Op vijfendertig kilometer afstand. Maar ik kan niet hard rijden. Kun je het team hierheen sturen?'

'Waarheen?'

Ik las de gps-coördinaten op.

'Is dat de exacte locatie waar je denkt dat hij is?'

'Nee. Dat is het midden van het plaatsje Pine Ridge. We hebben het over negentig vierkante kilometer.'

'Hoe ben je er zo zeker van dat dit de juiste plaats is?'

'Ik ben daar niet zeker van. Dorothy legt op dit moment eigendomsgegevens naast satellietbeelden van Google Earth. Een primitief soort geografische profilering.'

'Waar zoekt ze naar?'

'Land dat groot genoeg en afgelegen genoeg is. Veel mogelijkheden om te komen en gaan. Onbewoond, verlaten, in beslag genomen – zoiets. Land waarvan de eigenaar ergens anders woont, staat boven aan de lijst.'

'En rekeningen van nutsbedrijven?'

'We hebben jullie middelen niet. We tasten een beetje in het duister. Dus probeer het SWAT-team hier zo gauw mogelijk te krijgen.'

'Ik zal mijn best doen,' zei ze. 'Ik zie je daar.'

'Ik hoop het.'

Kort nadat ik had opgehangen, kwam ik op een idee. Ik belde Dorothy op haar mobieltje. 'Kun je het privételefoonnummer van de politiecommandant van Pine Ridge voor me opzoeken?' vroeg ik.

91

'O, gelooft u me,' zei de vrouw van de politiecommandant. 'U stoort niet bij het eten. Walter is ergens met zandzakken aan het sjouwen, en ik weet niet wanneer ik hem thuis kan verwachten. Ze zijn daar allemaal, de parttimers en alle vrijwilligers die ze kunnen optrommelen. Het is verschrikkelijk. De rivier is buiten zijn oevers getreden en er zijn overal modderstromen. Kan ik u ergens mee helpen?'

'Denkt u dat hij nog een vrijwilliger kan gebruiken?' zei ik.

'U bent vast wel welkom.'

'Wat is zijn mobiele nummer?'

Commandant Walter Nowitzki nam meteen op.

'Commandant,' zei ik, 'het spijt me dat ik u in zulke moeilijke tijden lastigval, maar ik bel over een van uw agenten...'

'Dat zal moeten wachten,' zei hij. 'Ik sta hier tot mijn nek in de modder.'

'Het gaat over Jason Kent. Hij maakte deel uit van uw korps, en na zijn dood hebt u gemeld dat hij misschien vermoord is.'

'Met wie spreek ik?' zei hij op scherpe toon.

'FBI,' zei ik. 'CJIS.'

Hij kende het jargon. Iedere politieman kende dat. De CJIS was de afdeling Criminal Justice Information Services van de FBI, de afdeling die de centrale NCIC-database van alle gemelde misdrijven bijhield.

'Wat kan ik voor u doen?'

'U hebt het gemeld als een 912, een moord op een politieman, en ik ben dat aan het natrekken.'

'Goed, ik... Weet u, dit is waarschijnlijk niet het beste moment om te praten. We kampen hier in New Hampshire met zware overstromingen, en er zitten mensen vast in hun auto's, en de rivier treedt buiten zijn oevers, en...'

'Begrepen,' antwoordde ik. 'Maar het is een tamelijk dringende zaak. We zitten met een moord in Massachusetts die lijkt op de zaak die u hebt gemeld, dus als u vlug een paar vragen kunt beantwoorden...'

'Ik ga even naar mijn auto, dan kan ik u beter verstaan. Ik kan mezelf hier niet eens horen denken.'

Ik hoorde dat hij de telefoon even bij zijn gezicht vandaan haalde, en toen klapte er een portier dicht.

'Zegt u maar wat u wilt weten,' zei hij.

'Hebt u verdachten?'

'Verdachten? Nee, het was vast iemand van buiten onze eigen gemeente.'

'Deed hij onderzoek naar een misdrijf of zoiets voordat hij werd gedood?'

'We hebben hier niet veel criminaliteit. Het belangrijkste delict is hier te hard rijden, en dat zijn meestal ook mensen van buiten. Hij deed zijn ronde, ging ergens kijken waar over lawaai was geklaagd, maar...'

'Heeft hij het verkeer laten stoppen in de buurt van de plaats waar hij is gedood?'

'Voor zover ik weet niet. Dat was mijn theorie, maar hij heeft niets gemeld.'

'Geen aanvaringen met iemand?'

'Niet dat hij heeft gezegd.'

'Hebt u een theorie over wat er met hem kan zijn gebeurd?'

'Nee. Ik wou dat ik die had. Die jongen was een van de besten...' Het klonk alsof hij zijn woorden inslikte, en hij was een tijdje stil. 'Ik vind het heel erg.'

'Als die jongen Satan zelf tegenkwam, zou hij hem zijn laatste stuiver geven. Het enige minder goede wat ik over hem kan zeggen, is dat hij waarschijnlijk niet geschikt was voor de politie. Dat kan ik mezelf verwijten. Ik had hem niet moeten aannemen.'

'Wat deed hij op de dag dat hij werd gedood?'

'De gebruikelijke dingen. Ik vroeg hem te gaan kijken bij, eh... ik noem het muizenissen. We hebben hier een zekere Dupuis die nogal precies is. Hij klaagde steeds over een van zijn buren, en ik vroeg Jason daar te gaan kijken. En ik wed dat Jason niet eens...'

'Wat voor klacht?'

'O, ik weet het niet. Dupuis zei dat iemand bij hem in de buurt zijn hond had gestolen, alsof iemand dat schurftige mormel zou willen hebben, en hij zei dat de man misschien werk deed zonder vergunning.'

Ik wilde net over iets anders beginnen toen er een gedachte bij me opkwam. 'Wat voor werk?'

'Misschien was hij iets aan het bouwen. Ik weet alleen dat er in geen jaren iemand op de boerderij van de Aldersons heeft gewoond, niet sinds Ray Aldersons vrouw is gestorven en hij naar Delray Beach is verhuisd. Ik denk dat Ray daar misschien een beheerder heeft die de boel wat opknapt voor de verkoop, want een week of zo geleden zijn daar, eh, hoe noem je dat, grondverzetmachines afgeleverd.'

Ik luisterde al niet meer. Ik was nog geen vijftien kilometer bij het plaatsje vandaan. De regen trommelde op het dak van de auto en op de motorkap, al leek het nu eindelijk wat minder te worden. Ik had geen goed zicht. Met zulk weer deed je wel twintig minuten over vijftien kilometer.

Toen kwamen er een paar woorden bij me op.

Beheerder.

Naar Delray Beach verhuisd.

Dat betekende dat de eigenaar daar niet woonde.

'Die beheerder,' zei ik. 'Is hij daar al een tijdje?'

'Nou, dat zou ik niet weten. Ik heb hem nooit ontmoet. Een buitenlander, geloof ik, maar dat zijn ze tegenwoordig allemaal, nietwaar? Je kunt bijna geen Amerikaan meer krijgen voor zulke klussen. Voor zover ik weet, was hij er opeens, maar we leven hier erg op onszelf en proberen ons zo min mogelijk met de zaken van anderen te bemoeien.'

'Hebt u een adres?'

'We doen hier niet veel aan huisnummers. Rays boerderij is een mooi stuk land, meer dan tachtig hectare, maar het huis zelf is vervallen. Het ziet er niet goed uit, en daarom...'

'Waar is het?' onderbrak ik hem op scherpe toon.

'Het is aan Goddard Road, net voorbij Hubbard Farm Road. Denkt u dat die beheerder er iets mee te maken heeft?'

'Nee,' zei ik vlug.

Dat was wel het laatste wat ik wilde: dat de plaatselijke politiecommandant naar het huis ging om vragen te stellen, zodat die kerel meteen wist wat er aan de hand was.

'Want ik wil er best even met u heen rijden om een paar vragen te stellen. We nemen een wagen met vierwielaandrijving – het is een onverharde weg, en het zal daar nu wel een moeras zijn.'

'Er is geen haast bij,' zei ik. 'Over een paar dagen misschien.'

'Als u met de eigenaar wilt praten, kan ik Rays nummer in Florida waarschijnlijk wel opdiepen. Als u een paar minuten wacht...'

'Laat u maar. Ik weet dat u uw handen vol hebt. Dit is voor de database. Routinewerk, het invoeren van gegevens. Daar breng ik mijn dagen mee door.'

'Nou, het is belangrijk werk,' zei de politiecommandant vriendelijk. 'Iemand moet het doen. Ik ben al blij dat het iemand is die de taal spreekt.'

Ik bedankte hem en hing op voordat hij meer vragen kon stellen.

'Dorothy,' zei ik vijftien seconden later, 'je moet me de weg wijzen.'

92

Toen ik Pine Ridge binnenreed, motregende het alleen nog maar. De hoofdweg zag eruit alsof hij kortgeleden was aangelegd. Het asfaltoppervlak was zo glad als glas en de weg was hoger in het midden en had een goede waterafvoer. Ik reed langs Pine Ridge Quality Auto, dat niets meer dan een veredeld benzinestation was, en toen langs de Pine Ridge Memorial School, een modern bakstenen gebouw in de architectuurstijl die het best kan worden omschreven als Modern High School Ugly. Toen langs een postkantoor. Bij het eerste grote kruispunt stond er aan de ene kant een benzinestation naast een dag- en nachtwinkel waar het donker was. Bij het volgende stoplicht sloeg ik links af.

Ik kwam langs boerderijen en bescheiden split level ranches die een beetje te dicht bij de weg waren gebouwd. De trottoirband was hier en daar afgeplat voor smalle weggetjes die het bos ingingen, de meeste onverhard, enkele wel verhard. De enige herkenningspunten waren brievenbussen. De meeste daarvan waren groot, met namen die erop geschilderd waren, al hadden sommige mensen plakletters gebruikt.

Toen ik ongeveer vijf kilometer over een smalle weg tussen bomen door had gereden, kwam ik bij een wegafzetting. Die was inderhaast geïmproviseerd: een paar houten zaagbokken met rode reflectorschrijven.

Dit was Goddard Road. Ongeveer drie kilometer verder lag de boerderij van Alderson.

Als ik goed had geraden, was dat ook de plaats waar Alexa Marcus was begraven.

En waar ik Dragomir Zjoekov zou vinden.

Ik stopte vlak voor de zaagbokken en zette groot licht aan.

De weg bestond uit diep doorgroefde modder. Als ik die drie kilometer ging lopen, vooral over zo'n weg, zou ik tergend langzaam vooruitkomen. Zoveel vertraging kon ik me niet permitteren.

Ik stapte uit, trok een zaagbok opzij, stapte weer in de Defender en ploegde verder.

Het was of ik door een moeras reed. De banden zakten diep weg in de modder, en een sluier van water spoot de lucht in. Ik bleef in de derde versnelling en reed in een gestaag tempo. Niet te snel, niet te langzaam. Als je door modder reed, moest je dat niet in een te lage versnelling doen. Je moest ook niet te langzaam rijden, want dan liep je het risico dat er water in de uitlaat kwam en de motor erin verdronk.

Geleidelijk werd de weg een smal donker pad tussen hoge dennen en berken. Het enige licht kwam van mijn koplampen, die over het troebele oppervlak schenen.

Niettemin gedroeg de auto zich als een amfibievoertuig, en algauw was ik halverwege.

Toen zakten de banden nog een paar centimeter verder weg en zat ik vast.

Nog anderhalve kilometer.

Ik liet het wel uit mijn hoofd om veel gas te geven. In plaats daarvan nam ik mijn voet van het gaspedaal en gaf vervolgens een beetje gas.

En ik zat nog steeds vast.

Een snelle stoot gas, alleen maar een tikje op het pedaal, en de auto schommelde heen en weer, en na nog een paar minuten van deze pogingen kroop de auto uit de diepte en reed ik weer door de bruine soep.

Toen schenen mijn koplampen op een roestige metalen brievenbus met ALDERSON.

Als daar een boerderij was, stond hij zo ver van de weg af dat ik hem niet kon zien.

Een eigenaar die ergens anders woonde, een beheerder die kortgeleden was gearriveerd. Grondverzetmachines: zat daar misschien ook een graafmachine bij?

Op dit moment was alles een kwestie van speculatie.

Maar ik had geen andere mogelijkheden.

93

Het pad naar het huis van de Aldersons was de voornaamste toegangsweg. Als dit inderdaad het juiste huis was – en daar moest ik voorlopig van uitgaan –, had Zjoekov waarschijnlijk surveillanceapparatuur geïnstalleerd: camera's, infraroodstralen, een compleet systeem dat hem voor bezoekers waarschuwde.

Aan de andere kant valt het niet mee om zulke apparatuur in de openlucht te installeren en goed te laten werken. Niet zonder dat er eerst voorbereidingen zijn getroffen.

Evengoed kon ik er maar beter van uitgaan dat het pad in de gaten werd gehouden.

En dus reed ik door, voorbij de ingang. Ik ploegde nog ruim een halve kilometer door de modder, tot er opeens een eind aan de weg kwam. Op dat punt reed ik de steile helling op, zo diep het bos in als ik kon.

Volgens de kaart die Dorothy naar mijn telefoon had gestuurd was dit de uiterste rand van het land dat bij de boerderij hoorde. De boerderij bestond uit bijna honderd hectare land. Het land lag over een afstand van achthonderd meter langs een verharde weg en ongeveer anderhalve kilometer langs deze onverharde weg.

En het huis stond daar minstens een halve kilometer vandaan. Door dat alles kon de weg niet vanuit het huis te zien zijn.

De eigenaar had jarenlang goedgevonden dat jagers over zijn land trokken. Dorothy had de online staande jachtgegevens van de staat bekeken.

Dat was niet ongewoon in New Hampshire. Je mocht op land van de staat en zelfs op privéterrein jagen, zolang de eigenaar geen bord met VERBODEN TE JAGEN had neergezet.

Maar ik had me zo op mijn geploeter door de modder geconcentreerd dat ik nu pas de borden met VERBODEN TOEGANG/VERBODEN TE JAGEN zag, die ongeveer elke vijftien meter op de bomen zaten.

Ze zagen er gloednieuw uit. Iemand had ze kortgeleden opgehangen om te voorkomen dat er mensen bij het huis kwamen.

Ik had een paar goede satellietfoto's van het Alderson-land, maar die waren niet van recente datum. Ze konden wel drie jaar oud zijn. Ik was sterk in het nadeel.

Daar stond tegenover dat ik een goed wapen had: een SIG-Sauer P250 semiautomatisch pistool. De SIG P250 was een prachtig wapen: compact en lichtgewicht, gestroomlijnd, technisch perfect. Die van mij was matzwart met een aluminium frame. Ik had een Tritium-nachtvizier en een uitstekend intern laservizier, een LaserMax. Ook had ik een wapensmid in Manassas, Virginia, een reliëf van stippen en ruiten op de metalen handgreep laten aanbrengen. Hij had alle scherpe hoeken weggenomen en de handgreep taps laten toelopen, wat het laden vergemakkelijkte. Hij had het wapen als het ware afgesteld als een Stradivarius en de trekkerdruk zo licht gemaakt dat ik mijn vinger er nauwelijks op hoefde te leggen om te schieten.

Er zit elegantie in een goed gemaakt vuurwapen, net als in elke machine die goed in elkaar zit. Ik hou van de precisietechnologie, de strakke afwerking, de soepele trekker, de geur van wapenolie, kruit en nitroglycerine.

Ik laadde enkele magazijnen met hollepuntkogels. Die zijn ontworpen om veel schade aan een mens toe te brengen: als ze op zacht weefsel stuiten, zetten ze uit en maken ze een grote krater. Politieagenten gebruiken ze graag, omdat ze niet door muren heen gaan – en ook niet door het doelwit.

Mijn Defender had Coniston-groene lak, een kleur die ook wel British Racing Green wordt genoemd, maar hij zat zo onder de modderspatten dat het leek of ik hem met camouflageverf had bespoten. Ik zette hem in een groepje berken, waar hij vanaf de weg niet te zien was, en haalde wat spullen uit de laadruimte. Mijn kijker: een uitstekende Leica. Een paar laarzen, nog aangekoekt met modder van de vorige keer dat ik ze had gedragen. Ik nam een zijholster en stopte daar de SIG in, waarna ik een paar extra magazijnholsters aan mijn riem vastmaakte.

Op het laatste moment herinnerde ik me iets wat ik onder de achterbank had liggen. Het was een oud kogelwerend Interceptor-vest van aramidevezel in een universeel camouflagepatroon. Het was niet kogeldicht – dat bestaat eigenlijk niet –, maar het was wel de effectiefste zachte bepantsering die te krijgen was. Het was de bedoeling dat het 9mm machinegeweerkogels tegenhield. Ik trok het aan en maakte de klittenbandriemen vast.

Als ik naar de juiste plaats was gekomen, moest ik goed voorbereid zijn. Met mijn kompas in de hand liep ik door het bos.

94

De grond was drijfnat, zelfs sponzig, en hier en daar zo glad dat ik bijna mijn evenwicht verloor. Doornstruiken en laaghangende takken zwiepten krassend tegen mijn gezicht en hals. Het terrein ging steil omhoog en werd toen vlak. Ik stond op een heuvel en zag een klein gebouw in een veld in de verte.

Ik tuurde door de kijker en zag een groot gebouw zonder ramen: een schuur.

Een paar honderd meter daarachter stond volgens de luchtfoto de boerderij.

Ik kwam dichterbij en zag ten slotte het huis. Maar daar brandde geen licht. Dat was niet veelbelovend. Dit was de verkeerde plaats, of Zjoekov was al vertrokken.

Dat zou betekenen dat Alexa dood was.

Ik ging dichterbij, tussen de bomen door, maar bleef in de schaduw, totdat de schuur zo dichtbij was dat ik hem met het blote oog kon zien. Toen maakte ik een omtrekkende beweging. Even later zag ik het langwerpige erf met daarachter het huis. De hemel was helder geworden, en in het maanlicht zag ik een rommelig gazon met meer kale plekken dan gras.

En halverwege tussen de schuur en het donkere huis zat een strakke rechthoek in het onregelmatige grasveld. Een rechthoek van ongeveer drie meter lang en een meter breed.

Als een pas gedolven graf.

Maar in plaats van de hoop aarde die je op een nieuw graf zag liggen, was de grond vlak, doorkruist met bandensporen. Zo te zien had iemand er met een personenauto of vrachtwagen over heen en weer gereden en waren de sporen daarna verzacht door de regen.

Er ging een tinteling van spanning door me heen.

Aan het ene eind van het rechthoekige stuk aarde stak een grijze pvc-buis omhoog als de afgezaagde stam van een jong boompje.

Ik liet de kijker zakken en aan zijn riempje om mijn hals hangen en liep naar de rand van het bos.

Het huis stond een paar honderd meter bij de schuur vandaan. Het was een oud bruin vervallen krot, met verweerde en gebarsten overnaadse planken. Er ontbraken nogal wat dakshingles.

Op het dak stond een witte schotelantenne.

Die zag er ook nieuw uit.

In de schaduw achter de schuur zag ik de contouren van een grote machine. Hij doemde op als een enorme geometrische vogel, een meeuw, een trompetkraanvogel.

Ik keek nog eens wat beter en zag dat het een Caterpillar-graafmachine was.

95

Ik tuurde door de kijker naar het huis. Twee verdiepingen, een steil dak, kleine ramen. Geen licht binnen. Op de lage houten veranda stond ook een machine. Een luchtcompressor?

Ja. Dat was te begrijpen. Zo liet hij lucht in haar kist of crypte stromen, of wat het ook maar was.

Dit moest de juiste plaats zijn.

Een minuut of twee keek ik aandachtig naar de omgeving, op zoek naar een beweging in de duisternis, een glinstering van weerspiegeld maanlicht. Ik schatte dat ik ongeveer driehonderd meter bij het huis vandaan was. Op zo'n afstand kon ik met mijn pistool niet zuiver schieten.

Maar als er binnen iemand met een geweer was, had hij geen moeite met die driehonderd meter.

Zodra ik het veld op stapte, zou ik een doelwit vormen.

Ik nam mijn telefoon en belde Diana. Fluisterend zei ik: 'Ik denk dat ze hier is.'

'Heb je haar gezien?' zei Diana.

'Nee, ik zie iets wat een grafplaats zou kunnen zijn. Een ventilatiebuis in de grond. Tekenen van aarde die met een graafmachine is omgewoeld.'

'Zjoekov?'

'Het huis is donker. Ik kan niet met zekerheid nagaan of hij daar is. Zeg tegen je bazen dat er niet veel twijfel is. Ze moeten meteen hierheen komen. En ze moeten schoppen meebrengen.'

Ik drukte op END. Controleerde of hij op de trilstand stond en het geluid uit was.

Toen nam ik een paar stappen en kwam ik uit de schaduw. Ik liep over het kale gazon naar wat de grafplaats moest zijn.

Het maanlicht viel op iets bij mijn voeten, en plotseling was het hele erf verlicht. Ik werd verblind door de schittering van spotlights aan twee kanten.

96

Ik drukte me plat op de grond en rook de kleilucht van de aarde. Ik had de SIG in mijn hand, de veiligheidspal eraf, en tastte naar de trekker, waarbij ik er goed op lette dat ik geen druk uitoefende. Al bij de minste druk zou er een kogel worden afgevuurd.

Met een snelle beweging rolde ik me om, zodat ik nu op mijn rug lag. De lichten kwamen uit twee richtingen: van de schuur links van me en van het huis rechts van me. Ik ademde langzaam in, boven het bonken van mijn hart uit, en luisterde aandachtig.

Niets.

Ik wist wat er gebeurd was. Ik was tegen een onzichtbare struikeldraad gekomen.

Zjoekov had in het Russische leger in Tsjetsjenië gediend en zou daar wel alle gebruikelijke militaire technieken hebben geleerd, bijvoorbeeld hoe je struikeldraad moest aanbrengen om een mijn te laten afgaan of een naderende vijand op te merken. Het materiaal dat wijzelf hadden gebruikt, was zwart en dun als floss geweest, gemaakt van een polyethyleenvezel die Spectra heette. Je kon vislijn van hetzelfde materiaal krijgen. Het was heel sterk, maar er zat bijna geen rek in. En je zag het niet gauw in het donker, tenzij je een zaklantaarn had en wist waar je moest kijken. Waarschijnlijk had hij de draad langs minstens een deel van het terrein gespannen, van boomstam naar boomstam, met een schakelaartje om de spotlights te laten aanspringen. Een *lowtech* bewegingdetector.

Was hij er nu, of niet? Wachtte hij tot ik opstond, zodat hij me, verlicht door de twee spotlights, onder vuur kon nemen?

Ik luisterde of ik voetstappen hoorde, geschuifel van schoenen over aarde of grind.

Niets.

Na twee minuten gingen de spotlights uit en was alles weer zwart.

Er werd geen schot gelost. Er kraakte geen takje. Ik hoorde alleen de geluiden van het bos: het ritselen van bladeren in de wind, het verre tjilpen van een nachtvogel, het rennen van een eekhoorn.

De ventilatiebuis stak ongeveer dertig meter voor me uit de grond. Zou ze het horen als ik erin sprak?

Toen besefte ik wat een fout dat zou zijn. Als Zjoekov zich in het huis schuilhield en Alexa via een camera in het oog hield, zou hij horen wat zij hoorde.

Natuurlijk was het, als hij in het huis was, alleen maar een kwestie van tijd voordat hij me zag.

En dus moest ik hem eerst uitschakelen.

Het wapen in de holster steken? Of het bij de hand houden? Ik had beide handen nodig. Ik stak het in de holster, rolde me om en kwam ineengedoken overeind. Toen ging ik rechtop staan.

En ik liep naar het huis.

97

Maar ik rende niet.

Ik wilde niet opnieuw tegen een draad komen. Onder het lopen keek ik of ik hekpaaltjes en dergelijke zag, alles waar een draad omheen geslagen kon worden.

Misschien liep ik regelrecht in een val. Misschien stond hij met een krachtig geweer in het donker op me te wachten.

Ik liep naar de zijkant van het huis, langs een paar houten kelderluiken met rottende kozijnen en afbladderende, blaren trekkende verf. Geen hangsloten.

Daar naar binnen gaan? Nee. Misschien was het geen kelder, maar een opslagruimte voor gewas: aarden vloer, alleen van buitenaf toegankelijk, geen binnendeur naar boven.

Er was een deur aan deze zijkant van het huis. Die zat achter een hordeur die dicht was met alleen een groot gat erin, zodat de warmte beter binnengehouden werd. Maar ik liep door naar de voorkant van het huis. Langs een ovaal van kale aarde waar waarschijnlijk auto's parkeerden en draaiden. Er stonden nu geen auto's. En ook niet aan de voorkant van het huis.

Hij kon niet binnen zijn, want dan zou ik nu dood zijn.

Maar als Zjoekov de boerderij nu eens gewoon had verlaten? Per slot van rekening zou hij van Navrozovs tussenpersoon hebben gehoord dat er actief op hem werd gejaagd. Waarom zou hij hier blijven? Hij kon zijn slachtoffer in de grond achterlaten, haar laten sterven.

Door het overwoekerde gazon aan de voorkant was een pad uitgesleten naar de voordeur, al was niet te zeggen of dat kortgeleden was gebeurd. Omdat ik geen beweging achter de ramen zag, trok ik de hordeur open en probeerde ik de voordeur.

Die ging meteen open.

Er was daar kortgeleden iemand geweest.

98

De geur van eten dat niet lang geleden was klaargemaakt: misschien worstjes of eieren, misschien frituur.

De afgelopen uren was hier iemand geweest.

Een halletje, lage plafonds, een muffe lucht naast de etensgeur. Ook sigaretten, zij het hier zwakker, alsof hij in een ander deel van het huis rookte. Ik bewoog me geruisloos met de SIG in beide handen, draaide abrupt naar links, het wapen in de aanslag, klaar om te vuren. En toen naar rechts.

Niets. De vloerplanken kraakten.

Nu stond ik voor een keuze. Ik kon drie kanten op. Rechts van me was er een deur naar een kleine voorkamer. Links was er een steile trap met versleten en kromgetrokken treden. Recht voor me was nog een deur, waarschijnlijk naar een keuken en de achterkant van het huis.

De trap was een mogelijke schuilplaats. Ik luisterde aandachtig en hoorde iets.

Ik draaide me weer snel om, beschreef een boog van rechts naar links. Toen stapte ik opeens naar de donkere trap.

'Geen beweging,' zei ik.

Er kwam geen reactie.

Toen hoorde ik een stem.

Maar die kwam niet van boven. Van de achterkant van het huis. Een vrouwenstem, gesmoord, vaag en met een onregelmatige cadans. De toon rees en daalde.

Er was een tv aan blijven staan.

Ik stapte over de drempel en keek in de schemerige hoeken. Mijn lichaam was net een opgerolde springveer. Terwijl mijn vinger de trekker streelde, tuurde ik door de kamer. Ik verdeelde hem in sectoren en bewoog mijn pistool naar links en rechts, en toen naar de hoeken.

Het was een raamloze keuken, blijkbaar pas later afgeschoten van een kamer. Op de vloer lag donkerrood linoleum met een wit krulpatroon, gebarsten en beschadigd. Er stond een oud wit G.E.-for-

huis, jaargang 1940. Een aanrecht van formica met een metalen rand. Een aanrecht van wit porselein met twee kranen, een voor warm en een voor koud water. Er stond daar een hoge stapel borden en schalen, aangekoekt met eten. Midden op een keukentafel met metalen blad lag een lege doos Jimmy Dean-ontbijtworstjes.

Ik hoorde de vrouwenstem weer, nu veel duidelijker. Het kwam uit de volgende kamer, aan de achterkant van het huis.

Het was geen tv.

De stem was van Alexa.

99

Ik stormde de volgende kamer in, mijn pistool voor me uit.

'... schoft!' zei ze. 'Verrekte schoft!'

Toen veranderde ze abrupt van toon. Haar stem werd schel en vleiend. 'Alsjeblieft, o god, alsjeblieft, laat me hier uit, alsjeblieft o god alsjeblieft o god wat wíl je nou eigenlijk? Ik hou het niet uit ik hou het niet uit alsjeblieft o god.'

En ik zag dat Alexa niet in die kamer was.

Haar stem kwam uit de luidsprekers van de computer. Het was een zwarte Dell-computer, en hij stond op een lange houten werkbank die tegen een van de muren was gezet. Op de monitor zag ik diezelfde vreemde close-up van Alexa's gezicht, een groenig beeld, net als de streaming videobeelden die we al een paar keer hadden gezien.

Ze zag er zo slecht uit dat ik haar bijna niet herkende. Haar gezicht was ingevallen, haar ogen opgezwollen tot spleetjes, met daaronder donkerpaarse wallen. Ze sprak vanuit haar mondhoek, alsof ze een beroerte had gehad. Haar gezicht glom van het zweet. Haar ogen waren wild en op niets gericht.

Voor de monitor stond een toetsenbord. Links daarvan zag ik een kleine, goedkope microfoon op een plastic statiefje. Iets wat in de koopjesbak van een Radio Shack-winkel zou kunnen liggen.

Een ogenblik was het of Alexa me aankeek, maar toen dwaalden haar ogen af. Ze zweeg en begon toen te jengelen. Alle woorden kwamen er tegelijk uit. Ik kon alleen 'alsjeblieft' en 'god' en 'hier weg' onderscheiden.

Ik sprak in de microfoon: 'Alexa?'

Maar ze ging gewoon door. Op de steel van de microfoon zat een aan/uitknopje. Ik zette hem aan en zei opnieuw: 'Alexa?' Nu hield ze op. Haar mond ging open. Ze snikte.

'Alexa?' zei ik. 'Ik ben Nick.'

'Wie... wie is daar?'

'Ik ben Nick Heller. Het komt goed met je. Ik ben in het huis. Heel dichtbij. Luister, Alexa, er is hulp op komst, maar je moet stil en kalm blijven. Goed? Kun je dat voor me doen? Een tijdje maar? Het komt goed met je. Dat beloof ik.'

Heel even dacht ik door het raam een lichtflits in de achtertuin te zien.

'Nick? Waar ben je? O mijn god, waar ben je?'

Weer dat licht. De koplampen van een auto. Ik hoorde een automotor, en daarna klapte er een portier dicht.

Het was Zjoekov. Het kon niemand anders zijn.

Maar ik kon hem niet zien. Hij had zijn auto naast het huis gezet, waar geen ramen waren. Alleen wanneer ik een plek vond vanwaar ik naar hem kon kijken zonder dat hij me zag, kon ik nagaan of hij het was.

'Nick, geef antwoord! Haal me hier weg alsjeblieft o god haal me hier weg, Nick!' Ze schreeuwde nu.

'Het komt goed met je, Alexa. Het komt goed met je.'

Ten slotte had ze me blijkbaar gehoord. 'Laat me hier niet achter,' jammerde ze.

'Hij is terug,' fluisterde ik. 'Kun je me horen?'

Ze keek met open mond omhoog en knikte. Ze snikte weer.

'Alles komt goed,' zei ik. 'Echt waar. Zolang je maar geen woord zegt. Oké? Geen woord.'

Ik nam de SIG in beide handen.

Maar als het nu eens niet Zjoekov was? Als het nu eens de politie was? Het SWAT-team van de FBI kon er nog niet zijn. Ze kwamen met de auto, want het zou meer tijd kosten om daar een helikopter heen te sturen en hun uitrusting in te laden. Als ze met een helikopter kwamen, zouden ze hun zware bewapening ook niet kunnen meenemen.

Hij zou door de voordeur naar binnen gaan, net als ik had gedaan. Dat was te zien aan het uitgesleten pad. Hij zou niet verwachten dat er iemand in het huis was. Daardoor zou ik tijdelijk in het voordeel zijn. Als ik de juiste positie innam, kon ik hem misschien bespringen.

Mijn hart bonkte nu. De tijd ging langzamer. Een vreemde kalmte kwam over me, zoals vaak wanneer ik met groot gevaar werd geconfronteerd: mijn zintuigen werden scherper, mijn reacties sneller.

Er ging ergens een deur open.

Niet de voordeur. Iemand was het huis binnengekomen, maar waar?

De zijdeur die ik al eerder had opgemerkt. Niet de voordeur. Nu wist ik niet waar hij vandaan zou komen: ik kende de indeling van het huis niet.

Ik moest me verbergen, maar waar?

Ik had geen tijd meer om te aarzelen.

Een deur naast de keukeningang. Waarschijnlijk een kast, met een houten keukenstoel ernaast. Ik schoof de stoel een paar centimeter opzij.

Maakte met mijn linkerhand de deur open, stapte het duister in...

... en viel naar beneden. Geen kast, maar de keldertrap. Ik stak mijn hand uit en greep iets vast om mijn val te breken.

Een houten leuning. Ik draaide me snel om en trok de deur achter me dicht. Met mijn hand op de knop hield ik hem omgedraaid, zodat het slot niet zou klikken.

Geluidloos maakte ik het slot dicht. Ik liet me op mijn knieën op de eerste trede zakken en gluurde door het sleutelgat.

Ik wachtte tot hij verscheen.

100

Dragomir Zjoekov had zijn auto aan de zijkant van het huis geparkeerd om verandering in het patroon te brengen. Hij wilde zich niet voorspelbaar gedragen.

Om de een of andere reden had hij de internetverbinding via de satelliet afgesloten. Het was voorspelbaar dat hij in verbinding zou willen blijven. Het was ook een onnodig risico. Er waren manieren om een internetsignaal te traceren.

Natuurlijk had hij één kabel laten zitten: de kabel die zijn computer met de doodkist verbond. Want dat pleziertje zou hij zich niet laten ontgaan.

Voordat hij de deur openmaakte, keek hij naar de plint en zag hij het strookje doorzichtig plakband dat hij over de spleet tussen de deur en het kozijn had aangebracht. Het zat er nog. Dat betekende dat hier niemand was binnengekomen.

Tenminste, waarschijnlijk niet. Niets was ooit zeker.

Lang geleden had Dragomir geleerd hoe belangrijk het was om niets aan het toeval over te laten. Dat was een van de vele lessen die hij had opgedaan in de Universiteit van de Hel, ook wel Gevangenis Nummer 1 in Kopeisk genoemd.

Het geld was op zijn rekening binnengekomen. De tussenpersoon was geëlimineerd.

Hij had regelingen getroffen om snel te kunnen ontsnappen in het geval dat de operatie niet volgens plan verliep. In een stalen kist die hij bij het kampeerterrein Blackwoods in het Acadia National Park in Maine had begraven zaten een Oekraïens paspoort en pakjes bankbiljetten, dollars en euro's. Het paspoort was nog twee jaar geldig.

Met een nieuwe identiteit zou hij snel en gemakkelijk de Canadese grens kunnen oversteken, en er vertrokken veel internationale vluchten uit Montreal.

Het enige werk dat hij nog moest doen, was eigenlijk helemaal geen werk.

Het was zijn beloning voor al die lange saaie dagen van waakzaamheid, geduld en terughoudendheid.

Hij wist hoe het zou gaan: hij had het talloze keren geoefend, en hij had genoten van het vooruitzicht. Hij zou tegen het jonge meisje zeggen wat er zou gebeuren, want niets was zo heerlijk als wanneer het slachtoffer het van tevoren wist. Uur na uur had hij haar angst gezien, maar als ze op een exacte, klinische manier te horen kreeg wat er zou gebeuren, zou haar angst een heel nieuwe lichamelijke conditie worden.

En dan zou hij systematisch te werk gaan; hij zou de luchtslang van de compressor losmaken en met een koperen koppeling aan de tuinslang bevestigen. Zodra hij de hendel van de brandkraan op de boerderij overhaalde, zou het water gaan stromen. Het zou een paar seconden duren voordat het water de kist in druppelde.

Hij had kleine dieren – muizen, eekhoorns en konijnen, een zwerfkat – in een vuilnisvat verdronken, maar het gepiep en gespartel van een stom dier waren uiteindelijk niet bevredigend. Die dieren begrépen het niet.

Zij zou het druppelen horen, en dan zou ze het weten.

Zou ze gillen, of smeken, of beide?

Terwijl het waterpeil hoger werd en er minder lucht kwam, zou ze met haar armen slaan en tegen de wanden bonken, en vooral smeken.

Hij had enige berekeningen gemaakt. De inhoud van de kist was achthonderdzeventig liter. Gezien de waterdruk in het huis, de diameter van de slang, de afstand van de kraan naar de grafplaats en de twee meter zeventig omlaag om in de kist zelf te komen, zou het bijna een halfuur duren voordat de kist helemaal vol was.

Het water zou haar kin bereiken en ze zou spartelen om haar hoofd boven water te houden, haar kostbare laatste teugjes lucht nemen, haar hals trillend van inspanning, haar lippen getuit als die van een vis.

Hij zou gefascineerd toekijken.

Als haar longen zich met water vulden, zou ze proberen te schreeuwen; ze zou spartelen en smeken, en als ze helemaal ondergedompeld was, zou ze haar adem inhouden tot ze het niet meer uithield en zich gedwongen zag lucht uit haar longen te stuwen. En als een kind in de baarmoeder zou ze zich daarna gedwongen zien vloeistof in te ademen. Ze zou voor zijn ogen verdrinken.

Hij zou toekijken.

Het was een vreselijke manier om dood te gaan. Zoals zijn vader was doodgegaan. Jarenlang had hij zich dat alleen maar kunnen verbeelden.

Nu zou hij het weten.

Dragomir wist dat hij niet als andere mensen was. Hij begreep zijn eigen psychologie, wist dat hij zich laafde aan de angst van anderen.

Toen hij het huis binnenging, bleef hij staan.

Er was iets anders. Iets in de lucht? Een trilling? Hij had de scherp afgestelde zintuigen van een wild dier.

Nu de tussenpersoon dood was, vroeg hij zich af hoe lang het zou duren voordat de Cliënt besefte wat er was gebeurd. Ze wisten wel ongeveer waar hij was, maar hij was er zeker van dat hij na de laatste ontmoeting niet was gevolgd.

Toch vroeg hij zich af wat er aan de hand was. Er was iets mis.

Hij liep geruisloos door de huiskamer naar de voordeur, waar hij ook een teken had achtergelaten, een nauwelijks zichtbaar stukje plakband over de onderkant van de deur, vlak naast de stijl, zowel binnen als buiten.

Er lag een minuscuul stukje plakband op de vloer. Iemand die er niet naar zocht, zou het niet zien.

Maar er was hier iemand.

101

Ik hoorde voetstappen, het kraken van de houten vloer. De geluiden werden harder en kwamen dichterbij. Ik nam het pistool in mijn rechterhand, pakte met mijn linkerhand de leuning vast, hurkte neer en keek door het sleutelgat. Ik zag alleen het ijsblauwe licht van de computermonitor.

Alexa op het scherm. Zoveel geavanceerde technologie ten dienste van zoveel primitieve verdorvenheid.

Iemand was de kamer binnengekomen. Ik zag een been in spijkerstof, maar dat was meteen weer weg. Iemand liep naar de computer, of in elk geval in die richting. Toen was er geen beweging meer.

Hij was blijven staan.

Iemand stond een meter of zo bij de deur vandaan. Ik zag zijn rug: grote romp, brede schouders, donker sweatshirt.

Vermoedde hij iets? Maar de lichaamstaal van de man wees niet op spanning.

Hij stond bij het raam, zag ik nu, en keek nonchalant naar buiten, met een zwarte wollen bivakmuts op.

En ik zag ook de afschuwelijke tatoeage op zijn nek.

De onderste helft van een uilengezicht.

102

Dragomir liep de achterkamer in. Hij keek naar de vuile vensterbanken, de afbladderende gele verf op de muren en de onregelmatige vloerplanken.

Er knetterde een stem uit de kleine luidspreker van de computer. Het meisje sprak.

'Nick!' riep ze. 'Alsjeblieft, ga niet weg!'

Hij had het pistool al in zijn rechterhand voordat hij bewust had besloten het te trekken.

Zjoekov draaide zich snel om. Hij had een enorm stalen semiautomatisch wapen in zijn hand, met een loop als een kanon.

Ik herkende het meteen. Een .50 van Israëlisch fabricaat, de Desert Eagle. Gemaakt door dezelfde mensen aan wie de wereld de uzi te danken heeft. Het was het soort wapen dat je veel eerder in een film of videospel zult zien dan in de werkelijkheid. Het was te groot en onhandelbaar, veel zwaarder geschut dan nodig was. Toen Clint Eastwood in *Dirty Harry* zei dat zijn .44 Magnum 'het krachtigste handvuurwapen ter wereld' was, had hij gelijk. In 1971. Maar sindsdien was die titel opgeëist door de Desert Eagle.

Ik zag zijn grote woedende ogen, zijn sterke neus, zijn spitse kin, een bloemkooloor.

'Nick, waar ben je heen? Ik dacht dat je hier was! Wanneer komen de anderen? Nick, alsjeblieft, haal me hier weg, o god, alsjeblieft, Nick, laat me niet...'

Zjoekov draaide zich langzaam om.

Hij wist het.

103

Zjoekov wist dat ik daar ergens was.

Alexa's stem, steeds koortsachtiger: 'Alsjeblieft, Nick, geef antwoord! Laat me hier niet alleen. Ga verdómme niet weg!'

Zjoekov bewoog zich met de strakke, gespannen gratie van een kat. Hij tuurde door de kamer, eerst in de ene, toen in de andere richting, vector voor vector, langzaam en systematisch.

Aan de andere kant van de zware houten deur ademde ik geluidloos in en uit. Ik keek door het sleutelgat.

Ik was Alexa komen redden. Maar nu was het alleen nog een kwestie van overleven.

De hollepuntmunitie die ik gebruikte, had misschien wel een weergaloze stopkracht, maar de kogels zouden niet door de dikke oude houten deur heen dringen die tussen ons in zat. Zodra ze het hout raakten, zouden ze uitzetten. Als ze al door de deur heen gingen, zouden ze nog maar zo weinig snelheid hebben dat ze niet meer dodelijk waren.

Ik was nagenoeg weerloos.

Bovendien was mijn lichaamsbepantsering niet bestemd om de .50 Magnum-kogels tegen te houden die door de Desert Eagle werden afgevuurd. Ik wist niet of de kogels door het kogelwerende vest heen zouden gaan; misschien wel. Maar zelfs als dat niet gebeurde, zou de kracht waarmee de kogel insloeg me waarschijnlijk al doden.

En dus keek ik door het sleutelgat naar hem en hield ik mijn adem in. Ik wachtte tot hij naar een ander deel van het huis ging.

Zjoekov keek de kamer nog eens rond. Blijkbaar was hij er nu van overtuigd dat ik me daar niet schuilhield. Ik zag hem naar de keuken kijken. Hij nam een paar stappen in die richting. Ik kon hem nog heel goed door het sleutelgat zien.

Langzaam liet ik mijn adem ontsnappen. Zodra ik er zeker van zou zijn dat hij naar de keuken was gegaan, zou ik zachtjes de knop omdraaien en met zo min mogelijk geluid de kelder verlaten.

Als ik hem kon verrassen, kon ik hem misschien met één goed gemikt schot uitschakelen.

Ik stak langzaam mijn linkerhand uit en legde hem op de deurknop. Klaar om die knop om te draaien zodra hij veilig de kamer uit was.

Ik bleef kijken.

Haalde adem. Wachtte geduldig. Nog een paar seconden.

Toen draaide hij zich opeens weer naar me toe. Hij keek naar de vloer. Blijkbaar had hij daar net iets ontdekt. Ik zag waar hij naar keek.

De keukenstoel die ik een klein beetje had verschoven om de kelderdeur te kunnen openmaken.

Die stoel stond niet meer op zijn plaats. Niet precies op de plaats waar hij hem had achtergelaten.

Hij keek langzaam omhoog. Hij glimlachte en ontblootte tanden die bruin waren en in de bek van een bever thuishoorden.

Hij bracht de Desert Eagle omhoog en richtte hem op de kelderdeur, recht op mij, alsof hij röntgenzicht had en door het hout heen kon kijken. Hij haalde de trekker over...

beng beng beng

... en ik sprong weg. Alles ging in slow motion: de daverende explosies en de vuurflits, vuurballen die de hele kamer verlichtten, het versplinteren van de deur, en zodra ik de deurknop en de leuning losliet en naar achteren sprong, voelde ik dat er een kogel in mijn borst sloeg. De pijn was verschrikkelijk, en alles werd zwart.

104

Toen ik een paar seconden later bijkwam, werd mijn hele lichaam geteisterd door een folterende pijn. Alsof er iets in mijn borst was geëxplodeerd terwijl mijn ribbenkast door een enorme bankschroef werd ingedrukt. De pijn in mijn linkerbeen was nog erger, scherp en pulserend. De zenuwuiteinden trilden en gierden. Alles bewoog min of meer stroboscopisch, als een snelle serie stilstaande beelden.

Waar was ik?

Ik lag op mijn rug, wist ik, in elkaar gezakt op een harde koude vloer in het donker, omringd door de muffe lucht van schimmel en oud beton en de stank van urine. Toen mijn ogen aan de duisternis wenden, zag ik bergen van versnipperd krantenpapier om me heen, en een heleboel rattenkeutels.

Er rende iets voorbij. Het maakte een *skriiie*-geluid, en er ging een schok door me heen.

Een grote, ruige bruine rat met een lange, schubbige staart bleef een halve meter bij me vandaan staan. Hij keek me met bruine kraaloogjes aan, misschien nieuwsgierig, misschien kwaad omdat ik zijn nest had verstoord. Zijn snorharen trilden en hij verdween in de duisternis.

Het vale maanlicht kwam in een dun straaltje binnen door een gat aan de onderkant van een houten trap.

Ik besefte meteen wat er was gebeurd.

Een kogel had me in de linkerzij van mijn kogelwerend vest getroffen, maar was niet in mijn lichaam binnengedrongen. Ik leefde alleen nog omdat vijf centimeter massief eikenhout de kogel had vertraagd. Maar ik was wel uit mijn evenwicht gebracht en achterwaarts de trap afgeduwd. Daarna was ik met mijn voeten door de verrotte, aangevreten planken gezakt en op de betonvloer daaronder terechtgekomen.

Ik probeerde adem te halen, maar het voelde aan alsof er dolken in mijn longen waren gestoken. Er sijpelde warm bloed over mijn linkerbeen. Ik stak mijn hand omlaag om de kogelwond te voelen.

Maar die was er niet.

In plaats daarvan was het puntige eind van een gebroken plank van bijna dertig centimeter lang in mijn linkerkuit gedreven, dwars door mijn spijkerbroek heen.

Ik pakte de plank vast en wrikte hem uit mijn been. Er staken een paar lange, roestige spijkers uit het hout. Hoe pijnlijk het ook was geweest toen hij nog in mijn kuit zat, de pijn werd nog veel erger toen hij eruit was.

Ik probeerde me het aantal schoten te herinneren dat op me was afgevuurd. In het magazijn van de .50 Desert Eagle pasten maar zeven patronen. Had hij er vier of vijf afgevuurd? Misschien zelfs zes.

Misschien had hij geen patronen meer over, misschien nog één.

Ik was buiten adem, verdoofd en versuft. Boven me kraakte iets, en daarna hoorde ik zware voetstappen op de trap. Zjoekov kwam naar beneden.

Misschien dacht hij dat hij me had gedood, maar wilde hij zekerheid hebben. Misschien dacht hij dat hij me kon afmaken. Ik moest in actie komen voordat hij recht naar beneden schoot terwijl ik daar lag.

Ik tastte naar mijn wapen, maar dat zat niet in de holster. Ik had het in mijn hand gehad toen ik door de kogels werd getroffen. Misschien had ik het laten vallen toen ik naar beneden tuimelde. Ik betastte ernaar op de koude vloer. Mijn handen gleden over het beton, de rommel en de rattenuitwerpselen. Maar het wapen lag niet binnen bereik.

Er ging licht aan: een kale gloeilamp die drie meter bij me vandaan aan een van de plafondbalken hing. Het plafond was laag. De kelder was klein: misschien negen bij zes meter.

Op de muren van sintelblokken waren houten planken geschroefd, en daar stonden oude inmaakpotten op. Gammele kinderboekenkasten, beschilderd met clowns en danseresjes, lagen vol kranten en tijdschriften, omgeven door spinnenwebben, stukgekauwd en bezaaid met rattenkeutels. In een van de hoeken, in een vierkant gat dat in de betonnen vloer was gemaakt, stond een roestige kelderpomp in grind. De pomp zat onder het stof en de spinnenwebben. Hier en daar stonden klaptafels met oude broodroosters, ander keukengerei en allerlei rommel.

Hij nam nog een stap. Ik bleef doodstil liggen en hield mijn adem in, plat op mijn rug, naar boven kijkend.

Als ik een geluid maakte, zou hij me vinden, en dan kon hij onbelemmerd recht naar beneden schieten. Het kogelwerend vest zou me niet beschermen.

Hij wist dat ik ergens daar beneden was. Hij had me de trap af horen vallen. Natuurlijk had hij de gebroken planken ook gezien, het grote gat, de ontbrekende treden. Maar wist hij ook dat ik recht beneden hem lag?

Zodra hij naar beneden keek, zou hij het weten. Als hij dat deed, was het met me gedaan.

Ik keek weer naar de kale gloeilamp en zag toen de versplinterde plank op de vloer liggen, waarvan het puntige eind zich in mijn been had geboord.

Ik pakte hem vast en gooide hem met één harde, snelle beweging tegen de lamp, die uit elkaar sprong. Alles was weer donker.

In de duisternis was hij minder in het voordeel.

Enkele seconden later scheen hij met een zaklantaarn langs de trap omlaag. De kegel van licht bewoog zich langzaam heen en weer over de vloer en de wanden, tot in de donkere hoeken. Ik hoorde hem de trap af komen, langzaam en weloverwogen.

Toen ging de lichtstraal uit. Het enige licht was nu een vaag trapezium in de deuropening boven de kelder. Misschien had hij de zaklantaarn in zijn zak gestopt. Hij had beide handen nodig om de Desert Eagle vast te houden.

Het was nu een kwestie van seconden. Ik moest overeind komen om toe te slaan, maar dat moest ik wel geluidloos doen. Ik hoefde maar even over de vloer te schrapen en hij wist waar ik was.

De timing was van cruciaal belang. Ik kon alleen bewegen als hij dat deed, als het geluid van zijn stappen – het kraken en kreunen van het oude hout – het beetje geluid overstemde dat ik maakte als ik opstond.

Ik bleef plat op de vloer liggen en wachtte op mijn kans.

Een droog geritsel. De rat was uit een schuilplaats gekomen, opnieuw gestoord door een indringer, misschien bang dat er weer een mensenwezen op zijn nest zou denderen. Hij liep over de vloer naar me toe. Toen bleef hij even staan voordat hij een besluit nam. Met zijn slimme oogjes overzag hij het terrein.

Recht boven me kraakte weer een trede. Geschrokken vloog de rat me aan. Terwijl hij over mijn hals rende, krabden de scherpe nagels van zijn poten over mijn huid. Zijn droge harde staart streek over mijn gezicht en kriebelde in mijn oor. Ik huiverde.

Toch bleef ik volkomen roerloos liggen.

Ik sloeg beide handen over het beest heen, greep zijn wriemelende ruige lijf vast... en gooide het door de kelder.

Plotseling klonk er een schot, gevolgd door het kletteren van metalen voorwerpen die op de vloer vielen.

Mijn oren galmden.

Zjoekov had het ritselen van de rat gehoord. Hij had gedacht dat ik het was.

Maar nu wist hij dat hij me niet had geraakt. Niemand kan door een kogel van kaliber .50 worden geraakt zonder een schreeuw te geven of te kreunen.

Was dat zijn laatste schot geweest? Was het nummer zes of zeven? Ik wist het niet zeker.

Misschien had hij nog een schot over.

Of misschien was hij met een nieuw magazijn bezig.

Hij ging weer een trede naar beneden, en ik wist wat me te doen stond.

105

Ik moest zijn wapen te pakken krijgen.

Er ontbraken stootborden in de vervallen trap, en door een van de openingen zag ik de hakken van zijn zware schoenen.

Toen hoorde ik het onmiskenbare metalen *klak-klak* van een pistoolmagazijn dat werd uitgeworpen. Het wapen bevond zich recht boven me, zo dichtbij dat ik het uit zijn handen zou kunnen grissen, als ik snel genoeg in actie kwam en hem wist te verrassen.

Nu.

Ik zette me met beide handen op de vloer af en gebruikte de kracht in mijn armen om tot een hoge push-up te komen. Terwijl ik mijn rechtervoet ontzag, hees ik mezelf overeind tot ik rechtop stond.

Toen stak ik beide handen uit. Ik greep zijn rechterschoen vast en trok hem naar me toe. Hij verloor zijn evenwicht en struikelde met een kreet van schrik en woede de treden af. De trap kreunde en kraakte. Stukjes hout vlogen in het rond. Een zwaar metalen voorwerp kletterde bij mijn voeten neer.

De Desert Eagle?

Moest ik het pistool grijpen of me op hem storten om hem buiten gevecht te stellen voordat hij weer overeind kon komen?

Ik ging op het pistool af.

Maar het was niet het pistool. Het was zijn zaklantaarn, een lange zwarte Maglite. Zwaar aluminium van vliegtuigkwaliteit met een geribbelde schacht, zo zwaar als de wapenstok van een politieman.

Ik boog erheen en pakte hem vast, en toen ik me omdraaide, stond hij een meter of twee bij me vandaan, zijn pistool in beide handen. Hij mikte een halve meter links van mij.

In het donker kon hij me niet zien. Ik kon ook niet veel zien, maar voorlopig zag ik meer dan hij.

Ik gooide de Maglite naar zijn hoofd. Hij zag hem niet aankomen. De zaklantaarn trof hem op de rug van zijn neus, en hij brulde van pijn. Het bloed druppelde uit zijn ogen en stroomde uit zijn neusgaten.

Hij wankelde, en ik vloog hem aan, gooide hem op de vloer, pompte mijn knie in zijn maag en haalde met mijn rechtervuist uit naar zijn hoofd. Ik had op zijn strottenhoofd gemikt, maar hij had zijn lichaam weggedraaid, zodat ik uiteindelijk een keiharde uppercut tegen de zijkant van zijn kaak gaf.

Hij liet het pistool vallen.

Ik landde boven op hem en drukte hem met mijn rechterknie en mijn linkerhand tegen de vloer. Zijn bloed kleefde aan mijn vuist. Maar hij beschikte over onverwachte krachtreserves, alsof hij een reservetank had. Alsof de pijn hem alleen maar provoceerde, woedend maakte en aanspoorde. Alsof hij van het geweld genoot.

Hij drukte zijn romp van de vloer en sloeg met zijn vuist naar mijn linkeroor. Ik draaide mijn hoofd weg, maar hij slaagde er toch in me een harde dreun achter het oor te verkopen. Ik haalde uit naar zijn gezicht, maar toen kwam er een groot stalen voorwerp op me af. Ik hield mijn hoofd opzij, maar deed dat net niet snel genoeg en besefte dat hij zijn wapen had teruggevonden.

Hij hield de Desert Eagle aan de lange loop vast en gebruikte de kolf als een twee kilo zware stalen ploertendoder om tegen mijn slaap te slaan.

Mijn hoofd explodeerde.

Een seconde lang zag ik alleen fel vuurwerk. Ik proefde bloed. Mijn handen graaiden door de lucht, en ik helde opzij, en hij zat opeens boven op me en sloeg met de kolf van het pistool tegen het midden van mijn voorhoofd.

Ik was versuft en buiten adem. Zijn gezicht doemde boven me op. Zijn ogen waren verontrustend geelbruin, als die van een wolf.

'Geloof je dat er licht aan het eind van de tunnel is als je doodgaat?' vroeg hij. Zijn stem klonk scheller dan ik me van de videobeelden herinnerde, scherp als schuurpapier.

Ik gaf geen antwoord. Het leek me toch al een retorische vraag.

Hij draaide het pistool om en drukte de loop met één hand tegen mijn voorhoofd. Hij draaide hem heen en weer alsof hij een sigaret doofde.

'Doe het maar,' hijgde ik. 'Haal de trekker over.'

Zijn gezicht vertoonde geen reactie. Alsof hij me niet had gehoord.

Ik keek in zijn ogen. 'Kom op. Ben je slap geworden?'

Zijn pupillen flikkerden.

'Haal de trekker over!' zei ik.

Ik zag de aarzeling op zijn gezicht. Ergernis. Hij vroeg zich af wat hij nu moest doen.

Op dat moment wist ik dat hij geen patronen meer had. En dat hij het ook wist. Hij had het magazijn uitgeworpen, maar geen tijd gehad om er een nieuw in te doen.

Het bloed uit zijn neusgaten liep over zijn bevertanden en droop gestaag op mijn gezicht. Hij trok een grimas en haalde toen met zijn linkerhand iets uit zijn schoen.

Een flikkering van staal: een lemmet van twaalf centimeter en een zwart heft. Een ronde stalen knop bij het gevest. Hij haalde ermee uit naar mijn gezicht en het lemmet sneed in mijn oor. Het voelde koud en toen heet aan en deed extreem veel pijn. Ik sloeg met mijn rechtervuist naar hem, maar de punt van het mes zat nu onder mijn linkeroog.

Om precies te zijn bij de onderkant van mijn oogbal. Het sneed in de zachte huid. Hij duwde het mes naar voren en de punt sneed door het weefsel.

Ik wilde mijn ogen dichtdoen, maar ik hield ze open en keek hem uitdagend aan.

'Weet je wat dit is?' zei hij.

Mijn KGB-vriend had me over het Wasp-mes verteld.

'Doesja,' zei ik.

Een microseconde was het stil. Blijkbaar werd hij verrast door de naam van zijn moeder.

'Ik heb haar gesproken. Weet je wat ze zei?'

Hij knipperde met zijn ogen, zijn ogen gingen een beetje dicht, en zijn neusgaten werden wijd.

Aan die seconde had ik genoeg.

Ik schaarde mijn linkerbeen over zijn rechterbeen, achter de knie, en trok hem naar me toe, terwijl ik mijn rechterknie omhoogduwde en in zijn buik pompte. Twee tegengestelde krachten draaiden hem om, terwijl ik zijn linkerhand bij de pols vastgreep.

In een oogwenk had ik hem omgedraaid en lag hij op de grond. Ik stak mijn rechterelleboog in zijn rechteroor en trok mijn hoofd in, zodat het beschermd werd door mijn rechterschouder. Mijn rechterknie hield zijn been gevangen. Hij haalde met zijn rechtervuist naar me uit, raakte de kruin van mijn hoofd een paar keer, maar ik beschermde alle gevoelige zones. Ik greep zijn linkerpols vast en duwde tegen zijn vingers, die nog om het heft van het mes geklemd zaten. Ik bleef ertegen duwen in een poging zijn greep te verbreken en het mes uit zijn hand te krijgen.

Maar ik had Zjoekovs uithoudingsvermogen en bijna bovenmenselijke kracht onderschat. Terwijl we om het mes vochten, ramde hij met zijn knie in mijn kruis, zodat er schokgolven van een doffe, misselijkmakende pijn tot diep in mijn buik gingen, en toen stortte hij zich weer op me. De punt van het mes was nog maar enkele centimeters van mijn linkeroogbal verwijderd.

Ik greep zijn hand vast om het mes weg te duwen, maar bereikte alleen dat het bleef waar het was, klaar om zich elk moment in mijn oog te laten zakken. Zijn hand beefde van inspanning.

'Als je me doodt,' hijgde ik, 'maakt dat geen verschil. De anderen zijn onderweg.'

Met een scheve grijns zei hij: 'En dan is het te laat. Dan is de kist onder water gelopen. En dan ben ik weg. Tegen de tijd dat ze haar opgraven, is ze al dood.'

Het mes kwam dichterbij en ik probeerde het weg te duwen. Het mes trilde, maar bleef zeven centimeter bij mijn oog vandaan.

'Ik denk dat je dat meisje kent,' zei hij.

'Ja.'

'Laat me je vertellen wat ze met me heeft gedaan,' zei hij. 'Ze was een erg vies klein meisje.'

Ik brulde van woede en gaf een laatste, harde duw met alle kracht die ik nog in me had. Het mes ging achterover en hij viel op zijn zij, maar hij liet zijn greep op het heft niet verslappen.

Ik stootte mijn knie in zijn buik, en zijn rechterarm vloog naar achteren. Het mes, dat nog stevig in zijn vuist zat, stak in zijn keel, in het zachte vlees onder zijn kin.

Pas later begreep ik wat er het volgende moment moest zijn gebeurd.

Zijn handpalm moest een fractie van een centimeter naar voren zijn gegleden, tegen de metalen injectieknop aan.

Zodat zijn Wasp-mes een grote bevroren bal van gas in zijn luchtpijp schoot.

Er volgden een harde knal en een sissende explosie.

Een verschrikkelijke hete douche van bloed en stukken vlees spoot tegen mijn gezicht, en in zijn uitpuilende geelbruine ogen zag ik ongeloof.

106

Ik kon me staande houden tot kort nadat de kist uit de grond kwam.

Vijf leden van het SWAT-team moesten twee uur met de hand graven. Ze gebruikten schoppen die ze van de politie van Pine Ridge hadden geleend. De kist lag bijna drie meter diep, en de aarde was doorweekt en zwaar van de stortregen eerder op de avond. Ze hesen hem met banden van zwarte nylon webbing omhoog, twee aan de ene en drie aan de andere kant. Het ding kwam recht naar boven. De kist woog niet meer dan een kilo of honderd.

Er zaten deuken in en aan het ene eind kwam een gele slang met een middellijn van ruim een centimeter naar buiten. Die slang liep ongeveer zestig meter door de grond naar de luchtcompressor op de achterveranda. Een veel dikkere, harde pvc-buis stak aan het andere eind omhoog, de buis die ik uit de grond had zien steken.

Het team geloofde me niet toen ik zei dat er geen boobytraps op de kist zaten. Ik nam het ze natuurlijk niet kwalijk. Ze hadden niet in de ogen van het monster gekeken.

Als Zjoekov een boobytrap op de kist had aangebracht, had hij het niet kunnen laten mij ermee te sarren.

Maar dat had hij niet gedaan. Er was dus geen boobytrap.

Twee van hun bommenexperts inspecteerden de compressorslang, de ventilatiebuis en de buitenkant van de stalen doodkist zelf. Ze werkten langzaam en weloverwogen en vergewisten zich ervan dat er geen mechanismen waren die iets in werking stelden.

Op de een of andere manier konden ze al het gebonk en gedreun negeren, alle gesmoorde kreten die van binnen kwamen. Ik kon dat niet.

Diana had haar arm om me heen. Ze steunde me, en dat bedoel ik in fysiek opzicht. Het was of mijn benen van rubber waren. Alles voor mijn ogen bewoog, werd wazig en dan weer scherp, en ik begreep niet waarom. Het bloedverlies was minimaal. Zeker, de pijn in mijn borst was steeds erger geworden. De verwonding door de dreun van de kogel was ernstig, maar ik had gedacht dat het ergste voorbij was.

Ik had het mis. De oplopende pijn had het eerste teken moeten zijn. Maar ik kon aan niets anders denken dan dat we Alexa uit haar doodkist moesten halen.

'Nico,' zei ze. 'Je droeg geen harde platen.'

'Hé, ik had geluk. Ik had een doodgewoon oud kogelwerend vest bij me,' zei ik tussen twee keer scherp ademhalen door. 'Die platen zijn niet bepaald standaarduitrusting.' Ademhalen kostte me steeds meer moeite. Ik kon mijn longen niet vol krijgen. Dat had het tweede teken moeten zijn.

'Je had op ons moeten wachten.'

Ik keek haar aan en probeerde te glimlachen.

'Oké,' gaf ze toe, en ze drukte haar neus even tegen mijn hals. 'Ik ben blij dat je niet hebt gewacht. Maar moet je altijd de eerste op het slagveld zijn, en de laatste die weggaat?'

'Ik ga weg zodra ik haar zie.'

De holle dreunen, de gekwelde kreten die klonken alsof ze van een kilometer ver kwamen. Ik kon het niet meer aanhoren. Toch gingen de bommenexperts gewoon door met hun onderzoek.

'Er zitten geen explosieven op,' zei ik. Ik wankelde over de natte grond. 'Hij zou erover hebben opgeschept.'

'Waar ga je heen?'

'Ik haal haar eruit.'

'Je weet niet hoe.'

Maar dat wist ik wel. Ik wist iets van doodkisten. Het ministerie van Defensie verstrekte metalen of houten kisten aan de nabestaanden van soldaten die tijdens de vervulling van hun plicht waren omgekomen, of ze die kisten nu wilden hebben of niet. Ik had een paar keer de ernstige, verschrikkelijke plicht gehad de lichamen van vrienden in vliegtuigen naar huis te vergezellen.

Toen ik bij Alexa's kist kwam, duwde ik een van de mannen in grote, explosie bestendige ruimtepakken opzij. Hij protesteerde en zijn collega probeerde me tegen te houden. Iemand riep: 'Weg daar!'

De andere jongens van het SWAT-team bleven op een afstand, zoals standaardprocedure was. Ik riep naar hen: 'Een van jullie heeft vast wel een setje inbussleutels.'

Iemand gooide me een inklapbaar setje inbussleutels toe. Ik vond de goede en stak hem in het gat aan het voeteneind van de kist, waarna ik hem vier of vijf keer tegen de klok in draaide om het deksel los te maken.

De rubberen pakking was hier en daar beschadigd doordat de stalen kist enigszins onder de drie meter aarde was ingezakt, maar het lukte me hem open te krijgen.

Er kwam een afschuwelijke stank uit, als van een open riool.

Alexa had in haar eigen uitwerpselen gelegen, of maar een paar centimeter daarboven. Ze keek omhoog, maar niet naar mij. Haar haar was samengeklit, haar gezicht krijtwit. Haar ogen waren diep in hun kassen verzonken.

Ze droeg blauwe ziekenhuiskleding en zat onder het braaksel. Haar handen waren gekromd tot losse vuisten, die krampachtige bewegingen naar buiten maakte, alsof ze tegen de zijkanten van haar kist sloeg. Haar blote voeten stuiptrekten.

Ze begreep niet dat ze vrij was.

Ik knielde bij haar neer, kuste haar voorhoofd en zei: 'Hé.'

Ze keek onderzoekend naar de hemel. Blijkbaar zag ze me niet.

Toen zag ze me wel. Ze keek me recht aan en begreep het nog steeds niet.

Ik glimlachte naar haar en ze begon te huilen.

Dat was zo ongeveer het laatste wat ik me in een hele tijd herinnerde.

107

Ik heb de pest aan ziekenhuizen.

Jammer genoeg moest ik een paar dagen in het Beth Israel-ziekenhuis in Boston blijven, waar mijn FBI-vrienden me met een helikopter vanuit New Hampshire naartoe hadden gebracht. De arts van de spoedgevallenafdeling zei tegen me dat ik door de stoot van de kogel een klaplong had gekregen. Daardoor was mijn hele borstholte met lucht gevuld, waren mijn longen ingedrukt en was ik in ademnood gekomen. Hij zei ook dat het een levensbedreigende kwaal was en dat ik vast en zeker dood zou zijn geweest als een van de SWAT-jongens niet had gedaan wat hij had gedaan.

Ik vroeg hem wat er met me was gedaan.

'Ik denk niet dat u dat wilt weten,' zei hij.

'Probeert u het maar eens.'

'Iemand met een medische opleiding stak een grote holle naald in uw borst om de lucht eruit te laten,' zei hij tactvol.

'U bedoelt zoiets als een Cook-setje?'

Hij keek verrast.

'In het leger noemde we dat een thoracostomie. Iedere hospik te velde heeft een Cook-setje in zijn tas.'

Hij keek opgelucht.

Hij liet een heleboel röntgenfoto's maken en een borstslangetje in me steken. Ook liet hij de wond in mijn kuit schoonmaken en verbinden. Ten slotte gaf hij me een tetanusinjectie en stuurde me voor herstel naar een andere afdeling. Na drie dagen lieten ze me gaan.

Diana haalde me op en gaf me een lift naar huis.

Hoewel ik weer goed kon lopen, stond de zuster erop dat ze me in een rolstoel naar de ingang van het ziekenhuis bracht, terwijl Diana de auto ging halen.

Diana kwam voorrijden in mijn Defender. Mooi glanzend en pas gewassen.

'Komt hij je bekend voor?' zei ze toen ik instapte.

'Eigenlijk niet. Hij lijkt bijna nieuw. Heeft iemand hem in de bossen van New Hampshire gevonden?'

'Een van de scherpschutters. Hij reed ermee naar Boston terug en merkte dat de wagen hem beter beviel dan zijn Chevrolet Malibu. Het viel nog niet mee het ding uit zijn zweterige handjes los te wurmen. Maar hij heeft hem ten minste voor je gewassen.'

'Ik wil naar Alexa. Is ze nog in het ziekenhuis?'

'Nou, ze was er veel eerder uit dan jij. Ze is behandeld voor uitdroging, en ze hebben haar helemaal onderzocht, maar ze mankeert niets.'

'Dat betwijfel ik.'

'Je hebt gelijk. Ik heb veel te maken gehad met tieners die een traumatische ervaring achter de rug hadden. Ik ken een paar goede therapeuten. Misschien kun jij haar overhalen daarheen te gaan.'

'Is ze thuis?'

'Ja. In Manchester. Ik denk niet dat ze er blij mee is, maar het is haar thuis.' Toen we door Commonwealth Avenue reden, richting Massachusetts Avenue, zei ze: 'Als ik vanavond nu eens eten voor je klaarmaakte? Om het te vieren.'

'Dat zou ik leuk vinden. Om wat te vieren?'

Ze wierp me een zijdelingse blik toe en perste haar lippen even op elkaar. 'Ik weet het niet, misschien het feit dat je het leven van dat meisje hebt gered.'

'Als nou ooit iets teamwerk was...'

'Je doet het weer.'

'Wat doe ik weer?'

'Je zegt dat het aan iedereen te danken is, behalve aan jezelf. Dat hoef je bij mij niet te doen.'

Ik was te moe om haar tegen te spreken.

'Laten we naar mijn huis gaan,' zei ze. 'Ik wil niet de eerste zijn die bij jou de oven aandoet. Werkt het ding zelfs wel?'

'Ik zou het niet weten. Laat me naar huis gaan en andere kleren aantrekken en een douche nemen.'

'Het is alleen maar een etentje bij mij thuis, weet je.'

'Geen date. Natuurlijk.'

'Je klinkt alsof die gedachte nooit bij je opgekomen is.'

'Nooit,' zei ik.

'Weet je wat, Nico? Voor iemand die zo goed kan zien dat iemand anders liegt, ben je een erg slechte leugenaar.'

Ik haalde alleen maar mijn schouders op. Zij was er ook niet zo goed in.

108

Een week later

De golven stortten zich over de rotsen beneden, en de wind joelde om de kaap. De hemel zag er zwaar uit, somber grijs, alsof het elk moment kon gaan stortregenen.

Geen bewakers meer, zag ik. Het wachthuisje was leeg. Ik parkeerde op het rondgaande pad en liep over de veranda. De vloerplanken kraakten onder mijn voeten.

Ik belde aan, wachtte bijna een minuut en belde toen opnieuw. Na nog een minuut ging de deur open, en daar stond Marshall Marcus.

Hij droeg een grijs vest en een verkreukeld wit overhemd dat eruitzag alsof het niet gestreken was.

'Nickeleh,' zei hij, en hij glimlachte, maar het was geen blije glimlach. Hij was moe en verslagen. Zijn gezicht was ingevallen en zijn tanden leken te groot voor zijn mond, en veel te wit. Zijn gezicht was doorgroefd en zijn rossige haar stak in plukken overeind. Zo te zien had hij geslapen toen ik aanbelde.

'Sorry dat ik je wakker maak,' zei ik. 'Zal ik later terugkomen?'

'Nee, nee, doe niet zo mal. Kom binnen.' Hij sloeg zijn armen om me heen. 'Bedankt voor je komst.'

Ik volgde hem naar de voorkant van het huis, vanwaar je de zee kon zien. Onder het lopen liet hij zijn schouders zakken. De voorkamer was halfdonker. Het enige licht kwam van de hemel, en het was al laat op de middag. Op een van de banken lag een goedkope synthetische Red Sox-deken, het soort dekens dat ze bij het Fenway-stadion verkopen.

'Ze praat nog steeds niet?' zei ik.

Marcus slaakte een diepe zucht en liet zich in een stoel zakken. 'Ze komt haar kamer zelfs bijna niet uit. Het is net of ze er niet is. Ze slaapt aan een stuk door.'

'Na wat ze heeft doorgemaakt moet ze bij iemand in behandeling gaan. Het hoeft niet een van de therapeuten te zijn die Diana aanbeveelt. Maar in elk geval iemand.'

'Dat weet ik, Nick. Dat weet ik. Misschien kun jij haar overhalen. Lexie luistert altijd naar jou. Dus je voelt je beter, Nickeleh?'

'Ik voel me weer helemaal goed,' zei ik.

'Het was maar goed dat je een kogelwerend vest droeg, hè?'

'Ja. Dat was geluk. Je doet er goed aan.'

Hij keek me vragend aan.

'Dat je met de FBI gaat praten.'

'O. Ja, nou, alleen omdat Schecky zegt dat hij een deal voor me kan maken.'

'Geef Gordon Snyder wat hij wil,' zei ik, 'en je hebt de FBI aan je kant staan. Ze hebben veel invloed op het openbaar ministerie.'

'Maar wat betekent dat? Zetten ze me in de gevangenis? Mijn kleine meisje... Als je bedenkt wat ze al heeft doorgemaakt – moet ze nu ook haar papa verliezen?'

'Als je goed meewerkt, kom je misschien met de schrik vrij,' zei ik.

'Denk je dat echt?'

'Het hangt ervan af hoeveel je hun vertelt. Je zult ze over Mercury moeten vertellen. Ze weten al veel. Dat weet je vast wel.'

'Schecky zegt dat ik me nergens zorgen over hoef te maken als ik gewoon doe wat hij zegt.'

'Hoe goed is dat je tot nu toe bekomen?' vroeg ik.

Hij keek me verslagen aan en zei een hele tijd niets.

Ten slotte verbrak ik de stilte. 'Waar is Belinda?'

'Daarom heb ik je gevraagd hierheen te komen,' zei Marcus. 'Ze is weg.'

109

Hij gaf me een lichtblauwe correspondentiekaart waarop in kleine donkerblauwe blokletters BELINDA JACKSON MARCUS was geschreven. De rest was met een typische vrouwenhand geschreven, grote letters met veel lussen, al zagen een paar letters – de h's, a's en w's – er Russisch uit. Alsof ze geschreven waren door iemand die als kind in het Russisch had leren schrijven. Het briefje luidde:

Schat...

Dit is beter zo. Op een dag praten we nog wel. Ik ben zo blij dat Alexa thuis is.

Ik heb echt van je gehouden.

Belinda

'Ze zei dat ze naar een vriendin in de stad ging, en toen ik opstond, zag ik dit tegen het koffiezetapparaat staan. Wat betekent het?'

Het betekende dat ze een seintje had gekregen: de FBI was haar op het spoor. Al zou het moeilijk te bewijzen zijn dat Anja Afanasjeva schuldig was aan een ernstig misdrijf.

'Soms moet er een crisis uitbreken voordat je weet wie iemand echt is,' zei ik.

Ik betwijfel of hij wist over wie ik het werkelijk had.

Marcus schudde zijn hoofd, alsof hij een lastige vlieg probeerde te verdrijven, of een gedachte. 'Nick, je moet haar voor me vinden.'

'Ik denk dat ze niet gevonden wil worden.'

'Waar heb je het over? Ze is mijn vrouw. Ze houdt van me!'

'Misschien hield ze meer van je geld.'

'Ze wist al maanden dat ik blut was. Dat heeft nooit iets tussen ons veranderd.'

'Nou, Marcus, er is "blut" en "blut", nietwaar?'

'O ja, ik heb nog wel wat weggestopt,' zei hij. 'Niets noemenswaardigs.'

'Is vijfenveertig miljoen niet noemenswaardig?'

Hij keek me met grote, geschrokken ogen aan en wendde zich toen af.

'Kom op, Marshall. Dacht je nou echt dat je vijfenveertig miljoen dollar naar het buitenland kunt overmaken zonder dat iemand het merkt? Zo gemakkelijk is dat tegenwoordig niet meer.'

Marcus kreeg een kleur. 'Oké, dus ik heb een appeltje voor de dorst,' zei hij. 'Geld dat ik niet wilde aanraken. Geld dat ik nodig zal hebben als ik ooit weer ga meespelen.' Hij klonk verdedigend, bijna verontwaardigd. 'Zeg, ik ga me niet verontschuldigen voor wat ik heb.'

'Verontschuldigen? Waarvoor zou jij je moeten verontschuldigen?' zei ik.

'Precies.'

Hij merkte niets van mijn sarcastische toon. 'Je bent namelijk van het begin af consistent geweest – je bent nooit opgehouden tegen me te liegen. Al toen Alexa voor het eerst werd ontvoerd en je tegen me zei dat je niet wist wie erachter zat. Je wist dat het David Schechters mensen waren, die je wilden intimideren. Ze wilden ervoor zorgen dat je deed wat je gezegd werd. Ik denk dat je vorige vrouw argwaan koesterde. Misschien was dat een van de redenen waarom Annelise niet meer met je door het leven kon gaan.'

Hij aarzelde even. Blijkbaar besloot hij toen het niet te ontkennen. 'Zeg, als dit over geld gaat, is dit geen probleem. Ik zal je rekening volledig betalen.' Zijn mondhoeken trilden; hij probeerde een vaag glimlachje te verbergen.

Ik lachte. 'Zoals ik al zei, Marcus: er is "blut" en er is "blut". Met ingang van negen uur vanmorgen heb je echt niets meer. Neem maar contact op met Royal Cayman Bank & Trust. Alle vijfenveertig miljoen dollar zijn vanmorgen van je rekening gehaald.'

'Is het wég?' Marcus liet zich in de bank wegzakken en schommelde heen en weer. Alsof hij ging bidden of huilen. 'Hoe kan dat mij opníéuw overkomen?'

'Nou,' zei ik, 'misschien was het niet zo slim om het allemaal op Belinda's naam te zetten.'

110

David Schechter wilde me spreken voordat de FBI naar zijn kantoor kwam. Hij zei dat het tamelijk dringend was.

'Ik wilde me bij je verontschuldigen,' zei hij. Hij zat in zijn gammele antieke stoel achter zijn kleine antieke bureau.

'Waarvoor?'

'Ik heb overdreven gereageerd. Ik zal zelf de eerste zijn om dat toe te geven. Ik had van het begin af eerlijk tegen je moeten zijn. Je bent een redelijke man. Meer dan dat: je bent een echte Amerikaanse held.'

Hij keek me met de diepste bewondering aan, alsof ik een groot staatsman was, zoals Winston Churchill. Of misschien Mick Jagger.

'Je bent te aardig voor me,' zei ik. 'Ik accepteer je verontschuldiging.'

'Juist jij zult begrijpen dat onze nationale veiligheid nooit in gevaar mag komen.'

'Geen twijfel mogelijk,' zei ik.

'Ik heb er bij Marshall altijd op aangedrongen dat hij de FBI niets over Mercury vertelt wat niet in verband staat met hun onderzoek.'

'Waarom zou hij het geheimhouden voor de FBI?'

'Nick, je weet hoe het in Washington gaat. Als ooit uitkomt dat er tien miljard dollar uit zwarte militaire fondsen is verdwenen omdat het via een particuliere firma was geïnvesteerd – god, het zou zoiets zijn als wanneer we emmers vol visaas in het water gooiden. De haaien komen er van heinde en verre op af. Jij bent soldaat geweest. Kun je je voorstellen hoeveel schade zo'n onthulling aan de verdediging van ons land zou toebrengen?'

'Eigenlijk niet.'

Hij knipperde als een uil met zijn ogen achter de glazen van zijn hoornen bril. 'Begrijp je niet wat daar voor een gigantisch schandaal uit zou voortkomen?'

'O, dat wel. Gigantisch. Veel mensen zullen zich afvragen hoe jij al dat geld van het ministerie van Defensie hebt kunnen stelen.'

Hij knipperde langzaam met zijn ogen en glimlachte.

111

Want in een hotelsuite in het Mandarin had ik eindelijk het echte verhaal te horen gekregen.

'Je moet weten,' had Roman Navrozov tegen me gezegd, 'dat het frustrerend voor me is om langs de zijlijn te zitten terwijl ik miljarden dollars en miljarden euro's tot mijn beschikking heb, geld dat ik zou willen investeren in de Amerikaanse economie. Elke keer dat ik zaken wil doen, wordt het geblokkeerd door de Amerikaanse overheid. Terwijl Amerika zichzelf verkoopt aan elk land op de wereld. Ook aan zijn gezworen vijanden.'

'Dat lijkt me een beetje overdreven,' had ik gezegd.

'Tien procent van Amerika is eigendom van de Saoediërs, weet je dat? En kijk eens wat ze met jullie World Trade Center hebben gedaan. De communistische Chinezen bezitten de meeste van jullie schatkistobligaties. Sommigen van jullie grootste defensieleveranciers zijn eigendom van buitenlandse concerns. Maar als ik een

Amerikaans staalbedrijf probeer te kopen, of een energiebedrijf of een computerbedrijf, verbiedt jullie overheid dat. Anonieme ambtenaren van het ministerie van Financiën zeggen dat het jullie nationale veiligheid zou schaden.'

'En dus wilde je de Mercury-bestanden om druk te kunnen uitoefenen? Om de Amerikaanse overheid te dwingen toestemming te geven voor al je transacties?'

Hij haalde zijn schouders op.

'Dan moet er iets in de Mercury-bestanden staan wat veel machtige mensen geheim willen houden.'

Hij glimlachte.

'Laat maar eens horen,' zei ik.

En nu leunde ik in mijn fragiele antieke houten stoel achterover. Die kraakte alarmerend. Schechter huiverde.

'Jullie veranderden een geheim fonds in een hedgefonds, en dat is dertig jaar gebruikt om geheime betalingen naar sommigen van de machtigste mensen in Amerika te sluizen,' zei ik. 'Dat is briljant.'

Ik keek nadrukkelijk naar zijn 'egomuur'. Al die foto's van David Schechter die de hand drukte van vroegere ministers van Defensie en ministers van Buitenlandse Zaken, en vier vroegere vicepresidenten en zelfs een paar vroegere presidenten. 'Maar wat had dat voor zin? Vergroting van jullie eigen macht? Wat konden jullie nou willen? Hoeveel invloed moesten jullie kopen? Waarvoor?'

'Jij hebt geen flauw idee, hè?'

'Waarover?'

Een hele tijd hield hij zwijgend zijn blik op zijn smetteloze bureaublad gericht. Toen keek hij weer op. 'Je bent waarschijnlijk te jong om je te herinneren dat er ooit een tijd was dat de beste, intelligentste mensen voor de overheid gingen werken omdat het zo hoorde.'

'De tijd van Kennedy, nietwaar?'

'En wat doen tegenwoordig onze beste, intelligentste jongeren? Ze gaan rechten studeren en voor een investeringsbank werken. Ze gaan achter het geld aan.'

'Dat kun je ze niet kwalijk nemen.'

'Precies. De hoogste baas van Merrill Lynch richt dat bedrijf te gronde en krijgt daar honderd miljoen voor. De man die Home Depot bijna heeft geruïneerd, krijgt tweehonderdtien miljoen dollar, alleen om weg te gaan. En tegelijk kan een hardwerkende ambtenaar, die werkt in de onderneming van vijftien biljoen dollar die de Verenigde Staten van Amerika is, het zich niet eens veroorloven zijn kinderen te laten studeren. Een generaal die zijn hele leven heeft gevochten om ons land veilig en sterk te houden, woont na zijn pensionering in een nieuwbouwwijk in Rockville, Maryland, en moet rondkomen van een pensioen van honderdduizend dollar per jaar.'

'Dat is een goeie,' zei ik. 'Ik geloof dat ik nooit een betere rechtvaardiging van corruptie heb gehoord.'

'Corruptie?' zei Schechter met een rood gezicht en schitterende ogen. 'Noem jij het corruptie? Als we het nu eens een aanblijfpremie noemen? Zoals mensen in het Amerikaanse bedrijfsleven aandelenopties krijgen. Mercury wilde er juist voor zorgen dat de beste, intelligentste mensen er niet voor gestraft werden dat ze hun vaderland wilden dienen. Ja, Nick, we hebben het geld een andere bestemming gegeven, als water uit een rivier dat wordt weggeleid om een slotgracht te vullen. We garandeerden dat onze beste overheidsfunctionarissen zich nooit meer zorgen hoefden te maken over geld. Zodat ze hun leven echt in dienst van de samenleving konden stellen. Dat is wel degelijk een kwestie van nationale veiligheid. We beloonden helden, staatslieden en patriotten – in plaats van bankiers en zwendelaars die hun land zouden verkopen voor twee procent koerswinst.'

Ik zag de aderen in zijn hals kloppen.

'Nou,' zei ik zachtjes, 'je weet het goed te brengen. En je krijgt vast ook wel de gelegenheid om ditzelfde betoog te houden voor een jury.'

'Ik zal ontkennen dat we er ooit over hebben gepraat,' zei hij met een wrede glimlach.

'Doe geen moeite,' zei ik. Ik stond op en maakte de deur van zijn kamer open. Gordon Snyder en Diana Madigan stonden aan de andere kant, met Marshall Marcus tussen hen in. Achter hen stonden zes kerels in FBI-jacks. 'Marshall werkt mee.'

Hij schudde zijn hoofd. 'Vuile schoft.' Hij trok zijn bureaula open, en een van de FBI-agenten riep: 'Geen beweging!'

Maar Schechter pakte geen pistool. Het was een pepermuntje. Hij stopte het in zijn mond.

Toen slikte hij het door.

'Heren,' zei hij met een gelukzalige glimlach. 'Komt u binnen.'

Maar hij stond niet op, en dat was helemaal niets voor hem.

'David, het spijt me,' zei Marcus.

Ik draaide me om en zag Schechter strak naar me kijken. Zijn mond schuimde. Ik rook amandelen.

'Heeft iemand medische spullen?' riep ik.

Twee FBI-agenten kwamen vlug naar binnen. Een van hen legde zijn handen op Schechters pols en hals om zijn hartslag te voelen. Toen schudde hij zijn hoofd.

David Schechter pochte graag dat hij op alles voorbereid was.

Misschien had hij achteraf toch gelijk.

112

In het begin van de herfst ging ik een eindje rijden met Diana. Ze wilde de herfstbladeren van New England zien. Ik had nooit veel om bladeren gegeven, al waren die vuurrode esdoorns erg spectaculair.

Ze had niet een bepaalde route op het oog; ze wilde gewoon wat rondrijden. Ik stelde New Hampshire voor, waar de bladeren al het meest verkleurd waren.

We spraken geen van beiden over de vorige keer dat we samen in New Hampshire waren geweest.

Toen we een tijdje onderweg waren, zei ik: 'Ik heb iets voor je.'

'O nee.'

'Kijk eens in het dashboardkastje.'

Ze keek me verbaasd aan, maakte toen het dashboardkastje open en haalde er een klein doosje uit, stuntelig in cadeaupapier verpakt.

Ze hield het omhoog en deed alsof ze de cadeauverpakking bewonderde. 'Wat ben je toch handig met papier,' plaagde ze.

'Blijkbaar niet een van mijn vaardigheden,' zei ik.

Ze scheurde het open en keek verbaasd.

'Ik kan dit niet geloven,' zei ze, terwijl ze naar het achthoekige zwarte parfumflesje keek. 'Hoe ben jij in godsnaam aan Nombre Noir gekomen? En nog dertig milliliter ook? En nog dicht? Ben je gek geworden?'

'Ik had het jaren geleden aan je willen geven,' zei ik.

Ze boog naar me toe en gaf me een kus. 'Ik ben er ook bijna doorheen. Ik dacht dat ik het nooit meer zou vinden. De laatste keer dat ik er op eBay naar zocht, kostte vijftien milliliter Nombre Noir meer dan zevenhonderd dollar. Waar heb jij dit vandaan?'

'Kun je je mijn vriend de Jordaanse wapenhandelaar herinneren?'

'Samir?'

'Ja. Sammy heeft het voor me gevonden. Een van zijn cliënten is een sjeik in Abu Dhabi die een voorraad had in een opslagkamer met airconditioning.'

'Bedank Samir namens mij.'

'O, dat heb ik gedaan. Geloof me, dat heb ik gedaan. Het leek wel of ik hem vroeg me aan een kernkop te helpen. Maar toen hij het aan me gaf, was jij weg.'

'Je had het kunnen sturen.'

'Ik vertrouw de post niet,' loog ik.

Diana had me eens uitgelegd dat Nombre Noir een van de geweldigste parfums was die ooit waren gecreëerd. Maar tegenwoordig was het nergens meer te krijgen. Blijkbaar had het bedrijf dat het maakte uiteindelijk geld verloren op elk flesje. Toen besloot de Europese Unie in haar oneindige wijsheid een van de voornaamste ingrediënten te verbieden, iets wat damascone heet, omdat het een heel klein percentage van de mensen extra gevoelig maakt voor de zon. Het bedrijf liet zo veel mogelijk flesjes terugkomen en vernietigde ze allemaal door er met een stoomwals overheen te rijden.

Zodra ze tegen me zei dat het nergens meer te krijgen was, besloot ik natuurlijk een flesje voor haar te vinden.

'Nou, dat is dan mijn verdiende loon. Had ik maar niet weg moeten gaan zonder iets tegen je te zeggen,' zei ze.

'Ja, zo is het.'

'Zeg, eh, weet je, ze hebben me een leidinggevende baan op het FBI-kantoor in Miami aangeboden,' zei ze.

'Hé, dat is niet gek,' zei ik met al het enthousiasme dat ik kon opbrengen. 'Gefeliciteerd. Miami zou geweldig kunnen zijn.'

'Dank je.'

'Zo'n baan wijs je niet zomaar van de hand,' zei ik.

De pijnlijke stilte leek een eeuwigheid te duren.

'En de baan van Gordon Snyder?'

Snyders superieuren waren er niet zo blij mee geweest dat hij clandestien een tracking-apparaat op mijn BlackBerry had gezet en daarna had geprobeerd zijn sporen uit te wissen door te beweren dat een geheime informant hem een tip had gegeven over de plaats waar Mauricio Perreira zich bevond – ongeveer op het moment dat ik bij het huis van de dealer in Medford was aangekomen. Hij was gedegradeerd en naar Anchorage in Alaska overgeplaatst.

Ik had gehoord dat hij vanaf zijn bureau de kust van Rusland kon zien.

'Nee, daarvoor zoeken ze iemand die gespecialiseerd is in georganiseerde misdaad. Dus, Nico... Mag ik je iets over Roman Navrozov vragen?'

'Oké.'

'Dat helikopterongeluk in Marbella is wel erg toevallig, hè?'

Ik haalde mijn schouders op. Afspraak was afspraak.

'Laat me eens raden. Poetins mensen proberen hem al jaren te pakken te krijgen, maar hij heeft het ze nooit gemakkelijk gemaakt. En dus gooide je het op een akkoordje met een van je informanten uit ex-KGB-kringen. Het was een ruil van informatie. Niet dat het zo'n ramp is wat Navrozov is overkomen. Sommigen zouden het misschien zelfs gerechtigheid noemen. Waarschijnlijk dacht je dat het een win-winsituatie was.'

'Of misschien is er alleen maar een rotorblad afgebroken, zoals ze zeggen.'

Ze keek me aan. 'Goed. Laten we het daarop houden.'

Na een hele tijd zei ik: 'Soms gebeuren zulke dingen gewoon.'

'Hmpf.'

'Heb je dat artikel in de *Globe* van een paar dagen geleden gezien? Over die accountant die werd doodgedrukt toen er een archiefkast op hem viel? Je bent nergens helemaal veilig.'

'Ik meende het niet toen ik zei dat ik met een accountant wilde trouwen,' zei ze.

'O nee?'

'Nee. Ik zou ook genoegen nemen met de beheerder van een database. Maar om erop terug te komen: ik zou dus zelfs niet veilig zijn als ik met een accountant trouwde?' Ze glimlachte zuur.

'Ik meen het,' zei ik. 'Je kunt alle mogelijke veiligheidsmaatregelen nemen, maar dan kan je luxe helikopter altijd nog neerstorten boven Marbella. Ik weet niet hoe het met jou is, maar ik zie de kogel liever op me afkomen.'

We keken allebei een tijdje voor ons uit.

'Weet je,' zei ze, 'waarschijnlijk zou ik je dit niet moeten vertellen, maar we staan op het punt iemand te arresteren in de Mercury-zaak.'

'Over gerechtigheid gesproken. Ik vroeg me al af of dat ooit zou gebeuren.'

De weken waren maanden geworden, en er was nog niet één van Marshall Marcus' "beleggers" naar het bureau gebracht voor ondervraging. Geen van hun namen was in de pers opgedoken.

Marshall Marcus liep nog vrij rond, omdat hij volledig met de FBI had meegewerkt – en zijn nieuwe advocaten waren nog in onderhandeling met de SEC, de instantie die toezicht hield op de effectenhandel. Er waren veel beleggers die riepen dat hij voor de bijl moest gaan. Het leek onontkoombaar dat hij een tijdje achter de tralies zou zitten.

Maar afgezien daarvan leek het wel of er niets was gebeurd.

Je mag me cynisch noemen, maar ik vroeg me onwillekeurig af of iemand een discreet telefoongesprek met de minister van Justitie had gevoerd. Of misschien was er een gefluisterd onderonsje geweest bij een paar steaks in restaurant Charlie Palmer in Washington.

'Het is ingewikkeld,' zei ze. 'We hebben het over een aantal extreem vooraanstaande personen – hoge regeringsfunctionarissen, eerbiedwaardige staatslieden. Zoals ze dan zeggen: als je op een koning schiet, moet je hem doden.'

'Maar jullie hebben namen en rekeningnummers...'

'Opeens zijn er een heleboel nerveuze mensen in de top van het ministerie van Justitie die willen dat alles eerst tot in de puntjes wordt uitgezocht. Ze willen dat alles volledig gedekt is, voordat ze zulke hooggeplaatste personen voor corruptie gaan oppakken. Zoiets kan carrières en reputaties verwoesten. Bovendien ondermijnt zo'n operatie het vertrouwen van de burgers in hun gekozen functionarissen.'

'En dat zouden we nooit willen,' merkte ik droogjes op.

'Het ministerie staat erop dat we eerst allerlei bankgegevens uit de hele wereld verzamelen, dus ook gegevens van offshorebanken die in geen honderd jaar zullen meewerken.'

'Met andere woorden: er zal niets gebeuren.'

Ze zweeg. 'Zoals ik al zei: het is ingewikkeld.'

'Vind je dat niet frustrerend?'

'Ik beheers me en doe zo goed mogelijk mijn werk.'

'Wie gaan jullie arresteren?'

'Generaal Mark Hood.'

Ik wierp haar een zijdelingse blik toe en keek toen weer naar de weg. 'Op welke gronden?'

'Verduistering, fraude... Het is een hele lijst van aanklachten. Hij hield toezicht op de illegale overboekingen van clandestiene fondsen uit het zwarte budget van Defensie.'

Ik knikte. 'Dat dacht ik al.'

'Je had hem bijna door, hè? Voordat hij je ontsloeg.'

'Ik denk het. Al wist ik dat toen niet.'

Enkele kilometers lang zeiden we geen van beiden iets.

Misschien was karma de enige gerechtigheid, dacht ik.

Neem nou Taylor Armstrong. Ze beweerde absoluut niet te hebben geweten wat er zou gebeuren toen Mauricio Perreira haar onder druk zette om hem met haar hartsvriendin Alexa in contact te brengen. Ik geloofde haar. Niet dat het haar minder narcistisch, stijlloos en achterbaks maakte.

Kort na ons laatste gesprek werd Taylor van school gehaald en naar een school in het westen van Massachusetts gestuurd, waar ze gespecialiseerd waren in nieuwe behandelingen van leerlingen met ernstige gedragsproblemen. Die school was omstreden omdat er met 'aversie opwekkende' shocktherapie werd gewerkt. Daarmee vergeleken was de Marston-Lee Academy zoiets als een kuuroord.

De school verlangde ook van de ouders dat ze elke week kwamen praten, maar dat zou geen probleem zijn, want haar vader, senator Armstrong, had bekendgemaakt dat hij zich uit de politiek terugtrok om meer tijd met zijn gezin te kunnen doorbrengen.

Ik zag het bord van de afslag en gaf richting aan.

'Waar gaan we heen?'

'Ooit de campus van de Phillips Exeter Academy gezien?'

'Nee. Waarom zou ik...' Toen begreep ze het en zei: 'Denk je dat ze eraan toe is om met je te praten?'

'We zullen zien.'

Diana wachtte in de auto op me. Het leek haar beter dat ik onder vier ogen met Alexa praatte.

Het hockeyteam van de meisjes was aan het trainen op het stralende groene kunstgrasveld in het football-stadion helemaal aan het eind van de campus. Ik wist niets van hockey. Het was een rommelige sport waar je in het begin niet veel van begreep. Het leek wel of er aan een stuk door werd gefloten. Een paar meisjes blonken uit, vooral een van hen, en toen ze zich omdraaide, zag ik dat het Alexa was.

Ze droeg een hoofdband, met haar haar naar achteren. Haar armen waren gebruind en gespierd, haar benen lang en slank.

Met haar blauwe gebitsbeschermer kwam ze krijgshaftig over, maar ze zag er gezond en gelukkig uit.

De coach blies op haar fluitje en riep: 'We gaan water drinken', en de meisjes deden allemaal hun gebitsbeschermer uit, een zorgvuldige, automatische handeling. Sommigen stopten de beschermer onder de bovenkant van hun sportbeha; anderen staken ze in hun scheenbeschermers. Roepend, hard pratend en giechelend liepen ze naar het fonteintje. Een paar omhelsden Alexa – ik was vergeten dat meisjes op die leeftijd veel meer genegenheid tonen dan jongens – en lachten om iets.

Toen draaide ze zich om, alsof ze mijn aanwezigheid had opgemerkt zonder dat ze me had gezien, en keek me aan. Ze sprak vlug tegen een van haar teamgenoten en kwam toen langzaam naar me toe.

'Hé, Nick.'

'Je bent heel goed, wist je dat?'

'Dat gaat wel. Ik heb er plezier in. Dat is het voornaamste.'

'Je speelt hard. Je bent taai. Zelfs onbesuisd.'

Ze keek me met een nerveus lachje aan. 'De gave van de angst?'

'Ja. Hé, ik wilde je even gedag zeggen en kijken of alles in orde was.'

'O, eh, oké, bedankt. Ja, alles gaat goed. Het is goed. Ik...' Ze keek verlangend naar haar teamgenoten. 'Het is misschien niet het beste moment. Is dat... is dat goed?'

'Geen probleem.'

'Ik bedoel, eh, je bent toch niet helemaal hierheen gereden om mij op te zoeken? Ik hoop van niet.'

'Helemaal niet. Ik was in de buurt.'

'Voor zaken of zo?'

'Ja.'

'Dus, ja, eh...' Ze wuifde even naar me. 'Ik moet gaan. Bedankt voor je komst. Het was leuk je te zien.'

'Ja,' zei ik. 'Insgelijks.'

Ik begreep het: alleen al doordat ze mij zag, kwamen er allerlei duistere, verontrustende emoties bij haar op. Ze zou mij altijd in verband blijven brengen met een nachtmerrie. Ze voelde zich niet meer bij mij op haar gemak. Ergens onder in haar geest zaten dingen die ze nog niet kon verwerken. Om te herstellen probeerde ze dingen te vergeten.

We hebben allemaal onze eigen manier om met dingen af te rekenen.

Toen ze naar het veld terugliep, deed ze dat met lossere passen. Ik zag dat de spanning uit haar lichaam wegtrok. Een van haar vriendinnen maakte een grap, en ze grijnsde even. Toen blies de coach weer op haar fluitje.

Ik bleef nog een paar minuten staan kijken. Ze speelde met soepele gratie, bijna als een balletdanseres. Toen ik enigszins begreep hoe het spel in elkaar zat, werd het opwindend. Ze rende over het veld, speelde de bal bliksemsnel door naar een andere speelster en rende gewoon door. Plotseling ging alles te snel om het te kunnen volgen. Net toen ze in de cirkel kwam, kreeg ze op de een of andere manier de bal terug, en toen kon ik zien wat al haar teamgenoten zagen: de keeper had zich laten misleiden en Alexa kon onbelemmerd op het doel schieten. Glimlachend sloeg ze de bal door de lucht. Hij vloog het doel in.

Ze zou zich wel redden.

WOORD VAN DANK

Ik wou dat ik wijlen Spike Milligan kon citeren: 'Ik ga niet iedereen bedanken – want ik heb het allemaal zelf gedaan.' Jammer genoeg gaat dat in mijn geval niet op.

Ik heb alleen het moeilijkste deel gedaan.

Toch heb ik steeds weer een kleine groep slachtoffers, eh, technisch adviseurs benaderd. Mijn topteam van bronnen: Jeff Fischbach, een verbazingwekkend goede forensisch technoloog en een *The Matrix*-personage uit het echte leven, iemand die griezelig veel van elektronisch bewijsmateriaal en het opsporen van mobiele telefoons weet; Stuart Allen, een vooraanstaande forensisch audio-expert die mijn voorliefde voor goede wijn en flauwe grappen deelt; en opnieuw Dick Rogers, oprichter van het Hostage Rescue Squad van de FBI en bron van wijsheid over ontvoeringen en reddingsstrategieën, veldoperaties en wapens.

Veel mensen op het Boston Field Office van de FBI hielpen me met bijzonderheden, met name Supervisory Special Agent Randy Jarvis, een actieheld uit het echte leven die aan het hoofd staat van de eenheid die geweldsmisdrijven onderzoekt; Kevin Swindon van digitaal forensisch onderzoek; Ed Kappler van vuurwapens; Steve Vienneau van misdrijven tegen kinderen; en S.A. Tamara Harty van het CARD-team in Providence. Ik dank in het bijzonder Special Agent Gail Marcinkiewicz, die me raad gaf en me met mensen in contact bracht.

Enkele kopstukken uit de hedgefondswereld namen de tijd om

me de finesses van hun vak uit te leggen – tijd waarin ze met hun werk miljoenen hadden kunnen verdienen. Ja, daar voel ik me schuldig om. Maar ook dankbaar. Ik dank Jon Jacobson van Highfields Capital Management, Richard Leibovitch van Gottex Funds (wiens zoon Jeremy me 'Call of Duty' demonstreerde), Bill Ackman van Pershing Square Capital Management, en Seth Klarman van de Baupost Group. Kristin Marcus van Highfields vertelde me hoe hedgefondsen gestructureerd zijn, evenals Steve Alperin van de Harvard Management Company.

Opnieuw heeft een team van 'particuliere spionnen' over de schouder van Nick Heller meegekeken: Skip Brandon en Gene Smith van Smith Brandon International. Terry Lenzner van de Investigative Group International, en Jack Devine van de Arkin Group.

Advocaten, vuurwapens en geld: ik dank Jay Shapiro voor juridisch advies; dr. Ed Nawotka jr. voor informatie over wapens en munitie; Jack Blum, expert op het gebied van offshorebankieren, lege vennootschappen en geld witwassen, voor hulp bij het uitdenken van de grote zwendelpraktijk; en mijn oude vriend en nooit in staat van beschuldiging gestelde medesamenzweerder Giles McNamee, eigenaar van Nicks Land Rover Defender 110, Coniston-groen.

Voor achtergrondinformatie over forensisch computeronderzoek dank ik Anish Dhanda en Rich Person van DNS Enterprice Inc., Simson Garfinkel, Mark Spencer van Arsenal Consulting en Larry Daniel van Guardian Digital Forensics. Voor detectie van afluisterapparatuur Kevin D. Murray van Murray Associates; voor satellietcommunicatie Wolf Vogel, en voor clandestiene toegang en beveiliging Marc W. Tobias, Michael Huebler en Jeffrey Dingle van Lockmasters Security Institute. Ik dank ook Randy Milch, General Counsel in Verizon; majoor Greg Heilshorn van de New Hampshire Air National Guard; Kevin O'Brien; Justin Sullivan van RegentJet; Mercy Carbonell van de Phillips Exeter Academy; en Kevin Roche van de U.S. Marshals Service. Raja Ramani van de Pennsylvania State University, Brian Prosser van Mine Ventilation Services, en Kray Luxbacher van de Virginia Tech verstrekten me belangrijke logistieke bijzonderheden over de ondergrondse beproeving van Alexa Marcus. En ik dank Dennis Sweeney van Dennis Sweeney Funeral Home in Quincy, Massachusetts, die zo goed was me even te laten ondergaan wat Alexa Marcus moest doormaken. Ik hoop echt dat ik dat nooit meer hoef te doen zolang ik nog leef.

Domo arigato voor Nick Hellers persoonlijke trainer, Jack Hoban, ethisch krijger en musicus. Christopher Rogers van Grubb & Ellis vonden Nick Hellers 'steampunk'-kantoor in het centrum van Boston voor me, en Diane Kaneb was zo goed me Marshall en Belinda Marcus naar het stijlvolle huis van haar familie aan de waterkant in Manchester te laten verhuizen. Hilary Gabrieli en Beth Ketterson vertelden me iets over Louisburg Square. Lucy Baldwin was Alexa Marcus' modeconsulente. Vivian Wyler en Anna Buarque van mijn Braziliaanse uitgever Rocco hielpen me met het Portugees. Liz Berry gaf me geweldige tips over bijzonderheden waaraan je kunt horen of iemand echt uit Georgia komt. Ik dank Sean Reardon van het Liberty Hotel, Ali Khalid van het Four Seasons Hotel en Mike Arnett van het Mandarin Oriental voor bijzonderheden over hotelbeveiliging, en ik dank mijn broer, dokter Jonathan Finder, en dokter Tom Workman voor medische informatie.

Het parfum dat Nick aan Diana geeft, Nombre Noir, bestaat echt (al wordt het niet meer gemaakt en is het bijna onmogelijk te vinden). Het werd onder mijn aandacht gebracht door twee opmerkelijke parfumkenners, de biofysicus (en 'keizer van de geur') Luca Turin en zijn vrouw, de schrijfster Tania Sanchez.

Als ik met al die deskundigen om me heen toch nog fouten heb gemaakt, heeft een van hen blijkbaar iets weggelaten.

Er is geen betere literair agent dan Molly Friedrich. Ik dank ook Paul Cirone en – voor extreem goed redactioneel inzicht – Lucy Carson van de Friedrich Agency. Ik heb een geweldig goede webmanager, Karen Louie-Joyce, en een eersteklas redactrice en onderzoeker in de persoon van Clair Lamb.

Zonder Claire Baldwin, mijn assistente, had ik niets voor elkaar gekregen. Je bent de beste.

Mijn briljante redacteur Keith Kahla: ik weet dat ik je tot waanzin heb gedreven toen ik dit boek schreef... maar je hebt het me betaald gezet.

Henry Finder, *editorial director* van *The New Yorker*, heeft in elk stadium een bijdrage van onschatbare waarde geleverd, en ja, hij is mijn jóngere broer.

Sinds ze twee was en een tuimelbeker water over het toetsenbord van mijn laptop gooide, heeft mijn dochter scherpzinnige kritiek op mijn werk geleverd. In het geval van dit boek heeft ze haar scherpe redactionele oog op enkele scènes van cruciaal belang gericht en me voor een paar gênante fouten behoed. Ik zou zeggen: *You rock, Em,* maar dan zou jij zeggen dat ik alleen maar een ouwe kerel ben die cool wil overkomen.

Mijn vrouw Michele Souda stond voor de allermoeilijkste opgave: getrouwd zijn met een schrijver. Ik ben je dankbaar voor de steun die je me al die tijd hebt gegeven. Ik weet dat het niet gemakkelijk is te blijven dansen.

– JOSEPH FINDER
Boston, Massachusetts

Eerder verscheen van Joseph Finder *Fraude*.
Lees nu de proloog en het eerste hoofdstuk.

PROLOOG

Washington

De man van Lauren Heller verdween kort na halfelf op een regenachtige avond.

Ze liepen naar hun auto na een diner in zijn favoriete Japanse restaurant aan Thirty-third Street in Georgetown. Roger, een groot sushikenner, vond Oji-San het beste, authentiekste restaurant in heel Washington. Lauren was het om het even. Rauwe vis was rauwe vis, vond ze; leuk om te zien, maar niet eetbaar. Roger daarentegen – de Mussolini van de *maki*, de Stalin van de *sashimi* – nam nooit genoegen met minder dan het beste. 'Hé, ik ben toch ook met jou getrouwd?' had hij op de heenweg gezegd, en wat zou ze daar tegen in kunnen brengen?

Ze was al blij dat ze eindelijk weer eens een avond met elkaar uitgingen. Dat hadden ze in bijna drie maanden niet gedaan.

Niet dat het zo'n gezellige avond was. Hij was er nauwelijks met zijn gedachten bij. Blijkbaar piekerde hij over iets. Aan de andere kant had hij dat wel vaker, soms dagen achtereen. Zo rekende hij af met de stress op kantoor. Dat was typisch iets voor mannen, had ze altijd gedacht. Mannen kropten hun problemen vaak op. Vrouwen brachten ze meestal tot uiting, werden emotioneel, gingen schreeuwen of huilen of maakten zich gewoon kwaad en konden er uiteindelijk veel beter tegen. Als dat geen emotionele intelligentie was, wat dan wel?

Maar Roger, van wie ze hield en die ze bewonderde en die waarschijnlijk de intelligentste man was die ze ooit had ontmoet, ging met stress om zoals de meeste mannen. Daar kwam nog bij dat hij niet graag over dingen praatte. Zo was hij nu eenmaal. Zo was hij opgevoed. Ze herinnerde zich dat ze een keer tegen hem had gezegd: 'We moeten praten,' en dat hij toen had geantwoord: 'Dat zijn de drie meest angstaanjagende woorden in onze taal.'

Hoe het ook zij, ze hadden een regel: niet praten over het werk. Omdat ze allebei voor Gifford Industries werkten – hij in een hoge functie op financiën, zij als secretaresse van de president-directeur –, was dat de enige manier om te voorkomen dat hun werk in hun privéleven binnendrong.

Daarom zei Roger onder het eten bijna geen woord. Elke paar minuten keek hij op zijn BlackBerry, en intussen stopte hij zijn *nigiri* gedachteloos in zijn mond. Zij had iets besteld wat door de ober was aanbevolen, iets wat goed klonk maar uit laagjes in miso geweekte zwarte kabeljauw bleek te bestaan. De specialiteit van het huis. Jakkes. Ze raakte het niet aan, nam wat hapjes van haar zeewiersalade, dronk te veel sake en werd een beetje tipsy.

Ze waren door Cady's Alley gelopen, een smal voetgangerspad van keistenen, met aan weerskanten oude bakstenen pakhuizen die helemaal verbouwd waren en waarin nu Duitse keukenzaken en Italiaanse lampenboetieks gevestigd waren. Hun voetstappen galmden hol.

Boven aan de betonnen trap naar Water Street bleef ze staan en vroeg: 'Heb je trek in ijs? Bij Thomas Sweet misschien?'

Het licht van een straatlantaarn viel op zijn witte tanden, zijn krachtige neus, de wallen die hij de laatste tijd onder zijn ogen had. 'Ik dacht dat je op dieet was.'

'Ze hebben daar suikervrij ijs dat best lekker is.'

'Dat is helemaal aan P Street, hè?'

'Er zit een Ben & Jerry's aan M Street.'

'Het is niet leuk voor Gabe als we zo laat thuiskomen.'

'Hij redt zich wel,' zei ze. Hun zoon was veertien, oud genoeg om in zijn eentje thuis te zijn. Eigenlijk voelde Gabe zich niet helemaal op zijn gemak als hij alleen thuis was, maar dat zou hij nooit toegeven. Die jongen was net zo koppig als zijn ouders.

Water Street was donker en uitgestorven, een beetje onheilspellend op dat uur van de avond. Langs een draadgazen afrastering stond een rij auto's geparkeerd, met daarachter de rommelig begroeide oever van de Potomac. Rogers zwarte Mercedes s-klasse stond tussen een wit busje en een gedeukte Toyota.

Hij bleef even staan, zocht in zijn zakken en draaide zich toen abrupt om. 'Verdomme. Ik heb mijn sleutel in het restaurant laten liggen.'

Ze kreunde. Ze ergerde zich, maar wilde er geen toestand van maken.

'Jij hebt die van jou zeker niet bij je?'

Lauren schudde haar hoofd. Ze reed bijna nooit in zijn Mercedes. Zijn auto was hem heilig. 'Heb je in je zakken gevoeld?'

Om te bewijzen dat hij dat had gedaan klopte hij op de zakken van zijn regenjas, zijn broek en het jasje van zijn pak. 'Ja. Ik heb ze zeker op de tafel in het restaurant laten liggen toen ik mijn Black-Berry pakte. Sorry. Kom mee.'

'We hoeven niet allebei terug. Ik wacht hier wel.'

Ergens beneden knetterde een motor voorbij. Boven hen was er het ononderbroken gebulder van vrachtwagens op de Whitehurst Freeway.

'Ik wil niet dat je hier in je eentje staat.'

'Er overkomt me niets. Wil je wel opschieten?'

Hij aarzelde, deed een stap naar haar toe en kuste haar plotseling op haar lippen. 'Ik hou van je,' zei hij.

Ze keek hem na toen hij vlug door de straat liep. Ze vond het prettig om dat 'Ik hou van je' te horen, maar ze was het eigenlijk niet gewend. Roger Heller was een goede echtgenoot en vader, maar niet iemand die voortdurend zijn liefde betuigde.

Een kreet in de verte, gevolgd door rauw gelach: studenten, waarschijnlijk van de Georgetown of de George Washington University.

Een schuifelend geluid op het wegdek achter haar.

Ze draaide zich om, voelde een plotselinge windvlaag, en toen werd er een hand over haar mond geklemd.

Ze wilde schreeuwen, maar haar kreet werd gesmoord door de grote hand. Ze spartelde verwoed tegen. Roger was zo dichtbij. Op nog geen honderd meter afstand. Zo dichtbij dat hij zou kunnen zien wat er met haar gebeurde, als hij zich alleen maar omdraaide.

Krachtige armen grepen haar van achteren vast.

Ze moest Rogers aandacht trekken, maar op deze afstand kon hij niets horen, want alles werd door de verkeersgeluiden overstemd.

Draai je om, verdomme! dacht ze. *Allemachtig, draai je nou om!*

'Roger!' riep ze, maar het kwam er als gejengel uit. Ze rook goedkope eau de toilette, vermengd met muffe sigarettenrook.

Ze probeerde zich weg te draaien, los te rukken, maar haar armen zaten in de klem tegen haar lichaam, en er werd iets kouds en hards tegen haar slaap gedrukt. Ze hoorde een klik, er sloeg iets tegen de zijkant van haar hoofd, en meteen vloog er een bliksemschicht van pijn door haar ogen.

Zijn voet. Trap op zijn voet – een halfvergeten cursus zelfverdediging van lang geleden.

Trap op zijn wreef.

Ze stampte met haar linkervoet, raakte niets en schopte naar achteren. Haar voet dreunde met een hol metaalgeluid tegen de Mercedes. Ze wilde opzij zwenken en...

Roger draaide zich plotseling om; blijkbaar had hij het geluid gehoord. Hij riep: 'Lauren!'

Hij rende door de straat terug.

'Wat doe je met haar?' riep hij. 'Waarom háár?'

Er sloeg iets tegen haar achterhoofd. Ze proefde bloed.

Ze probeerde iets te begrijpen van wat er gebeurde, maar ze viel achterover, stortte omlaag, en dat was het laatste wat ze zich herinnerde.

1

Los Angeles

Het was een donkere, stormachtige avond.

Eigenlijk was het niet stormachtig, maar het was donker, regenachtig en naargeestig, en voor Los Angeles was het ook verdomd koud. Ik stond om elf uur 's avonds in de motregen in het akelige gele licht van natriumlampen, gekleed in een fleece jasje en een spijkerbroek, die drijfnat waren, en met fraaie leren schoenen aan, die het op deze manier niet lang meer zouden maken.

Ik had die schoenen voor een absurd bedrag met de hand laten maken in Londen, en ik nam me voor om mijn werkgever, Stoddard Associates, de schade in rekening te brengen, al was het alleen maar uit principe.

Ik had geen regen verwacht, al had ik natuurlijk op de buienradar kunnen kijken. Per slot van rekening was ik een privédetective op internationaal niveau, iemand van wie ze zeiden dat hij alles te weten kon komen.

'Dat is hem,' bromde de man naast me, en hij wees naar een vliegtuig op zo'n honderd meter afstand. Hij droeg een lange gele oliejas met capuchon – hij had me er in het kantoor niet een aangeboden – en zijn gezicht was in schaduw gehuld. Ik zag alleen zijn borstelige witte snor.

Elwood Sawyer was het hoofd beveiliging van Argon Express Cargo, een concurrent van DHL en FedEx, maar dan veel kleiner. Hij was niet blij met mij, maar dat kon ik hem niet kwalijk nemen. Ik zou zelf ook liever ergens anders zijn. Mijn baas, Jay Stoddard, had me hier op het laatste moment naartoe gestuurd om een noodsituatie af te handelen voor een nieuwe cliënt van wie ik nooit had gehoord.

In de afgelopen vierentwintig uur was een hele vliegtuiglading verdwenen. Iemand had een van hun vliegtuigen op dit kleine regionale vliegveld ten zuiden van Los Angeles leeggehaald. Tienduizend kilo dozen, enveloppen en pakjes die de vorige dag uit Brussel waren aangekomen. Weg.

Het verlies was niet te becijferen. Duizenden verdwenen pakjes; dat betekende duizenden woedende klanten en rechtszaken van hier tot ginder. Een deel van de lading behoorde toe aan één klant, de Traverse Development Group, en die had mijn firma ingehuurd om hun zending te vinden. Ze vonden het erg belangrijk en waren dan ook echt niet van plan het zoeken naar de verdwenen spullen aan een tweederangs transportbedrijf over te laten.

Maar het laatste wat Elwood Sawyer wilde, was dat een dure privédetective uit Washington met een stel luxe schoenen aan hem kwam vertellen wat hij allemaal verkeerd had gedaan.

Het transportvliegtuig waar hij naar wees, stond daar donker en in zijn eentje, nat van de regen en glimmend in de vliegveldverlichting. Zoals alle toestellen van Argon was het glanzend wit, met de naam van het bedrijf in dikke oranje helveticaletters op de romp. Het was een Boeing 727, groot en indrukwekkend.

Een vliegtuig van dichtbij is prachtig om te zien. Veel ontzagwekkender dan van binnenuit gezien, als je klem zit doordat degene die voor je zit zijn stoel helemaal naar achteren heeft laten kantelen, tegen je knieën aan. Op het platform stonden zo'n twintig vliegtuigen op een rij. Sommige, nam ik aan, bleven daar het hele weekend staan, andere alleen de komende nacht, want de verkeerstoren ging om tien uur dicht. Er waren blokken voor hun wielen gezet en om elk toestel heen stonden grote pylonen om mensen uit de buurt te houden.

'Laten we binnen gaan kijken, Elwood,' zei ik.

Sawyer keek me aan. Hij had bloeddoorlopen hondenogen met grote wallen eronder.

'Woody,' zei hij. Niet dat hij vriendschap probeerde te sluiten; hij verbeterde me alleen maar.

'Oké. Woody.'

'Er valt niets te zien. Ze hebben alles weggehaald.' In zijn rechterhand had hij een aluminium klembord met een scharnierend frame, zo'n ding waarmee vrachtwagenchauffeurs en politieagenten altijd rondlopen.

'Mag ik toch even kijken? Ik heb nog nooit een transportvliegtuig vanbinnen gezien.'

'Keller...'

'Heller.'

'Keller, wij hebben je niet ingehuurd, en ik heb geen tijd om voor gids te spelen. Als jij nou eens weer met het grondpersoneel ging praten, terwijl ik probeer uit te zoeken hoe iemand kans heeft gezien met drie vrachtwagens vol lading van dit vliegtuig weg te rijden zonder dat iemand iets opviel?'

Hij wilde naar de terminal teruglopen, maar ik zei: 'Woody, luister nou. Ik ben hier niet om jou in diskrediet te brengen. We willen allebei hetzelfde: de lading terugvinden. Misschien kan ik helpen. Twee weten meer dan een.'

Hij liep door. 'Ja. Nou, dat is heel attent van je, maar ik heb het momenteel nogal druk.'

'Oké. Dus... Mag ik je naam gebruiken?' zei ik.

Hij bleef staan, maar draaide zich niet om. 'Waarvoor?'

'Mijn cliënt zal om een naam vragen. Die kerel van Traverse Development is een lastig stuk vreten.' In werkelijkheid wist ik niet eens wie van Traverse mijn firma had ingehuurd.

Woody kwam niet in beweging.

'Je weet hoe die kerels werken,' zei ik. 'Als ik tegen mijn cliënt zeg dat Argon Express niet in hulp van buitenaf geïnteresseerd was, vraagt hij me om een naam. Misschien heeft hij wel bewondering voor je onafhankelijke instelling – dat je het in je eentje wilt opknappen. Aan de andere kant wordt hij misschien zo kwaad dat hij geen zaken meer met jullie wil doen. Voor hen is dat niet zo'n probleem. En dan komen er verhalen in de wereld. Bijvoorbeeld dat jullie iets onder het tapijt willen vegen. Misschien dreigen ze zelfs met een gerechtelijke procedure. En binnen de kortste keren gaat Argon Express op de fles. En dat allemaal door jou.'

Woody bleef nog steeds gewoon staan, maar ik zag dat zijn schouders inzakten. Op de rug van zijn gele oliejas zaten vegen olie en viezigheid.

'Onder ons gezegd, Woody: ik vind het hartstikke goed van je dat je tegen Traverse Development durft te zeggen waar ze het in kunnen steken. Niet veel mensen hebben zoveel lef.'

Woody draaide zich langzaam om. Ik geloof niet dat ik iemand ooit zo langzaam en zo onverholen vijandig met zijn ogen heb zien knipperen. Hij liep naar het vliegtuig toe en ik volgde hem op de voet.

Er was een hydraulisch gezoem te horen, en het grote ladingluik ging open als de laadklep van een bestelbusje. Woody stond in de buik van het vliegtuig. Met een vermoeide handbeweging gaf hij te kennen dat ik naar binnen kon gaan.

Hij moest een noodaggregaat hebben aangezet, want er brandde licht in het toestel. Het kwam van een rij kale gloeilampen in een behuizing van metalen rasterwerk aan het plafond. Het interieur was net een spelonk. Je zag de rails waar de rijen stoelen vroeger hadden gestaan. Nu was er niets dan een zwarte vloer met rode strepen op de plaatsen waar de gigantische ladingcontainers moesten staan, maar niet stonden. De wanden waren wit en raamloos, bedekt met een papierwit materiaal.

Ik floot. Het laadruim was helemaal leeg. 'Was het vliegtuig vol toen het hier aankwam?'

'Ja. Twaalf iglo's.'

'Iglo's zijn containers, toch?'

Hij liep naar het open laadluik. De regen trommelde tegen de aluminium huid van het vliegtuig. 'Kijk zelf maar.'

Vlak naast ons waren personeelsleden een ander vrachttoestel van Argon aan het inladen. Ze werkten op de rustige, efficiënte manier van een team dat zoiets al duizend keer eerder had gedaan.

Twee mannen duwden een enorme container, tweeënhalf of drie meter hoog en met een vorm zoals een kind een huis tekent, van de achterkant van een vrachtwagen op het stalen liftplatform van een gigantische vorkheftruck. Ik telde zeven mannen. Twee om de iglo van de vrachtwagen af te duwen, nog twee om hem het vliegtuig in te rijden en één om de heftruck te bedienen. Twee anderen deden blijkbaar niet veel meer dan een aluminium klembord vasthouden en bevelen roepen. Het volgende vliegtuig in de rij, ook een witte Boeing maar niet van hen, werd van nieuwe brandstof voorzien.

'Je moet met minstens vijf man zijn om twaalf containers uit dat vliegtuig te krijgen,' zei ik. 'Zeg, dit vliegtuig is gisteren binnengekomen, hè? Waarom hebben jullie zo lang met uitladen gewacht?'

Hij zuchtte van ergernis. 'Internationale lading moet door de douane worden geïnspecteerd voordat we iets mogen doen. Dat is de wet.'

'Dat duurt hooguit twee uur.'

'Ja, normaal gesproken wel, maar in het weekend heeft de douane niet genoeg mankracht. En dus zeiden ze tegen de laders dat ze naar huis konden gaan. Ze verzegelden de boel en lieten alles daar staan tot ze tijd hadden voor een inspectie.'

'Dus terwijl het vliegtuig hier stond, kon iedereen binnenkomen. Zo te zien blijven al die vliegtuigen hier de hele nacht onbeheerd staan. Iedereen kan er zo in.'

'Zo gaat het op vliegvelden over de hele wereld, man. Als je een pasje hebt om op het vliegveld te komen, gaan ze ervan uit dat je overal mag komen. Dat noemen ze het "systeem van eerlijke mensen".'

Ik grinnikte. 'Da's een goeie. Die moet ik onthouden.'

Woody keek me aan.

Ik liep door het inwendige van het vliegtuig. Er zat verrassend veel roest op plaatsen zonder witte verf of binnenbekleding. 'Hoe oud is dit ding?' riep ik. Mijn stem galmde. Het leek hierbinnen nog kouder dan buiten. De regen trommelde hypnotisch op de buitenkant van het toestel.

'Minstens dertig jaar. In 1984 zijn ze gestopt met het maken van Boeing 727's, maar de meeste zijn in de jaren zestig en zeventig gemaakt. Het zijn echte werkpaarden. Zolang je ze onderhoudt, gaan ze eeuwig mee.'

'Dus jullie kopen ze tweedehands?'

'Ja. Dat doet iedereen. FedEx, DHL, UPS – we kopen allemaal gebruikte vliegtuigen. Het is veel goedkoper om een oud passagiersvliegtuig te kopen en het tot vrachttoestel te laten ombouwen.'

'Wat kost zo'n ding?'

'Hoezo? Wou je in zaken gaan?'

'Iedereen heeft een droom.'

Hij keek me aan. Het duurde even voor hij begreep dat ik een grapje maakte. 'Je hebt al zo'n kist voor driehonderdduizend dollar. Er staan er honderden op vliegtuigkerkhoven in de woestijn. Zoals je ook autokerkhoven hebt.'

Ik liep naar de voorkant van het toestel. Naast de deur zat het plaatje met gegevens, een roestvrijstalen rechthoekje ter grootte van een pakje sigaretten. Elk vliegtuig heeft er een. Ze worden aangebracht door de fabrikant en je kunt ze vergelijken met een geboorteakte. Hierop stond BOEING – DIVISIE COMMERCIËLE VLIEGTUIGEN – RENTON, WASHINGTON. Het bouwjaar (1974) stond er ook bij, evenals een stel andere nummers: het model, het serienummer enzovoort.

Ik haalde een kleine Maglite tevoorschijn, keek van dichterbij en zag precies wat ik verwachtte.

Ik stapte achteruit naar buiten, de trap op, en de koude regen sproeide in mijn gezicht. Toen ik mijn hand uitstak, voelde ik de gladde buitenhuid van het vliegtuig. Ik streek over het Argon Express-logo en voelde iets. Een ribbel. De verf leek daar ongewoon dik.

Woody keek op een meter afstand naar me. Mijn vingers vonden de linkerbenedenhoek van de meer dan een halve meter hoge letter A.

'Jullie schilderen jullie logo er niet op?' vroeg ik.

'Natuurlijk is het erop geschilderd. Wat...?'